Raftul Denisei

CW01661914

Colecție coordonată de
DENISA COMĂNESCU

ИНСТИТУТ ПЕРЕВОДА

AD VERBUM

Carte publicată cu sprijinul
Institutului pentru Traduceri Literare (Rusia)

Evgheni Vodolazkin

Aviatorul

Traducere din limba rusă și note de
ADRIANA LICIU

HUMANITAS
fiction

Redactor: Luana Schidu
Coperta: Angela Rotaru
Tehnoredactor: Manuela Măxineanu
Corector: Cristian Negoiță
DTP: Emilia Ionașcu, Carmen Petrescu

Tipărit la Tipo Lidana – Suceava

EVGHENI VODOLAZKIN
AVIATOR

The publication of the book was negociated through Simona Kessler International Copyright Agency SRL and Banke, Goumen & Smirnova Literary Agency (www.bgs-agency.com)

Descrierea CIP a Bibliotecii Naționale a României
VODOLAZKIN, EVGHENI
Aviatorul / Evgheni Vodolazkin; trad. și note de Adriana Liciu. –
București: Humanitas Fiction, 2017
ISBN 978-606-779-205-8
I. Liciu, Adriana (trad.; note)
821.16

EDITURA HUMANITAS FICTION
Piața Presei Libere 1, 013701 București, România
tel. 021/408 83 50, fax 021/408 83 51
www.humanitas.ro

Comenzi online: www.libhumanitas.ro
Comenzi prin e-mail: vanzari@libhumanitas.ro
Comenzi telefonice: 0372 743 382; 0723 684 194

Fiicei mele

— Ce tot scrieţi acolo?

— Descriu obiecte, senzaţii. Oameni. Scriu în fiecare zi acum, cu speranţa că le salvez de la uitare.

— Lumea Domnului e prea mare pentru a conta pe reuşită aici.

— Ştiţi, dacă fiecare va descrie părticica lui, cât de mică, din această lume... Deşi, la drept vorbind, de ce mică? Se va găsi întotdeauna cineva cu o cuprindere destul de mare.

— De exemplu?

— De exemplu, un aviator.

Discuţie în avion

PARTEA ÎNTÂI

I-am spus: când e frig, pune-ți căciula, altfel îți îngheață urechile. Uite și-acum câți trecători sunt fără urechi, i-am spus. Ea a fost de acord, mă rog, da-da, ar trebui, dar nu și-a pus-o. A râs de glumă, și tot fără căciulă a mers. O imagine de soiul ăsta îmi apare în minte, deși, despre cine e vorba, nu pot să-mi dau seama.

Sau, să zicem, mi-am amintit un scandal – urât, epuizant. N-am nici o idee unde s-a petrecut. Mi-e ciudă că discuția începuse bine, pot spune chiar binevoitor, dar pe urmă, din vorbă-n vorbă, a dat în ceartă. Important e că după aceea m-am mirat: de ce, pentru ce?

Cineva a remarcat că așa se întâmplă deseori la parastase: vreo oră și jumătate se spune ce om bun a fost răposatul. După aceea, cineva dintre cei veniți amintește că, de fapt, răposatul numai bun n-a fost. Și-atunci, ca la comandă, încep mai mulți să își spună părerea, să completeze – și, încetul cu-ncetul, se ajunge la concluzia că, una peste alta, a fost un ticălos fără pereche.

Sau chiar ceva trăsnit de-a binelea: unui om i se dă în cap cu o bucată de salam, și omul se rostogolește la vale, se rostogolește și nu poate să se oprească, și, rostogolindu-se, i se învârtește capul...

Capul meu. Se învârtește. Zac în pat.

Unde sunt?

Pași.

A intrat un necunoscut în halat alb. A stat în picioare și, cu un deget pe buze, s-a uitat la mine (ușa e întredeschisă și se mai vede capul cuiva). Eu, la rândul meu, m-am uitat la el – chipurile, fără să văd. Pe sub genele nu foarte strânse. El a observat că tremurau.

— V-ați trezit?

Am deschis ochii. Apropiindu-se de patul meu, necunoscutul a întins mâna:

— Geiger. Medicul dumneavoastră.

Am scos de sub pătură mâna dreaptă, și am simțit cum Geiger mi-o strânge cu grijă. Așa cum atingi ceva când te temi să nu-l rupi. A întors pentru o clipă capul, și ușa s-a închis cu zgomot. Fără să-mi lase mâna, Geiger s-a aplecat spre mine:

— Iar dumneavoastră sunteți Innokenti Petrovici Platonov, nu-i așa?

N-am putut să confirm. Dacă așa spune înseamnă că are un temei. Innokenti Petrovici... Mi-am ascuns în tăcere mâna sub pătură.

— Nu vă amintiți nimic? a întrebat Geiger.

Am clătinat din cap. Innokenti Petrovici Platonov. Respectabil. Poate ușor livresc.

— Vă amintiți cum m-am apropiat adineauri de pat? Cum am spus că mă numesc?

De ce se poartă așa cu mine? Sau sunt chiar atât de rău? După ce las o pauză, spun cu o voce care scârțâie.

— Îmi amintesc.

— Dar înainte de asta?

Am simțit că mă îneacă lacrimile. Au țâșnit, și am început să plâng în hohote.

Geiger a luat un șervețel de pe măsuța de lângă pat și mi-a șters fața.

— Ei, ce-i cu dumneata, Innokenti Petrovici? Pe lume sunt așa de puține evenimente pe care merită să ți le amintești, iar dumneata te amărăști.

— O să-mi revină memoria?

— Eu îmi pun toată speranța. Ești un caz la care nu se poate afirma nimic cert. Mi-a pus termometrul. Știi ce, amintește-ți cât mai mult, aici e important efortul dumitale. Trebuie să-ți amintești singur totul.

Văd părul din nasul lui Geiger. Zgârieturile care i-au rămas pe bărbie de la bărbierit.

Se uită liniștit la mine. Frunte înaltă, nas drept, pince-nez – parcă l-a desenat cineva. Există figuri atât de tipice, că par plăsmuite.

— Am avut un accident?

— Se poate spune și-așa.

Prin ochiul de fereastră deschis, aerul din salon se amestecă cu aerul de iarnă de-afară. Se face tulbure, tremură, se topește, și dunga verticală a cadrului devine una cu trunchiul unui copac, și soarele asfințește devreme – undeva am mai văzut asta. Și fulgi de zăpadă care zboară am văzut. Care se topesc înainte să ajungă pe pervaz... Unde?

— Nu-mi aduc aminte nimic. Doar niște lucruri fără importanță – fulgi de zăpadă în oberlihtul de spital, răceala geamului când îți atingi fruntea de el. Evenimente nu-mi amintesc.

— Eu aș putea, desigur, să îți amintesc câte ceva din cele petrecute, dar viața în întregul ei n-am cum s-o redau în detaliu. Știu numai ceea ce a fost la exteriorul vieții dumitale: unde ai locuit, cu cine ai avut de-a face. Dar nu cunosc istoria gândurilor, senzațiilor dumitale, înțelegi? Mi-a scos termometrul de la subraț: 38,5. Cam mult.

Luni

Ieri n-a mai fost timp. Iar astăzi e luni. Lucrurile au stat așa. Geiger a adus un creion și un caiet gros. A plecat. S-a întors cu un suport pentru scris.

— Scrie tot ce s-a petrecut peste zi. Și tot ce îți aduci aminte din trecut, scrie și asta. Acest jurnal zilnic e pentru mine. O să văd cât de repede avansăm în problema pe care o avem.

— Deocamdată, toate întâmplările mele sunt legate de dumneavoastră. Atunci, să scriu despre dumneavoastră?

— *Abgemacht*[1]. Descrie-mă și evaluează-mă din toate punctele de vedere – modesta mea persoană o să atragă alte fire ale conștiinței dumitale. Și vom lărgi treptat aria legăturilor pe care le faci.

Geiger mi-a pus suportul pe burtă, care se ridica trist cu fiecare respirație a mea, parcă respira chiar ea. L-a îndreptat. A deschis caietul, mi-a pus între degete creionul – ceea ce, la drept vorbind, e de prisos. Deși sunt bolnav (întrebarea e: de ce anume?), mâinile și picioarele le mișc. Ce anume să notez – că doar nimic nu se întâmplă și nu-mi amintesc nimic?

Caietul e peste măsură de mare – ar ajunge pentru un roman. Învârt în mână creionul. Totuși, ce boală am? Doctore, o să trăiesc?

— Doctore, în cât suntem azi?

Tace. Tac și eu. Să-l fi întrebat ceva nelalocul său?

— Hai să facem în felul următor, spune el într-un târziu. Indică numai zilele săptămânii. Așa o să ne înțelegem mai bine asupra timpului.

Geiger e misterul în persoană. Răspund:

— *Abgemacht.*

Râde.

Iar eu m-am apucat și am scris totul – de ieri și de azi.

Marți

Azi am făcut cunoștință cu infirmiera, Valentina. Zveltă. Taciturnă.

Când a intrat, m-am prefăcut că dorm – asta îmi intră deja în obicei. Pe urmă am deschis un ochi și am întrebat:

1. Ne-am înțeles (în germană în original).

— Cum te cheamă?

— Valentina. Doctorul a spus că aveți nevoie de liniște.

La toate întrebările următoare nu a răspuns. Stând cu spatele la mine, ștergea cu o cârpă podeaua. Solemnitatea ritmului. Când se apleca să clătească cârpa în găleată, de sub halat îi apărea furoul. Ce liniște să mai fie...

Glumesc. De putere – nici urmă. Dimineață mi-a fost luată temperatura: 38,7. Geiger s-a îngrijorat.

Pe mine mă îngrijorează că nu pot să deosebesc amintirile de vise. Impresiile cu mai multe sensuri de azi-noapte. Zac acasă cu temperatură – influență[1]. Mâna bunicii e răcoroasă, termometrul e răcoros. Dincolo de fereastră, rafale de zăpadă troienesc drumul spre școală; azi nu m-am dus. Vasăzică, acolo o să ajungă la catalog la *P* (un deget plin de cretă lunecă pe catalog) și o să fie strigat Platonov.

Dar Platonov nu e, raportează șeful clasei, a rămas acasă pentru că are influență, i se citește, ia te uită, *Robinson Crusoe.* În casă se aude, poate, pendula. Bunica, spune mai departe șeful clasei, își potrivește mai bine pince-nez-ul, și lentilele lui îi fac ochii mari și bulbucați. Sugestivă imagine, încuviințează învățătorul, să numim asta apoteoză a lecturii (rumoare în clasă).

Esența acțiunii, spune șeful, dacă e să fie pe scurt, constă în următoarele. Un tânăr ușuratic pleacă într-o călătorie pe mare și suferă un naufragiu. Este aruncat pe o insulă nelocuită, unde rămâne fără mijloace de trai, dar ce este mai important – fără oameni. Oameni în general. Dacă s-ar fi purtat de la început cu minte... Nu știu cum să mă exprim ca să nu sune pretențios. Un fel de parabolă a fiului rătăcitor.

Pe tabla din clasă (aritmetica de ieri) e o ecuație, scândurile podelei sunt umede de la curățenia de dimineață. Învățătorul arată cum Robinson se zbate neputincios încercând să ajungă la țărm. Îi este de ajutor, pentru a reda viziunea

1. Termen învechit pentru o boală epidemică asemănătoare gripei.

catastrofei în adevărata ei amploare, tabloul *Al nouălea val* al lui Aivazovski. Tăcerea învățătorului pătruns de situație nu este întreruptă nici măcar de vreo exclamație. Dincolo de cercevelele duble abia dacă se aud roțile trăsurilor.

Și eu am citit nu o dată *Robinson Crusoe*, dar când zaci bolnav nu prea citești. Te ustură ochii, rândurile plutesc. Urmăresc buzele bunicii. Înainte să întoarcă pagina, își duce un deget la buze. Din când în când mai soarbe din ceaiul rămas, și atunci zboară pe *Robinson Crusoe* stropi abia vizibili. Câteodată, fărâmițe din pesmetul mâncat între capitole. După ce o să mă fac bine, o să dau atent paginile citite și o să scutur firimiturile de pâine uscate și zdrobite.

— Îmi amintesc mai multe locuri și oameni de tot felul, îi spun tulburat lui Geiger. Îmi amintesc niște lucruri spuse. Dar nici să mă omori nu-mi amintesc cine ce cuvinte a rostit. Și unde.

Geiger e liniștit. Speră că asta va trece. Nu consideră că e ceva esențial.

Dar poate nici nu e esențial? Poate are importanță numai faptul că acele cuvinte au fost spuse și s-au păstrat, iar de către cine și unde – e prea puțin important? Va trebui să îl întreb pe Geiger – se pare că el știe tot.

Miercuri

Se întâmplă însă și așa: cuvintele nu s-au păstrat, dar imaginea o am în totalitate. De pildă, un om care șade, în amurg. Odaia e deja pe jumătate în întuneric, dar el nu aprinde încă lumina – o fi făcând economie? O imobilitate tristă. Un cot rezemat pe masă, fruntea se odihnește în palmă, degetul mic stă depărtat. Chiar și în întuneric se vede că hainele îi sunt boțite, și sunt așa de brun-cenușii, că nici nu mai au culoare, iar fața și mâna fac o singură pată albă. Omul pare dus pe gânduri, deși în realitate nu se gândește la nimic, se odihnește, pur și simplu. Poate chiar spune ceva, dar vorbele nu se aud. Pentru mine cuvintele lui nu sunt importante, și, de fapt, cu cine să vorbească – cu el însuși? Că doar nu știe că eu îl observ, iar dacă spune ceva, nu mie îmi spune. Mișcă buzele, se uită pe fereastră. Picăturile de pe geam reflectă luminiscența străzii, sclipesc în ele luminile trăsurilor. Ochiul de geam scârțâie.

Până acum am văzut în salon numai doi oameni: pe Geiger și pe Valentina. Doctorul și sora medicală – dar, de fapt, de cine să mai fie nevoie? Mi-am adunat puterile, m-am ridicat, m-am dus la fereastră – în curte pustiu, zăpadă până la genunchi. Odată, ținându-mă de perete, am ieșit din salon pe coridor – și imediat a apărut Valentina: aveți regim la pat. Întoarceți-vă în salon. Regim...

Apropo: amândoi arată ca din vechiul regim, Geiger, dacă nu e în halat, este negreșit în costum cu vestă. Amintește de Cehov... Mă tot gândeam: de cine îmi amintește? De Cehov! Până și pince-nez poartă. Dintre cei care trăiesc acum, cred că am văzut pince-nez numai la Stanislavski, dar acesta e om de teatru... De altfel, aș spune că în cuplul care mă tratează este o oarecare teatralitate, Valentina e întruchiparea sorei de caritate din timpul războiului. Chiar nu știu cum vor reacționa la impresia mea – căci Geiger o să citească tot, așa ne-am înțeles. La urma urmelor, el însuși m-a rugat să scriu fără să ascund nimic din ceea ce observ, îmi amintesc, gândesc – iată, așa și scriu.

Astăzi mi s-a rupt tocul și i-am spus Valentinei. Ea a scos din buzunar ceva ca un creion și mi l-a întins.

— Nostim, zic, un toc de metal, n-am mai văzut niciodată așa un toc.

Valentina s-a înroșit și mi-a luat repede obiectul acela înapoi. Mi-a adus pe urmă alt creion. De ce s-a înroșit? Mă duce la toaletă, trage de pe mine indispensabilii pentru injecții – și nu se înroșește, iar pentru un creion, ca să vezi. În viața mea sunt acum o grămadă de enigme pe care nu pot să le dezleg... Dar se înroșește încântător, până în vârful urechilor. Urechile sunt fine, gingașe. Ieri, când i-a căzut basmaua albă, le-am admirat. Mai exact, una din ele. Valentina s-a aplecat peste lampă, cu spatele la mine, și o ureche i-a devenit străvezie și trandafirie, mi-a venit s-o ating. N-am îndrăznit. Dar nici n-aveam putere.

O senzație ciudată, parcă zac pe patul ăsta de o veșnicie. Mișc puțin o mână sau un picior – durere în mușchi, iar dacă mă mai și ridic fără ajutor din afară – picioare ca de vată. În schimb, temperatura a scăzut un pic: 38,3.

Îl întreb pe Geiger:

— Totuși, ce s-a întâmplat cu mine?

— Acest lucru, răspunde, trebuie să ți-l amintești dumneata singur, altfel, în locul conștiinței dumitale va fi a mea. Vrei asta?

Dar nu știu nici eu dacă vreau. Poate se va dovedi că am așa o conștiință, încât e mai bine să fie înlocuită.

Vineri

Referitor la cunoștință: ieri mi-am pierdut-o. Geiger și Valentina s-au speriat rău de tot. Când mi-am venit în fire, le-am văzut fețele răsturnate – parcă le părea rău să mă piardă. E plăcut când, dintr-un motiv oarecare, ți se duce lipsa – chiar dacă motivul nu e personal, ci, ca să spunem așa, de pură omenie. Cât a ținut ziua de ieri, Geiger nu mi-a dat înapoi foile. S-a temut, probabil, că în ajun am făcut un efort prea mare cu scrisul. Am zăcut și am urmărit cum cădeau fulgii de zăpadă în spatele ferestrei. Urmărindu-i, am adormit. Când m-am trezit, fulgii cădeau încă.

Lângă patul meu ședea pe un scaun Valentina. Îmi ștergea fruntea cu un burete ud. Sărută-mă, am vrut să spun, sărută-mă pe frunte. N-am spus. Fiindcă ar fi reieșit că mi-a șters fruntea înainte să o sărute. Și, în genere – e clar cine este sărutat pe frunte... Dar am luat-o de mână – și nu și-a retras-o. Doar a pus mâinile noastre unite pe burta mea, ca să nu le ținem suspendate. Palma ei a acoperit-o pe a mea ca o căsuță – așa ești învățat să ții mâna când cânți la pian. Pesemne că m-au învățat și pe mine cândva, de vreme ce știu aceste lucruri. Întorcând mâna, mi-am trecut arătătorul pe tavanul acestei căsuțe și l-am simțit tresărind, desfăcându-se și întinzându-se pe palma mea. Și l-am simțit cald.

— Culcă-te lângă mine, Valentina, am rugat-o. Nu am alte gânduri, și sunt absolut inofensiv – știi asta. Am nevoie să fie cineva alături de mine, atât. Aproape de tot, altfel n-o să mă încălzesc niciodată. Nu pot să explic asta, dar așa e.

M-am mișcat cu greu pe patul larg, și Valentina s-a culcat alături de mine – peste pătură. Fusesem sigur că o să-mi îndeplinească rugămintea – nu știu nici eu de ce. Și-a înclinat capul spre capul meu. Am inspirat mirosul ei – infuzie de călcat, apretat, alb ca zăpada, cu mireasmă de parfum și de trup tânăr. Ea le împărțea cu mine, și nu am putut să nu respir cu nesaț. În ușa care s-a deschis a apărut Geiger, dar Valentina a rămas culcată. O încordare a fost în ea (am simțit asta), dar nu s-a ridicat. Probabil s-a înroșit – nu putea să nu se înroșească.

— Foarte bine, a spus Geiger fără să intre, odihnește-te. Remarcabilă, în felul ei, reacția.

În genere, nu mă pregăteam să descriu asta, e ceva care nu mă privește numai pe mine, dar de vreme ce el a văzut totul... Fie ca Geiger să înțeleagă corect esența celor petrecute (dar, cu siguranță, așa va și înțelege). Fiindcă vreau să se repete – măcar câteva minute pe zi.

Duminică

Când m-am trezit, am spus în gând *Tatăl nostru*. S-a dovedit că spun rugăciunea ca pe apă. Se întâmpla ca în câte o duminică, dacă nu puteam să mă duc la biserică, să spun măcar în gând *Tatăl nostru*. Mișcam din buze în vântul umed. Trăiam pe o insulă, unde a merge la liturghie nu era un lucru de la sine înțeles. Și nu că insula ar fi fost nelocuită sau că n-ar fi fost și biserici, dar așa se combinase totul, că a merge la ele nu era simplu. Amănuntele nu mi le mai amintesc.

Biserica e o mare bucurie, mai ales în copilărie. Mic, vasăzică, mă țin de fusta mamei. Fusta lungă sub haina scurtă de blană. Mama pune o lumânare la icoană, și fusta se ridică puțin de tot, și odată cu ea – mâna mea în mănușa cu un deget. Mă ia cu grijă, mă duce la icoană. Simt pe mijloc palma ei, iar pâslarii și mănușile mele se mișcă în voie prin aer, și eu parcă plutesc în direcția icoanei. Sub mine sunt zeci de lumânări – de sărbătoare, se clatină – mă uit la ele și nu pot să-mi iau privirea de la această lumină vie. Pârâie, ceara se scurge pe ele încremenind imediat în stalactite ciudate. În întâmpinarea mea, desfăcând brațele, Sfânta Fecioară, și eu O sărut pe mână stângaci, fiindcă zborul meu nu e condus de mine, și, sărutând-O, O ating, așa cum se cuvine, cu fruntea. Pentru o clipă, simt răcoarea mâinii Ei. Și plutesc așa în biserică, trec pe deasupra preotului care agită cădelnița – prin fumul parfumat. Pe deasupra corului – prin cântarea lui (mișcările încetinite ale dirijorului și grimasele lui la notele înalte). Pe deasupra bătrânei de la lumânări și a norodului care umple (împresurând stâlpii) biserica, de-a lungul ferestrelor, dincolo de care e țara acoperită de zăpadă. Rusia? Prin ușa crăpată se vede învârtejindu-se frigul, pe clanță e chiciură. Crăpătura se lărgește brusc, în micul dreptunghi ivit e Geiger.

— Doctore, suntem în Rusia, nu? întreb.

— Da, într-un fel.

Îmi aranjează brațul pentru perfuzie.

— Atunci de ce te cheamă Geiger?

Se uită la mine mirat.

— Pentru că sunt neamț rus. *Deutschrusse*. Te-ai îngrijorat că suntem în Germania?

Nu, nu m-am îngrijorat. Pur și simplu acum pot considera că știu precis locul unde ne aflăm. Până astăzi nu era, de fapt, foarte clar.

— Dar unde e sora Valentina?

— Are zi liberă azi.

După ce mi-a pus perfuzia, Geiger îmi ia temperatura: 38,1.

— Și ce, nu sunt și alte surori? mă interesez eu.

— Ești nesățios.

Dar mie altă soră nici nu-mi trebuie. Doar că nu înțeleg ce instituție e asta, unde sunt un singur doctor, o singură soră și un singur pacient. Ei, în Rusia totul e posibil. În Rusia... O zicere mult folosită, probabil, dacă s-a păstrat chiar și în memoria mea distrusă. Are un ritm al ei. Nu știu ce stă în spate, dar *zicerea*, uite, mi-o amintesc.

Astfel de ziceri, care ies la iveală nu se știe de unde, am deja câteva. Au, desigur, istoria lor, dar eu le rostesc ca pentru prima oară. Mă simt ca un Adam. Sau ca un copil: copiii rostesc deseori ziceri fără să le știe încă sensul. În Rusia totul e posibil, mda. Este aici o dezaprobare, ce mai, chiar un verdict. Se simte că lipsa asta de limite nu e ceva bun, că se știe încotro o va lua totul. În ce măsură mă privește pe mine zicerea asta?

După ce mă gândesc, îi spun zicerea lui Geiger ca unui neamț, și îl rog să o evalueze. Îi urmăresc mișcarea buzelor și sprâncenelor – așa se gustă vinul. Inspiră zgomotos, ca pentru a răspunde, dar după o pauză – expiră. Ca neamț, a hotărât să tacă, să zicem, ca să nu mă traumatizeze. În loc de asta, mă pune să îi arăt limba, lucru care, după mine, e justificat în felul lui. Limba mea acționează încă, în mare măsură, de sine stătător: rostește ce e obișnuită să rostească, așa cum fac păsările vorbitoare. Se vede că Geiger a înțeles ce e cu limba mea și mă roagă să i-o arăt. Când i-o arăt, clatină din cap. Nu-l bucură limba mea.

Apropiindu-se de ușă, întoarce capul:

— Da, uite, încă ceva... Dacă dorești ca sora Valentina să stea culcată alături – chiar, să spunem, sub aceeași pătură cu dumneata –, spune, nu te jena. E ceva normal.

— Știi și dumneata că e în perfectă siguranță.

— Știu. Deși – a pocnit din degete – în Rusia totul e posibil, îm?

În clipa de față – nu totul... O simt ca nimeni altul.

Vineri

În toate aceste zile nu am avut putere. Nu am nici astăzi. În cap mi se învârtește ceva ciudat: „Aviator Platonov". E tot o *zicere*?

Îl întreb pe Geiger:

— Doctore, am fost aviator?

— Din câte știu eu – nu...

Dar unde mi s-a spus aviator? Nu la Kuokkala? Exact, la Kuokkala! Îi strig lui Geiger:

— Numele e legat de Kuokkala, unde eu... Unde noi... Ați fost la Kuokkala, doctore?

— Acum se numește cumva altfel.

— Cum?

— Păi, să zicem, Repino... Principalul e să îți scrii amintirea.

O să scriu – mâine. Am obosit.

Sâmbătă

Sunt cu vărul meu Seva la golful Finic. Seva e fiul fratelui mamei mele: în copilărie, această explicare a felului cum suntem rude suna pentru mine îngrozitor de complicat. Nici acum nu o spun fără ezitări. Văr, firește, e ceva mai ușor, dar cel mai bine e Seva. Părinții lui Seva au la Kuokkala o casă.

Înalț cu el un zmeu. Alergăm pe plaja peste care coboară seara, chiar la marginea apei. Uneori luăm apă pe tălpile goale, și stropii sclipesc în soarele care apune. Ne închipuim aviatori. Zburăm în doi: pe locul din față – eu, pe cel din spate – Seva. Acolo, în cerul rece, e pustietate, singurătate, dar pe noi ne încălzește prietenia noastră. Dacă o să pierim, o să pierim împreună: asta apropie. Încercăm să schimbăm câteva cuvinte – acolo, sus –, dar cuvintele noastre sunt luate de vânt.

— Aviator Platonov! îmi strigă din spate Seva. Aviator Platonov, direcția localității Kuokkala!

Nu înțeleg de ce i se adresează Seva așa de protocolar unui coleg. Poate pentru ca Platonov să nu uite că e aviator. Vocea subțire a lui Seva (așa i-a și rămas) răsună peste întreaga localitate survolată de noi. Câteodată se amestecă cu țipetele pescărușilor și aproape că nu se mai deosebește de ele. Strigătul ăsta, la drept vorbind, mă enervează rău. Uitându-mă la fața lui fericită, nu găsesc în mine puterea de a-l ruga să tacă. De fapt, datorită ciudatului timbru de pasăre l-am și ținut minte.

Înainte de culcare ni se dă lapte fierbinte cu miere. În general, nu-mi place laptele fierbinte, dar după un zbor pe deasupra golfului, cu vântul marin bătându-mi drept în față, nu ridic nici o obiecție. Seva și cu mine bem laptele – în ciuda faptului că abia a început să se răcească – cu înghițituri mari, zgomotoase. Laptele îl aduce o lăptăreasă finlandeză, și, mai ales dacă nu e fierbinte, e chiar foarte gustos. Încurcându-se în cuvintele rusești, finlandeza își laudă vaca. Vaca asta eu mi-o închipui semănând chiar cu lăptăreasa – imensă, tacticoasă, cu ochii larg căscați și cu ugerul doldora.

Seva și cu mine împărțim aceeași cameră din foișor. Are vedere de jur împrejur (în spate pădurea, în față marea), ceea ce pentru niște aviatori cu experiență nu e lipsit de importanță. Poți să-ți dai seama oricând cum este vremea: e ceață deasupra mării – probabilitate de ploaie; valuri-berbeci și clătinare a vârfurilor pinilor – vânt de furtună. Și pinii, și valurile își schimbă înfățișarea în amurgul nopții albe. Nu că apare vreo amenințare în ele, nu, ci pur și simplu își pierd blândețea din timpul zilei. Așa cum, văzând cum cade pe gânduri un om zâmbitor, simți neliniște.

— Dormi deja? întreabă în șoaptă Seva.

— Nu, răspund, dar nu mai am mult.

— Am văzut în spatele ferestrei o matahală.

Seva arată spre fereastra opusă mării.

— E un pin. Dormi.

După câteva minute se aude sforăitul lui Seva. Mă uit spre fereastra arătată de el. Văd matahala.

Luni

Lunea e o zi grea... Încă o *zicere* din bietul meu cap. Interesant, or mai fi multe acolo? Nu, nu mai sunt nici oameni, nici întâmplări, dar cuvinte au rămas – iată-le! Probabil cuvintele dispar ultimele, în special cele scrise. Poate că Geiger nu înțelege nici el până la capăt cât de profundă e ideea lui – să scriu. Poate tocmai cuvintele vor fi acel firișor cu care se va reuși la un moment dat să se extragă tot ce a fost? Nu numai cu mine – tot ce a fost în general. Zi grea... Dar eu chiar simt o ușurință, un fel de bucurie chiar. Pentru că, mă gândesc, aștept întâlnirea cu Valentina. Am încercat să mă ridic – a început să mi se învârtă capul, și ușurința a dispărut. Bucuria nu a dispărut însă.

După ce a intrat, Valentina m-a bătut pe obraz – ce plăcut e! Totuși, dinspre ea vin niște miresme absolut necunoscute mie. Parfum, săpun? Mirosul natural al Valentinei? S-o întreb e jenant, dar nici nu trebuie. Oricine trebuie să aibă o taină a sa, mai ales o femeie... Și asta e tot o *zicere*. Se și simte că e *zicere*!

Iată încă una: „Căldura se transmite repede prin metal“ – tare mult îmi plăcuse. Nu este, poate, cea mai răspândită, dar pentru mine e una dintre primele pe care le-am auzit. Șed nu se știe unde, nu se știe cu cine, amestecăm ceaiul cu lingurițe. Am vreo cinci ani, cred, nu mai mult, sub mine, pe scaun, e o pernă brodată (nu ajung la masă), amestec ceaiul ca un om mare. Paharul e în suport. Lingurița e fierbinte. O arunc cu zgomot în pahar, suflu peste degete. „Căldura se transmite repede prin metal“ – răsună o voce plăcută. Frumos, științific. Am repetat-o în situații asemănătoare până pe la doisprezece ani.

Nu, asta n-a fost cea mai timpurie. „Du-te fără frică“ – asta e. Intrăm de Crăciun în casa cuiva. Lângă scară e un urs împăiat; stă pe labele dinapoi, pe labele din față are o tavă.

— Pentru ce e tava? întreb.

— Pentru cărțile de vizită.

Degetele mele se cufundă pentru o clipă în blana deasă a animalului. Ce-i trebuie ursului cărți de vizită (urcăm treptele de marmură), și ce înseamnă cărți de vizită? Repet de câteva ori aceste trei cuvinte, alunec, dar rămân agățat de mâna tatei. Legănându-mă, admir covorul de pe marmură – fixat cu bare aurii, îndoit puțin de tot la margini, se leagănă și el. Fața care râde a tatei. Intrăm într-o sală viu luminată. Brad, horă. Mâinile îmi sunt lipicioase de la transpirația cuiva, dar nu mi le desfac și nu mă desprind din horă. Cineva spune că dintre cei de față eu sunt cel mai mic (acum stăm deja pe scaune în jurul bradului). A auzit că știu să spun poezii, mă roagă să spun. Și toți mă roagă zgomotos. Alături de mine se află un moș într-o uniformă de pe timpuri, cu decorații sub barba despărțită în două.

— Acesta – aud spunându-se – este Terenti Osipovici Dobrosklonov.

În jurul nostru se formează un spațiu liber. Mă uit în tăcere la Terenti Osipovici. Stă în picioare, sprijinindu-se în baston și ușor aplecat în față, așa că îmi trece prin minte că ar putea să și cadă. Nu cade.

— Du-te fără frică, mă sfătuiește Terenti Osipovici.

Odată poftit, o iau la goană – printr-un șir lung de camere – cu capul înainte și cu brațele larg desfăcute, și observ cum imaginea mea licărește în oglinzi, iar în dulapuri zdrăngăne vesela. În ultima cameră mă prinde o bucătăreasă grasă. Apăsându-mă de șorțul ei (miros grețos de bucătărie), mă duce solemn în salon. Mă pune pe podea.

— Du-te fără frică, răsună iar îndemnul lui Terenti Osipovici.

Acum nu mă duc – zbor, mă urc prin efortul cuiva pe un scaun vienez și le spun celor adunați o poezie. Țin minte, deloc mare... Bubuială de aplauze plus un *teddy bear* cadou. Ce le-oi fi recitat atunci? Fericit, mă strecor prin mulțimea de admiratori, mulțumesc cu privirea celor cărora le datorez succesul: bucătăresei și lui Terenti Osipovici, care mi-a dat putere cu un cuvânt.

— Doar ți-am spus – mâna îi lunecă pe cele două capete ale bărbii –, du-te fără frică.

Nu întotdeauna mi-a reușit așa în viață.

Marți

Lui Geiger îi plac descrierile mele. A spus că mâna îmi e condusă de atotputernicul zeu al detaliilor. Frumoasă figură de stil: Geiger știe să fie poetic.

— Dar până să îmi pierd memoria, n-am fost oare scriitor? întreb. Ori reporter de ziar?

Ridică din umeri.

— Ori altceva – pictor, de exemplu. Descrierile dumitale sunt foarte vizuale, aș zice eu.

— Atunci pictor sau scriitor?

— Descriitor de viață. Doar ne-am înțeles că, în general, nu ți se va sufla.

— De-aceea ați redus personalul la doi oameni?

— Da, ca să nu ia pe nimeni gura pe dinainte. Au rămas doi, cei mai de nădejde.

Râde.

După prânz, Geiger a plecat. L-am văzut pe coridor când a intrat Valentina – în palton, cu căciula în mână. I-am auzit pașii stingându-se, la început pe etaj, apoi pe scară. Două zile nu am rugat-o să stea culcată alături de mine, deși visam la asta. Cu toată permisiunea lui Geiger (sau în ciuda ei?). Dar acum am rugat-o.

Și iat-o deja alături, cu palma în palma mea. O șuviță din părul ei îmi gâdilă o ureche. M-ar apăsa ideea de a fi surprinși *așa*. Dacă ar fi într-un alt fel, reprobabil, chiar indecent, nu m-ar speria, fiindcă la indecent te-ai putea aștepta în primul rând, dar *așa*... Fiindcă acum e totul atât de subtil, îmi dă atâția fiori, e atât de inexplicabil, și nu mă părăsește senzația că a mai fost cândva. O întreb pe Valentina, i s-a mai întâmplat ceva de felul ăsta, are în legătură cu asta niște amintiri reciclate, nu neapărat amintiri – presupuneri? Nu, răspunde, n-am avut, și în general nici n-a fost nimic de felul ăsta, de unde să fie amintiri?

Atunci eu, doar n-am născocit, am avut cu adevărat. Stăteam culcați pe pat, iată, la fel de nemișcați, mână în mână, tâmplă lângă tâmplă. Nici atunci nu puteam să îmi înghit saliva – mă temeam să nu audă ea zgomotul, și ca să-l justific am tușit, atât de imateriale erau relațiile noastre. Sau pentru eventualitatea că îmi va pârâi vreo încheietură – și de-asta mă temeam, fiindcă, brusc, s-ar fi dus cu totul esența eterică, fragilă a relațiilor noastre. În care nu era nimic trupesc. Îmi erau de-ajuns încheieturile mâinilor ei, degetul ei mic, unghia degetului ei mic – micuță, ca un solz de sidef, neted și trandafiriu. Scriu și îmi tremură mâna. Da, de slăbiciune, de temperatură, dar și de la prea marea încordare a simțurilor. Și, în plus, pentru că memoria îmi ascunde tot restul. Ce-a fost asta?

— Ce-a fost asta? îi strig scăldat în lacrimi sorei Valentina. De ce nu-mi amintesc în întregime fericirea vieții mele?

Valentina își apasă buzele răcoritoare de fruntea mea.

— Poate că atunci ar înceta să fie fericire.

Poate. Dar pentru a înțelege asta trebuie să îți amintești tot.

Miercuri

Îmi amintesc. Șinele de tramvai pe râul înghețat. Micul tramvai electric care răzbate de la un mal la altul, băncile de-a lungul ferestrelor. Privirea vatmanului sfredelește viscolul și amurgul, dar malul celălalt tot nu se vede încă. Calea e abia luminată de felinare, în lumina lor instabilă orice imperfecțiune a gheții pare o crăpătură, un hiat mișcător. Vatmanul e concentrat, el este ultimul care își pierde speranța. Conductorul e și el tare de înger, dar nu uită să-și dea curaj cu câte-o dușcă dintr-o ploscă mică, căci gerul și peisajul acesta selenar descurajează pe oricine, iar conductorul trebuie să rămână în formă. Vinde bilete, cinci copeici unul, le rupe cu degetele înghețate. Sub el sunt zece stânjeni de apă, de-o parte și de alta e viscol, dar fragila lui arcă, cu luminița galbenă pe gheață, se îndreaptă spre obiectivul ei – fleșa[1] imensă, care se pierde în întuneric. Recunosc acest turn și acest fluviu. Acum știu în ce oraș am trăit.

Joi

Fiindcă am iubit nemărginit Petersburgul. Întorcându-mă din alte locuri, simțeam, intens, fericire. Armonia lui se opunea în ochii mei haosului care mă speria și mă dădea peste cap încă din copilărie. Acum nu pot reconstitui cum trebuie evenimentele vieții mele, îmi amintesc doar că atunci

1. Fleșa catedralei Sfinților Petru și Pavel.

când eram biciuit de valurile acestui haos, mă salva gândul la Petersburg – insula de care se sparg...

Valentina mi-a făcut acum o injecție într-un loc moale. O vitamină. Vitaminele sunt dureroase, injecțiile astea sunt, cine știe de ce, mult mai neplăcute decât injecțiile cu medicamente. Mi-am pierdut ideea...

A, da, armonie. Rigurozitate. Iată, sunt cu tata și cu mama – eu la mijloc, ei în părți, mă țin de mâini, mergem pe strada Teatralnaia, de la Fontanka spre teatrul Aleksandrinski, chiar pe mijlocul străzii. Noi înșine suntem o întruchipare a simetriei, dacă vreți, a armoniei. Și mergem, iar tata îmi spune că distanța dintre case este egală cu înălțimea caselor, și lungimea străzii este mai mare de zece ori decât înălțimea caselor. Teatrul crește, se apropie, sperie. Norii se iuțesc pe cer. Da, uite: străzii i s-a schimbat după aceea numele, i s-a dat unul cumva mizer. De ce?

Dar mi-am amintit și un incendiu. Nu incendiul propriu-zis, ci cum se duceau să îl stingă – pe Nevski, într-un început de toamnă, spre sfârșitul zilei. În față, pe un cal pana corbului – trâmbițașul. Cu trâmbița la gură, ca îngerul Apocalipsei. Trâmbițează, făcând drum convoiului pompieresc, și oamenii fug care-ncotro. Vizitiii dau bice cailor, îi țin în frâu la marginea drumului și încremenesc întorși pe jumătate spre pompieri. Iar pe clocotitorul Nevski, în golul care s-a format, intră în goana mare carul cu pojarnici. Spate în spate, stau pe o bancă lungă, cu căști de aramă, și deasupra lor flutură steagul unității de pompieri. Lângă steag e comandantul, el bate clopotul. În impasibilitatea lor, pompierii sunt tragici, pe fețele lor joacă reflexele vâlvătăii care îi așteaptă undeva, care arde deja undeva, nevăzută deocamdată.

Printre cei aflați în mers zboară frunze galben-aprins din grădina Ekaterininski, unde e incendiul. Eu și mama stăm lipiți de un grilaj de fontă și ne uităm cum imponderabilitatea frunzelor se transmite carului: el se desprinde încet de pavele și zboară la mică înălțime peste Nevski. După brecul cu pompierii plutește un car cu doi cai, cu răngi, tambururi cu furtunuri și scări de incendiu; după el – un furgon medical, ca să salveze arșii. Plâng, și mama spune să nu-mi fie frică, numai că eu nu plâng de frică – ci fiindcă sunt copleșit de prea multe simțăminte. De entuziasm pentru curajul și măreția acestor oameni, pentru că plutesc atât de falnic pe lângă mulțimea încremenită în zgomotul clopotelor.

Doream teribil să mă fac comandant de pompieri și, de câte ori vedeam pompieri, le adresam rugămintea mută să mă ia în rândurile lor. Străbătând Nevski pe imperială, îmi imaginam invariabil că mă îndrept spre un incendiu. Mă țineam solemn și puțin trist, și nu știam ce întorsătură aveau să ia toate astea în mijlocul vâlvătăii dezlănțuite, și prindeam privirile entuziaste, iar la saluturile mulțimii, abia înclinând capul într-o parte, răspundeam numai din ochi. Judecând după toate, n-am devenit totuși pompier, dar acum, când a mai trecut timp, nu regret.

Sâmbătă

Toată ziua de ieri a trecut cu examinarea. O impresie ciudată... Nu, nu m-a durut, nici măcar neplăcut nu mi-a fost. M-au uimit aparatele – n-am mai văzut niciodată așa ceva. Sigur, nu sunt specialist în aparate, și tot ce pot spune despre ele este doar senzația pe care am avut-o, dar această senzație e una neobișnuită.

— Am fost mult timp fără cunoștință? o întreb după aceea pe sora Valentina. Atât de mult, încât au putut să apară aparate noi?

În loc de răspuns, Valentina s-a culcat lângă mine. M-a mângâiat pe păr.

Așa mă mângâia cândva *Anastasia*. Vasăzică a ieșit brusc la suprafață un nume. Nu îmi amintesc cine e, de ce mă mângâia, dar îmi amintesc că era Anastasia. Degetele ei umblau prin părul meu, când și când încremeneau în reverie. Lunecau pe obraz spre ureche, pipăiau ușor relieful pavilionului urechii, și eu le auzeam foșnetul incredibil de sonor. Se întâmpla ca Anastasia să își apese fruntea de fruntea mea și să răsucească o șuviță de-a ei împreună cu una de-a mea. Una luminoasă cu una întunecată. Asta ne lega teribil, eram atât de diferiți.

— La ce vă gândiți? mă întreabă Valentina.

— Spune-mi *tu*, bine?

— La ce te gândești?

Chiar la nimic. N-am, pur și simplu, la ce să mă gândesc – nu-mi amintesc nimic. Uite, și din Anastasia a rămas numai numele. Numele și mirosul părului ei ca spicele de grâu – nici pe el nu l-am uitat. Dar poate că iau drept impresie rămasă intactă în memorie mirosul părului Valentinei. Sau așa: mirosul părului Valentinei (tot ca spicele de grâu) îmi amintește ceea ce mă făcea cândva fericit.

Duminică

Geiger mi-a adus *Robinson Crusoe*. Nu în ediția nouă, cu ortografie simplificată, ci în cea de dinainte de revoluție: anul 1906. E chiar cartea pe care o citeam în copilărie – a știut, sau cum? Aș recunoaște-o cu ochii închiși – pipăind-o, după greutate. După miros – ca părul Anastasiei. În nările mele a rămas pentru totdeauna mirosul plăcut de cerneală tipografică pe care îl răspândeau paginile lucioase ale acestei cărți. Era aroma peregrinărilor. Foșnetul acestor pagini era foșnetul frunzelor de pe insulă, care îl apărau pe Robinson de soare – imense, de un verde viu, abia fremătând. Cu stropi cristalini dimineața. Răsfoiam cartea și recunoșteam pagină după pagină. Cu fiecare rând, învia tot ce o însoțise în timpul meu dus – tusea bunicii, zgomotul unui cuțit căzut în bucătărie și (tot de-acolo) mirosul de prăjeală, fumul de la țigara tatei. Judecând după data apariției cărții, toate faptele menționate s-au petrecut până în anul 1906.

Un om stă la masă. Se vede prin ușa întredeschisă: aplecat în față, taie un salam în rotocoale egale, pe care le trimite unul după altul în gură. Tristă cină. Oftând, toarnă vodcă într-o cană, o dă peste cap, plescăie. Din când în când se uită pe fereastră. Acolo, frunze ca de plumb zboară în picaj, pieziș. Ar coborî lin, dar e vânt – le trage. Iar eu urmăresc totul de pe coridor, unde e întuneric. Dar nu chiar de lângă ușă, ci puțin mai din spate, ca să nu fiu văzut. Mă interesează ce face omul neștiindu-se observat. Dar el nu face nimic, doar taie salam, rotocol după rotocol, și, trist, îi ia gustul cu vodcă. Înainte de a lua un rotocol, își șterge degetele pe un ziar. Poftim, nimic deosebit, dar mi s-a întipărit în memorie. Unde și când a fost?

De câteva zile temperatura mea nu mai trece de 37,5. Și, încet-încet, mă simt mai bine, sunt tot mai puțin slăbit. Uneori stau așezat pe pat, atât cât nu obosesc, dar încă obosesc repede. Era așa o tortură: puneau omul să stea pe o stinghie sau pe o băncuță îngustă, în așa fel încât picioarele să nu îi ajungă pe pământ. Să nu poată dormi, și nici să se îndoaie să nu poată. Cu mâinile pe genunchi. Îl puneau să stea o zi și o noapte – până i se umflau picioarele. Așa se și numea asta: statul pe stinghie. Dar ce haos e în capul meu...

Mai bine, uite: suntem la Ligov, în parcul Polejaevski. În luna iunie. Acolo se află Ligovka, un pârâiaș, dar în parc el e mare, e ca un lac. La intrare – trăsuri și landouri, multe de tot, și îl întreb pe tata dacă s-a adunat aici tot orașul. Câteva clipe tata chibzuiește *ce* e în spatele întrebării mele – naivitate sau ironie. Răspunde prudent: nu, nu tot. În întrebarea mea e de fapt un licăr de bucurie: mie îmi place când se adună multă lume.

Pe iarbă sunt fețe de masă, samovare, patefoane. Noi nu avem patefon, și mă uit cum învârtesc manivela cei care stau lângă noi. Cine stă – nu îmi amintesc, dar văd și acum cum se învârtește manivela. După o clipă răsună muzica – răgușită, poticnită, și totuși muzică. Cântece. O cutie plină – ce mult aș fi vrut atunci să o am! Să am grijă de ea, să o mângâi, să o pun iarna lângă sobă, dar în primul rând – să o pornesc cu o dezinvoltură regală, cum faci un lucru intrat de mult în obișnuință. Învârtirea manivelei mi se părea un gest simplu și în același timp cauza nevăzută a sunetelor care curgeau, șperaclul universal cu care pătrunzi într-o lume fabuloasă. Mișcarea în cerc a mâinii avea ceva mozartian, ceva din mișcarea baghetei dirijorale care însuflețește instrumentele mute, nici ea pe deplin explicabilă prin legile pământești. Câteodată mă dirijam pe mine, îngânam melodiile auzite, și nu-mi ieșea rău. Dacă nu aș fi visat să ajung comandant de pompieri, aș fi vrut, fără doar și poate, să ajung dirijor.

În ziua aceea de iunie văzuserăm și un dirijor. Cu orchestra care asculta de bagheta lui, se îndepărta de mal. Nu era orchestra parcului, nu era de suflători, ci una simfonică. Stătea pe o plută, încăpând nu se știe cum, și muzica ei se răspândea pe apă. În jur pluteau bărci, rațe, se auzea ba scârțâit de furcheți, ba măcăit, dar toate se încadrau ușor în muzică și erau primite de dirijor cu o extremă bunăvoință. Înconjurat de muzicanți, dirijorul era în același timp singur: profesia asta are în ea un tragism care scapă înțelegerii. Poate nu atât de viu exprimat ca la un comandant de pompieri, fiindcă nu e legată nici de foc, nici de circumstanțe în general exterioare, dar această interiorizare a ei înflăcărează cu atât mai tare inimile.

Marți

Patru categorii primeau cartele pentru alimente și produse de larg consum:

Prima – muncitorii. Era un funt de pâine pe zi. Absolut suficient.

A doua – funcționarii de stat, un sfert de funt de pâine pe zi.

A treia – intelectualii neîncadrați, doar o optime.

A patra – burjuii. Tot o optime, numai că la două zile. Și nu cumva s-o refuzi...

L-am întrebat pe Geiger dacă mai sunt și acum cartele pentru alimente și produse de larg consum. Mi-a răspuns că au fost desființate. Ei, slavă Domnului! N-o scoteai ușor la capăt cu cartelele, în special pentru săpun și gaz lampant.

Aflasem că s-a deschis un nou punct de furnizare pe Vasilievski Ostrov, la colțul liniei 8 cu Srednii. Am zburat de pe Petrogradskaia acolo – nu știe toată lumea locurile noi, iar acolo coada era de obicei mai mică. Vânt din golf și măzăriche; pișcă urechile. Îmi däduseră la mine o broboadă a bunicii (bunica nici nu mai era în viață), să mi-o pun peste chipiu, dar, prostul de mine, mi-a fost rușine. Iar pe podul Tucikov, numai că n-am fost luat pe sus. Am scos din servietă broboada și mi-am înfășurat capul în ea. Păi, chiar așa, de ce să-mi fie rușine – e un viscol de nu vezi nici la o zvârlitură de băț. Și chiar dacă se vede – cine m-ar recunoaște cu broboada asta? Dar când m-am apropiat de linia lui 8, mi-am scos-o totuși.

M-am așezat la coadă. Pelagheia Vasilievna îmi spune:

— Sunt Pelagheia Vasilievna, am rând în fața dumitale, dar vreau să stau într-un intrând unde nu e chiar așa curent.

— Sigur, răspund, stați acolo, Pelagheia Vasilievna, din partea mea puteți să nu aveți grijă.

— Dar nu pleci din rând? Dacă pleci, treci pe la mine, uite, în intrândul ăsta (îmi arată), și anunță-mă.

Încuviințez din cap, dar ea rămâne pe loc.

— Aș sta, zice, dar am febră mare. Nu știu ce s-o alege de mine după statul ăsta la coadă. Totuși, fără gaz n-am pe ce să gătesc.

Se apropie Nikolai Kuzmici:

— Du-te, Pelagheia, stau eu în locul tău, dar nu te agita, pentru numele lui Dumnezeu.

Ea îl lasă să îi țină locul.

— Cu Nikolai Kuzmici n-am grijă.

Toți cei de la coadă sunt plini de zăpadă – pe căciuli, pe umeri, pe gene. Unii își lovesc picioarele unul de altul. Din intrândul ei se ițește Pelagheia, uitându-se neîncrezătoare la Nikolai Kuzmici. El o vede și dă din cap a dojană.

— Mulțumesc, Nikolai, zice ea, și dispare în intrând.

O oră glumesc cu toții și vorbesc despre cât e de greu să trăiești fără gaz. Fără gaz și fără lemne. După ce s-au scurs trei ore, se apropie Skvorțov, pe care îl cunosc oarecum. Susținând conversația generală, spune că 1919 este cel mai rău an din viața lui.

— Dar câți are viața ta, întreabă cineva din coadă, nu cumva nouăsprezece cu totul? Ori douăzeci? Ce-ai văzut tu, la drept vorbind, în viața asta?

— Păi, mai întâi...

Skvorțov răspunde cu aerul unui membru cu drepturi depline al cozii și stă în rând cu mine. Nu ridică tonul, dar coada nu îl crede.

— Uite, el, spune Nikolai Kuzmici arătând spre mine, a stat aici chiar de la început, pe el îl ținem minte. Pe Pelagheia Vasilievna, pentru care țin eu rând aici, o ținem minte. (Pentru o clipă, apare din intrând Pelagheia Vasilievna.) Dar de tine, scuze, nu ne amintim.

Skvorțov ridică din umeri, și zăpada adunată cade de pe ei. O clipă mai târziu, el e totuna cu viscolul. Pleacă pur și simplu, fără ceartă. Pleacă din viața mea pentru totdeauna, fiindcă, pare-se, nu l-am mai văzut.

Miercuri

Pe dulap e o statuetă a lui Themis, îi fusese dăruită tatei în ziua când a absolvit Facultatea de Drept. Îmi era arătată încă pe când eram doar un prunc, spunându-mi-se: e Themis. Mai târziu, eram întrebat, în special în prezența musafirilor:

unde e Themis? Eu arătam. Încă nu știam cine e aceea Themis, credeam că e orice lucru de nimic care stă pe dulap. Îmi plăcea totul la Themis, mai puțin balanța: nu se legăna. Până pe la șapte ani am răbdat, dar pe urmă am încercat să fac balanța să se miște, și am perseverat, am dat în ea cu ciocanul. Eram convins că trebuie să se legene, mă gândeam că o înțepenise ceva. Balanța, bineînțeles, s-a rupt.

Joi

Astăzi, după vizita de dimineață, Geiger a rămas în salon. Și-a lăsat o mână să lunece pe spătarul scaunului vienez.

— Ai întrebat-o la un moment dat pe Valentina dacă ai fost mult timp fără cunoștință...

S-a sprijinit în spătar cu amândouă mâinile și s-a uitat la mine. Mi-am tras pătura până la bărbie.

— E tot un secret?

— Nu, de ce? Reabilitarea dumitale merge foarte bine și cred că deja îți pot lămuri câte ceva. Dar numai câte ceva – astfel încât să nu fie totul deodată.

Ca și cum ar fi așteptat această frază, a intrat în salon Valentina cu trei ceșcuțe pe o tavă. Mi-am dat seama că era cafea din clipa când un picior al ei a pășit peste prag. I-am simțit aroma. O cafea făcută așa cum trebuie – când am băut ultima oară? M-au ajutat să mă ridic, și, un minut mai târziu, eram așezați toți trei: eu pe pat, Geiger și Valentina pe scaune.

— Problema, a spus Geiger, este că dumneata ai fost într-adevăr foarte mult timp fără cunoștință, și în lume s-au petrecut schimbări. O să-ți povestesc câte puțin despre ele, iar dumneata vei continua să îți amintești tot ce ți s-a întâmplat. Sarcina noastră comună este ca aceste două fluxuri să se contopească nedureros.

Cafeaua s-a dovedit a fi ca și aroma ei, poate chiar un pic mai bună. Geiger a început să povestească despre cucerirea cosmosului. După cât se vede, noi și americanii zburăm deja de mult în cosmos. Păi da, având în vedere ideile lui Țiolkovski, era de așteptat. (Ce îi lipsește cafelei e zahărul. Întreb dacă pot să primesc niște zahăr. Geiger șovăie, spune că nu știe ce efect o să aibă glucoza asupra organismului meu.) Primul a fost în cosmos un rus, în schimb americanii au fost pe Lună. Mare lucru nu știu nici despre cosmos și nici despre Lună, dar, după părerea mea, nu e de făcut absolut nimic acolo.

— Oamenii au fost pe fundul celor mai adânci mări, continuă Geiger.

Încuviințez din cap.

— Pe timpul dumitale se putea închipui așa ceva? întreabă Valentina.

— Da, răspund, existau deja niște idei pe tema asta și-atunci.

Povestesc că pe la iarmaroace era o jucărie – *locuitorul australian*. Într-o sferă mică din sticlă, în care era apă, plutea un mic domn (tot din sticlă) cu ochi bulbucați. Deasupra sferei era lipită o membrană de cauciuc. Apăsai pe membrană și locuitorul australian, rotindu-se în jurul axei sale, se ducea la fund. „Locuitorul australian pe fundul mării se lasă, caută fericirea omenească!“ striga vânzătorul. Șchiopătând cu un picior pe care îl și târșâia, vânzătorul umbla prin iarmaroc cu o iuțeală de te și mirai, și vocea ba i se stingea, ba i se auzea deodată foarte aproape. „Locuitorul australian pe fundul mării...“ Toată lumea se amuza că luptătorii pentru fericirea omenească arată așa de ciudat. Și că sunt așa de mobili. Locuitorii ruși, spre deosebire de cei australieni, nu erau capabili să se învârtească, asta e sigur, cu o asemenea viteză.

Mâna lui Geiger e pe umărul Valentinei. Degetele, parcă mașinal, au de lucru cu o șuviță din părul ei. Arată spre mine. Cu o șoaptă teatrală, Geiger rostește chiar în urechea ei:

— Nu e vorba numai despre biruirea stihiilor, aici trebuie văzut un sens mai înalt – problema fericirii...

— Pe dumneavoastră lupta pentru fericire nu pare să vă anime în mod deosebit, nu? mă întreabă Valentina.

— Din pricina ei, spun eu, sunt în general numai tragedii.

Valentina nu încearcă deloc să scape de mâna lui Geiger. Râde. Interesant, o fi vreo relație între ei? Că el se poartă cu ea foarte familiar.

Geiger mi-a mai povestit ceva din domeniul tehnicii, dar nu am reținut tot. Da, acum se scrie cu „tocuri cu bilă" (în interiorul peniței e o bilă) – aha, e ce-a ascuns Valentina de mine acum câteva zile. Au vrut să mă cruțe de un șoc. O să spun sincer: nu m-a șocat.

Seara mi-a crescut temperatura, și Valentina mi-a citit *Robinson Crusoe*. M-a întrebat ce anume să îmi citească, și am rugat-o să-mi citească de unde se deschide cartea singură. Fiindcă pentru mine e indiferent de unde, știu această carte aproape pe dinafară. Povestea începea cu Robinson care își cară lucrurile de pe fosta lui corabie. Din catargele rămase construiește o plută, și, ducându-se și întorcându-se, aduce pe țărm provizii, scule de tâmplărie, pânză de doc, odgoane, flinte, praf de pușcă și multe altele. Pluta se balansează sub povara cuferelor coborâte pe ea, și cititorului îi bate inima cu putere, fiindcă orice lucru e la Robinson ultimul, el nu mai poate fi înlocuit. Timpul care i-a dat naștere a rămas undeva departe, poate chiar s-a dus pentru totdeauna. El e acum în alt timp – cu experiența dinainte, cu deprinderile dinainte, și trebuie fie să le uite, fie să reconstituie întreaga lume pierdută, ceea ce nu e simplu deloc.

Cred că Geiger și Valentina nu sunt legați prin nimic. Se poartă degajat unul cu altul, dar de aici nu rezultă încă nimic. E stilul doctorilor.

Vineri

Am închiriat o vilă la Siverskaia. Am venit pe linia ferată Varșavskaia, la clasa a doua, în vârtejuri de fum și de abur. Trenul a făcut aproape două ore, a oprit de patru ori – la

Aleksandrovskaia, la Gatcina, la Suida și, bineînțeles, la Siverskaia noastră. Acestea sunt pentru mine primele denumiri, primele semne ale lumii locuite din afara Petersburgului. Nu bănuiam încă existența Moscovei, habar nu aveam de Paris, dar de Siverskaia știam. Iar stațiile liniei Varșavskaia le anunțam de la vârsta de doi ani – așa mi-au spus părinții.

Oprind la Siverskaia, locomotiva răsufla greu, și aceea îi era ultima suflare. Mai clocotea încă ceva în ea, mai șuiera ceva, dar să meargă mai departe nu mai era dispusă: prin aceste zgomote nu făcea decât să arate că nu se poate domoli într-o clipă. Așa forăie calul de curse trăgându-și sufletul după ce a gonit.

Din vagonul pentru bagaje a fost descărcat într-o căruță enormul nostru calabalâc: plăpumi de puf, hamacuri, veselă, mingi, undițe. Noi am mers într-o trăsură ușoară, iar căruța se târa încet după noi. După ce am traversat Oredejul pe stăvilarul morii, ne-am oprit. Ne-am uitat cum strângea căruțașul niște mujici din Siverskaia ca să împingă căruța la deal pe malul abrupt. Mai exact, nu-i strângea, ci îi alegea – acolo, lângă stăvilar, stăteau în așteptare o mulțime; știau că de la tren aveau să vină căruțe și că ele vor trebui împinse. Luau câte douăzeci de copeici, cu mai puțin nu se învoiau: cât să le ajungă pentru două sticle de bere, porția lor minimă.

Odată ajuns pe peronul casei, respiram neasemuitul aer al Siverskăi. Mic fiind, nu știam încă să exprim în ce consta particularitatea lui (nici acum, probabil, nu reușesc), dar atunci înțelegeam deja clar că nu are nimic comun cu aerul Petersburgului. Că, poate, acesta nici nu e aer, ci ceva de altă natură – dens, parfumat, mai degrabă să îl bei decât să îl respiri.

Și priveliștile erau altele, și culorile, și sunetele. Verzi, foșnitoare. Cafenii, adânci de tot, clipocind. Trecând într-o zi cu soare în albastru. Era vuietul căderii de apă la stăvilar, și tremurul balustradelor din metal sub apa care cădea, și curcubeul în stropi. De o parte a stăvilarului – preaplin și reverie, de cealaltă – clocot și zbucium. Și peste toate – ocrul aprins al prăpastiei, argila devoniană, ca să mă exprim științific, pe care se puneau cărămizile cuptoarelor de-atunci.

Nimeni nu îi spunea acolo acestei argile devoniană. Argilă roșie, spuneau, și puneau cărămidă după cărămidă. Mistria era roșie, hainele de lucru erau roșii, roșii erau și nasurile, pe care și le suflau apăsându-le cu degetele roșii. Iar eu, la patru ani, stăteam în picioare lângă o baie care se construia, în costumaș de marinar, și mă uitam cum erau așezate pe argilă cărămizile, cum sobarul ciocănea melodios în ele cu mânerul mistriei și glumea cu mine, și eu râdeam. Ciocănitul ăsta era pentru mine chiar rostul acestui complicat sobărit, incontestabilul lui punct culminant. I-am cerut sobarului mistria și am bătut și eu – nu așa de iscusit, nu așa de melodios, dar un anume sunet tot a rezultat. Și mânecile îmi erau numai argilă devoniană.

Casa e deasupra Oredejului. Râul se învolburează jos, iar noi suntem sus. Ne legănăm într-un hamac legat de doi pini. Mai exact, hamacul îl leagănă o fetiță din vecini: ea stă chiar pe marginea plasei, iar eu stau alături de ea și o privesc. Am șapte ani, cred, nu mai mult de șapte, dar aceste mișcări ritmice mă tulbură deja. Suntem o barcă pe valuri, iar râul de sub noi ba își ia zborul în sus, ba dispare, alternând cu vârfurile pinilor. De câte ori o luăm în sus, mă atinge părul ei nestrâns, îmi lunecă peste ochi, peste obraji, peste buze, dar nu mă întorc, urmăresc cum se întinde pe rochia ei, între omoplați, o pată umedă. Pun palma pe pată, și ea nu mi-o respinge, fiindcă și ei, ca și mie, îi face plăcere, iar când palma mea se mișcă spre stânga, simt cum îi bate inima. Des și tare. E mica noastră taină umedă și cea dintâi iubire a mea.

Sâmbătă

Mi-au dat astăzi o mixtură nouă – groaznic de amară. Am băut-o și mi-am amintit cum am băut pentru prima oară în viața mea vodcă. A fost de ziua onomastică a Elisabetei, sărbătorită într-o locuință imensă de pe Mohovaia. Îmi amintesc salonul scăldat în lumina electrică, plantele exotice în hârdaie. Nu îmi amintesc cine e Elisabeta.

Se apropie de mine Skvorțov. Ochii îi strălucesc.

— La noapte fug pe frontul german. Cu această ocazie propun o băută. Ridicând puțin poala redingotei, arată, ieșind din buzunarul pantalonilor, gâtul unei sticle. Avem aici o litruță.

Pe Skvorțov îl cunoscusem chiar aici, la Elisabeta, cu o jumătate de oră în urmă. Nu pot să îl refuz, dacă omul fuge pe front, asta poate să fie ultima lui rugăminte. Mă învoiesc. Și în același timp șovăi: mi-e rușine să mărturisesc că nu am băut niciodată vodcă. Skvorțov mă conduce pe palier și scoate sticla. Închide cu grijă ușa, aproape de tot. Sprijinindu-se cu spatele de ea, stă o groază cu buzele lipite de sticlă. Eu nu știu cum se bea vodca. Doar văd că în sticlă nu scade cantitatea de lichid, nici măcar nu sunt bule. În schimb disting clar o drojdie care plutește în sticlă, și începe să mi se pară că sursa ei e gura celui care bea. Cu un geamăt de om cu experiență, Skvorțov se desprinde de sticla care mi se pare suspect de plină.

— Noi suntem de-o seamă cu secolul, Innokenti, deci răspundem pentru el. Skvorțov pare că deja se clatină. De-asta și fug la război, înțelegi? Bea, e rândul tău.

De-o seamă cu secolul – tot o *zicere*. Dintre cele care răsună de multe ori în viață. Să-l ascult pe Skvorțov mă amuză și îmi face puțin scârbă. Și să beau după buzele lui mi-e scârbă, dar să refuz nu pot – o să creadă că mi-e teamă să beau vodcă. Apuc nehotărât sticla.

— Nu degeaba se spune „ca pe vodcă“, mă încurajează el. Hap – juma' de sticlă dintr-o sorbitură!

Iau o înghițitură (mult mai mică decât cea recomandată), și îmi arde gâtul. Depărtez sticla, să îmi recapăt suflul.

— Nu inspira, bea mai departe! strigă isteric Skvorțov.

Mai iau o înghițitură, și-mi vine în minte saliva lui. Saliva pe care, probabil, a lăsat-o în sticlă. Mi se întoarce stomacul pe dos.

— Greșeala ta a fost că ai inspirat, îmi spune el. Nu trebuia să inspiri.

În vocea lui se simte satisfacție. Îmi întinde batista lui ca să mă șterg la gură, dar îi împing mâna. Mă tem că la vederea batistei lui mai vărs o dată.

Pe Skvorțov l-am văzut după câteva zile pe Nevski. Mi-a făcut de departe cu mâna. Nu plecase nicăieri atunci.

Acum m-am luminat: dacă *suntem de-o seamă cu secolul*, înseamnă că m-am născut în 1900. Gândul e firesc, dar cine știe de ce nu mi-a venit imediat.

— Doctore, m-am născut în 1900? îl întreb pe Geiger.

— Da, răspunde. Ești de-o seamă cu secolul.

Mda...

Luni

Kuokkala. În fiecare zi, după micul dejun, alerg cu Seva pe plajă. Zborurile de dimineață ne-au intrat în obicei. Eu țin de sfoară și conduc zmeul-aeroplan. Seva ține și el de sfoară, dar mai de jos; de acolo nu conduce nimic, așa că e mai corect să spun că el se ține de sfoară. Asta pentru că de fiecare dată când se apucă Seva să conducă, aparatul intră imediat în picaj și se așază neputincios pe luciul apei. De fapt, întâmplările de acest fel fac parte din joc, fiindcă în zorii navigației aeriene catastrofele sunt și ele un fenomen frecvent. De mirare este numai faptul că, în cazul nostru, toate sunt strâns legate de vărul meu.

Seva și cu mine suntem de aceeași vârstă, dar în relațiile noastre el e considerat, cine știe de ce, mai mic. Există, desigur, oameni care nu se simt jigniți de poziția de subordonat, ei tind spre ea și o acceptă ca pe locul lor firesc în viață. Nu este cazul lui Seva, el suferă din pricina poziției de subordonat, dar să ocupe alta nu poate.

Uite, bunăoară, Seva e fricos. Ei, nu fricos – nu-i frumos să vorbesc așa –, nu este îndrăzneț. Se teme de necunoscuți, de apariții în fereastră, de albine, de broaște, de șerpii de casă. Îi spun că șerpii de casă nu sunt otrăvitori, apuc unul cu degetele un pic mai jos de cap și vreau să i-l dau lui Seva, dar vărul meu se face dintr-odată palid și buzele îi tremură. Dau drumul șarpelui, și el pleacă târâș pe cărăruie.

Seara, Geiger e la mine în salon, stă pe scaun. A citit dilemele mele în privința lui și a Valentinei. M-a asigurat că însemnarea este remarcabilă prin sinceritatea ei. El, Geiger, obține pe toate căile deschiderea totală a subconștientului meu, și mă roagă să nu mă jenez să îmi exprim gândurile și sentimentele. Așa. Plecând, mi-a spus:

— Relațiile mele cu Valentina nu pot stânjeni relațiile dumitale cu ea.

Relațiile lui...

Joi

Câteva zile am zăcut fără să mă ridic. O slăbiciune incredibilă. Nu am avut putere să scriu. Iar astăzi bietul meu creier a scos la iveală o *zicere*, următoarea: „Nu ați desăvârșit construcția formei, e încă devreme să treceți la modelarea în clarobscur".

Înseamnă că am fost totuși pictor? Dar atunci ar trebui să-și amintească nu numai mintea (este evident că ea nu-și amintește), ci și mâna. Numai că nici mâna nu își amintește. Am încercat să desenez ceva – nu izbutesc.

Zicerea s-a agățat de un cârlig în conștiință și a atârnat de el toată ziua. Nu ați desăvârșit construcția formei... După cum se vede, nu am desăvârșit. Înseamnă că nu sunt pictor, în cel mai bun caz sunt un descriitor al vieții. Ce-a avut în vedere Geiger când m-a numit așa?

Și ce a avut în vedere vorbind de relațiile lui cu Valentina?

Vineri

Geiger mi-a spus că acum *Oredej* e de genul masculin. Și fără semn moale[1].

— Cum, râul și-a schimbat sexul? întreb.

— Parcă numai râurile – acum și oamenii își schimbă sexul. Dar dumneata scrie ca înainte – e mai frumos, după părerea mea.

Astăzi mi-a arătat un *computer*. Scumpă jucărie, după cât se pare. Apeși un buton – se aprinde un ecran mic. Apeși altul – apar, luminate, fotografii. Ca la „lanterna magică".

Kamennoostrovski Prospekt la podul Troițki, anul 1900. Trece un tramvai. Pe fotografie nu se văd culorile, dar eu văd ca acum aceste tramvaie – roșu cu galben. Tramvaiul cu cai era vopsit, cine știe de ce, în nuanțe brun-cenușii, cel electric însă – în culori vii. Îmi amintesc zgomotul lor. Conductorul îl suna de pe platforma din spate pe vatman, ceea ce însemna că poate porni. Vatmanul avea și el soneria lui – pentru trăsuri și pentru cei care mergeau pe jos. O pedală. Ca să sune, apăsa pe pedală. Ce-am mai visat în copilărie să apăs și eu! Urmăream din ochi chipul sever al vatmanului, piciorul lui – parcă străin, de sine stătător, parcă înșurubat pentru un timp la trupul lui imobil, întinzându-se neobosit spre pedală. Piciorul era încălțat cu o gheată obișnuită, cu galoș, uneori găurit. Eu eram uimit că asta nu-l împiedica să interacționeze cu un obiect atât de elegant ca soneria electrică.

---

1. Literă a alfabetului chirilic (ь), preluată în grafia limbii ruse, marcând pronunțarea „moale", adică cu palatalizare, a consoanei precedente.

Ecranul se întunecă și apare altă fotografie. Un portar (1908). În cojoc, cu pâslari... E, probabil, ajutor de portar – aceștia înlătură gheața, cară lemne în apartamente, dar exista și un portar-șef, mai mare peste ceilalți. Acesta numai că nu umbla în costum.

Dar uite Siverskaia, drumul de la moară, la începutul secolului. Doamne, noi chiar pe drumul ăsta urcam de fiecare dată! Acolo, în fotografie, se vede cineva – oare nu suntem noi? Vineri seara mergeam la gară să îl așteptăm pe tata după o săptămână de muncă, iar duminică seara îl conduceam.

Capii de familii petersburgheze care mergeau la vilă erau în general de două feluri – *bărbați de* dacea[1] și *șampaniști*. Bărbații de *dacea* renunțau din mai până în septembrie la o locuință în oraș (închirierea era destul de scumpă) și, zilnic, după lucru, plecau la familie, în afara orașului. Ceea ce le lua o groază de timp și de putere. Șampaniștii, dimpotrivă, își permiteau să rămână în locuințele din oraș și să își viziteze familiile în zilele libere. Se considera, cine știe de ce, că în timpul săptămânii șampaniștii se întâlnesc unii cu alții, joacă cărți și beau – firește, șampanie. Ca venituri, tatăl meu era mai degrabă bărbat de *dacea*, dar se purta ca un șampanist în toată regula. Toată problema era că nu-i plăcea să aibă de dus mobila în mai la depozit, iar în septembrie – să caute locuință și să aducă iar mobila de la depozit. Mi se poate obiecta că nimănui nu-i plac astfel de treburi. Poate că nu plac nimănui. Dar lui nu-i plăceau în mod special.

Când se lăsa seara, mama și cu mine stăteam la gară și îl așteptam pe tata. Nu eram numai noi, firește. O mulțime de vilegiaturiști din Siverskaia așteptau la fel ca noi, venind seara la gară. Unii veneau lăsând trăsurile în fața gării. Trenuri erau puține, de-aceea se adunau toți în unul și același loc – dacă îmi amintesc bine, la ora șapte și jumătate. Discutau

1. Casă în afara orașului, folosită îndeobște pentru petrecerea timpului liber, dar, uneori, și pentru locuirea permanentă.

unii cu alții pe peron, își plesneau reciproc țânțarii. Băteau din tocuri pe podina de lemn. Anticipând plăcerea întâlnirii, râdeau. Mama spunea că se lasă răcoarea, scotea din geantă o tunică dintr-un material gros și (după o încercare a mea de a mă sustrage) mi-o punea. Spunea că eu nici nu observ că e răcoare. Și chiar nu observam.

Trenul se vedea din depărtare și se apropia încet. Cum apărea deasupra punctului de convergență a liniilor, cei veniți în întâmpinare se întorceau cu fața spre el. Odată ce îl vedeau, acolo rămâneau cu ochii. Mai vorbeau între ei, se mai interesau de noutățile din Siverskaia, dar atenția le era de fapt concentrată pe larva care se târa încet pe șine, pe inexplicabila ei transformare în locomotivă.

Încă nu știam în ce vagon e tata, nu venea cu același, și să-l văd din prima clipă printre cei sosiți era o chestiune de onoare pentru mine. Tata venea pe peron și ne săruta – întâi pe mine (ridicându-mă în brațe), apoi pe mama –, și apariția lui era pentru mine o fericire de nespus. Fericire, fericire, spuneam în sinea mea văzându-l pe tata. Treceam peste râu, urcam pe același drum pe la moară, iar umbrele noastre se întindeau incredibil sub nesfârșitul soare al verii. Fericire. Intram în casă, cinam, ne uitam la daruri (tata venea întotdeauna cu daruri), citeam ceva cu voce tare la culcare, adormeam și visam.

Matur fiind, l-am visat des pe tata, cel mai mult, pe tata cel din timpul verii. Nasul coroiat, pince-nez-ul, începutul de chelie care își făcea loc deasupra frunții. În cămașă albă și pantaloni deschiși la culoare, cu curea lată. Buzunarul pentru ceas, lănțișorul de argint. Poate că tocmai atenția cu care mă uitam după tata pe peron a făcut din chipul lui cel mai viu portret din memoria mea.

Îmi amintesc gesturile lui. Gestul exagerat, chiar întru câtva impunător, cu care trăgea de lanțul ceasului Breguet. Pocnetul capacului, ușoara grimasă – ceva ca o nemulțumire legată de timp, de genul „fuge prea repede"; se uita la ceas și când se plictisea sau când avea vreun dubiu. Și când era stingherit se uita, era un gest salvator. Dar poate nu un gest, poate era ceva mai mult, legat de răstimpul lăsat lui – un presentiment, oare? Pentru că într-o seară de iulie a anului 1917 (ultimul nostru an la *dacea*) n-am mai avut parte să îl vedem la gară. În ziua aceea l-au omorât niște marinari beți în gara Varșavski.

Mai târziu m-a torturat imaginea iubitului nostru tată zăcând, alb ca neaua, pe un peron murdar, cu niște gură-cască strângându-se în jurul lui, iar el, care se jena, disprețuia, ura atenția străzii, condamnat să rămână acolo. Mama a întrebat la poliție dacă a rămas mult timp așa (a reieșit că mult), a întrebat pentru ce l-au omorât (pentru nimic), de parcă dacă ar fi fost pentru ceva ar fi fost vreo ușurare, pe urmă a urlat că ar împușca toată soldățimea asta cu mâna ei, iar polițiștii se uitau la ea în tăcere. Dincolo de durerea ei, ea nu înțelegea ce catastrofă se petrecea, și că a-i împușca pe marinari era totuna cu a împușca valurile mării sau, să zicem, trăsnetul. Iar ce trăiam noi nu a fost, după cum avea să se dovedească, un trăsnet, ci un fulger, trăsnetul abia urma. Numai că noi încă nu știam.

Sâmbătă

Legat de tata, m-am gândit la natura dezastrelor istoriei – revoluții, războaie și altele asemenea. Principala lor grozăvie nu e faptul că se trage. Și nici chiar foametea. Ci faptul că se eliberează cele mai josnice patimi omenești. Iese la iveală ceea ce până atunci era înăbușit în om prin legi. Fiindcă pentru mulți nu există decât legi exterioare. Interioare nu au.

La locul salvării sale, Robinson Crusoe a pus un stâlp pe care însemna duminicile. Se temea că, încurcându-le cu zilele de lucru, nu va sărbători Învierea Domnului în ziua cuvenită. Fiecare a șaptea crestătură o făcea mai lungă, iar și mai lungi făcea crestăturile care marcau prima zi a fiecărei luni. Incrustase pe stâlp cu cuțitul un înscris mare: „Aici am pășit pe țărm pe 30 septembrie 1659". Interesant, ce an o fi totuși acum?

Nostimă chestie e computerul. După cum se vede, poți să scrii la el ca la o mașină de scris. Și să corectezi. Ăsta-i principalul, să corectezi ca și cum nici nu a fost vreo greșeală – fără să-ți macini nervii, fără obositoarele corecturi pe cinci exemplare. Dactilografele au ce invidia. În computer se pot păstra texte, pe computer se poate citi. O să învăț să scriu la el.

La sfatul lui Geiger, am citit articolul „Clonarea" – ceva în spiritul lui Herbert Wells. Nu prea am înțeles cu „nucleele" și „ovulul" – ce și unde au transplantat. Mi-a plăcut oaia, răsărită, cică, dintr-un uger de oaie. A primit prenumele cântăreței Dolly Parton, căreia îi plăcea să își pună în evidență meritele bustului. Geiger consideră că cele descrise în articol (am în vedere felul cum a răsărit oaia) sunt adevărate. Spune că îmi va face cunoscute schimbările care s-au petrecut în lume cât timp am fost inconștient. Cum ar veni, pentru a-mi pregăti conștiința.

Mi-a dat să citesc despre *crionică* – un articol nu mai puțin exotic. Despre cum sunt înghețate corpuri pentru a fi readuse mai târziu la viață. E ceva cam sinistru în însăși ideea asta – indiferent dacă există o astfel de înghețare în realitate. Dacă e să dai crezare articolului, sunt destul de mulți oameni înghețați, deși până acum nu a fost dezghețat viu nici unul. În același timp, unele experimente pot fi considerate reușite. Un embrion de găină a stat câteva luni în azot lichid, iar după ce a fost dezghețat, inima embrionului a început să bată. Până la -196°C a fost înghețată inima unui șobolan, și când au dezghețat-o a început și ea să bată. A fost înghețat encefalul unui iepure. După dezghețare, creierul iepurelui (dar are iepurele creier?) și-a păstrat activitatea biologică. În fine, până la -2°C a fost răcit un babuin african. Babuinul a rămas în această stare 55 de minute, după care a fost reanimat cu succes.

Luni

Anastasia. Minunat nume – plenison și în același timp duios, trei *a* și doi *s*. Ea a spus: „Pe mine mă cheamă Anastasia". Stătea în picioare deasupra mea, precum Crăiasa Zăpezii, pe niște patine Halifax nou-nouțe, cu mâinile în manșon, în mijlocul grădinii Iusupov. Ce a spus mai întâi? Îmi amintesc totul: „Iertați-mă, vă rog!" A spus: „Nu v-ați lovit?" Iar eu – în patru labe. Mă uit la patinele ei, la poalele paltonului și la garnitura de blană, de sub care abia dacă se vede un verșoc[1] de picioare în pantaloni tricotați. Văd stele verzi din pricina căzăturii. Din nas îmi picură sânge pe gheață, și asta e cel mai groaznic, cel mai penibil.

Ea se apleacă, ba nu, se lasă pe vine, scoate din manșon o batistuță, o lipește de nasul meu: „Am dat peste dumneavoastră, iertați-mă". Pata de pe gheață se întinde, de rușine îmi trec mâna peste ea ca și cum aș vrea s-o șterg, dar nu izbutesc nimic. Orchestra continuă să cânte, ne ocolesc toți, unii se opresc. Batistuța miroase a parfum, e plină de sângele meu, iar eu tot nu pot să mă ridic, sunt pentru prima oară pe patine, și în ochi am lacrimi de rușine. Ea îmi dă mâna – caldă, din manșon, și îi simt toată palma. Și uite-mă cu o mână pe gheață și cu cealaltă în mâna ei, și e așa un contrast, așa o suprapunere de cald și rece-gheață, viu și neviu,

1. 4,4 cm.

omenesc și... De ce am comparat-o cu Crăiasa Zăpezii? Frumusețea ei e caldă.

Nici nu dăduse peste mine, eu mă trăsesem brusc înapoi din calea ei. Mergea repede, frumos – uneori singură, alteori de mână cu alte liceene. Pare-se că era liceană, pare-se, da, și mai ce... Uneori mergeau câte trei, câte patru, împletindu-și brațele între ele. Și cât de frumos li se mișcau picioarele – în același timp, amplu, cu un zgomot tăios. Eu, după ce îmi pusesem patinele, rămăsesem o oră întreagă la marginea gheții, îi admiram pe cei care patinau, o admiram pe ea. După răcoarea umedă a vestiarului și mirosul de bănci de lemn și de transpirație – vântul înghețat de pe patinoar, exclamațiile, râsetele, dar mai cu seamă muzica. Când orchestra a început să cânte *Crizanteme*, ah, cum dansa, cum dansa ea! Cu un student care, firește, nu făcea nici cât degetul ei mic; încercam să nici nu mă uit la el, o vedeam numai pe ea, și mi se oprea inima.

De femei sunt legate și alte (calambur involuntar) căderi din viața mea. Iată, nu demult am descris legănatul în hamac. Și am amintit asta pentru că m-am lovit rău atunci. Fetița și-a luat așa un avânt cu hamacul, că eu am zburat din el și m-am lovit cu ceafa de rădăcina unui pin. Și-atunci mi-a curs sânge din nas, și rana de la ceafă a trebuit cusută. După aceea m-au chinuit mult timp durerile de cap...

Ce îmi vine în minte după toate cele spuse: în grădina Iusupov n-a fost Anastasia. Pe ea, dacă nu încurc nimic, am cunoscut-o în '21. Ce patine în '21?! De unde mi-a venit că era Anastasia?

Marți

Astăzi am făcut o descoperire cronologică: mi-am datat prezentul. L-am datat și – nu mi-am crezut ochilor.

De regulă, Valentina îmi aduce tabletele pe o tavă, dar astăzi le-a scos din cutie. Cutia a uitat-o pe noptiera mea.

Cercetând ambalajul neobișnuit, am citit: „Data producerii: 14.12.1997“. M-am gândit că e o greșeală de tipar, dar am văzut mai jos: „Valabil până la 14.12.1999“. Nu-i rău.

Rezulta că acum este fie anul nouăzeci și opt, fie nouăzeci și nouă – firește, dacă nu sunt folosite medicamente expirate. În ce fel de accident am putut eu nimeri, ca să mă trezesc la celălalt capăt al secolului? Ce-i asta – un joc al conștiinței mele vătămate? Eram convins că cifrele acelea au o explicație simplă și rezonabilă.

M-am ridicat cu greu din pat și m-am dus la oglinda de lângă ușă. Ochi duși în fundul capului, sub ei cearcăne. Ochii cenușii, cearcănele albastre. Cute de la nas spre colțurile buzelor – cute, nu riduri. Se consideră că sunt urme lăsate de zâmbete – e de crezut că în viața dinainte am zâmbit mult. Sunt blond-închis, nici un fir de păr alb. Palid. Palid, deși nu sunt bătrân! În anul 1999, *cineva de-o seamă cu secolul* trebuie să arate cu totul altfel.

A intrat Geiger.

— Doctore, suntem în nouăzeci și nouă? Sau nouăzeci și opt?

— Nouăzeci și nouă, răspunde. Nouă februarie.

E cât se poate de senin. Privire scurtă la medicament:

— Ai citit pe ambalaj? I-am sugerat Valentinei să lase ambalajul, se folosesc astfel de trucuri, ți se suflă.

— Ce-ar fi să-mi suflați și tot restul? În general, cum am nimerit aici și ce a fost cu mine?

Zâmbește:

— O să-ți suflu, nici o grijă, dar de vorbit n-am să vorbesc. Doar ți-am explicat totul. Conștiința dumitale amintește de un stomac după înfometare, să îl supraîncarci înseamnă să îl omori. După cum vezi, sunt sincer cu dumneata în măsura în care acest lucru e posibil.

— Atunci spuneți-mi ce e acum în Rusia. Măcar în linii generale.

Geiger a rămas o clipă pe gânduri.

— Locul dictaturii l-a luat haosul. Se fură ca niciodată. La putere sunt oameni care fac abuz de alcool. Asta – în linii generale.

Da... Iată cum stau lucrurile, aviator Platonov.

Vineri

Două zile nu mi-a venit să scriu, m-am gândit la cele spuse de Geiger. Și la faptul că sunt în nouăzeci și nouă. La nimic altceva, fiindcă nu-mi intră în cap. Iată, se părea că am înțeles, că am acceptat, că m-am liniștit, dar pe urmă parcă m-am trezit și iarăși mi se-nvârtește capul. Are dreptate Geiger: dacă mai aflu ceva nou acum, probabil că o să înnebunesc. Mai bine să mă gândesc la trecut.

Era în Siverskaia o stradă lungă, Țerkovnaia[1], mergea de la moară, pe lângă biserica Petru și Pavel, până la un podeț îndepărtat peste râu. Urca de la Oredej și cobora tot la el după ce făcea un ocol. Pe drumul ăsta își făcea marșurile detașamentul nostru. Era un detașament mic, dar sută la sută de luptă și echipat de minune. În față – steag cu vulturul bicefal, după el – gornistul cu toboșarul, și abia pe urmă detașamentul propriu-zis. Drumul era în cea mai mare parte neted, așa că izbuteai să bați bine pasul pe el. Steagul fâlfâia, gornistul trâmbița, iar toboșarul bătea toba. Respectiv, acest toboșar eram eu. Tata îmi cumpărase toba pentru marșurile din Siverskaia – una adevărată, cu piele. Spre deosebire de una de jucărie, scotea un sunet prelung, răsunător și în același timp profund. Și ce frumoasă, ce dulce era răpăiala ei pentru mine: tram-tararam, tram-tararam, tram-tararam-pam, tram-pam-pam.

Auzindu-ne, veneau la gardul vilelor lor generalii în rezervă. Ne dădeau onorul. Pentru această ocazie, generalii

1. A bisericii (*tzerkov'* – biserică).

purtau chipiuri decolorate cu cocarde, la care își duceau mâinile. Tot ce era mai jos – halatele matlasate, vestele tricotate și restul de inventar nemilitar – era ascuns de gard. Generalii se uitau mult timp în urma noastră, pentru că le trecea prin față tinerețea lor. Iar în ochi aveau lacrimi.

Unde ne duceam și pentru ce? Acum nu pot răspunde cât de cât limpede, după cum n-aș fi putut răspunde, pesemne, nici atunci. Înainte de toate, era fericirea de a ne mișca laolaltă, o anumită solemnitate a ritmului. Nu trâmbița, nu steagul, ci toba făcea din mica noastră ceată un detașament, ea dădea procesiunii noastre ceva ce îi desprindea de pământ pe cei care mergeau. Toba o simțeai în piept, parcă chiar în inimă, și puterea ei te fermeca. Ne intra în urechi, în nări și în pori odată cu vântul cald de iulie și cu foșnetul pinilor. Aflându-mă în Siverskaia după niște ani (toamna târziu, absolut din întâmplare), am deslușit în ploaie răpăitul ei.

Sâmbătă

Da, pe Anastasia am cunoscut-o în '21. Desigur, nu la patinaj. În casa de pe Bolșoi Prospekt colț cu Zverinskaia, unde ne-a instalat, pe mama și pe mine, Petrosovietul[1]. Ni s-a dat o cameră într-o locuință supusă *compactării*. Au fost compactați Serghei Nikiforovici Voronin, profesor la Academia Teologică, și fiica sa, Anastasia. Adică, Anastasia Sergheevna. Simplu, Anastasia, dar niciodată Nastia. Nu știu de ce îi spuneam așa, doar era mai mică decât mine cu șase ani. Poate pentru că îmi plăcea foarte mult numele ei întreg, și de fiecare dată îl rosteam savurându-l: Anastasia.

Geiger mi-a mărturisit că nu are idee cum revine în cazul meu memoria. Repetând cursul evenimentelor din viață?

1. Organul puterii în Petrograd (Consiliul deputaților muncitori, țărani și soldați roșii).

Sau, cel mai probabil, fără nici o ordine, de-a valma? Sau, poate, în funcție de felul întâmplărilor trăite, îmbucurătoare sau triste? Conștiinței îi este propriu să împingă ce e mai rău în cotloanele cele mai îndepărtate ale memoriei, și când memoria se năruie probabil că mai întâi piere ce a fost rău. Dar ce a fost bucurie rămâne. Iată, de Anastasia mi-am amintit chiar în clipa când mi-am revenit. Nu pot încă să spun cine e și ce a fost ea în viața mea, dar mi-am amintit-o. Și, pentru simplul fapt că i-am rostit numele, m-am deblocat.

Voroninilor le lăsaseră din apartament numai salonul. Ușile spre cele două camere care dădeau în el – în stânga și în dreapta – au fost blocate, în prezența noastră, cu scânduri. Scânduri de un cenușiu murdar, nerindeluite, peste elegantele uși „modern". Le-a bătut portarul, iar Voroninii, tatăl și fiica, l-au privit în tăcere. Mama și cu mine stăteam și noi și ne uitam. Zgomotul pe care îl făcea ciocanul portarului era ba plin, ba uimitor de firav. Portarul era beat. Nu nimerea floarea cuielor și, când cuiele se îndoiau, le îngropa îndârjit în lemn, culcate. Patul meu a stat după aceea lângă ușa bătută în cuie, și seara examinam cuiele îngropate. Mă enervau teribil. Aș fi vrut să înlocuiesc scândurile acelea cu altele, dar nu mă puteam hotărî să le smulg de-acolo. Mă îngrozea să văd sub ele ușa mutilată.

În camera din dreapta salonului a fost adus Nikolai Ivanovici Zarețki, salariat al fabricii de mezeluri. Era un individ liniștit, dar nu prea plăcut. Se spăla rar și degaja un persistent miros stătut. Nici șosetele nu și le spăla dacă nu era absolut necesar, ca să nu se uzeze, în schimb le cârpea destul de des, în care scop se ducea în bucătărie. În general, în bucătărie Nikolai Ivanovici cârpea șosete și stătea de vorbă, dar de mâncat, mânca numai la el în cameră – salam adus de la fabrică.

În camera din stânga am fost repartizați noi. De la ferestrele noastre se vedeau o parte din Bolșoi Prospekt și o parte din Zverinskaia[1] – strada care ducea și la menajeria Petrogradului. În prima seară am stat cu mama la ferestrele mari, uitându-ne la întâlnirea celor două străzi. Erau ca două râuri care se unesc – cu trecătorii care pluteau pe trotuare, cu trăsurile și mașinile care lunecau fără grabă. Priveliștea te fermeca, nu-ți venea să te desprinzi. Bătea un vânt puternic de octombrie, și geamurile deveneau elastice sub apăsarea lui: se vedea sub ce presiune erau. Mie mi se tot părea că, doar puțin mai tare dacă ar apăsa vântul, geamurile n-ar rezista, ar țâșni într-o ploaie lipsită de prospețime pe pervaz, pe podea, pe capetele trecătorilor.

Încet-încet se întuneca, iar noi tot stăteam și ne uitam cum pe carosabil se aprindeau farurile, prefăcând vehiculele într-un flux de licurici. Vecina... Tot ce mă îngrozise până atunci (căci nu locuisem niciodată cu vecinii) se transformase într-o neașteptată bucurie, deși nu o recunoșteam încă în sinea mea ca pe o bucurie. Simplul gând că, de-acum înainte, Anastasia pe care o văzusem avea să fie mereu undeva prin preajmă mi se revărsa prin corp, îl simțeam ca pe o căldură fizică. În vitrina librăriei Viața de la parterul casei de vizavi s-a aprins lumina.

Duminică

Biserică este, dar slujbă nu e. Și clopotele zac topite – au căzut de pe grinzile care au ars complet. În mijloc e clopotul cel mare cu o crăpătură adâncă. De el s-a lipit limba clopotului mic, dar el, clopotul cel mic, nu e. Te prinde mirarea: doar n-o fi fugit. Văzând însă alături ceva topit și fără nici o formă, te dumirești – uite-l, clopotul cel mic. Și te gândești: astăzi, vasăzică, e duminică, păcat că nu e slujbă, și spui pentru tine *Tatăl nostru*. Pe zidurile bisericii sunt urmele focului.

1. *Zver'* – animal sălbatic.

N-a ars acum, dar mirosul de ars a rămas. Lângă scara care duce la biserică – un morman de cărți cărora li s-a dat foc: cel mai probabil de la ele e și mirosul.

Te apropii pe furiș de morman – câteva cărți aproape că nu au fost atinse de foc, poți să citești tot: „Cu sfinții odihnește, Hristoase, sufletul robului Tău, unde nu este durere, nici întristare, nici suspin..." Dar cu viii, cărora le e câteodată mai rău decât celor răposați, ce e de făcut? Cu cei care au parte de durere și întristare? Și de suspin? Te uiți – Evanghelia de altar. Pe jumătate arsă. Îți treci degetele prin cenușă, iar pe urmă îți atingi pe neobservate buzele, ca un sărut.

— Platonov, de ce ai buzele negre?

Cine întreabă? Și ce treabă are cu buzele mele?

— Așa, s-or fi înnegrit de la ceva. De la viață, poate.

Mă uit în jur – ce frumusețe dumnezeiască! Marea, soarele la asfințit. Iar dacă urci pe deal, se vede că asta e o insulă. O bucată de uscat înconjurată de cer. Valuri nu sunt, suprafața pare lustruită, nu se leagănă, e ca un luciu de apă. Și o cărare pe apă, îngeri care zboară. Ți-e groază că, imediat ce va pieri cărarea, totul se va cufunda în beznă, și nimeni nu știe *ce* are să înceapă în locul acestei frumuseți. Și nici cine va zbura acolo în locul îngerilor nu se știe. Uite, pesemne, de ce, cât era lumină, lui Robinson îi era cum îi era, dar la asfințit îl cuprindea spaima. E cumplit gândul în sine că te cufunzi într-o beznă care îți strânge inima ca o menghină, și te abții din toate puterile să nu începi să urli.

Auzindu-mă țipând, în salon a intrat în fugă sora Valentina. M-a luat în brațe și m-a sărutat pe frunte. A scos o batistă din buzunar și mi-a șters lacrimile. Mi-a apăsat altă batistă de nas.

— Suflați!

— Dar ne tutuim...

— Atunci suflă!

Am suflat. Doar n-o să-ți sufli nasul în mâna cuiva cu care vorbești cu *dumneavoastră*.

— Ai visat ceva urât? Valentina se uită la mine fără să clipească. Spune, ai visat?

— Am visat. Dar poate... mi-am amintit.

— Ce ți-ai amintit? Fiindcă e important.

— O insulă. O senzație apăsătoare.

— Ce insulă? Îți amintești numele?

— Nelocuită. Nu mă chinui. Stai culcată lângă mine.

Valentina se culcă lângă mine și mă mângâie pe păr.

— Ai visat, poate, că ești Robinson Crusoe? Nu sunt rare aceste cazuri. Când un om nu are multe impresii proprii de viață...

— Poate chiar am visat. Taci... Roagă-te pentru mine și taci!

Luni

Seara, Zarețki își bea vodca și își mânca salamul în tihnă. Zgomotul cârligului aruncat în inelul ușii, foșnetul ziarului așternut, gâlgâitul apei de foc. Odată, beat fiind, Zarețki mi-a povestit că trece prin controlul de la poartă cu salamul în izmene. Se încinge cu o sfoară pe sub cămașă. De sfoara asta, cu o ață, își leagă în față salamul și îl îndeasă în izmene.

— Dacă mă pipăie, le spun: puțulica – a chicotit Zarețki. Că doar nu iau mult, numai cât să mănânc seara.

Exact așa a spus – puțulica... Să aibă Zarețki? Sunt unii de care detaliile de acest fel nu se lipesc.

După ce am aflat de metoda de aducere a salamului, mi s-a făcut frică, nu cumva să mă invite la cină. Ar fi fost de-ajuns să toarne vodca și să mă poftească să gust salamul – și vomitam pe loc... M-am temut degeaba: aceste ospețe ale lui Baltazar aveau loc în singurătate. Zarețki, de regulă, nu invita niciodată pe nimeni. Și deși atunci când discuta cu femeile (am auzit asta nu o dată) vocea îi devenea negreșit mai caldă, nici măcar pe ele nu le invita în odaia lui. În general, organul pe care îl simula atât de bine la punctul de control nu îi făcea nici o trebuință lui Zarețki.

Îmi amintesc figura lui tristă la bucătărie, lângă primus, singur cu mirosul propriu lui: un amestec de vodcă, gaz lampant, salam și corp nespălat. În lumina care abia licărea a becului electric. Mi se părea că, în prezența acestui om, becul nu poate, pur și simplu, să ardă mai viu, dar la fel ardea și fără el. Uneori, după ce clipea de mai multe ori, se stingea de tot, și în bucătărie rămânea numai flacăra arzătorului de la primus, care nu lumina nimic. După o vreme, când se aprindea becul, îl descopereai din nou lângă primus pe Zarețki. Cu mâna pe ventil.

Ventilul îl deschidea doar puțin de tot, așa că tot ce era pe foc abia-abia fierbea. Așa se străduia el să economisească gazul. Dar poate doar căuta un pretext ca să zăbovească mai mult în bucătărie. Da, nu se aduna cu nimeni, dar de o comunicare cât de cât, după cum se vedea, avea nevoie chiar și el. S-ar fi putut spune că Zarețki e singur, dacă acest cuvânt ar fi redat ceea ce se petrecea cu vecinul nostru. Este oare singur în trunchi viermele de lemn? Fiindcă Zarețki avea în el ceva de vierme. Maleabilitatea, moliciunea. Capacitatea de a prelua temperatura mediului înconjurător.

Luni

Astăzi, Geiger îmi spune:

— Între 1941 și 1945 a fost Marele Război pentru Apărarea Patriei, altfel spus – al Doilea Război Mondial.

— Pe timpul meu, Mare se numea războiul care a început în 1914, replic eu.

— Da-da, dă din cap a încuviințare Geiger, acum el se numește Primul Război Mondial.

Mi-a povestit multe despre Marele Război pentru Apărarea Patriei. Nu-mi vine să cred… Nu-mi vine să cred. Deși, la drept vorbind, de ce?

Mirosul de flori din Siverskaia. Erau flori la multe vile. Când luau cu chirie o vilă, orășenii cereau în mod special să aibă straturi de flori, și florile, recunoscătoare, miroseau frumos. Seara, când se stingea și cea mai slabă boare de vânt, aerul se prefăcea în nectar. Puteai să-l bei – ceea ce noi și făceam șezând în veranda deschisă și admirând apusul impresionant (mai spre sfârșitul verii – în semiîntuneric, la lumânare).

Vilegiaturiștii iubeau crizantemele – mai ales după ce Anastasia Vialțeva[1] a cântat o romanță despre ele. A cântat chiar aici, în Siverskaia, la conacul baronului Frederiks[2], iar eu stăteam pe malul celălalt al Oredejului și îi ascultam glasul. Glasul acesta zbura în voie pe apă, însoțit de luminile conacului, iar eu, pe malul meu, prindeam fiecare notă. Mă apuca disperarea când vântul dezlănțuit vâjâia prin frunziș, tremuram de frigul nopții și de preaplinul noilor mele simțăminte.

În anul acela ne-am cumpărat patefon și o ascultam pe Vialțeva de dimineață până seara, și aproape toți vilegiaturiștii o ascultau. Vialțeva însăși, vilegiaturistă la Siverskaia, se plimba pe lângă vilele altora și se asculta pe sine. Uneori fredona. Și crizantemele erau veștejite, și în numele cântăreței se auzea veștejirea[3] – așa se potriveau toate în cântul ei, încât rar era cineva care să nu plângă. Era un cânt care te pătrundea.

Despre veștejire. Tata a adus din oraș un harbuz de Astrahan. L-au spălat – era cu dungi, strălucitor, cu codiță. I-au

1. Anastasia Dmitrieva Vialțeva (1871–1913) – cântăreață de estradă și de operetă, interpretă de romanțe țigănești; a murit de leucemie la 42 de ani.

2. Vladimir Borisovici Frederiks (1838–1927) – om de stat rus, ultimul ministru al Curții Imperiale a Imperiului Rus (1897–1917), general de cavalerie, baron până în 1913, apoi conte.

3. *Vialîi* – veștejit, ofilit.

ciocănit coaja cu degetele: dong! dong! – un sunet plin, elastic. Adevărat. Nu aveam printre noi specialiști în pepeni, dar era clar: un pepene prost nu putea să sune așa. Tata l-a tăiat în două – și exact așa a fost: roșu, zemos, mirosind a sfârșit de vară. Pe urmă a tăiat din fiecare jumătate semicercuri care străluceau în soare.

După ce am mâncat pepenele, au rămas cojile, netede, verzi, foarte frumoase. Eu n-am lăsat să fie aruncate și le-am pus sub verandă, ca să le mai admir. În ziua următoare își pierduseră luciul, iar după alte două zile s-au zbârcit. Dar eu tot n-am lăsat să fie aruncate la gunoi, fiindcă îmi rămăsese în minte frumusețea lor, și au mai stat sub verandă o vreme. Pline de muște. Și atunci am înțeles: frumusețea se veștejește foarte repede.

Țin minte cum, pe Bolșoi Prospekt, am mâncat pepene verde cu Anastasia, cu tatăl ei și cu mama mea. Asta a fost în acel ciudat salon oval rămas Voroninilor după „compactarea“ locuinței lor. Harbuzul acela, de oraș, a rămas și acum o enigmă – la Petrograd nu se găsea pe-atunci nici pâine, și deodată harbuz... I-l vârâse în brațe lui Voronin, chiar pe stradă, un bărbat în manta (pe atunci mergeau mulți în manta). I-a făcut cu ochiul – încearcă-l, zice, și s-a pierdut în mulțime. Voronin a zâmbit timid, dar nu ne-a putut explica nimic.

Harbuzul nu mai strălucea ca atunci, în Siverskaia, dar nici timpul nu mai era același. Mama a urmărit atent cum taie Voronin harbuzul – n-a făcut-o la fel de iscusit ca tata, cuțitul o lua mereu într-o parte. Iar eu o urmăream atent pe mama, și ea știa, pentru că ne aminteam amândoi același lucru. Dar mă mai uitam și la Anastasia, și mă gândeam că, uite, cândva o să se veștejească și ea, și că ce e proaspăt și luminos pe fața ei se va zbârci, ca și coaja harbuzului. Se poate așa ceva? Și răspundeam: nu se poate.

Miercuri

Azi mi s-a luat temperatura: 36,6. Pentru prima dată de când mi se ia. Geiger a spus că tendința pozitivă este evidentă. Ce-i drept, a fost temperatura de dimineață, spre seară situația s-a înrăutățit puțin: 37,1. Mercurul s-a târât totuși peste linia roșie – doar cu o gradație, dar s-a târât. Pe insulă aveam des febră mare – mai ales la infirmerie.

Infirmeria e pe deal. Zăcem pe paturi de scânduri, aproape unul în altul. Așternuturi nu există, scânduri goale. Și noi suntem goi – nici îmbrăcăminte de corp nu are nimeni. Dar nici n-ar folosi: mulți au diaree de la tifos, toate paturile sunt murdare. Vrei să te întorci – negreșit dai cu mâna în rahat, uscat sau proaspăt. Al altuia sau al tău. Mâna alunecă pe scândură. Nu toți au puterea să se scoale pentru nevoi, așa că fac sub ei. Dar ce să spui – că nici să înjuri n-ai putere.

De pe deal, dacă te uiți, se vede toată insula, iar mai departe – marea, cât vezi cu ochii, înghețată, pentru că e luna februarie. Așa, goi, ne-au gonit de pe deal jos, la baie, vreo două verste. Și după baie, transpirați – înapoi. Pe un ger de minus douăzeci, pe viscol. Vânt, ce-i drept, nu era, fiindcă mergeam prin pădure. Picioarele goale alunecau pe zăpada bătătorită, mereu cădea câte cineva, nu atât din pricina zăpezii lunecoase, cât fiindcă-și pierdea puterea. Când ai temperatură mare sau fierbințeală, în primele secunde e chiar plăcut, dar pe urmă, brusc, îngheți atât de tare, că nu mai poți să te miști. Unii, după ce cădeau, nici nu se mai ridicau, și erau târâți de-o mână sau de-un picior. Iar ei urlau. Doar așa puteai să îți dai seama că sunt vii. Când tăceau, se auzea scârțâitul zăpezii sub picioare.

Bineînțeles, după aceea mulți dintre noi mureau, omul are limitele sale. Un rol îl avea și faptul că nimeni nu se mai agăța de viață, iar fără asta e greu să supraviețuiești: omul moare atunci când îl cuprinde nepăsarea. Zace alături de tine, aiurează sau spune ceva rațional – și brusc amuțește. Te întorci, îi vezi falca lăsată și pricepi: a murit. Și poate să zacă așa mult și bine, pentru că nimeni nu intră aici, și chiar dacă intră, nu se repede să-l scoată. El zace, iar tu, ai și tu liniște: nu urlă și nu dă din mâini.

Am chemat-o pe sora Valentina cu o voce care părea calmă, am poftit-o printr-un gest să ia loc lângă patul meu și am întrebat-o ce mai face. Dar pe urmă nu m-am mai stăpânit și am început să plâng în hohote. Mă transform într-un adevărat isteric.

Joi

În Siverskaia era un loc care se numea *Țările calde*. O plajă la Oredej, sub o râpă roșie, de argilă. În locurile acelea totul era roșu, și, apropo, calul roșu al lui Petrov-Vodkin[1] e de fel tot de-acolo. Un alt cal ar fi fost, pur și simplu, cu neputință aici. Aceasta era culoarea țărilor calde – la Robinson, cred, totul era așa. Ei, poate mai era și albastru, și verde, dar aceste culori, dacă stai și te gândești, erau și la Siverskaia. Stând să mă bronzez în *Țările calde*, mă gândeam la insula nelocuită. Obrazul meu simțea nisipul fierbinte. Ca să se păzească de razele soarelui, Robinson umbla cu un veșmânt din piei de capră. Ar fi putut merge îmbrăcat așa și prin Siverskaia, și nimeni nu s-ar fi mirat – vilegiaturiștii de-acolo se îmbrăcau în fel și chip.

Odată, stând culcat pe spate în *Țările calde*, mi-am ridicat capul și n-am văzut pe nimeni. Pe nimeni nicăieri – nici pe malurile, nici în apa Oredejului. Dar mai înainte fusese cineva, nu se poate să nu fi fost. M-am ridicat, mi-am luat ghiozdanul și am pornit-o în lungul malului. Am trecut podețul pe malul celălalt; și-acolo – pustiu. Mai întâi m-am

1. Kuzma Sergheevici Petrov-Vodkin (1878–1939) – important pictor rus și sovietic, grafician, critic de artă, scriitor și pedagog. Unul dintre tablourile lui este intitulat *Cal roșu la scăldat* (1912).

gândit că mi s-a părut, că pur și simplu oamenii se ascund, ori că s-au dus pentru o vreme după treburi, dar ei chiar nu erau. Mergeam, și cu fiecare minut mă convingeam că se petrecuse ceva care eliberase pământul de oameni. Cel puțin, pământul de la Siverskaia.

Nu era numai o senzație – era o certitudine. Prea multe arătau că era absolut pustiu. Vântul vuia prin pini cum nu își mai îngăduise niciodată până atunci. Oredejul strălucea cu niște scântei cum nu mai văzusem înainte. În toate se simțea o eliberare care nu ar fi fost posibilă în prezența oamenilor. Tot ceea ce era opresat mai devreme de existența acestora tindea acum spre limitele propriilor posibilități: copacii – spre verde, cerurile – spre albastru. Felul cum șerpuia râul era pătruns de o anume primordialitate, dar și numele lui, *Oredej*[1], era primordial. Astfel de nume nu sunt date de oameni, ele sunt create chiar de natură – așa cum sunt trunchiurile încovoiate lângă o apă, stâncile roase de vânt. Oredejul a curs aici înainte de a fi fost oameni, iar acum curge după ce nu mai sunt.

Râul îmi arunca în întâmpinare meandră după meandră, și nu mai sfârșea, și tot mai sus se înălțau deasupra lui stâncile roșii. Mergeam, și simțeam cu toată ființa mea că stăpânesc acest pământ minunat. Impredictibilitatea Oredejului, prospețimea vântului, unduirea ierburilor de lângă apă – toate astea îmi aparțineau mie și numai mie. Îmi cutreieram domeniile, care (ciocănit de ciocănitoare în pin) știau foarte bine că nu le mai stăpânește nimeni, că puterea mea e doar convențională. Pe toată întinderea râului și a pădurilor eram numai eu, și nu aveau a se teme de nimic din partea mea. Am procedat chiar la o trecere în revistă și am trecut pe lângă ele cum trece un comandant la paradă – întorcând în chip

1. Primele consemnări datează din secolul al XIII-lea. În legătură cu numele acestui râu există mai multe supoziții. Una dintre ele este că provine de la cuvântul *redrîi* din limba rusă veche, care înseamnă roșcat, dată fiind culoarea malurilor acestui râu.

nefiresc capul, oprindu-mă din când în când și salutând. Câte ceva îmi răspundea – dădea din ramuri, fluiera, croncănea, dar ceva nu, rămânea chiar neobservat. Fiecare lucru observat de mine era însă de primă importanță, fiindcă acum eu eram singurul care poseda în totalitate această cunoaștere.

Drumul urca odată cu malul. Cumva insesizabil, râul era în afara limitelor vizibilului, era pe fundul râpei. Despre faptul că acolo, jos, nu era numai apă, ci și pământ vorbeau vârfurile copacilor, care abia dacă ajungeau până deasupra râpei. Aș fi putut să ating aceste vârfuri dacă m-aș fi apropiat de marginea râpei. Dar nu mă apropiam.

Deasupra râului se mai ridicau încă niște case, numai că acum erau, fără de speranță, goale. Aceste case se înfășuraseră deja în volbură, crescuseră prin ele ierburi și copaci, deveniseră parte din natură. Acoperișurile le atârnau peste ochi, se cocârjaseră și stăteau să cadă. Ușile, neînchise, le scârțâiau întruna în vânt. Curentul mișca în ferestre perdelele pe jumătate putrezite.

Am simțit cum începe să crească în mine groaza, și era groaza singurătății. Malul începuse să coboare din nou. Am zărit jos micul pod peste râu și m-am repezit spre el. Sub picioarele mele a prins să răsune bătaia scândurilor. Se legănau și se loveau una de alta, lăsându-se în voia ecoului. Zgomotul lor a continuat și când eram deja pe mal, de parcă armata nevăzută a naturii mă urmărea ca pe o ultimă plăsmuire care nu-i aparținea. Am traversat în fugă (nu din pricina fricii, ci a tristeții) și m-am repezit prin pădure spre casă. Era de nesuportat gândul că nici acasă nu mă așteaptă nimeni. Lumea cea mare se putea apropia de sfârșit, dar acesta nu ar fi fost încă sfârșitul total. Nu-mi pierdusem totuși speranța că mica mea lume, cea a familiei, rezistase. Alergam și plângeam, și simțeam cum lacrimile mi se rostogolesc pe obraji, cum plânsul îmi taie respirația.

Când m-am apropiat de casă, începuse să se întunece. Pe fereastră, în lumina aprinsă, l-am văzut pe tata. Ședea în poziția lui preferată, picior peste picior, cu mâinile înnodate la ceafă. Cu degetele mari își masa gâtul. Mama îi turna din samovar apă fierbinte. Sub imensul abajur galben totul părea ireal. Părea o fotografie veche – poate pentru că totul se petrecea neauzit. Dar degetele tatei se mișcau pe ceafă cât se poate de clar, iar apa fiartă din samovar curgea, și din ea se ridicau aburi. Nu lipsea decât cuvântul rostit.

Mama a ridicat capul. A spus:

— Ei, uite c-ai venit, drăguțule.

Tata mi-a luat mâna și mi-a strâns-o.

Ce fericire a fost aceea! O fericire ca aceea nu-mi mai amintesc.

Vineri

Când am intrat noi în locuința Voroninilor, Anastasia avea cincisprezece ani. Cum toți locatarii și-au dat datele pentru cartelele de alimente, i-am aflat vârsta. Poate chiar în ziua când ne-am mutat. Șase ani diferență, m-am gândit, și m-am mirat singur de gândul meu. Acest gând ne alătura pe mine și pe Anastasia, deci – ne lega. Oare întâmplător m-am gândit la ea astfel? Că nu la fel m-am gândit la vârsta mea și la vârsta lui Zarețki.

Aproape imediat am început să o recunosc pe Anastasia după pași. Mergea ușor, pășea de pe călcâi pe vârf. Voronin mergea târșâind. Zarețki – parcă pe catalige. Mișcarea Anastasiei o recunoșteam din camera mea după scârțâitul abia perceptibil al scândurilor. După durata mersului și după declicul întrerupătorului ghiceam unde se duce – la baie, la toaletă sau la bucătărie. Baia și toaleta erau aproape, și întrerupătoarele se deschideau și se închideau cu un declic ușor. Drumul spre bucătărie era cel mai lung, iar întrerupătorul de la bucătărie era mai zgomotos decât celelalte. Când începeai să îl rotești, se auzea sunetul jalnic al arcului, iar la sfârșit – o împușcătură amortizată. De câte ori auzeam această împușcătură, aș fi vrut să mă duc la bucătărie.

Uneori chiar ieșeam din cameră. Cel mai adesea noaptea, când tot apartamentul dormea deja. Pe Anastasia, care se scula ca să bea apă, o găseam în cămașa de noapte. În locuințele la comun fiecare mănâncă și bea la el în cameră, dar Voroninii continuau să o facă așa cum erau obișnuiți – în bucătărie. Tot de obișnuință ținea și cămașa de noapte: în viața la comun se aruncă de obicei peste ea un halat.

Când ne-am ciocnit prima oară, Anastasia s-a scuzat pentru ținută: se gândise că toată lumea doarme. Eu am răspuns că nu-i nimic – cumva, cu așa un surplus de înflăcărare am răspuns, că ea mi-a aruncat o privire mirată. Când ne-am mai ciocnit după aceea, Anastasia era tot în cămașa de noapte, dar nu s-a mai scuzat. Probabil înțelesese deja că nu ne ciocnim întâmplător. Dar mai înțelesese și că îi stă foarte bine cămașa – de mătase, prelinsă de pe umerii ei ascuțiți.

Stătea cu spatele la dulăpiorul din bucătărie, cu palmele sprijinite pe tăblia mesei. Mângâia cu degetele (degete lungi) lemnul brun-cenușiu. Așa au început discuțiile noastre nocturne, cele mai în surdină din viața mea. Ca să nu trezim pe cineva, vorbeam în șoaptă. Șoapta e un fel deosebit de comunicare, ca să nu mai spun de șoapta nocturnă. Chiar dacă vorbești despre lucruri obișnuite, ele încep să pară cu totul altfel. Iar noi mai și vorbeam despre lucruri neobișnuite.

Uitându-mă la pielea catifelată a Anastasiei, mi-au venit iar în minte cojile de pepene. Fără să mă aștept nici eu, am întrebat-o:

— Nu ți-e frică să îmbătrânești?

Ea nu s-a mirat. A ridicat din umeri.

— Nu de bătrânețe mi-e frică… De moarte. Să nu fie groaznic.

— Dar ai fi gata să nu mori și doar să îmbătrânești tot mai tare?

— Nu știu. Anastasia a zâmbit. Dar de ce trebuie neapărat să îmbătrânești ca să nu mori?

— Ei, pentru orice trebuie să plătești.

— Nu pentru orice – pentru daruri nu trebuie. Dacă mi s-ar da un asemenea dar – să nu mor fără nici un fel de condiții...

— Atunci?

— Atunci aș trăi! a spus ea râzând, aproape strigând. S-a speriat. Și-a apăsat un deget pe buze. Acum o să dea fuga toți...

N-a dat fuga nimeni.

Sâmbătă

În ultimele trei zile temperatura mea s-a menținut normală, și Geiger a hotărât să îmi organizeze o plimbare prin curtea spitalului. Îmbrăcatul a durat mult și a fost meticulos. Dar în primul rând neobișnuit. O scurtă dintr-un material de neînțeles, pe care Geiger l-a numit *cu puf*. Asemănător oarecum cu ceea ce îmbracă cei care se duc la pol. Cizme cu fermoar. Fermoarul îl mai aveam în minte, dar nu se punea la cizme. Am încercat de câteva ori cum se închide și se deschide – grozav. Geiger se temea foarte tare să nu răcesc sau să nu mă molipsesc de ceva. Asta, după cât spune el, este una dintre cauzele pentru care contactele mele cu lumea exterioară sunt cât se poate de limitate. În schimb, dacă totul o să decurgă normal, se preconizează ca plimbarea să fie zilnică.

Când am ieșit în curte, aerul tăios mi-a oprit respirația. Mi-au dat lacrimile. La ferestrele spitalului am văzut câteva perechi de ochi – se uitau la mine. Când am ridicat capul, au dispărut. Înseamnă că aici sunt totuși oameni.

Zăpadă – scârțâie. Din gură – aburi. Mi-am scos mănușile și mi-am dat cu zăpadă pe față (Geiger m-a rugat să îmi pun mănușile). Am clătinat o creangă de arțar, am produs ninsoare. Stăm toți – Geiger, Valentina și eu – în zăpadă. Râdem.

Deși mie nu-mi place zăpada. Pe insulă se întâmpla ca zăpada să rămână până la jumătatea anului. Mergeai pe ea în încălțări din cârpă legate cu sfoară (ce cizme cu fermoar acolo!), și nu interesa pe nimeni în mod deosebit dacă răcești sau nu. Iar dacă erai primul din convoi pe un drum nebătut, zăpada îți ajungea până la brâu. Și chiar dacă se mersese cu o zi înainte pe-acolo, peste noapte se troienea iarăși. Făceai pașii cât mai mari, ca să birui cu un pas o distanță cât mai mare. Era o beznă de iad, înaintai pe dibuite, te împiedicai întruna de cioturile căzute în zăpadă. Iar în mâini aveai un joagăr. Te împiedici de un ciot, cazi cu joagăr cu tot, și te gândești: ce-ar fi să mă acopere de sus până-ntr-atât, încât să mă găsească abia la primăvară. Iar la primăvară ce să mai ia, ce mai rămâne la primăvară din mine?

I-am văzut pe cei pe care îi găseau primăvara – îi numeau ghiocei – cu ochii ciuguliți, cu urechile roase. Pentru ca așa, morți, să nu mai vadă escorta, mi-am spus, să nu îi mai audă înjurăturile de mamă. Odată a trebuit să târăsc un trup înghețat până la șanțul cu cadavre. L-am ținut de subsuori (atunci nu mai știam de scârbă), iar picioarele îi săltau pe movilițe. Îl târam și, puțin, îl invidiam – viața asta nu-l mai privea, în timp ce pe mine, încă, da.

Atunci se întâmpla ca unii să înghețe în pădure. Nu pentru că ar fi luat hotărârea asta, ci de oboseală. Se dădeau mai la o parte, se așezau pe jos sleiți, și, pesemne, le era mai ușor să înghețe decât să se ridice și să continue lucrul. Se așezau, nedormiți, să își tragă sufletul – și erau troieniți. Și înghețau, fiindcă somnul nu împiedică moartea. Erau troieniți repede – mai încearcă pe urmă să-i găsești! Pe-aceștia, în general, nici nu-i prea căutau: pricepeau că au înghețat, că n-au fugit, n-aveai unde să fugi de pe insulă. Știau că în primăvară o să-i găsească.

Geiger a spus că dacă această plimbare o să decurgă bine, o să ies în fiecare zi. Uitându-mă la el, m-am gândit că, probabil, ca și mine, stă culcat cu Valentina. Adică nu ca mine, oh, nu ca mine, bănuiesc cum... Ce bun e spitalul pentru idile – sunt multe paturi în el!

Duminică

Astăzi mi-au pus în salon un *televizor*. Geiger mi-a explicat îndelung principiul lui și ce am de făcut. Am învățat destul de repede. Uitându-se ce sigur apăs pe *telecomandă*, Geiger a fost, după părerea mea, ușor dezamăgit. Crezuse că n-o să mai pot de uimire. De fapt, da, chiar m-a uimit. Dar cinematograful m-a uimit la vremea lui mai mult – ca să nu mai vorbim de faptul că ecranul era acolo incomparabil mai mare. Chiar așa fără sunet cum era.

— E un cuvânt mătăhălos, i-am spus lui Geiger referitor la televizor.

— Spune-i *vizel*, a răspuns el.

E ceva de *vițel* aici; mă mai gândesc dacă se face să spun asta. M-am uitat cu Geiger la știri. Eu n-am înțeles aproape nimic – în mare parte pentru că mă gândeam la sunetele transmise de televizor – cuvinte, muzică, urlet de sirene. Da, cu sonor e cu totul altceva...

— Ce înseamnă *default*? întreb.

— Vara trecută banii s-au depreciat.

— Și acum ce trebuie să se facă?

— Să se fure mai puțin, probabil. Numai că în Rusia asta e imposibil.

Îl aud deja pentru a doua oară vorbind de hoție. Păi, s-a furat întotdeauna – în o mie nouă sute nouăzeci și nouă, în o mie opt sute nouăzeci și nouă, și la fel în toți ceilalți ani. De ce îl preocupă acest lucru atât de mult? Fiindcă e neamț? Nemții, îmi închipui, nu practică asta la o asemenea scară, pentru ei e surprinzător că se poate fura cu atâta dezinvoltură. Și pentru noi e surprinzător, dar furăm.

Pe ecranul televizorului sunt case. Nu mai au monumentalitatea dinainte, sunt cumva ușoare, chiar e de mirare cum stau. Sticlă multă și metal. Uneori nu e de înțeles ideea arhitecturală – ceva acoperit cu sticlă. Simt privirea lui Geiger.

— Îți plac?

Despre case mă întreabă.

— Eu sunt obișnuit ca o casă să fie din cărămidă, răspund. Și cu acoperișul în pantă.

— Ei, ce arată aici e Moscova, dar la Piter totul e cum îți place dumitale. Când o să începi să ieși pe stradă, o să vezi singur.

Când o să încep să ies? am vrut să întreb.

Nu am întrebat. M-am prefăcut absorbit de televizor.

Mașinile care merg sunt nostime. Nu seamănă deloc cu cele care erau pe timpul meu... Numai că și acest timp este acum al meu, și Geiger vrea să mă adaptez la el. Îmi urmărește reacția.

— Ce simți fiind într-o țară, de fapt, nouă? întreabă.

— Simt că are noi dificultăți.

Zâmbesc. Geiger zâmbește și el – oarecum mirat: se aștepta la altceva.

— Fiecare timp are dificultățile lui. Ele trebuie învinse.

— Sau evitate.

Se uită la mine atent. Spune cu jumătate de glas:

— Dumneata n-ai reușit...

N-am reușit. Geiger, după părerea mea, e un om social. Iar eu nu. Țara nu e măsura mea, și nici poporul nu e. Am vrut să spun: omul – iată măsura, dar asta sună ca o *zicere*. Deși... Oare zicerile nu sunt adevărate – mai cu seamă dacă sunt rezultatul unei experiențe de viață? Sunt, de bună seamă. O să scriu, lasă să citească Geiger.

Lui, între altele, i se pare că felul cum scriu eu nu e foarte obișnuit. Ce are în vedere, nu mă lămurește deloc. Așa, un ușor accent necontemporan, zice, dar, dacă nu mi se cunoaște povestea, aproape că nici nu se observă. Ei, foarte bine. Dar eu, dimpotrivă, aud că el și Valentina vorbesc altfel decât am vorbit înainte noi doi. Se simte o mai mare degajare, și încă, poate, un șchiopătat în intonație. Foarte plăcut, de altfel. Încerc să preiau toate astea – am ureche bună.

Luni

Azi m-am uitat toată ziua la televizor. Am schimbat *canalele*. Pe unul se cântă, pe altul se dansează, pe al treilea se vorbește. Se vorbește curgător, înainte nu se pricepeau să vorbească așa și, în primul rând – nu dezvoltau așa o viteză. În special *moderatorul*: pronunță cu un glas melodios, împarte discursul nu în fraze, ci în inspirări ale aerului. Poate orice, numai să nu inspire nu poate, că altfel ar vorbi fără pauze. Un virtuoz. Un om-limbă.

A intrat Valentina, cu masa de prânz. Arăt spre ecran:

— Așa se dansează acum?

— Ei, da – zâmbește –, cam așa. Nu-ți place?

— Ba da, de ce nu? Energic...

Nostimada e că așa erau înfățișați la teatrul de amatori din Siverskaia apucații. Erau la tratament, dar dansau. Mai exact, dansul lor arăta necesitatea tratamentului. Pe unul dintre actori îl cunoșteam, venea câteodată la noi la o cafea. Pe scenă, în lumina difuză de un roșu-aprins, era impresionant, chiar înspăimântător, dar la masa de pe veranda noastră părea un om debil. Își ștergea întruna cu un șervețel fruntea transpirată. Din când în când omora câte un țânțar care se aşeza pe el şi îl punea cu grijă în acelaşi şerveţel. La plecare îi înmâna trofeul mamei. În viaţa neteatrală era contabil, iar numele lui de familie era Pecionkin[1].

— Probabil – Valentina îmi toarnă ceai – nici cântecele moderne nu vă... iartă-mă, nu-ţi plac.

Chiar nu-mi plac. Tac, nu vreau să fiu duşmanul a tot ce e nou.

— Cântecele dinainte erau melodioase, continuă ea, iar în cele de-acum principal e ritmul. Dar şi ritmul e ceva, nu?

Zilele trecute mi-a atras atenţia faptul că ea nu mai arată ca o soră de caritate. Acum îşi poartă părul desfăcut, şi îi stă foarte bine. De altfel, o prindea şi înfăţişarea de la început. Când i-am spus acest lucru, mi-a răspuns că Geiger i-a cerut *să nu mai facă* pe sora de caritate. În primele zile se temuseră teribil de şocul pe care ar fi putut să îl aibă noua realitate asupra mea. Reiese că Geiger căutase pince-nez-ul, termometrul vechi şi tot restul. Dar după aceea au lăsat-o mai uşor: eu, potrivit spuselor Valentinei, m-am ţinut bine, şi n-a fost nevoie de nici o operetă. În realitate, Valentina e doctorand la Facultatea de Psihologie, îşi scrie disertaţia.

Bănuiesc pe ce subiect.

Marţi

Într-o sâmbătă a morţilor am întâlnit-o pe Anastasia la cimitirul Smolensk. Eu îmi pomeneam bunica şi tatăl, ea – mama. Ea pleca, eu abia venisem. Cum s-a făcut (de obicei, în aceste zile se vine la cimitir cu toată familia) că amândoi eram acolo fără rude? Nu-mi amintesc. Îmi amintesc numai ce bucuros am fost când văzut-o pe Anastasia. Întâi am rămas o clipă pe loc, dar pe urmă am luat-o amândoi pe alee.

— De ce a murit mama dumitale? am întrebat.

---

1. *Pecionîi* – copt.

— De ftizie. S-a chinuit mult. Dar tata și cu mine tot speram că o să trăiască.

I-am luat mâna și i-am strâns-o cu putere – degete reci. Am simțit că îmi răspunde cu o strângere. Ne-am dus împreună la mormântul tatei și al bunicii. L-am curățat de frunzele uscate căzute și am șters cu o cârpă gardul de fontă. Muriseră când încă se mai puteau comanda împrejmuiri. Iar acum eu nu putusem să cumpăr nici măcar niște răsaduri – și doar se vindeau întotdeauna la intrarea în cimitir. Am hotărât să nu smulg iarba (să crească totuși ceva), dar Anastasia a stăruit să o smulg. A spus că iarba acoperă aducerea-aminte despre un om, și cât timp are cine să vină de hac ierbii, omul mai e cumva pe pământ. Nu știu. Eu nu gândeam așa. Iarba, firește, am smuls-o amândoi.

Pe urmă ne-am plimbat prin cimitir. Pe aleile mai îndepărtate încă nu fuseseră strânse frunzele căzute, inspiram mirosul lor putred. Întorci acest galben intens cu piciorul, și pe dos e brun-cenușiu. Aerul e rece de te ustură nasul. Da, îmi atârna atunci de nas o picătură – și Anastasia a zburat-o. Și-a scos o mână din manșon și așa, pur și simplu, a zburat-o. Râdea. Îngrozitor de penibil, dar în același timp... plăcut. Aproape că... Lasă.

Da, eram gata să uit: tot atunci l-am întâlnit pe Zarețki. Văzându-ne, a spus:

— Și eu, uite, o pomenesc pe maică-mea.

Ținea în mână o floare roz de hârtie. Din buzunarul paltonului ros ieșea gâtul unei sticle. Sticla încăpuse toată, dar, cum buzunarul se căscase, se vedea. În celălalt, sunt sigur, avea salamul. Țin minte că m-am mirat sincer că Zarețki a avut cândva o mamă. L-o fi dus, când era mic, de mână. Și mai înainte – l-a purtat în pântec, pesemne că da. Îmi era mai simplu să îmi închipui că a apărut prin înmugurire.

Mă gândesc – dacă era într-adevăr toamnă, de ce am vrut să cumpăr răsaduri? Când e sâmbăta morților? De trei ori în Postul Mare, de Paștele Blajinilor și de Sfânta Treime.

Sâmbăta Sfântului Dumitru e în noiembrie[1]. Înseamnă că eram în noiembrie? Sau totul s-a petrecut primăvara – acum începeam să am îndoieli. Aer tăios era, manșon era, oare de ce m-am gândit eu că era toamnă?

Deja nu mai sunt sigur că pășeam pe frunze – mai curând, pe zăpadă. Pe o zăpadă brun-cenușie de primăvară, jerpelită, numai petice. Care scoate un sunet ud și clefăit. Trecând pe lângă biserica Smolenskaia, am auzit un susur – apa de pe acoperiș se scurgea în butoaiele puse dedesubt. Iar din gurile noastre ieșea, odată cu cuvintele, abur.

— Gândește-te, la fel o să vină să ne viziteze aici copiii și nepoții noștri, a spus Anastasia. O să meargă pe deasupra noastră, o să vorbească. Despre tot felul de nimicuri, de una și de alta. Iar noi o să zăcem jos la noi. Și o să tăcem.

Suna așa, ca și cum aveau să fie copiii și nepoții noștri comuni. Și ca și cum aveam să zăcem și să tăcem împreună. Mergeam gândindu-mă la cuvintele ei și mă închipuiam zăcând sub pământ. Și, uite, cineva mă vizitează, și a și început să se plictisească, să îl apuce urâtul stând aici. Visează la cum are să se întoarcă din orașul morților în orașul viilor, și gustă dinainte bucuriile lui vii de seară. Cum îmi imaginam și eu atunci cum o să mă duc acasă cu Anastasia (pe jos, de-a lungul pârâului Smolenka), cum o să bem în bucătărie un ceai fierbinte și cum o să mă cuprindă fericirea. Și faptul că bunica și tata zăceau tăcuți nu mă oprea, fiindcă ei se bucurau întotdeauna de bucuriile mele. Ce-i drept, pentru ei, mari băutori de ceai, nici nu era loc la masa noastră.

Acum am mai cumpănit încă o dată totul: păi da, sigur, era toamnă. Și nu mă pregăteam să cumpăr răsaduri – pentru că nici nu se vindeau, de vreme ce era toamnă. Luna în care ne-am cunoscut noi e octombrie. Iar întâlnirea la cimitir a fost în noiembrie – țin minte că abia ne știam unul pe altul. La plecare, la poarta cimitirului, ne-a ieșit înainte un om, poate

---

1. Conform calendarului iulian, folosit de Biserica rusă.

calic, poate sărac cu duhul. Ne-a pus în mână și mie, și ei câte o frunză galbenă și ne-a numit mire și mireasă. Anastasia s-a înroșit. I-am dat omului zece mii. Sau o sută – nu-mi amintesc, banii nu valorau atunci nimic. Frunza mea am păstrat-o multă vreme.

Miercuri

— Dumneata ce crezi, de ce a avut loc Revoluția din Octombrie? m-a întrebat Geiger. Că dumneata ai văzut totul.

Așa, pe neașteptate. Te pomenești că o să iasă la iveală că Geiger scrie romane istorice.

— În oameni se acumulase mult rău... Îmi aleg cuvintele ca să răspund. Trebuia să se găsească o ieșire.

— Curios fel. Curios... Deci dumneata nu legi revoluția de situația socială, de premisele istorice și de alte detalii?

— Oare faptul că totul era tulbure nu e o premisă istorică?

Geiger a pus un scaun vizavi de patul meu și l-a încălecat.

— Dar se consideră că tulburările din nouă sute șaptesprezece au avut cauzele lor – războiul, pauperizarea poporului, nu știu mai ce...

— Au fost vremuri cu mult mai rele – și nimic, nici un fel de tulburări.

Geiger și-a pus mâinile pe speteaza scaunului și bărbia pe mâini. Bărbia s-a făcut numai crețuri, s-a micșorat.

— Interesant fel de a gândi. Chiar neistoric cumva...

Geiger se uita la mine fără nici o reținere, cum se uită cineva care cugetă. Se ciupea de lobul urechii. Are urechi mari, dar câtă vreme nu și le ciupește, nu se observă: multe gesturi de prisos sunt pe lume.

După ce a plecat, m-am uitat la televizor – la ceea ce numesc aici în engleză talk-show. Se întrerup toți unul pe altul.

Tonuri de intriganți și de oameni fără multă carte, o vulgaritate insuportabilă. Aceștia să fie noii mei contemporani?

Joi

Discuțiile mele nocturne cu Anastasia au continuat. Ședeam pe câte un taburet – uneori, față în față, dar cel mai adesea alături, rezemați de perete sau de dulăpior. Când ședeam alături, brațele noastre se atingeau și îi simțeam căldura. Ceva mai mult decât căldură – electricitate. Amândoi o simțeam. Mă temeam să nu înceapă să sară scântei între noi.

Jos, în spatele ferestrei, se auzeau trăsurile târzii, și faptul că mergeau încet avea un efect liniștitor. Învățasem să știu când o luau drept pe bulevard și când treceau ca să dea cotul pe Zverinskaia. Din când în când, liniștea nopții era sfâșiată de huruiala automobilelor, și nouă ne era frică să nu-i trezească pe locatarii casei. Chiar îi trezea. Adormiți, târșâit, răzbeau până la toaletă. După ce, cu o bubuială, trăgeau apa, se opreau în ușa bucătăriei și se uitau miop la noi. Nu ziceau nimic.

Odată, când Anastasia a avut gripă, s-a întâmplat să rămână singură acasă. Toți plecaseră după treburi – toți în afară de mine, fiindcă eu nu aveam treburi mai importante decât Anastasia. Stăteam la ușa ei și auzeam cum îmi bate inima. După ce am ciocănit, am intrat. Anastasia era în pat, culcată. Când m-am apropiat, am văzut că nasul și pleoapele i se umflaseră și erau roșii. Ca după plâns.

— Nu te apropia, a spus cu o voce guturăită, o să iei răceala.

M-am apropiat. M-am așezat cu grijă pe marginea patului.

— Foarte bine. Că în doi e mai plăcut să fii bolnav.

— Nu e nimic plăcut – mi-a arătat din cap cartea care stătea pe plapumă. Nici să citesc nu pot.

A vrut să se așeze în capul oaselor, dar n-am lăsat-o – mi-am pus palma pe umărul ei. Patru degete stăteau pe cămașa de noapte, iar al cincilea, cel mai abil, s-a pomenit la marginea gulerului. Degetul mic. Atingându-i pielea. În el se mutaseră toate organele mele de simț, și eu tot eram degetul mic.

— Stai culcată... Am găsit putere să-mi desprind mâna. Vrei să-ți citesc? În copilărie, când eram bolnav, îmi citeau întotdeauna.

Anastasia m-a privit curioasă. Respira pe gură. A dat cartea la o parte.

— Atunci citește-mi ce îți citeau.

M-am dus la mine în cameră și am adus ce îmi citeau mie. În timp ce citeam, am căutat pe plapumă degetele Anastasiei. Fără să-mi iau ochii din carte, am întrebat:

— Pot să-ți țin mâna? Ca să-ți dau afară boala prin ea.

Ca răspuns am simțit o strângere ușoară. Am reluat lectura. Citind frază după frază, mă gândeam că nu mai citisem niciodată cu voce tare cuiva. Când am ajuns acolo unde e descrisă frica lui Robinson de a nu se îmbolnăvi, m-am uitat la Anastasia. Stătea cu ochii închiși, nu era limpede dacă mai asculta sau dormea.

Asculta. M-a mângâiat pe mână și a spus:

— Nu e comod dacă stai așezat – îți obosește spatele. Stai culcat peste plapumă.

Și după o clipă de tăcere:

— Te rog...

Acest *te rog* aproape că m-a dat gata. Mi s-a pus un nod în gât și mi-a pierit glasul. A scârțâit patul când mi-am zvârlit târlicii și m-am întins – puteau scârțâi așa și încheieturile mele înțepenite. Dar pe urmă glasul mi-a revenit și am început să citesc iar. Trăgându-se mai aproape, Anastasia mi-a pus o mână pe piept. Îi simțeam pe gât respirația fierbinte. Când respirația a devenit ritmică, m-am uitat la ea: dormea. Am simțit bucurie și liniște. Am rămas mult timp unul lângă altul, m-am ridicat doar atunci când am auzit o cheie răsucindu-se în broască. Am sărutat-o pe Anastasia pe fruntea care-i frigea și am ieșit.

După două zile m-am îmbolnăvit și eu. Simțind cum mi se inflamează tot mai tare gâtul cu fiecare oră, m-a cuprins fericirea. Anastasia și cu mine împărtășeam aceeași boală. Acum venea ea la mine și, culcată alături, îmi citea. Înțelegeam amândoi că ceea ce se petrecea între noi cam depășea ceea ce înseamnă îngrijirea unui bolnav, dar nu vorbeam despre asta și nu încercam să numim acest lucru. Numești – sperii. Definești – distrugi. Iar noi voiam să păstrăm.

Vineri

Odată, era toamnă, cu vreo doi ani înainte de a termina liceul, a venit la mine, pe Peterburgskaia (atunci deja Petrogradskaia), Seva. Cu o față secretoasă. Figura lui, în general vorbind, era foarte expresivă. Era când concentrată, când șireată, când înțelegătoare, când tristă, dar de data asta nici nu mai era o față, era un secret. Fără să scoată vreo vorbă, Seva a trecut imediat în odaia mea. După ce m-a întrebat dacă mai e cineva în casă (nu era nimeni), a închis totuși ușa cu cheia. Cheia asta zăcuse mulți ani în ușă, dar nu o folosise nimeni niciodată. Nu m-aș fi mirat dacă nu s-ar fi răsucit, având în vedere că nu-și găsise rostul (crescuse, se lăbărțase), ori, pur și simplu, pentru că o răsucea ghinionistul Seva. Dar s-a răsucit.

Cu capul lăsat într-o parte, pozând, Seva s-a rezemat cu coatele de perete. De burtă își apăsa un rucsac mic, ale cărui margini se mișcau în ritmul respirației lui accelerate. După ce și-a tras sufletul, Seva a desfăcut rucsacul și a scos din el un teanc de foi.

— Uite...

Mi-a dat întreg teancul, deși toate foile aveau același conținut. S-au dovedit a fi manifeste. Manifestele îndemnau la schimbarea imediată a puterii.

— De unde le-ai luat?

— În drum spre gimnaziu s-a apropiat de mine un individ. Necunoscut. M-a rugat să le împart gimnaziștilor.

— Și tu?

— Am spus că o să le împart. E vorba, pricepi, de salvarea Patriei. Și în atari împrejurări eu, bineînțeles...

Pe lângă manifeste, a ieșit la iveală din rucsac și o sticlă cu vin. Izbind-o hotărât, Seva a pus-o pe masă.

— Sticla tot el ți-a dat-o?

— Nu, sticla am șterpelit-o de-acasă. Ca să marcăm începutul luptei revoluționare. Adu pahare.

De mult nu mai comandase așa. Am adus pahare. Seva radia pur și simplu știindu-se participant la un secret. După ce am băut câte un pahar, l-am întrebat dacă a citit romanul *Demonii*. Seva a început să-mi vorbească îngăduitor și, cine știe de ce, pe nas:

— Știi, numai de romane nu-i nevoie – bine? Astea toate sunt în trecut, acum o sută de ani. În momentul de față necesitatea obiectivă e să luăm puterea în...

— Bine, fără romane. Tentativă de lovitură de stat. Cinci ani de ocnă, dacă nu și zece. Adio gimnaziu, adio Petersburg. Ești gata pentru așa ceva?

S-a dovedit pe loc că vărul meu nu era gata pentru așa ceva. Nu am râs cu voce tare, fiindcă mi s-a făcut milă de el. Rozaliu în obraji după vin, Seva a pălit vizibil, iar buzele, ca de obicei, au început să-i tremure:

— Mie, pur și simplu, mi s-a părut...

Aș putea să spun că lui Seva i s-a ridicat părul în cap – pentru că i-l ridica prin fereastră vântul. Mă rog, eu o să spun așa: ceea ce intră de obicei în această expresie corespundea stării lui. Seva a mai spus ceva confuz, iar eu mă uitam la el și nu ascultam. De ce, mă gândeam, l-am speriat așa? De ce i-am frânt zborul, căci, dacă e să vorbim serios, cine s-ar lua de el, un elev de gimnaziu? Ei, în cel mai rău caz, l-ar descoase, dar și asta e puțin probabil.

Seva a fost atât de decepționat, că nici n-a mai terminat de băut vinul. Mi-a lăsat și sticla, și manifestele, cu rugămintea să le distrug. Le-am distrus, firește, pentru că nici alcoolul, nici revoluțiile nu mă atrăgeau. Sticla cu restul de vin am dus-o la gunoi – vasăzică, Seva a *șterpelit-o* degeaba. Manifestele le-am aruncat în sobă, și comorile gândirii revoluționare au ars fără urmă. Conținutul lor mi-a ieșit cu totul din minte.

Ceea ce a rămas este ziua caldă de septembrie intrată în odaia mea prin fereastra deschisă. Deschisă toamna – ceva atât de rar. Freamătul palmierului pe postamentul sculptat (trandafiri și crini). Raza piezișă de soare aterizată pe masa de scris. Focalizată pe un teanc de cărți. Zborul ușor, insesizabil fără soare, al prafului. Pe manualul de istorie – o buburuză.

Sâmbătă

Lera Amfiteatrova m-a întrebat:

— Deci mă vrei?

Pe Lera o vedeam pentru prima oară, dar am răspuns afirmativ: ce altceva puteam să răspund la cincisprezece ani? Cel mai mult m-a mirat acest *deci* – el se pretindea a fi rezultatul unei discuții, or tocmai, că nu fusese nici o discuție. Fuseseră câteva priviri ale mele spre tânăra femeie care stătea în celălalt capăt al sălii. Ea le prinsese. În felul cum o făcuse fusese mult mai multă chemare decât fusese propriu-zis în priviri. O voiam? Nu știu. Poate o și voiam. Dar mă uitasem la ea pentru că era ieșită din comun. După croiala îndrăzneață a rochiei înțelesesem că era o *emancipată*.

Despre emancipate – ce nu se povestea la noi în clasă, cu o descriere detaliată a aspectului exterior și a lejerității moravurilor (ceea ce Lera a și demonstrat fără zăbavă), astfel încât am încadrat-o fără nici o greutate. Se purta în deplină concordanță cu descrierea standard – cu excepția, poate, a părului tuns scurt – și își interpreta partitura în ceea ce se numește fa de sus. De mirare era faptul că obiect al atenției ei devenisem eu, care nu mă remarcam prin nimic. Dar poate că nu era de mirare. De ce să-și manifeste felul progresist față de cineva care era deja suficient de progresist?

M-a luat cu hotărâre de mână și, în muzica răsunătoare, m-a dus prin sală spre ieșire. Mi s-a părut că ne mișcăm în ritmul acelei muzici, și această mișcare ritmică a noastră îmi paraliza voința, atâta câtă mai era. Încerc acum să-mi amintesc ce sală era aceea, ce muzică era – fără succes. Dar nici nu e important, au și dispărut imediat. Îmi amintesc palma transpirată a Lerei, cu tot vântul rece din stradă. Cum am rătăcit prin niște curți-puțuri căutând locuința ce îi (ea a spus *ne*) fusese pusă la dispoziție de o prietenă. Cheia de la apartament o ținea gata pregătită în mâna liberă, cu brațul întins în direcția în care ne deplasam. Și cheia scoasă înainte de vreme, și brațul întins dădeau mișcării noastre impetuozitate, dar, în măsură și mai mare – teatralitate.

Am zburat pe niște trepte știrbite până la ultimul etaj. Unde Lera, în sfârșit, și-a folosit cheia și am intrat într-o cămăruță. Ca mobilă erau acolo numai un pat, o masă și un scaun. În spatele scaunului se mai vedea o ușiță care dădea, probabil, în bucătărie. Lera s-a lipit de mine. Era o idee mai înaltă decât mine, și trăgeam pe nări tot suflul ei umed. Și-a aplecat capul. Mi-a atins buzele cu buzele ei. Și-a trecut limba pe buzele mele. S-a întors încet cu spatele la mine.

— Și acum desfă-mi șireturile rochiei...

Pe grumaz îi tremurau inelușe blonde. M-am apucat să desfac.

— Ce-i, e prima dată când desfaci șiretul unei rochii? Și, în general – *totul* e prima dată?

— *Totul* e prima dată...

Lera a oftat adânc. Rochia a fost desfăcută și scoasă. După rochie au urmat o bluză ușoară și un jupon cu volane. Niște chiloți cu picior și o cămășuță. Șiretul de la corset mi-a revenit iarăși mie (iarăși în oftaturile Lerei). Am avut de furcă o groază cu prinzătoarele ciorapilor – până la urmă le-a desfăcut ea. S-a așezat pe scaun. Eu m-am lăsat pe vine și i-am scos ciorapii din picioare. Odată cu ciorapii negri, mâinile mele au alunecat pe pielea albă a Lerei. Extraordinar de albă. Pe-atunci femeile nu se bronzau.

Mai e nevoie să spun că, odată culcați în pat, numărul pretențiilor și oftaturilor Lerei a sporit? Nu se codea să-mi orienteze mișcările, făgăduind cuiva nevăzut că era ultima oară când școlea băiețeii. Mi s-a părut că după o vreme oftaturile ei și-au pierdut nota de indignare, dar până la urmă nu sunt sigur. Câți ani avea? Cred că optsprezece, nu mai mult. Dar atunci mi se părea infinit de adultă.

Pe urmă a fumat stând pe scaun. Picior peste picior, dezbrăcată încă. Cu degetul mare și cu arătătorul ținea un țigaret de argint cu o țigară și dădea afară cu precauție fumul din gură. Eu, instalat turcește pe pat, o examinam în tăcere. Vedeam pentru prima oară un corp de femeie gol. Arătând spre cruciulița de pe pieptul meu, Lera a întrebat:

— Tu crezi în Dumnezeu?

— Da.

— În epoca aeroplanelor e rușinos să fii credincios. Uite, eu sunt fiică de preot, dar nu cred. A tras un fum. De ce taci?

— Au desființat aeroplanele moartea?

Lera a izbucnit în râs:

— Bineînțeles!

Luni

Mi-am amintit. Mi-am amintit totul despre aviator. Aveam 11-12 ani când tata m-a luat cu el la aerodromul Komendantski – să văd cum zboară aeroplanele. Cu doi ani înainte nu exista nici un aerodrom Komendantski – era doar hipodromul Komendantski, unde aveau loc și mitingurile aviatice. După ce s-a construit alături aerodromul, mitingurile se țineau pe el... Știu de la Geiger că acum asta se numește *show* aviatic, dar mie îmi place mai mult miting. După părerea mea, în viața de-acum e prea mult *show*. Vorbesc ca om care se uită cât e săptămâna de lungă la *vizel*.

Iulie, soare. Vântul cald face să freamăte dantela umbrelelor. Mulți sunt cu pălării de paie, unii cu niște coifuri triunghiulare făcute din ziare. Noi ne-am dus dis-de-dimineață, ca să stăm în primul rând de spectatori. Putem să ne uităm pe îndelete nu numai la aeroplane, ci și la aviatori. Chiar în clipa când i-am văzut pe acei oameni, am luat hotărârea fermă că mă voi face aviator. Nu pompier, nu dirijor – aviator.

Voiam să stau și eu tot așa, înconjurat de ajutoare, și, uitându-mă în depărtare, să duc fără grabă țigara la gură. Să îmi răsucesc și eu așa vârfurile ridicate ale mustăților. Înainte să mă duc spre aeroplan, să îmi închei pe bărbie catarama la cască. Să îmi pun fără grabă ochelarii-conserve. Dar farmecul cel mai mare nu consta pentru mine în asta. Pe mine mă fermeca cuvântul ca atare – aviator. Vibrația lui contopea frumusețea zborului și mugetul motorului, libertatea și forța. Era un cuvânt minunat. Mai târziu a apărut *liotcik*[1], pe care l-ar fi inventat Hlebnikov[2]. Cuvântul nu e rău, dar e cam ciunt: are în el ceva de vrabie. Iar aviator – aviatorul e o pasăre mare și frumoasă. O astfel de pasăre voiam să fiu și eu.

Aviator Platonov. Nu a devenit chiar numele meu de-acasă, dar câteodată îmi spuneau așa. Și îmi plăcea.

---

1. Pilot, aviator.

2. Velimir Hlebnikov (1885–1922) – poet și prozator rus, reprezentant al avangardei ruse, reformator al limbajului poetic, creator de cuvinte noi.

Marți

Păi eu chiar gândesc neistoric – aici Geiger are, probabil, dreptate. Privirea istorică îi face pe toți ostatici ai marilor evenimente sociale. Dar eu văd lucrurile altfel: exact invers. Marile evenimente cresc în fiecare individ în parte. Mai cu seamă marile zguduiri.

Totul este foarte simplu. În fiecare om există rahat. Atunci când rahatul tău intră în rezonanță cu rahatul altora, încep revoluții, războaie, fascism, comunism... Și această rezonanță nu e legată de nivelul de trai sau de forma de conducere. Adică, poate, este legată, dar nu în mod direct. Ce este curios: binele nu se repercutează deloc cu aceeași viteză în sufletele celorlalți.

Miercuri

O săptămână întreagă nu am scris. Am bolit. Valentina e de părere că a fost prea rece pentru mine în timpul plimbării și mă sfătuiește să mă îmbrac mai călduros. Geiger nu e de acord cu ea. După părerea lui, am fost atât de transpus descriind cum am fost bolnavi Anastasia și cu mine, încât chiar m-am îmbolnăvit. Nu este departe de adevăr.

Iar de scris, nu că nu am putut – nu am vrut, nu am avut dispoziție. Dispoziție în general. Geiger a spus că e normal. Că în primele săptămâni m-au ținut încordarea, mobilizarea în urma șocului, dar cum a intrat viața cât de cât pe un făgaș – m-am delăsat. Da, sunt de acord, m-am delăsat. Dar mie tocmai făgașul meu nu-mi place. E cumva strâmb, discontinuu – pe unde a tot cotit atâția ani? Și în primul rând – unde duce? La viața aceea ciudată pe care o văd la televizor? Această viață nu mă atrage deocamdată. Nici pe Geiger, după cum a ieșit la iveală.

Iar în privința jurnalului a spus să nu mă neliniștesc – nimeni nu mă silește să scriu în el în fiecare zi. Nu mă silește –

pentru asta chiar mulțumesc. Și n-o să scriu. În general vorbind, Geiger îmi place din ce în ce mai mult. Nu se prea lasă pradă emoțiilor, e chiar puțin rece, dar prin răceala asta se simte o bunăvoință reală.

Mai rău e invers, când în spatele unei veselii exterioare se ascunde una de șobolan. Am avut un cunoscut, Aleksei Konstantinovici Averianov. Mic, chel, cu un cap mare, leit o ciupercă. Și se înmulțea, probabil, prin spori, cum să ți-l imaginezi, așa cum era, cu o femeie? Deși – nu, erau și pe la el niște femei, sigur, tot așa mici ca și el. Stai de vorbă cu el un ceas-două – un om numai suflet: blând, prevenitor, binevoitor din fire. Râde de se prăpădește, de nici nu mai știe de el, cu niște hahahauri distincte, răsunătoare, cu capul lăsat într-o parte. Iar într-o bună zi se dovedește că nu este blând și nu este binevoitor, ci un invidios patologic, iar pe la spatele tău spune niște...

Cine era acest Averianov? Cu ce se ocupa, de unde îl cunoșteam – nu-mi amintesc nimic. Dar, iată, natura lui de ciupercă, comportamentul lui de vierme mi-au rămas în memorie. Da, mi-au rămas și lentilele bombate ale ochelarilor. Care făceau ca și ochii lui să pară bombați. Dar cum de a venit brusc vorba despre el? Ah, da, Geiger – uite, el nu-i așa.

— Tocmai mi-am amintit de un oarecare Averianov, îi spun, firea lui, statura, până și ochelarii. Dar ce a însemnat el în viața mea – nu-mi amintesc nici dacă mă omori. De ce sunt construite așa amintirile? Și ce înseamnă amintire din punct de vedere științific?

— Amintirea este o anumită combinație de neuroni, de celule ale encefalului. Intră în legătură alți neuroni – îți apare o altă amintire.

— Cu alte cuvinte, pentru ca Averianov să îmi apară în întregul lui nu mi-au ajuns neuronii? E cumva foarte mecanicist.

— Da, nu îți face griji, poate că o să-ți mai apară Averianov în toată splendoarea. Poate că nici n-o să te bucuri. Iar în afară de asta – Geiger și-a încheiat nasturele de sus al halatului –, ar fi plictisitor dacă amintirile dumitale ar reflecta viața în oglindă. Ele o fac selectiv, și asta le apropie de artă.

Mie, de fapt, nici nu îmi trebuie Averianov. Ce îmi amintesc despre el este absolut suficient.

Joi

Ce mă miră la televiziune: acolo tot timpul au jocuri. Ghicesc cuvinte, melodii, dar și, am citit, se pregătesc să trimită pe cineva să supraviețuiască pe o insulă nelocuită. Toți sunt veseli, inventivi și destul de mediocri, aș zice. Se vede că n-a existat în viața lor o insulă pe care să fie nevoiți să supraviețuiască. Asta le-o lipsi oare?

Sâmbătă

Mă tot gândesc la natura amintirilor. Nu cumva ceea ce păstrează memoria mea e numai o combinație a neuronilor în cap? Mirosul bradului de Crăciun, clinchetul de sticlă al ghirlandelor în curent – neuroni sunt? Pârâitul fâșiilor de hârtie pe rama ferestrei când e deschisă în aprilie și casa se umple de aerul primăverii. Se umple de discuțiile cu voce înceată de pe stradă. De țăcănitul tocurilor seara pe trotuar, de bâzâitul insectelor de noapte pe tavan. Dar simțământul nostru fremătător, al meu și al Anastasiei, de care îmi amintesc cu recunoștință și îmi voi aminti până la sfârșitul vieții – tot neuroni să fie? Șoapta ei prinzând glas din pricina râsului, mireasma părului ei când e culcată lângă mine.

După zilele cu gripa stăteam deseori culcați unul lângă altul. De obicei ziua, când nu era nimeni în casă. Stăteam îmbrățișați. Uneori, fără să ne atingem unul de altul. Stăteam de vorbă. Tăceam. Într-o astfel de clipă i-am șoptit chiar în ureche:

— Vreau să fii soția mea.

Anastasia era pusă pe râs, și mi-a fost frică să nu înceapă să râdă. Dar ea nu a râs. A răspuns scurt:

— Și eu vreau.

Tot în ureche. Am simțit buzele ei calde.

Nici nu trecuserăm la *tu* unul cu altul. Mie mi se părea că neprihănirea relațiilor noastre nu trebuie supusă nici unor încercări, nici chiar unora neînsemnate, cum este un *tu*. Anastasia mai avea mai puțin de un an până la majorat, și eu mi-am promis să aștept până la majorat.

— Doar ți-e greu așa..., a spus odată Anastasia. Fără o femeie.

— Am o femeie. Pe dumneata.

Ea s-a înroșit.

— Atunci voi fi femeie... de tot.

Am sărutat-o pe frunte.

— Nu vreau înainte de cununie.

Cel mai acut simțământ este cel nesatisfăcut, și eu îl încercam pe de-a-ntregul. Niciodată acel *dumneata* al meu nu a fost mai senzual. Îi simt și acum jarul pe buze. Cel mai adevărat jar. E greu de crezut că se ajunge aici printr-o combinație de neuroni.

Luni

Omul nu e pisică, el nu poate ateriza în patru labe oriunde ar fi aruncat. A fost pus într-un anumit timp istoric pentru ceva anume. Ce se întâmplă când îl pierde?

Marți

Azi a fost o zi deosebită – am fost pentru prima dată în oraș. După procedurile matinale, Geiger a întrebat:

— Vrei să mergi cu mașina?

Voiam? După atâtea săptămâni în salon? Fața mi s-a luminat într-un zâmbet prostesc. Ultima dată zâmbisem la o astfel de ofertă în copilărie, când fiecare călătorie mi se părea o sărbătoare. Dar nici acum nu era ceva banal. Aveam ocazia să merg nu cu un automobil obișnuit din tinerețea mea, ci cu unul dintre aparatele acelea aerodinamice pe care până acum le văzusem numai la televizor. Dar principalul e că se termina sihăstria mea forțată și că mă cufundam în noua viață.

Mă cufundam – este cuvântul exact. Doar cufundă-te, îmi spuneau mama și tata pe plajă, temându-se să nu răcesc. Dar să nu înoți. N-o să înot, nu, și să te cufunzi e o fericire. Temându-se că organismul meu slăbit va ceda celui dintâi microb, Geiger nu m-a lăsat să ies din automobil. Din când în când oprea și îmi dădea voie să cobor geamul. Apăsam un buton de pe ușă, și geamul luneca în jos cu un bâzâit abia perceptibil. Nu-mi puteam lua ochii...

Așa am stat puțin în fața Ermitajului, a Călărețului de Aramă și a catedralei Sf. Isaac. N-am descoperit nici o schimbare esențială față de timpul meu. Ei, poate asfalt în locul pavelelor. Stâlpii electrici sunt cumva altfel, nu sunt din lemn. Am fost pe Vasilievski Ostrov – și acolo e totul în perfectă ordine. Am plecat apoi în Petrogradskaia Storona.

La colțul lui Bolșoi cu Zverinskaia ne-am oprit (am parcat, a croncănit Geiger). Am ieșit din automobil acolo unde era înainte librăria Viața: acum era ceva fără cărți. Ceva mai degrabă gastronomic. Iar casa de vizavi de Bolșoi era înainte cu două etaje mai mică. Îmi amintesc bine, fiindcă mă uitam des la ea de la fereastră, și aveam toată viața ei ca în palmă. Înseamnă că au supraetajat-o.

Spre această casă ne-am și îndreptat. Geiger a apăsat trei butoane de lângă clanță și ușa s-a deschis. Am început, încet, să urcăm. Scara e numai scuipați și mucuri de țigări: scuipații sunt obișnuiți, dar mucuri ca acelea n-am mai văzut. Arătau cu totul neobișnuit. Lângă una din uși, Geiger a zornăit niște chei.

— E apartamentul unor prieteni ai mei, mi-a spus, cine știe de ce, în șoaptă. Din el se vede excelent casa dumitale.

Am intrat. Totul e neobișnuit – podelele, mobila, lămpile. Adică îți dai seama ce sunt și e clar la ce servesc toate, dar în același timp te surprind. Ferestrele dau spre două locuri: spre Bolșoi Prospekt și spre curte. Geiger m-a dus la fereastra care dă spre Bolșoi. M-am mirat în sinea mea: e iarnă în oraș, dar cercevelele nu sunt duble, sunt altfel, subțiri. Totuși în apartament e cald.

Uitându-mă la ferestrele de la fosta mea locuință, mi-am amintit cum le izolam împreună cu Anastasia. Cu tăișul cuțitului îndesam vată în crăpăturile cercevelelor și lipeam deasupra benzi de hârtie. Fierbeam clei de amidon. După aceea, de la mirosul cleiului eram întotdeauna mai binedispus. Mi-am amintit senzația plăcută, de intim, toamna. Afară e frig, e vânt, dar la noi o să fie cald. Luând de la Anastasia o fâșie unsă, am simțit pe obraz o buclă din părul ei. I-am sărutat degetele – și-a tras mâna. Nebunule – au clei pe ele... A lins cleiul de pe buzele mele.

Geiger a scos din servietă un binoclu și mi l-a dat. Aha, într-adevăr, uită-ne pe amândoi cum stăm, acum se poate vedea totul. Ea dă cu clei și îmi pasează mie, și eu lipesc. Netezesc cu grijă fiecare fâșie pe cercevea. Hârtia e umedă, alunecoasă, are cocoloașe pe dedesubt. Fâșia se mai rupe ici și colo, fără să se facă auzită, și eu pun frumos cap la cap și lipesc, fără să netezesc. O treabă migăloasă. Era ceea ce ar fi trebuit să ne salveze de iarnă, dar nu ne-a salvat. Căldura din casă tot s-a dus.

Joi

Acest *dumneata* al meu și *Anastasia* mi se par acum ceva cam prea de tot, chiar caraghios. Dar atunci erau pentru mine aproape o chezășie a intangibilității ei, a Anastasiei. Până la un anumit punct – un simbol al ascezei mele, ceva asemenea rasei în care călugărului îi este, probabil, mai ușor să reziste ispitelor. Sau, dimpotrivă, mai greu.

Un început de senzualitate exista, firește, în relația noastră, dar era un fel aparte de senzualitate. Ea nu mergea mai departe de privire, de intonație, de atingere din întâmplare, și asta îi dădea o intensitate incredibilă. Noaptea, stând în pat, îmi aminteam discuțiile noastre din timpul zilei. Le interpretam și le reinterpretam.

Pe ușa bătută în scânduri, lângă care stătea patul meu, licăreau chiar și în întuneric cuiele îndoite. Îmi treceam un deget peste ele. Mă gândeam că de partea cealaltă a ușii se află patul ei. Uneori auzeam câte un scârțâit înăbușit. Parcă dormeam amândoi în același pat, separați de peretele despărțitor. Deocamdată, mă gândeam, separați.

Ceea ce ascundeam noi cu atâta grijă de ceilalți nu era, desigur, nici un secret pentru nimeni. Sunt lucruri care, stând sub același acoperiș, nu pot fi ascunse. Până și Voronin, distrat ca un profesor, ghicise câte ceva. Începuse să se uite la mine, cum se spune, cu o atenție nouă, și această atenție era binevoitoare. Profesorul ba mă bătea încurajator pe spate, ba zâmbea fără nici un motiv. Odată s-a apropiat de mine și de Anastasia și ne-a îmbrățișat. O îmbrățișare care echivala cu o binecuvântare.

Lunile care au urmat mi-au fost luminate de prietenia cu Anastasia și cu tatăl ei. Aproape seară de seară ne adunam în camera lor și beam ceai. Care, de fapt, nu era ceai (ceaiul era atunci imposibil de procurat), ci niște plante uscate și niște fructe de pădure care păstrau aroma verii. Culese de Anastasia. Câteodată – după îndelungate stăruințe – venea și mama. Ea se jena. Considera că, locuind într-un spațiu comun, este foarte important să respecți distanța. Ceea ce mi se pare corect.

Se întâmpla să mai fie, aha, Averianov – așa cum mi l-am amintit nu demult: capul lăsat pe un umăr, lentilele groase ale ochelarilor. Când venea, se așeza într-un fotoliu și se pierdea în el. Vorbea puțin. Zâmbea, dar mai des râdea. Râdea tare – ca dintr-un preaplin de sinceritate. Era coleg cu Voronin la Academia Teologică, era profesor și el. L-am văzut acum în fotoliu (un greier din cărțile de colorat) și mi-am amintit totul despre el. Cum ar spune Geiger, legătura neuronilor s-a restabilit. Când, în iarna aceea, l-au arestat pe Voronin, principalele declarații privind activitatea sa contrarevoluționară le-a dat Averianov. A fost arestat pe baza denunțului lui Zarețki, dar procesul a fost montat pe baza declarațiilor lui Averianov. Zarețki nu articula cuvântul *contrarevoluționar*.

Sâmbătă

Ieri am mers în Siverskaia. Eu aș fi vrut cu trenul, dar Geiger s-a opus. A spus că în trenuri sunt viruși, iar rezistența organismului meu este slăbită. După părerea mea, exagerează. La vremea lui, organismul meu era așa de rezistent, că mersul cu trenul era o nimica toată pentru el. Dar nu hotărăsc eu, ci Geiger.

Am plecat cu mașina. Geiger, ca și înainte, la volan, eu – pe scaunul de lângă el. Mi s-a pus centura. Automobilul de-acum (mai bine – *mașină*, mi-a sugerat Geiger) prinde o viteză de necrezut. Pe străzile din oraș nu se simte foarte tare, dar odată ce ieși din oraș ți se taie respirația. Când am început să depășim alte mașini, am simțit cum îmi înțepenesc mâinile pe brațele scaunului. Geiger a observat și asta, și a redus viteza. Dar cărui rus (a zâmbit) nu-i place... Am zâmbit și eu. M-am gândit că dacă la viteza aceea am intra în ceva, organismul meu ar zbura bucăți-bucăți – indiferent de rezistența lui. După cum și al lui Geiger.

Mașinile din față treceau ca vântul și ne împroșcau cu stropi de noroi, așa că parbrizul se încețoșa întruna. Oprea nu numai vântul, ci și lumina. Dibaciul Geiger îl stropea cu apă și îl curăța cu *ștergătoarele*. Cum învățasem să cobor geamurile, am apăsat butonul, dar a năvălit în mașină o asemenea tornadă, că am închis imediat. Da, e mai bine așa, a încuviințat Geiger. Mai bine așa.

Am *parcat* lângă stația de cale ferată, pe care nu am recunoscut-o. Mai exact, parcă am recunoscut una dintre construcțiile ei, care acum devenise magazin. Iată, așa ești acum, Siverskaia... Când am ieșit din mașină, Geiger m-a rugat să îmi pun o mască de tifon. Am ridicat din umeri și mi-am pus-o. La urma urmelor, el este șef aici, iar eu sunt obișnuit să mă supun. Dar chiar și prin tifon se simțea aerul fără de seamăn al Siverskăi. Am luat-o, pe o stradă cu case sărăcăcioase, cu patru etaje, spre dig.

În Siverskaia se vedea clar că iarna e pe sfârșite. Fiindcă există un miros de primăvară, unul anume, care apare când încă e zăpadă peste tot. Nu miros, mai degrabă un fel de moliciune a aerului.

— Dar unde e vila baronului Frederiks?

Din pricina măștii, vocea mea suna surd, chiar cumva acuzator.

— Nu s-a păstrat.

Zăpada e deja afânată, nu scârțâie.

— De ce nu s-a păstrat?

Gest nedefinit al lui Geiger, care nu lasă loc altor *de ce*. Coborâm spre dig. Ruinele de lângă apă sunt complet acoperite de gunoi. Admirăm cum țâșnesc de sub noi șuvoaie de spumă. Nu fusesem aici niciodată iarna, așa că mi-a fost puțin mai ușor. Faptul că Siverskaia nu seamănă cu ea însăși ți-l poți explica, dacă vrei, prin aceea că acum are înfățișarea ei de iarnă. Dar vara se mai poate întoarce totul la ce-a fost. Absolut totul, inclusiv vila lui Frederiks.

Da, uite-l, drumul: după ce traversam peste dig, pe-atunci drumul urca. Faleze roșii. Da, tata trăia atunci, și bunica trăia. Și mama. Mă tot gândesc la mama și nu vreau să îl întreb pe Geiger cum de e ea acolo. *Acolo.* Doar e clar că a murit de mult, dar mă tem să aud.

Am trecut pe strada Țerkovnaia, deși pe tăblițe scrie *Krasnaia*[1]. Dacă se are în vedere argila devoniană, atunci este chiar cât se poate de potrivit. În scurt timp am văzut casa noastră. Și-a schimbat culoarea și acoperișul și s-a făcut mai joasă, dar cum să nu, o recunoșteai fără greș. Geiger, discret, a rămas în urmă. Cu mâna pe portiță, am cercetat atent casa. Ea e. M-am întors către Geiger, și el a dat din cap. Până și lumina din fereastră e ușor galbenă, ca înainte.

Din casă a ieșit un bărbat în vârstă și s-a îndreptat spre portiță. Văzându-mă, a încetinit pasul. S-a oprit.

— Am locuit în această vilă cu chirie, am explicat eu. Cândva, foarte demult.

Omul a clătinat din cap:

— Această casă o am de la tatăl meu. Nici el, nici bunicul nu au închiriat-o nimănui.

— Poate străbunicul?

Uitându-se la masca mea, a întrebat politicos:

— Sunteți aici la tratament?

— Da, într-un fel.

El a dat din cap. A ieșit în stradă și, vârându-și o mână printre scândurile portiței, a închis clanța pe dinăuntru. A luat-o fără grabă spre dig.

Plecarea lui nu a făcut să se stingă lumina în casă – probabil rămăsese cineva. Poate familia mea. Să fi intrat, i-aș fi văzut pe toți cei apropiați mie (ei, uite c-ai venit, drăguțule) și aș fi înțeles că totul, în afară de șederea lor extratemporală la masă, e vis și fantasmă, și, năpădit de fericire, aș fi izbucnit

1. Roșie.

în plâns ca atunci, în ziua peregrinărilor mele de unul singur. Dar n-am intrat.

Duminică

Veselă pasărea sare
Pe-a belelelor cărare
Și nici nu-i trece prin minte
Ce-o așteaptă înainte.[1]

Mi-am amintit vechiul cuplet, legat de ce – nu știu. N-o fi despre mine?

Luni

Iarna ne sculam la ora șase, dar se lumina pe la amiază. Dimineața mi se părea cea mai îngrozitoare parte a zilei. Chiar dacă spre seară muream de dureri, de oboseală și de ger, măcar atunci nădăjduiam la odihna de noapte. În timp ce dimineața deschideam ochii cu gândul că începe iarăși totul. De multe ori nu puteam să mă trezesc. Deschideam ochii, mă ridicam (pentru o tărăgănare de o clipă erai bătut cu o bâtă), dar nu mă trezeam. În timp ce ne duceau la locul de muncă, dormeam de-a-n picioarelea: se poate dormi și în mers. Nu ne spălam – n-aveam când, ne mai ștergeam fața cu zăpadă sau cu mușchi ud când eram deja la muncă. Apucam doar să ne mâncăm bucata de pâine și să bem apă. Se aducea niște apă fiartă, dar până să ți-o toarne era aproape rece. Nici nu avea importanță, că oricum nu avea nimic în ea. Și nici după ce să bei n-aveai. Visam doar la două lucruri pe lume: să mănânc și să dorm pe săturate.

---

1. Poezie din a doua jumătate a secolului al XIX-lea, de autor necunoscut.

Marți

După profesorul Voronin au venit seara. Încruntați, concentrați, cum se și cuvine cuiva care reprezintă o mare putere. Care nu a venit de capul lui. Percheziționând camera, nu se grăbeau. Cu degete nedeprinse să dea paginile, cercetau carte după carte. Obosind să mai răsfoiască, luau cărțile de cotor și le scuturau energic. Cădeau semne de carte, vederi, la un moment dat a zburat de-acolo, rotindu-se, o bancnotă de zece ruble de dinainte de Revoluție. La fel de minuțios au cercetat lenjeria. Stând pe coridor, am văzut cum pipăiau degetele lor cearșafurile în care dormea Anastasia.

Anastasia. Când angajații GPU[1] și-au prezentat actele, ea s-a lăsat în fotoliu. Profesorul încă le mai preciza ceva, dar ea se lăsase deja în fotoliu – nemișcată, fără să spună nimic. Palidă cum nu o mai văzusem niciodată. Voronin s-a uitat și el la ea și s-a speriat. S-a lăsat pe vine în fața fotoliului, a luat-o de bărbie și a spus că o să se aranjeze totul. Au dus-o în celălalt capăt al camerei. Unul dintre ei i-a adus apă, un gest cu o licărire de omenesc în el.

Că totul s-a petrecut în urma denunțului făcut de el, Zarețki nu a ascuns. Temându-se să nu fie scăpat ceva la percheziție, i-a dus pe cei veniți și la dulapul din bucătărie al Voroninilor. Au găsit o strecurătoare, o răzătoare și câteva borcane goale. Ce căutau nu știa nimeni – cel mai probabil, nici căutătorii înșiși.

— Acum dumneata răspunzi de ea, mi-a șoptit Voronin pe coridor.

Ne-am îmbrățișat. Pe urmă și-a îmbrățișat fiica. Cel care îi adusese apă Anastasiei i-a desfăcut brațele strânse pe după gâtul tatălui ei. Și una, și alta făceau parte, probabil, din acțiunile lui obișnuite. De față cu tatăl ei, Anastasia n-a plâns –

1. Direcția Politică de Stat, organ pentru asigurarea securității statului.

i-a fost frică pentru el, că nu avea să reziste. A izbucnit în plâns după ce el a ieșit. Vorbea, și cuvintele ieșeau din ea în hohote, unul după altul, ca o vomă. O îngrozea faptul că plecase seara – nu ziua, nu noaptea, când lucrurile par a avea o ordine, ci când timpul e nesigur, între.

M-am dus la ușa lui Zarețki și am smucit clanța. S-a dovedit închisă pe dinăuntru cu zăvorul. Am tras de ea cu amândouă mâinile, și zăvorul a zburat. Zarețki era așezat la masă, cu brațele încrucișate pe ea. Masa era goală, nu era pe ea nici chiar salamul.

— Te omor, păduche! am zis încet.

— Omori un proletar – ești deferit justiției, a răspuns la fel de încet Zarețki.

Nu era sfidare în cuvintele lui, mai degrabă tristețe. Ședea nemișcat, doar unul din pomeți, umflat, i se crispa. O amfibie. O reptilă tristă. M-am dus chiar lângă el.

— O să te omor astfel încât n-o să afle nimeni.

Toată noaptea aceea am petrecut-o în camera Voroninilor. Anastasia ședea în fotoliu, eu – alături de ea, pe podea. Spre dimineață a adormit, și am dus-o în pat. Când am așezat-o pe el, a deschis ochii și mi-a spus:

— Nu-l omorî. Auzi, nu-l omorî.

Parcă a spus în somn.

Eu am tăcut, neștiind de fapt ce să răspund – bine, n-o să-l omor? O să încerc să nu-l omor? Mă gândeam: cum o să fie viața după arestarea tatălui ei? M-am uitat la Anastasia: adormise din nou. Acuși adorm și eu. La un moment dat mi-a căzut tocul din mână și m-a trezit. O să continui mâine.

Miercuri

Continui. Viața după arestarea profesorului a decurs, oricât ar părea de ciudat, aproape ca înainte. De Zarețki ne ciocneam și eu, și mama, și Anastasia, la bucătărie, pe coridor și în fața toaletei. De mirare e că ne salutam. Prima l-a salutat mama (îi era teamă că Zarețki o să continue cu denunțurile și spera că așa o să îi cumpere tăcerea), apoi eu, dar în cele din urmă și Anastasia. Mama îl saluta cu voce tare, dar noi doar dădeam din cap. Nu ne gândeam la viitoarele lui denunțuri – pur și simplu, trăind sub același acoperiș, e greu să te prefaci că omul nu există. E greu să trăiești într-o ură permanentă, chiar dacă e justificată.

Câteodată, Anastasia și cu mine stăteam culcați unul lângă altul, dar nu ne îngăduiam nici unul dintre gesturile de tandrețe de dinainte. Ni se părea că, atât timp cât tatăl ei era închis, nu aveam dreptul la nimic de acest fel, că, dacă avea să se întâmple ceva cu el, vinovați vom fi numai noi. E greu de explicat, dar legam cumva eliberarea lui de castitatea noastră. Și când, la sfârșitul iernii, Anastasia a împlinit șaisprezece ani, nimic nu s-a schimbat în relația noastră. Puteam deja să ne cununăm, dar în împrejurările de-atunci ne era la fel de imposibil ca și înainte.

Trecând odată beat pe coridor, Zarețki mi-a spus:

— Nu știu nici eu de ce l-am denunțat pe profesor. M-am dus așa, cine știe de ce, și l-am denunțat. A făcut câțiva pași spre toaletă și s-a întors. Dar pe voi n-o să vă denunț, să n-aveți grijă.

După aceea, m-am întrebat nu o dată de ce a făcut el de fapt denunțul. Să se fi simțit jignit? Dar pe Zarețki nu l-a jignit nimeni, pur și simplu nu i se dădea atenție. Mda... Poate asta a și fost cea mai mare jignire pentru el?

Din când în când mergeam cu Anastasia pe Gorohovaia, în speranța că ni se va da voie să-l vedem pe profesor, dar nu ni se dădea. Nici pachet nu primeau. Oricum încerca Anastasia să le vorbească zbirilor de-acolo – și le zâmbea, și făcea auzite niște note metalice, și se gudura –, nu ajuta la nimic. Fizionomiile lor neevoluate rămâneau impenetrabile. Mă uitam la ei și îmi închipuiam cum, apucându-i de păr, îmi iau avânt și dau cu ei de perete. Dau până mă lasă puterile, dau cu satisfacție, de le sare sângele brun-cenușiu-murdar pe scaunele tip, pe jos, pe tavan. Așa făceam de câte ori ne duceam. Și cred că nu se putea să nu știe. Ultima dată ne-am dus pe 26 martie și oamenii aceia ne-au spus că profesorul Voronin a fost împușcat.

Vineri

Astăzi în locul sorei Valentina a apărut sora Angela. E tânără, dar nu are farmecul Valentinei. O înfățișare destul de vulgară, nici o legătură cu numele. Geiger a spus că Valentina e bolnavă, și tonul lui nu prea mi-a plăcut. Nu știu de ce.

Toată ziua am încercat să scriu la computer. M-am simțit ca primul tipograf[1].

Sâmbătă

Acum câteva zile, Geiger mi-a adus o carte a unui american despre înghețarea morților pentru a fi înviați ulterior. Îmi mai propusese deja ceva asemănător. Atractivă lectură – mai ales când ești în spital. Autorul enumeră problemele de care se lovesc pionierii congelării – nu sunt simple. Le va fi permis văduvelor și văduvilor să se căsătorească după înghețarea celui răposat? Ce să facă cei decongelați și înviați dând de soții foștilor soți? Există dreptul legal de a congela o rudă sau (adaug de la mine) un vecin de apartament? Poate cel care a fost declarat oficial cadavru și a fost congelat să aibă drepturi și obligații legale? Poate să voteze după decongelare? Ultima întrebare chiar m-a înduioșat.

De altfel, principala complicație o constituie, după părerea americanului, nu atât votarea, cât înghețarea și dezghe-

---

1. Termenul rusesc (*pervopeceatnik*) se referă la Ivan Fiodorov (1525–1583), primul tipograf din Rusia.

țarea. La răcire, din suspensia celulară se separă lichidul, care se transformă în cristale de gheață. După cum se știe, prin înghețare apa se dilată și poate vătăma celula. Mai mult decât atât, ceea ce nu s-a transformat în gheață devine o soluție salină extrem de caustică, putând ataca celula. În schimb, în cazul unei înghețări foarte rapide – și aici ar exista parcă un motiv de optimism –, dimensiunile cristalelor și concentrația soluției saline sunt mai mici.

Pentru a preîntâmpina vătămările, la înghețare se folosește glicerină – ea neutralizează soluția salină. Așa încât sarcina numărul unu la dezghețare devine îndepărtarea glicerinei din organism. Fără rezolvarea ei, toate celelalte acțiuni nu au sens – cu glicerină în loc de sânge nu zburzi. Există, ce-i drept, și alte întrebări: de ce îmi aduce Geiger lucruri de acest gen, iar eu le citesc pe toate?

— Rezultă, îl întreb într-o zi pe Geiger, că problema nu e atât înghețarea, cât dezghețarea corectă?

— Așa rezultă.

— Dacă înțeleg bine, cu toate succesele științei, nu s-a reușit să fie înviat la dezghețare nimeni?

— S-a reușit, răspunde.

— Interesant! Cine? Un babuin?

Geiger se uită la mine compătimitor și cumva chiar cu o atenție încordată:

— Dumneata.

Joi

Toate zilele astea m-am gândit la cele auzite. La început, parcă am luat totul calm, dar pe urmă, al doilea val m-a cam dat peste cap. Cu mine s-a reușit dezghețarea: de aici rezultă logic că am fost înghețat. Ce poți să mai spui...

Gândul o lua razna, făcea slalom. Căuta să nu se întoarcă în punctul de plecare. Mi-au venit în minte buștenii înghețați din Neva. Sticlele, ligheanele, câinii și porumbeii morți – tot ce ieșea, topindu-se cu greu din gheață, primăvara. Cum arătam în postura de prizonier al gheții – ca un porumbel? Ca frumoasa adormită, poate? Îmi apărea oare prin gheață fața lividă și aveam ochii închiși? Sau nici nu era deloc gheață? Mai degrabă nu era – înghețarea se face, după câte am citit, cu azot.

Erau zile pe insulă când voiam chiar eu să înghet. Să mă așez sub un copac și să uit de toate. Mi-l aminteam atunci pe Lermontov – „să-dorm, să pot uita". Îmi imaginam foarte bine cum se ajunge aici. Când deja nu-ți mai e frig, când nu-ți dorești nimic – nici să trăiești. Mai exact spus, nu te gândești la viață și nu te gândești la moarte, de-aceea nu ți-e frică. Speri: se va face cumva acolo, se va petrece acolo ceva care n-o să îngăduie să pieri definitiv. Dar nu se petrecea. Îi găseau primăvara sub pini într-un hal de nici nu vrei să-i descrii. Dar eu, mi-aduc aminte, i-am și descris – nu făceau față iernatului. Acolo să fi înghețat eu? Nu pare să fie așa: o bună înghețare cere, după cum se știe, glicerină. Mă uit la mine în oglindă și mă gândesc fără falsă modestie că, în fond, nu m-am păstrat rău.

Geiger a intrat de câteva ori și m-a bătut pe umăr. Mă bătea și ieșea, fără să spună un cuvânt. De fapt, ce poți să spui?

— Dar cum ați reușit să mă dezghețați? întreb. Și în primul rând: cum ați reușit să scoateți glicerina?

— Un specialist... În privirea lui Geiger e stimă. Dar nu a fost glicerină.

— Cum nu a fost? mă mir eu.

— Păi da, nu a fost. Tocmai asta-i enigma.

Vineri

Sfârșitul lui martie. La sfârșitul lui martie s-a prăpădit Zarețki. A fost găsit cu țeasta spartă, pe malul râului Jdanovka, nu departe de fabrica de mezeluri unde lucra. A venit la noi anchetatorul Treşnikov de la cercetări penale – un tip solid, la vreo patruzeci de ani, cu nişte mustăţi de morsă. Treşnikov cerceta cine i-ar fi putut dori moartea lui Zareţki. A întrebat dacă avea duşmani sau rude cărora le-ar putea reveni camera lui. Duşmani sau rude (se pricep să formuleze acolo, la cercetări) – noi nu ştiam nici de unii, nici de alţii. A întrebat unde ne aflam fiecare dintre noi în ajun, seara, dar noi fuseserăm cu toţii acasă.

Treşnikov a spus că Zareţki era descheiat la pantaloni, că avea la brâu o sfoară şi că un capăt al sforii atârna în indispensabili.

— Ştiţi la ce servea sfoara? a întrebat.

Noi ştiam că era pentru salam, dar, cine ştie de ce, am spus:

— Nu ştim.

Treşnikov bănuia că Zareţki era maniac şi încercase să violeze pe cineva. Că de-aceea a şi păţit-o. Noi am obiectat că n-am remarcat la el ceva de felul acesta şi că femei, în general, nu veneau la el. Acest din urmă lucru i s-a părut suspect lui Treşnikov.

— Asta, când nu vin femei, nu e semn bun, a oftat el.

Pe urmă eu, din partea apartamentului nostru, m-am dus la morgă pentru identificare. L-am recunoscut fără nici o greutate. Pe o masă de marmură zăcea într-adevăr Zareţki – mic, gol-goluţ, cu pete cadaverice pe faţă. Ceea ce numea el *puţulică* se dovedea a fi uimitor de mic. Era suficient să te uiţi ca să înlături orice idee de viol.

Nu erau nici un fel de vătămări vizibile pe capul lui Zareţki – craniul era găurit la spate. Pentru că nu se găsise obiectul cauzator de moarte, Treşnikov presupunea că fusese împins şi se lovise cu capul de o piatră – acolo, pe mal, erau multe pietre tăioase. Admitea şi o lovitură dată din spate. În care caz era puţin probabil ca Zareţki să fi atacat pe cineva, era de crezut tocmai contrariul. Dacă răposatul nu ar fi fost descheiat la pantaloni, Treşnikov ar fi înclinat poate spre această variantă.

Eu, sigur, i-aş fi putut spune anchetatorului că defunctul scotea din fabrică, în pantaloni, salam. După ce trecea de postul de control – descria chiar el asta când era beat –, cobora pe un mal abrupt spre râu, unde nu e lume. Își descheia pantalonii și dezlega salamul, iar după aceea îl ducea în mână. Ceea ce este foarte de înțeles: nu e comod să mergi cu un salam în pantaloni. Dacă îi spuneam asta, Treşnikov ar fi ajuns la concluzia simplă că Zarețki nu era singurul amator de salam în locul acela pustiu. Că pe foametea din timpul nostru, angajatul fabricii de mezeluri căzuse victimă dragostei nutrite de cineva pentru acest produs. Căci faptul de a nu fi fost găsit prins de sfoara de la brâu arăta că salamul fusese luat.

Numai că nu i-am spus nimic lui Treşnikov: lasă să creadă ce vrea despre Zarețki. A fost felul meu de a mă răzbuna pe răposat? Nu știu. Nu pot spune că nu mai puteam de mila lui. La plecare, Treşnikov a întrebat, nu știu de ce, dacă Zarețki a turnat la GPU. Cu un al șaselea simț, am hotărât că e mai bine să nu mint și am spus că a turnat. Ce însemna această întrebare? O aluzie la faptul că aveam și noi motive să îl omorâm și că el știe acest lucru? Acțiunea penală a fost în scurt timp închisă.

Zarețki a fost înmormântat lângă mama lui, la cimitirul Smolensk, unde ne ieșise în cale cu o sticlă de vodcă în buzunar. Înmormântarea a fost organizată pe cheltuiala fabricii de mezeluri, fără mare pompă, dar mai ales, se zice, fără lume. Probabil conducerea fabricii a hotărât să nu întrerupă procesul de producție a salamului și nu a învoit pe nimeni, dar poate că printre angajații fabricii se dovedise a nu fi fost nimeni apropiat cât de cât de Zarețki. Mai de crezut este, firește, varianta a doua. Nici Anastasia și cu mine nu ne-am dus la înmormântare. Ceea ce e de înțeles.

Sâmbătă

Iată ce a ieșit la suprafață din adâncurile conștiinței mele: se consideră că desenul academic este bazat pe cunoașterea și înțelegerea formei, el e străin de reproducerea lipsită de sens și de redarea în funcție de impresie. Și încă: forma trebuie să se înscrie în format, ca să nu plutească și să nu apară la periferia desenului locuri plictisitoare.

Oricum, mă întreb: astfel de lucruri vin numai în mintea pictorilor sau în mintea oricui? De pildă, a lui Geiger?

Luni

Astăzi, Geiger a apărut însoțit de un băiețel de vreo șapte ani. Mai exact, Geiger venise după niște acte ale Valentinei (erau pe pervaz), iar băiatul se uita prin ușa întredeschisă – îl vedeam. Când l-am întrebat pe Geiger ce e cu Valentina, ușa s-a deschis de tot.

— Are toxicoză precoce, a spus băiatul. Iar eu și cu tata am venit după lucrurile ei.

În spatele lui a apărut un tip negricios, tuns scurt, cu o sacoșă în mână – probabil soțul Valentinei. Mai mic de statură decât ea. L-a împins pe băiat de la ușă și a trântit-o. Geiger și-a desfăcut brațele.

— Valentina e din nou însărcinată, și eu, închipuie-ți, n-am nici un amestec.

După cum trântise ușa, soțul Valentinei nu era convins de asta.

— Nici eu n-am nici un amestec, am glumit eu.

— Te întristează? a întrebat serios Geiger.

N-am spus nimic. Mă bucura neamestecul lui Geiger. Ca descriitor al vieții, înclin să îl cred.

Marți

Geiger mi-a spus că în curând o să ies în lume. Am întrebat ce înseamnă, deși înțelegeam perfect. Că doar mă uit la televizor și citesc ziare. Geiger, stând așa cum îi place lui, călare pe scaun, mi-a explicat că în viitorul apropiat voi intra în *spațiul mediatic*. În calitate, mă rog, de *newsmaker* (există pe lume un astfel de cuvânt). Mai devreme sau mai târziu trebuia să se întâmple.

— Un experiment cere bani, iar interesul public înseamnă bani, a spus Geiger.

Am tăcut, întorcând pe toate părțile frumoasa frază. Autorul ei a tăcut și el. În spatele ferestrei strălucea soarele și se auzea ropotul mărunt al picăturilor pe pervaz. Topirea zăpezii se producea sub privirea plină de interes a lui Geiger, dar fără participarea lui. Cam ca și dezghețarea mea. Zilele trecute, el a mărturisit că nici până acum nu a înțeles ce soluție a fost introdusă în vasele mele. În ele s-a găsit ser fiziologic, care nu asigură integritatea celulelor la înghețare. În mod cert a fost și un adaos chimic care, în anii somnului meu înghețat, se volatilizase pur și simplu. Dacă n-ar fi fost, este de crezut că nu m-aș fi dezghețat așa de ușor.

Descoperind în vasele mele serul fiziologic, Geiger l-a înlocuit la dezghețare cu sânge care avea grupa mea, ceea ce, după spusele lui, nu a fost chiar atât de complicat. Compoziția soluției inițiale a fost o descoperire genială a celor care m-au înghețat, dar formula acestei descoperiri, dintr-o serie de cauze, nu s-a păstrat. Despre cauze nu m-am apucat să întreb – nu e chiar așa de interesant. Cunoscând particularitățile țării noastre, e mai simplu să te miri că s-a păstrat totuși ceva.

În această poveste, pe mine și pe Geiger ne consolează faptul că m-am păstrat *eu*. Asta considerăm noi o realizare incontestabilă.

Miercuri

Mi-am amintit ceva de care nu pot să nu roșesc. Dar nici nu pot să nu râd. Cum ne-am dus eu și Seva la o prostituată – așa s-ar putea intitula această povestire. Anume cum ne-am dus – întrucât cu asta treaba s-a și terminat, și anume la o singură prostituată – pentru că a fost una pentru amândoi.

Ideea a fost a lui Seva. Adică nu ideea, ci visul. Îmi spusese nu o dată că dacă am strânge bani am putea să ne ducem, de exemplu, la o casă de toleranță. Cuvintele *de exemplu* poposeau invariabil în aceste enunțuri, ceea ce pe mine mă făcea să râd. *De exemplu,* puteam să ne ducem la circ sau la un spectacol de iluzionism, dar ca să ne ducem *de exemplu* la prostituate era, după părerea mea, cam ciudat. Cel mai probabil, lui Seva i se părea că aceste cuvinte mai destind situația. Că poate fac propunerea mai puțin ciudată. Judecând după cât de des revenea la ea, tema îl preocupa în mod sensibil.

Seva spunea că, de fapt, nu e nevoie de cine știe ce sumă, deși din banii de buzunar n-aveam cum să o strângem prea repede nici pe aceea. Din calculele lui mai reieșea și că a lua o prostituată pentru două persoane e mult mai ieftin decât să iei două prostituate și că nu trebuie decât să faci învoiala corect. Fiindcă suntem așa de tineri (a chicotit Seva), fata se va gândi că nu suntem mare lucru la pat, în vreme ce noi (Seva a făcut o mișcare obscenă din șolduri), ce mai, o s-o torturăm.

Ocazia ni s-a prezentat la sfârșitul anului școlar. L-am sărbătorit la noi, pe Bolșoi, și fiecare a fost recompensat de părinți cu bani.

— Astăzi ne ducem la prostituate, mi-a șoptit la ureche Seva. Fii pregătit.

Eu n-am răspuns nimic. Nici nu precizase ce avea în vedere ca pregătire.

— Se *închiriază* aici, alături, pe Bolșaia Pușkarskaia.

După ce am șovăit puțin, am încuviințat. La urma urmelor, fuseseră atâtea discuții despre asta, încât să îl las acum singur pe Seva ar fi fost o trădare. Iar dacă e să fiu chiar cinstit, mă încerca și pe mine o oarecare – hai să spunem așa – curiozitate.

Și ne-am dus. Pe drum, Seva mi-a spus ce și cum anume trebuie făcut cu o damă.

— Unuia din noi poate n-o să-i reușească astăzi, mi-a spus așa, parcă în treacăt, Seva. Așa se întâmplă când ești agitat.

După felul critic cum m-a privit era limpede cui n-o să-i reușească. Asemenea priviri nu își permitea prea des la adresa mea.

Fetele stăteau acolo unde spusese el, și asta m-a făcut să îi acord mai multă încredere. Când Seva s-a îndreptat spre una dintre ele (cea mai solidă, după cât mi s-a părut mie), am preferat să rămân la distanță. El mi-a aruncat o privire distrată, dar nu și-a schimbat direcția. Apropiindu-se de aleasa lui, a discutat cu ea temeinic. Din când în când arăta spre mine, iar fata ridica din umeri. Mie nu mi-a aruncat nici o privire, fiindcă problema, după toate probabilitățile, nu eram eu, ci banii. În cele din urmă, Seva a reușit să cadă la învoială cu ea, și am fost invitați amândoi să o urmăm.

— Avem două ore cu ea, mi-a șoptit Seva din mers. Deci o oră pentru fiecare.

Fata pe care se pregătea Seva s-o tortureze se numea Katia. Fată, bineînțeles, nu era – nici după natura ocupațiilor, nici ca vârstă. Mergând în rând cu Katia, am cercetat-o pe furiș: era trecută de treizeci. N-am avut deloc mult de mers. Katia a cotit în curtea unei case de lemn și a urcat la etaj.

Nimic din ce îmi închipuiam eu nu era în locuința Katiei – nici perdele roșu-aprins, nici pat imens cu baldachin. Era o locuință sărmană – chiar locuință, unde, după ce se elibera de clienți, ea locuia pur și simplu. Dar nici Katia însăși nu aducea câtuși de puțin a vestală a amorului. După ce s-a rezemat în coate pe măsuța din bucătărie, am avut în fața noastră o femeie obosită, destul de ofilită.

Primul s-a dus cu ea în cameră, se înțelege, Seva. Eu am rămas în bucătărie, pregătindu-mă să îmi astup urechile de cum vor începe gemetele. Dar nu a urmat nici un geamăt. După o jumătate de oră, din cameră a ieșit Seva – cu mâinile în buzunarele pantalonilor. Roșu ca un rac (se istovise?) și deja îmbrăcat. În urma lui s-a arătat în ușă Katia – nici îmbrăcămintea ei nu era în prea mare dezordine. Oboseala ei (o torturase, vasăzică, ticălosul!) se accentuase vizibil. Cu un gest, m-a invitat în cameră. Și-a netezit părul blond și, după părerea mea, nu foarte curat.

— Așa. Am spus că unuia din noi n-o să-i reușească azi..., a trântit deodată Seva.

Vioiciunea tonului nu lăsa nici o îndoială că făcea aluzie la mine.

— Chiar, cui? am întrebat nu fără provocare în glas.

— Mie...

Pe fața lui Seva a apărut un zâmbet forțat. Zâmbetul ăsta – în combinație cu ochii indescriptibil de triști! – a făcut să simt ridicându-mi-se din rărunchi un hohot de râs. Ajuns la limita de sus, ieșea spasmodic din mine, și n-am putut să-l mai opresc. În chip neașteptat pentru mine, a început să hohotească și Katia. Hohotea grosolan și malițios, cutremurându-se din tot trupul ei mare, și nu mai era în ea nici urmă de oboseală. Râdea, scheunând ușor, chiar și Seva – altceva nu-i mai rămăsese de făcut.

Cu Katia, se înțelege, nu m-am mai dus și eu. I-am dat banii pentru o persoană. Primind banii, nu s-a oprit din râs. Odată ajunși în stradă, am stat o groază și ne-am uitat la ferestrele ei. Era o zi însorită de iunie. Vântul ușor aducea miros de lemn încălzit și de balegă de cal, căzută ici și colo pe pietrele caldarâmului, și fluturau perdelele la fereastra Katiei. Iar după perdea (am văzut) stătea Katia și se uita la noi. Figura ei nu mi-a rămas în minte, dar mirosurile și legănatul perdelelor – astea mi-au rămas. Și luciul mat al unei pietre de caldarâm în soare, și casele de lemn. Mai târziu am aflat că în casele acelea stăteau femei ca și Katia. M-am plimbat nu demult cu Geiger pe Pușkarskaia – acum nu mai sunt acolo casele acelea, și nici femeile. Trupurile lor, care au absorbit atâta sudoare și spermă, au putrezit de mult.

Joi

Geiger a spus că vârsta mea biologică este de aproximativ treizeci de ani. În azotul lichid aproape că nu am îmbătrânit.

Sâmbătă

La o săptămână după ce acțiunea penală în privința lui Zarețki a fost închisă, au venit la noi ca să facă percheziție. Numai că acum nu erau de la anchete penale, ci de la GPU. La vremea aceea îi văzusem și pe unii, și pe alții, și puteam să compar. Primii erau în majoritate de dinainte de revoluție. Oameni pe înțelesul meu, cu un anume simț al umorului, chiar simpatici oarecum. Cei care lucrau la GPU păreau exact opusul lor: concentrarea lor încruntată nu predispunea la glume. Când fusesem chemat să îl recunosc pe Zarețki, îl avusesem alături la această identificare pe anchetatorul Treșnikov. El râdea și mi-a spus că principala deosebire dintre o anchetă penală și una politică este că la prima se caută omul pornind de la caz, iar la a doua i se caută omului un caz. Despre calitățile profesionale ale celor de la GPU, Treșnikov s-a exprimat fără cine știe ce stimă.

Dar camera mea au percheziționat-o tocmai ei. Văzusem deja percheziția din camera Voroninilor, iar cea care avea loc acum nu se deosebea prea mult de ea. Deosebirea consta numai în faptul că multe lucruri pe care le atingeau ghepeușnicii aveau istoria lor, sufletul lor, pentru că fuseseră atinse de tata și de mama – mai cu seamă de tata, pentru că el nu mai era cu noi. Mi-a fost greu să văd cum unul dintre cei veniți cântărea în mână ceasul de argint al tatei și îl lipea de ureche. L-a deschis, nu cu prestanța aceea care te impresiona, cum făcea tata, ci într-un fel necioplit, ca o maimuță care desface o nucă găsită.

Mi-a fost greu să văd cum scormonesc în lenjerie. Știam ce scârbă îi este mamei și îmi imaginam perfect ce simțea în timp ce mâinile acelea străine umblau prin cearșafuri și cămășile de noapte. O să spăl totul, se gândea, o să spăl bine totul, să nu rămână nici o urmă a mâinilor lor. Dar poate că nu se gândea. Ședea în semiîntuneric, temându-se să se miște. I se părea că soarta mea se află acum pe o balanță îngrozitoare, și se temea să nu o încline spre pieirea mea.

Le încurc, bineînțeles: balanța – ea era în gândurile *mele*. Și nu mama era așezată – Anastasia era, mă temeam că era gata să leșine. Iar mama le apuca mâinile celor care veniseră și le spunea că eu nu sunt vinovat de nimic. Ei răspundeau că justiția revoluționară o să lămurească, iar ea continua să spună ceva – repede, incoerent, ca și cum voia să descânte nefericita mea soartă...

Eu mă uitam la dulapul unde stătea Themis, și am înțeles că nimeni nu o să mai lămurească nimic și că orice rezultat al procesului va fi nedrept, pentru că nu mai exista instrumentul cântăririi. Vederea statuetei de bronz cu balanța ruptă a fost pentru mine cel mai îngrozitor lucru din seara aceea – mai îngrozitor chiar decât ființele acelea care cotrobăiau prin lucrurile mele intime, mai îngrozitor poate decât ceea ce mă amenința pentru viitor. Vederea acestei statuete nu lăsa nici cea mai mică speranță. Am înțeles brusc, cât se poate de clar, că de câțiva ani dispăruse noțiunea de drept și nedrept. De sus și jos, de lumină și întuneric, de omenesc și animalic. Cine și ce va cântări, dar și cine mai are nevoie acum? Lui Themis a mea îi rămăsese numai sabia.

Când m-au luat, mama l-a reținut pe unul dintre ei și i-a spus în șoaptă câteva cuvinte. Era cel pe care îl interesase ceasul tatei. Ea i-a luat palma și i-a vârât ceva în ea. Ceasul – ce altceva putea să-i vâre? Amatorul de ceasuri n-a răspuns nimic și a zâmbit șiret. Mâna cu ceasul a lunecat în buzunarul pantalonilor bufanți. Mama s-a lipit de umărul lui, neînțelegând încă faptul că nu folosise la nimic. Ultima îmbrățișare nu s-a dus la mine, ci la el, în speranța de a cumpăra pentru mine măcar indulgență. Anastasia era lângă mine, și am mai apucat să îmi lipesc obrazul de ea, dar, când mama s-a aruncat spre mine, între noi stătea deja escorta.

Pe palier m-am întors și mi-am aruncat privirea la dreptunghiul luminos din ușă. În spatele celor din escortă le-am văzut pe cele dragi mie – s-a dovedit că pentru ultima oară. Le văd și acum cu o exactitate fotografică. Știu că și ele m-au văzut când m-am întors. M-au fotografiat pentru toată viața – m-a luminat flash-ul durerii lor. După moartea mea, cele două fotografii se vor contopi într-una.

În stradă m-au împins într-un furgon închis. Când după mine s-au urcat în el ghepeușnicii, ușa s-a trântit cu un zdrăngănit, și n-am auzit zgomot mai lipsit de speranță. Fereastra, cu zăbrele, era chiar sub plafon – datorită ei am putut să disting fețele lugubre ale tovarășilor mei de drum. Și am mai văzut caturile de sus și acoperișurile unor case. Pe unele le recunoșteam, și așa am înțeles unde mergeam. Îmi amintesc că nu era încă întuneric. În ciuda faptului că era seară, pe cer se revărsa lumină: se apropiau nopțile albe. Mi-am luat rămas-bun de la oraș – simțeam că n-am să mă mai întorc. Așa a și fost. Acum m-am întors în cu totul alt oraș. Iar acela nu mai e.

Luni

În copilărie îmi plăcea să mă uit cum muncesc lucrătorii la pavaje. Cum puneau hexaedrele de lemn în pavajul din calupuri. Cum turnau smoală în rosturi și puneau pe deasupra nisip. Pe un pavaj din acesta, roțile treceau fără zgomot, moale – lemnului îi e proprie această moliciune vie. Uneori, dimineața, înainte să plec la gimnaziu, auzeam cum reparau pavajul, schimbând pavelele frontale stricate. Pavelele hexagonale le aduceau cu căruțele sau le tăiau pe loc din prefabricate pe măsura golului și le bătătoreau cu maiuri masive, cu un zgomot surd, de lemn. Auzeam zgomotele astea prin somn, și nu mă supărau, dimpotrivă, făceau ca minutele rămase până la sculare să fie și mai dulci, pentru că oamenii care lucrau acolo se sculaseră deja de mult, sufereau de frig, încovoiați în vântul sărat, iar eu stăteam culcat în patul cald, încă mai stăteam, și minutele mele mi se păreau o veșnicie. Același lucru îl simțeam când portarii începeau, încă pe întuneric, să curețe zăpada cu lopețile. O răzuiau. Spărgeau gheața. Se suduiau cu voce joasă între ei. Spre deosebire de mine, ei nu se bucurau de zăpadă. Nu o așteptau, ca mine, încă de la jumătatea toamnei, deschizând dimineața ochii, ridicând privirea și încremenind: s-a luminat tavanul de la reflexele străzii albite peste noapte?

Acum nu mai iubesc nici eu zăpada.

Săptămâna trecută s-a citit Canonul de Pocăință al lui Andrei din Creta, iar astăzi a început Săptămâna Patimilor. L-aș ruga pe Geiger să-mi aducă Canonul de Pocăință, dar e puțin probabil să îl aibă.

Mi-e dor de Valentina. Oare se va întoarce?

Miercuri

Geiger mi-a povestit că ideea înghețării le-a venit autorităților după moartea lui Lenin. Convingându-se cu exemplul lui Lenin că după moarte conducătorul statului suferă aceleași modificări ca și cetățeanul de rând, autoritățile au fost cuprinse de neliniște. O soluție li s-a părut păstrarea cadavrelor în stare înghețată până când știința avea să fie capabilă să prelungească viața biologică. Grija lor firească pentru o existență după moarte a și servit, după cum a spus Geiger, drept impuls pentru cercetările în domeniul congelării. Să îl congeleze pe însuși conducătorul proletariatului mondial nu încercaseră, iar să-l îmbălsămeze s-au apucat când se descompusese deja de tot.

Geiger a amintit de grupul academicianului Muromțev, însărcinat după moartea lui Lenin să se ocupe de problemele congelării.

— Îți este cunoscut acest nume?

— Îmi este, răspund nesigur. Da, parcă îmi este...

Multe dintre cele pe care le citisem la american fuseseră făcute, după cum se vede, încă din anii '20, de către Muromțev. Și șobolanii, și iepurii – toți fuseseră înghețați și dezghețați excelent în laboratorul lui –, totul, cu excepția maimuțelor, care în Leningradul de atunci erau, asta e, de negăsit. Laboratorul a lucrat cu mare succes – din 1924 până în 1926, când Muromțev a fost arestat.

După cum mi-a explicat Geiger, în anul 1926, academicianul a refuzat categoric să îl congeleze pe Feliks Dzerjinski[1], care, după un discurs de două ore la o plenară a ȚK[2], fusese lovit de apoplexie. Savantul a explicat refuzul de a-l congela pe Dzerjinski prin faptul că știința nu este încă pregătită pentru experimente atât de complexe. A încercat în tot felul să demonstreze că trecerea de la șobolani la Dzerjinski este imposibilă fără experiențe pe forme intermediare, dar nu l-au ascultat.

Muromțev a fost acuzat de sabotaj. În versiunea acuzatorilor, el nu l-a congelat pe Dzerjinski pentru că nu a dorit

---

1. Feliks Edmundovici Dzerjinski (1877–1926) – revoluționar comunist, fondator și prim conducător al poliției politice bolșevice (CEKA).

2. *Țentralnîi Komitet* – Comitetul Central.

ca Feliks cel de fier să fie cândva, în viitor, dezghețat. După câteva săptămâni de interogatorii, acuzatul a acceptat această versiune. A recunoscut că i-a fost milă de urmașii care ar fi fost nevoiți să aibă de-a face cu Dzerjinski, dar și că a sabotat totalmente intrarea conducerii Țării Sovietelor în nemurire.

Joi

La primul interogatoriu nu m-au bătut. Anchetatorul Babușkin, care făcea interogatoriul, doar a notat datele procesului-verbal. M-a mai întrebat dacă recunosc participarea mea la complotul organizat de Voronin. A spus că recunoașterea sinceră mă va scuti de multe necazuri. Am negat toate învinuirile, și Babușkin m-a ascultat gânditor. În ziua aceea arăta obosit. Atunci mi-a și trecut prin minte că, într-un fel, chiar corespundea numelui său[1].

După interogatoriu am fost dus într-o încăpere întunecoasă care mirosea urât. Cum am zăbovit puțin în fața ușii deschise (priveliștea era înspăimântătoare), m-au împins cu forța peste prag. M-am împiedicat de ceva și am căzut. Un timp am zăcut cu fața în jos. Ochii îi aveam închiși, dar nasul inspira duhoarea încăperii, iar palmele simțeau podeaua de lemn moale, aproape putrezită. Fusese cândva de lemn, dar își schimbase natura din pricina umezelii și a mizeriei. Zăceam fără să mă mișc, parcă tot mai speram că cele ce se petreceau erau în vis, că trebuie să nu expir, să nu mă mișc, și mai ales să nu mă trezesc în acest loc al visului, ca să nu devină realitate.

Speranțele mele nu s-au adeverit. În cele din urmă m-am ridicat totuși. La început în patru labe, după aceea de tot. Am văzut siluetele tovarășilor mei de cameră – atât am deslușit. Unul dintre ei mi-a arătat locul meu pe prici. Nu

1. *Babușka* – bunică.

m-a întrebat nimeni nimic, iar eu nu am spus nimic. M-am culcat, și de data asta chiar am adormit, și am dormit adânc, fără vise. Peste noapte m-a trezit un geamăt al cuiva, pe urmă am adormit din nou. Dimineața, când s-a dat deșteptarea, nu puteam pricepe unde sunt.

La al doilea interogatoriu, Babușkin m-a bătut. Probabil că în ajun nu fusese chiar în cea mai bună dispoziție și hotărâse să nu înceapă cu o treabă de mântuială. Dar e posibil și ca seara să fi avut niște treburi. De data asta, Babușkin era în formă și nu se grăbea nicăieri. M-a pus pe un scaun, mi-a legat mâinile și picioarele, după aceea și-a suflecat mânecile cămășii și m-a lovit cu toată puterea în față. Am simțit cum îmi șiroiește sângele din nas pe buze și pe bărbie. Când am căzut de pe scaun, Babușkin mi-a smuls ghetele și m-a bătut cu o bâtă de lemn peste călcâie. Era cumplit de dureros, dar nu ducea la schilodire. Probabil nici chiar în departamentul lui nu era încurajată schilodirea.

Când m-a legat și și-a suflecat mânecile, nu mi-a fost frică. M-am gândit că vrea să mă sperie. Dar el nu speria – el bătea, și o făcea chiar cu o anume desfătare. În tăcere. Tăcut am fost și eu. După aceea am văzut în viața mea multe bătăi, ele erau însoțite de zbierete și înjurături, dar bătaia aceea, din pricina liniștii ei, a fost cea mai neobișnuită. După ce a pus întrebarea, o singură dată, Babușkin a hotărât să mă bată până răspund. Eu nu din eroism am tăcut. Căzusem parcă într-o stare de leșin și înțelegeam doar vag ce se petrece.

Văzând că nu primește răspuns la întrebare, mi-a pus-o totuși pe cea de-a doua.

— Cum l-ați – bătându-mă, Babușkin păstra în chip ciudat acest *dumneavoastră* – cum l-ați omorât pe vecinul dumneavoastră Zarețki? Zarețki ne-a scris că l-ați amenințat că îl omorâți, doar că noi nu i-am dat atenție. Mi-a fluturat prin față scrisoarea lui Zarețki. Și rău am făcut.

La al treilea interogatoriu am fost dus, ținut de subsuori, de doi paznici. Atât de tare mi se umflaseră picioarele de pe urma bătăilor, că nu mai puteam merge singur. Ghetele nu-mi mai încăpeau, și picioarele mele goale se târau pe pardoseala de piatră a coridorului. La acest interogatoriu, Babușkin mi-a citit declarațiile lui Averianov, care descrisese în detaliu rolul meu în complotul contrarevoluționar al lui Voronin. La acest interogatoriu am mărturisit că am participat la complot și am recunoscut că l-am omorât pe Zarețki.

Vineri

Geiger mi-a adus Canonul de Pocăință, și l-am citit toată ziua. Încet, oprindu-mă.

De unde voi începe a plânge faptele vieții mele cele ticăloase?

Ce începere voi pune, Hristoase, tânguirii de-acum?[1]

Duminică

Astăzi este Paștele. Azi-noapte am fost cu Geiger la catedrala Sfântul Vladimir, unde mă duceam în anii dinainte. La început nu a vrut să mă ducă acolo, se temea că fiind adunată atâta lume o să iau vreun virus, dar am insistat. Cum toată strada era înțesată de mașini, am lăsat-o pe a noastră după colț. Era, într-adevăr, lume multă.

Afară, miliția încerca să facă față îmbulzelii; cu greu am reușit să intrăm. Și înăuntru era multă lume. Nu era aer. Nu se schimbase nimic acolo, doar icoanele se întunecaseră de tot. Geiger a cumpărat două lumânări, și am încercat să ne facem loc mai în față. Ceea ce nu s-a dovedit tocmai simplu. Ne-am alăturat unui flux îngust care înainta prin smucituri. Abia după câteva minute de stat ne-am dat seama că era *flux* – așa de încet se mișca. Ceara lumânării îmi cădea pe degete, fără să mă ardă. Am mirosit – nu era ceară, ci parafină.

---

1. Din Canonul Sfântului Andrei Criteanul.

Și mi-am amintit un alt Paște – fără lumânări, și nici măcar în biserică, ci sub cerul liber. Nu era doar așa, liber, era fără nori, fără sfârșit, cu fulgurații de auroră boreală jucând pe el. Singura dată din memoria mea când pe noi, deținuții, ne-au scos noaptea din companiile corecționale; și noi ne-am strâns lângă biserica cimitirului. Așa un Paște nu mai văzusem niciodată și, probabil, nu o să mai văd. Cum biserica o umpluseră cu precădere episcopii, pentru preoți și mireni aproape că nu mai rămăsese loc.

Noi stăteam printre morminte, în troienele care se topeau, și prindeam cuvintele slujbei care ajungea la noi prin ușile deschise. Și mirosea deja a primăvară, și vântul era cald, și sub picioarele noastre zăceau *cei din morminte*. Pentru prima dată după multe luni pe insulă, mi-am simțit inima ușoară. Noi știam că după noaptea de nesomn ne așteaptă o zi chinuitoare de muncă, dar nimeni nu s-a întors la companie, fiindcă sentimentul de fericire care ne cuprinsese era mai de preț. Până și cei care se aflau abia la începutul unei lungi perioade de lagăr au crezut într-o apropiată eliberare. O vedeau limpede în strălucirea nocturnă a cerului.

Marți

Ieri a fost mult așteptata conferință de presă. Așteptată, ce-i drept, nu de mine, nu eu eram nerăbdător. Eu doar mă frământam: cum aveau să mă primească? În noaptea precedentă n-am dormit, și nici în noaptea de după. Abia astăzi, ziua, am izbutit să adorm. M-am trezit acum – seară, afară e întuneric, e neplăcut. Simt că se apropie agitația dinainte, la noapte iar n-am să dorm: cum o să trăiesc acum? Am fost acoperit de anonimatul meu ca de o zăpadă. Dar acum? Toată lumea îmi știe acum fața, sunt o celebritate, numai că eu n-am deloc nevoie de asta. Dacă aș fi contemporan cu prezentul, notorietatea mea m-ar bucura, cred că m-aș scălda în ea. Numai că eu le sunt străin, ce să caut eu printre ei? Se uită la mine ca la un pește în acvariu, în ochii lor e doar curiozitate. Mă simt nu știu nici eu cine. Exact ca în copilărie, când am fost împins în mijlocul sălii și mi s-a spus: du-te fără frică.

Dar mie mi-e frică. Înainte să intru în sala de conferințe, mă uit prin ușa întredeschisă – puzderie de oameni, camere de luat vederi. Mi se spune că mulți n-au reușit să răzbată. Și, brusc, recunosc această sală. Am fost în ea când eram la universitate. Aceasta e oare universitatea? Și faptul că îmi amintesc sala nu înseamnă că am învățat aici? Asta da întrebare. Am atâta minte să n-o pun nimănui... A reieșit că nu e universitatea. Fără să întreb, mi se spune că suntem în clădirea Academiei de Științe. Deasupra scării de onoare (mi se arată) e mozaicul *Poltava* al lui Lomonosov. N-oi fi fost academician în viața trecută?

Când intru cu Geiger și cu vicepreședintele Academiei de Științe în sală, toată lumea aplaudă. Vicepreședintele spune că, după părerea lui, aceste aplauze sunt pentru capacitatea științifică a Academiei Ruse și pentru curajul omului care sunt eu. Când pomenește de curaj las ochii în jos, fiindcă despre înghețare, cu tot ce a însemnat ea, îmi amintesc vag. Ca și despre curaj.

Câteva dintre aceste circumstanțe se lămuresc când ia cuvântul Geiger. El le comunică celor de față că înghețarea s-a făcut în lagărul cu destinație specială Solovki de către grupul academicianului Muromțev, care s-a aflat acolo cu tot colectivul său. Îmi mut privirea la Geiger, și el, fără să se întrerupă, îmi confirmă din cap. Când a vorbit cu mine despre Muromțev nu a pomenit de Solovki. De fapt, aș fi putut să ghicesc asta.

Geiger vorbește încă mult, se oprește asupra particularităților conservării mele, asupra detaliilor medicale ale dezghețării, dar nu îl mai ascult. Multe încep să se așeze la locul lor în memoria mea – insula, chinurile, frigul. Mai cu seamă frigul – cosmic, de nebiruit –, care tot creștea, și, după cum se vede, iată cu ce s-a terminat.

Temându-se să nu pericliteze reabilitarea mea, Geiger nu le dă voie ziariștilor să îmi pună întrebări despre trecut. Ei întreabă despre prezent. La primele întrebări răspund cu o voce guturală și din când în când îmi dreg glasul. Temperatura – spun – e normală. Tensiunea se încadrează în normal. Simt întruna cu buzele suprafața care fâșâie a microfonului, mă aud pe mine parcă dintr-o parte. Pauzele din discursul meu sunt umplute de declicurile aparatelor foto. Spun niște fraze scurte și mă rușinez singur de mine: așa ar putea răspunde un babuin dezghețat, nu o persoană din Veacul de Argint.

— Se știe că în primele săptămâni de după dezghețare ați avut unele probleme cu sănătatea. Acum vă simțiți mai bine?

— Mai bine... Încerc să fiu mai degajat. Cel puțin e mai bine decât în azot lichid.

Aplauze: ce tip, s-a decongelat și glumește! Simt că mă înroșesc.

— Dar cu Blok ați vorbit? se strigă din rândurile din spate.

Geiger se ridică și dă mustrător din cap.

— Doar am rugat...

— L-am văzut la o seară de poezie, răspund, dar nu am vorbit. Cu Remizov[1] am vorbit, la o coadă. El locuia pe linia lui 14...

— Despre ce ați vorbit?

Geiger bate amenințător cu creionul în microfon.

— Nu-mi amintesc. Mă umflă râsul, dar mă silesc să mă stăpânesc. *Eu* mă duceam după alimente pe linia lui 8, și *el* tot pe linia lui 8. Și nu știam că e Remizov, abia pe urmă am înțeles, după o fotografie.

Buzele mi se întind într-un zâmbet, și în sală încep toți să zâmbească. Râd în hohote, și toți râd în hohote. Încep să

1. Aleksei Mihailovici Remizov (1877–1957) – scriitor, unul dintre cei mai străluciți stiliști din literatura rusă.

plâng în hohote, iar în sală e liniște. Geiger se repede la mine (scaunul i se răstoarnă cu un bubuit), mă ia pe după umeri și mă scoate pe ușa din spate afară. Acolo ne așteaptă mașina. Mă scutură frisoanele – așa am dârdâit în toți anii aceia. Și niciodată n-o să mă mai încălzesc.

Miercuri

Dar am vrut mult să vorbesc cu Blok. Eu, care știu prea puține pe dinafară, învățasem poezia lui *Aviatorul.* Iată începutul ei:

Un zburător ca o săgeată
În slobod iureș, năzdrăvan,
Ca o fantasmă-naripată
Porni-n albastrul ocean.[1]

Chiar aflaseră pentru mine numărul de telefon al lui Blok, dar n-am telefonat. Numărul ăsta mi-l repetam zi și noapte. Pot să îl spun și-acum: 6-12-00.

Joi

Din Kem[2] am fost duși cu șlepul *Clara Zetkin.* În cala închisă etanș, fără lumină și fără aer. Din lotul de deținuți, m-am urcat pe șlep printre ultimii, așa că am rămas pe scară, chiar lângă ieșire. Erau mai puțini acolo, și prin crăpăturile trapei care dădea pe punte pătrundea aerul marin. Asta mi-a salvat viața. Mulți dintre primii care fuseseră împinși în cală au fost striviți ori s-au sufocat.

Cam la o oră după ce am părăsit cheiul din Kem s-a dezlănțuit o furtună. Valurile Mării Albe sunt mai mici decât cele

1. Traducere de M. Djentemirov și M. Calmicu, în *Versuri alese*, Editura Cartea Rusă, București, 1956.

2. Oraș și râu în Karelia. Râul se varsă în Marea Albă.

de ocean, dar sunt mai greu de suportat – poate tocmai fiindcă nu sunt înalte. Cei mai slabi au început să vomite de la cel dintâi balans. Oamenii erau îndesați în cală ca sardelele în butoi, vărsau pe ei și pe cei din jur. Din cauza asta li s-a făcut rău și celor care nu se temeau de obicei de tangaj.

Dar răul abia avea să urmeze. Când vasul a început să se lase când cu un bord, când cu celălalt, s-au auzit niște țipete sfâșietoare. Mureau cei care erau lângă bord. O masă de oameni, de mii de puduri, i-a presat de fierul ruginit al șlepului și i-a făcut turtă. Mai târziu, când au fost târâte pe chei, trupurile lor mutilate lăsau dâre de dizenterie.

Am vărsat și eu – mi s-a întors stomacul pe dos. Frica de înec, care mă cuprinsese în primele minute de balans, a trecut repede. Nepăsarea apărută îmi creiona imaginea adâncurilor reci unde nu aveam să mai vărs și nu aveam să mai aud strigătele celor care mureau. Unde nu e escortă. În ceasurile acelea cumplite nu m-am gândit, cine știe de ce, că nici unuia dintre noi nu-i va fi dat să iasă din bezna și duhoarea aceea, că, până și pe fundul fundului, trapa ruginită a *Clarei Zetkin* va rămâne închisă etanș și noi vom pluti veșnic în fecalele și borâtura noastră.

În Golful Prosperității ne-au scos pe chei îmbrâncindu-ne. S-a dat ordin ca aceia care nu erau în stare să meargă să fie trași de ceilalți deținuți. Și cei care mergeau, și cei care nu puteau să meargă simțeau cam același lucru. Eram fericiți că rămăseserăm vii, fiindcă nici unul dintre noi nu văzuse în viața lui ceva mai înspăimântător decât pântecul *Clarei Zetkin*. Atunci ni se părea că nici nu vom mai vedea.

Pe mal ne-au pus rânduri-rânduri și au început să ne învețe să răspundem la salutul conducerii. Am strigat „Trăi..." comandantului de grupă, comandantului de companie și șefului lagărului. Șeful lagărului, Nogtev, s-a clătinat, beat, în fața rândurilor și s-a declarat nemulțumit de salut, pentru că nu am strigat toți odată. După toate cele îndurate pe mare, nu mai aveam vlagă. Voiam teribil să dorm. Ca să nu adorm, am tras adânc în piept aerul marin, care făcea parte din lumea liberă dinainte. Înseamnă, mă gândeam, că o parte a acestei lumi va rămâne totuși în viața noastră.

Ne-am repetat salutul de un nesfârșit număr de ori. Vântul îl împrăștia pe toată insula, dar asta nu l-a făcut cu nimic mai bun. *Trăi* al nostru era considerat insuficient de energic, dar este de crezut că așa și era. Pentru un *trăi* energic nu aveam pur și simplu putere. Strigau bandiți și academicieni, episcopi și generali țariști, dar vocile lor nu se contopeau într-un singur strigăt. Eu eram în primul rând, alături de generalul Miller. Era general combativ, care făcuse Marele Război la o vârstă încă destul de tânără. În jurul nostru zburau pescăruși, am fost atent – și ei strigau *trăi*, și, pare-se, mai bine decât noi, de vreme ce de la ei Nogtev n-a avut pretenții. Cu siguranță, pentru o clipă am adormit totuși...

Când am deschis ochii, Nogtev se îndrepta deja spre noi. Am fost sigur că din cauza mea. Că înfățișarea mea nemilitară i-a stârnit mânia șefului lagărului, și că acum venea să mă învețe minte. Dar nu; nu a venit la mine, ci la Miller, model de ordine și de ținută. Cu ochiul lui format, Nogtev l-a remarcat imediat pe cel care era așa cum el nu ar fi putut să devină niciodată. S-a apropiat în scurta lui de piele cu un pas tot mai întins – golanul golanilor. Scoțându-și din mers revolverul.

— Cum stai în fața comandantului? a urlat Nogtev. Comandantul să-l mănânci din ochi, jigodie!

Miller s-a uitat liniștit la Nogtev. Și-a îndreptat sacul pe umăr cu o mișcare în care nu era nici agitație, nici frică. Cu un scârțâit al scurtei de piele, Nogtev a lipit revolverul de fruntea generalului și câteva clipe a tărăgănat. În secundele acelea am fost sigur că nu va mai trage. Ochi înguști. Un fir de păr scăpat pe pomeții de mongol, rași. În asemenea cazuri, zăbava înseamnă renunțare.

Nogtev a tras.

Două caraule l-au tras de picioare pe cel ucis spre ghereta pazei. Au luat din mers și sacul. Cadavrul a rămas să zacă într-o poziție ciudată – pe-o parte, cu o mână sucită nefiresc. Ochii – deschiși. Generalul continua să privească la ce se petrecea pe mal cu calmul dinainte.

După aceea, s-a făcut cu noi instrucție. Ne-am întors la dreapta, la stânga și împrejur, și ne adia vântul cald de vară, pentru că până și la Solovki vara e caldă. Și în vântul acela, mirosul de rășină de pin și de fructe de taiga era amestecat cu prospețimea mării. Marea Albă nu mirosea ca mările sudice, dar prospețimea ei pătrundea în fiecare celulă a corpului. Soarele care nu apune al nordului strălucea pe crestele valurilor. Noi stăteam cu spatele la golf, dar, când ne întorceam, strălucirea aceea se vedea, și mă bucuram cu adevărat. Îmi amintea marea în împrejurimile Aluștei, unde fusesem la odihnă cu părinții mei în anul 1911.

Vineri

Da, Alușta. Stăteam în zona Professorski Ugolok, în vila juristului Hiacintov, care condusese cândva teza de doctorat a tatei. Când nu a mai fost nici o îndoială că familia Hiacintov își va petrece vara lui 1911(?) la Nisa, bătrânul l-a invitat pe fostul său elev să stea la vila lui din Crimeea. Așa ne-am trezit noi la Alușta – exact în anul 1911.

Professorski Ugolok era la o jumătate de oră de mers pe jos de poștă. Cu zece copeici puteai ajunge acolo cu tramvaiul, dar noi nu-l luam aproape niciodată. La poștă mergeam pe jos, era plimbarea noastră de seară. Mergeam pe lângă chiparoși, măslini și tufe de ienupăr și inspiram aerul umed, înmiresmat. Aerul de Piter e și el umed, dar umezeala lui e rece și neplăcută, aș spune că ea nu mângâie. Ceea ce scriu astăzi nu puteam încă exprima atunci, dar simțeam profund.

Plaja. Iubeam neînchipuit de mult plaja. Zgomotul cu care se izbeau valurile – solemn, dens, ca bașii în fosa orchestrei. Umblatul ud pe nisip, ca pe urmă iar să intru în apă. Și după aceea, gata, pe nisip – cu urechile pline de apă. Pe lângă mine – țipete, lovituri de minge. Care clatină apa în urechi, dar nu trec prin ea, se aud ca de departe. Te răsucești pe-o parte, și dopul de apă se desfundă, scurgându-se, firișor invizibil, pe ureche. Zgomotele redevin acute. În mijlocul cerului – soarele. Te uiți la el printre degetele pe care nu le ții lipite strâns – să vezi, într-o clipă le și pârlește. De altminteri, degetele sunt deja trandafirii pe margini.

Edificiile de nisip. Nisipul ud se scurge de pe degetul mijlociu, încremenește în chip de turnuleț. Spre mare – ziduri întărite cu pietricele. Iar valurile își rostogolesc leneș marginea înspumată până la ele. Zidurile nu rezistă mult valurilor, iar după aceea trebuie ridicate din nou și trebuie adâncit șanțul din fața lor. În general, să fii stăpânul unui castel înseamnă treabă, nu glumă.

Stăpâni suntem doi – eu și Mitea Dorn, fiul renumitului chirurg moscovit. Castelul îl fortificăm împotriva unui posibil atac al sălbaticilor, care e de așteptat (normal) dinspre mare. Sălbaticii sunt feroce, au vorba guturală, neplăcută. Sunt canibali. Vin în pirogi, înghițind totul în cale. Dar mie și lui Mitea ne este așa de bine, și nu ne paște nici un pericol pe insulița noastră verde. Din vârfurile turnurilor de pază cresc crenguțe de chiparos, care se mișcă frumos în vânt.

Din când în când se rostogolește câte un val puternic. Trecând de-a lungul fortificațiilor noastre, nu că le distruge, dar le roade, le netezește contururile. Le face cu câteva sute de ani mai vechi – cam cum e fortăreața din Alușta, ascunsă, nu departe de-aici, în verdeață. Rostesc în gând cuvântul *Alușta* și îi descopăr însușiri cu totul noi pentru mine. Ce cuvânt ud și strălucitor – zici că e un harbuz în soare. Alușta... Mitea Dorn observă cum mi se mișcă buzele, dar nu întreabă nimic.

Iată, plecăm de pe plajă, în pantaloni scurți și cămașă, cu panamale pe cap. Ne e rușine să purtăm pălării de copii, dar tatăl lui Mitea ne explică... Nu aud cuvintele doctorului, în capul meu sunt ceața și oboseala de după plajă. Observ mișcările mâinilor lui păroase, cu oscioare ieșite în afară la încheieturi. Degetele lungi, făcute parcă anume pentru bisturiu, degetele – cu ele taie, taie, taie carne omenească. Părul de pe falangele degetelor e decolorat, se vede numai când e ud.

Sub haine începe să se simtă sarea de mare, îți strânge pielea. Când aplec capul, îmi vine soarele pe grumaz. După baie e plăcută căldura lui, și merg cu capul plecat. Sub picioare – pietriș, crenguțe de chiparos; uneori – cărăbuși și șopârle. Șopârlele le iau în palmă, și ele se prefac că mor. Știu că e o șmecherie de-a lor, dar și eu mă prefac la rândul meu că le cred: le pun cu grijă pe iarbă. De câte ori n-am vrut mai târziu să mă prefac mort – să mă pună tot așa pe iarbă și să nu mă mai atingă. Numai că nu te credeau, așteptau să mori cu adevărat.

Sâmbătă

Mă uit deja de câteva săptămâni la televizor cum îi bombardează americanii pe sârbi. De ce, pentru ce? M-am gândit să îl întreb pe Geiger când o să vină, dar am uitat, pentru că Geiger a venit să îmi spună că Valentina și-a dat demisia. Soțul ei vrea ca ea să fie preocupată numai de viitorul lor copilaș. Și nu de Geiger, adaug de la mine.

— Dar cum e cu disertația ei? întreb. Și de ce mie nu mi-a spus niciodată despre familia ei?

— Ești gelos?

Nu, nu sunt gelos. Mă doare când din viața mea pleacă oameni. Toți contemporanii mei au plecat, iar acum a plecat și Valentina.

Da, Geiger mi-a mai spus că adună documente pentru reabilitarea mea. Se vede că eu am reacționat cam cu nepăsare, de vreme ce el a început să îmi explice cu de-amănuntul. Reabilitarea e necesară, mă rog, pentru anularea antecedentelor, deși el, Geiger, înțelege că eu personal nu am nevoie de nici o reabilitare. Chiar – oare am nevoie?

Luni

Astăzi m-au dus la televiziune. Se află în Petrogradskaia Storona, nu departe de Kamennoostrovski Prospekt – iată, vasăzică, de unde vine radiația fermecată. Ce ciudat, acest mister are o adresă în oraș... Când am trecut pe Kamennoostrovski, am recunoscut câteva case de la începutul secolului. În una dintre ele am fost cu puțin timp înainte să fiu arestat, trebuia să duc înapoi niște cărți pe care le luase profesorul Voronin ca să le citească. Ce ciudat: omul nu mai este, dar cartea continuă să trăiască.

La televiziune, mai întâi m-au machiat: mi-au pudrat fața, mi-au pulverizat pe păr un lac dintr-un flacon metalic. Pe timpul meu, asta se numea pulverizator, dar acum – spray. Spray, sigur, e mai scurt. În engleză sunt multe astfel de cuvințele – micuțe, sonore, ca mingea de ping-pong – comode și, în general, economice. Numai că înainte nu se făcea economie la cuvinte.

În studio mi s-a pus un microfon. Mi s-a spus că discuția va fi înregistrată, nu în transmisie directă (pronunț aceste cuvinte ca pe apă!), ca să nu am emoții. De fapt, nici nu am avut emoții – la înregistrare e ca la înregistrare. Emoții ai când sunt în jur mulți oameni, se uită la tine, te mai încurajează, sau, să zicem, te întrerup – pe când aici? Liniște. Calm desăvârșit. Prezentatoarea e cordială, stă picior peste picior. Am văzut-o de multe ori pe ecran – întotdeauna stă așa. În mână are un pix cu pastă, care pare a se învârti singur în jurul axei sale. Strălucește în lumina reflectoarelor. Degete lungi, pline de inele. E clar, să învârtești un pix cu degete ca astea e o ocupație profitabilă.

— În fiecare zi vă amintiți ceva nou?

— În fiecare.

— Ce v-ați amintit astăzi?

Fustă scurtă, i se văd genunchii. Răspunzând, încerc să nu mă uit mai jos de talie.

— O casă de pe Kamennoostrovski. Am trecut pe lângă ea și am recunoscut-o. Are, știți, niște balustrade interesante... Împletite. Și crini din fier forjat – ceva extraordinar de frumos. Cu puțin timp înainte să fiu arestat, am urcat pe această scară și am atins lemnul cu palma. Netezimea aceea, nu știu de ce, mi-a rămas în minte, degetele mele o simt și-acum. Mă dusesem la un apartament de-acolo – să înapoiez niște cărți. Așadar, am sunat. S-a auzit zăngănitul zăvorului – nu scrâșnet, nu scrâșnește, ci chiar zăngănit –, asemenea zgomote scot zăvoarele temeinice, cele de la jumătatea ușii. Am intrat – mirosul deosebit pe care îl are o casă în care sunt multe cărți. Ușa a deschis-o o fată șchioapă – mi-am dat seama imediat, cine știe de ce, că e șchioapă... Dar poate știam? Față îngustă, ochi înfundați – există un astfel de gen la Piter. Pe umeri, un șal. A mers înaintea mea, nestânjenită de faptul că șchiopăta. Și peste tot, într-adevăr, cărți, și mai adusesem și eu patru sau cinci. Mulțumesc, am spus. Uitați, am zis, am fost rugat să le aduc. Povestesc, probabil, multe lucruri inutile...

— Nu, de ce, totul e teribil de interesant. Pixul se învârtea tot mai repede între degetele ei. În ce fel v-a rămas în memorie ziua Revoluției din Octombrie?

— Știți, nici nu mi-a rămas. Abia mai târziu, înțelegând ce zi a fost aceea, mi-am refăcut-o în memorie. Era, dacă nu cumva confund, lapoviță. Mai exact, întâi a fost o ploaie care s-a transformat în ninsoare udă. Ieșisem să mă duc undeva, îmi uitasem acasă fularul, și fulgii mi se topeau pe gât, îi simțeam topiți pe pielea mea fierbinte. Era vânt, se întunecase devreme, știți și dumneavoastră că pentru Petersburg e cea mai scârboasă vreme...

Mai vorbeam, dar la un moment dat în stânga mea s-a iscat o ușoară mișcare: Geiger îi făcea semn prezentatoarei să încheie. Ea mi-a mai pus o întrebare și a oprit filmarea. Mi s-a părut că era oarecum dezamăgită – ori pentru că o oprise Geiger prea devreme, ori de răspunsurile mele. Mai degrabă de răspunsuri: cred că nu auzise ce voia.

După filmare m-au întrebat dacă aș putea găsi apartamentul la care mă dusesem. Mi s-a părut că aș putea – de vreme ce recunoscusem casa, de ce nu aș... Geiger a întrebat pentru ce este necesar. I s-a răspuns că s-ar dori să se filmeze momentul întâlnirii mele cu trecutul. Așa s-ar și intitula această emisiune – întâlnire cu trecutul. Geiger a spus că nu poate să mă lase pentru o emisiune cu un titlu atât de banal. I s-a propus să dea orice alt titlu, dar Geiger a continuat să șovăie. Nu era convins că o astfel de întâlnire va fi în folosul meu. Mai exact, considera că ea trebuia pregătită. Dar ei, cei de la televiziune, l-au înduplecat.

Când ne-am apropiat de intrarea principală, n-am recunoscut-o. În locul ușii sculptate din stejar stătea strâmb ceva căptușit cu niște șipci de lemn. Legănându-se în curent, scotea un scârțâit. Unul dintre cei doi operatori TV a bătut în șipci cu degetele. „Cherestea“, a spus. A dispărut în întunericul dinăuntru. Al doilea operator a propus să fiu filmat în timp ce mă apropiam de ușă. M-au dus în colțul casei și m-au rugat să mă apropii încă o dată și să intru. M-am apropiat și am vrut să deschid ușa, dar deodată am văzut că în loc de clanță era un șurub lung. Am zăbovit o clipă: întâlnirea cu trecutul își pierduse chiar din primul moment ținuta. Am început să trag cu degetul mare și cu arătătorul de șurub, dar ușa nu s-a deschis de prima dată. M-am uitat la degetele mele: filetul lăsase urme vizibile. Am mai apucat o dată șurubul, cu putere. Ușa s-a deschis.

Scara principală m-a întâmpinat cu un miros înțepător de urină. Lumină nu era – doar raza de la camera TV. Îmi bătea drept în ochi, nu vedeam nimic. Picioarele le puneam pe trepte pe dibuite. Urcam, și raza urca și ea dintr-o parte; m-am împiedicat, și s-a împiedicat și raza: călcaserăm împreună pe aceeași treaptă tocită. Pentru autenticitate, am pus mâna pe balustradă. Era în felul lui un gest de efect, întru totul corespunzător întâlnirii cu trecutul, dar mâna n-a putut înainta frumos, lunecând. În locul netedului cizelat – pe care, repet, și-l amintea mâna mea –, am simțit o bară de metal pe care nu se mai afla lemn. Și cu toate că nu se vedea aproape nimic, picioarele m-au dus singure la ușa care trebuia.

Geiger a sunat, și, în spatele ușii – mai întâi abia auzit, apoi tot mai tare –, s-a auzit un târșâit. La limita de sus a zgomotului (se pricepeau să târșâie acolo, în apartament), ușa s-a deschis. În prag a apărut un bărbat într-un maiou perforat. Era chel și nu părea treaz. Când l-a ajuns raza camerei, a mijit ochii și a întrebat în ce scop este filmat. I s-a explicat că eu fusesem în acest apartament în 1923 și că aș dori să intru și acum. Omul în maiou nu s-a mirat, dar a spus că azi nu poate să mă lase. Azi are musafiri. A propus să venim mâine.

În felul lui, avea dreptate. Pentru cineva care așteptase aproape optzeci de ani, încă o zi nu conta. Mi i-am imaginat, nu știu de ce, pe musafirii lui – probabil ședeau și ei tot în maiouri, ședeau de mult. Și aveau să șadă și de-acum înainte. Știam că nu voi mai veni aici, pentru că altfel aveau să rămână cu mine ei, nu cei care locuiseră aici înainte. Ei aveau să ocupe în memoria mea locul celor dinainte, așa cum ocupaseră apartamentul lor. Și mi-am amintit numele de familie al oamenilor care locuiseră înainte în acest apartament: Meșceriakov.

Primul a ieșit afară Geiger. Lăsându-i să treacă pe toți ceilalți, ținea ușa de șurub. A început să spună că a fost în tot felul de țări, și că peste tot – cu tot războiul, cu toată revoluția – la ușile de la intrare se păstraseră clanțele vechi. Se pare că se păstraseră destul de mult timp și la Petersburg. La treaba cu clanțele se ajunsese relativ recent, când au început să le deșurubeze ca să le vândă la fier vechi. După părerea lui, dispariția clanțelor a devenit semnul vizibil al sfârșitului unei vieți normale. Începutul sălbăticirii treptate, dar neabătute.

Totuși, ce importanță dă omul ăsta clanțelor!

Marți

Vila profesorului Hiacintov. Chiar și pe căldura din Crimeea, ea rămânea răcoroasă. Venind de la plajă, așteptam cu plăcere să mă afund în semiîntunericul vilei, care avea să-mi răcorească trupul încins. Răcoarea acestei case nu însemna și prospețime. Mai degrabă un îmbătător aer închis, care avea în el mirosul plăcut al cărților vechi și al numeroaselor trofee oceanice, ajunse într-un chip de neînțeles la profesorul jurist. Răspândind un miros ușor sărat, stăteau pe rafturi stele-de-mare uscate, scoici sidefate, o carapace gigantică de broască-țestoasă (era fixată pe un suport oblic), o sabie de pește-sabie, un ac de pește-ac, o cască colonială de plută și măști de indigeni. Cât despre indigeni, nu aveam nici cea mai vagă idee despre meleagurile lor. Poate aveau vreo legătură cu Robinson – contam foarte mult pe-atunci pe asta.

Dând cu grijă la o parte ofrandele mării, luam de pe rafturi cărțile profesorului. Erau volume de Mayne Reid și Jules Verne, povestiri despre călătorii pe mare, descrieri de țări exotice – lucruri infinit de depărtate de jurisprudență. În vila lui din Crimeea, profesorul Hiacintov aduna ceea ce visa el în copilărie, dar nu fusese să fie. Ceea ce nu era prevăzut de modul său de viață și nu își avea locul în Corpul de Legi al Imperiului Rus. În țările dragi inimii lui, bănuiesc că, în general, nu existau legi.

Stăteam turcește într-un fotoliu de cimișir (la mirosurile casei se adăuga mireasma de cimișir) și citeam cărțile lui Hiacintov. Dădeam paginile cu mâna dreaptă, iar stânga ținea strâns o bucată de pâine cu unt și cu zahăr. Mușcam și citeam. Și zahărul scârțâia pe buzele mele. Din când în când ridicam ochii din carte și mă gândeam cum devii jurist. Visezi la asta din copilărie? E îndoielnic. Eu am visat să fiu ba pompier, ba dirijor, dar jurist – niciodată.

Dar îmi mai imaginam că rămân în odaia aceea răcoroasă pentru totdeauna, că stau în ea ca într-o capsulă, că afară sunt revoluții și cutremure, că nu mai sunt acolo nici zahăr, nici unt, nici chiar Imperiul Rus, iar eu tot stau și citesc, citesc... Anii care au urmat au arătat că în privința zahărului și a untului am ghicit, dar, uite, cu statul și cu cititul, vai, n-am nimerit. Noua viață nu predispunea la citit.

Da, important: pe unul dintre dulapuri stătea o Themis – exact la fel ca a noastră, doar că era cu balanța, fiindcă nimeni din casa Hiacintovilor nu hotărâse, probabil, s-o rupă. Acum mi se pare că statueta asta i-o dăruise tatei chiar Hiacintov. Evident că fusese un lucru pe gustul lui.

Sâmbătă

Astăzi l-am întrebat pe Geiger:

— Mama mea a murit?

— A murit, a răspuns el. În '40.

Duminică

Azi am fost cu Geiger la cimitirul Smolensk. Am început dimineața cu slujba de la biserica Maicii Domnului din Smolensk (eu am început-o, Geiger a stat afară), pe urmă ne-am dus la capela Sfintei Xenia. Xenia, după cum se vede, a fost canonizată nu demult. Țin minte că m-am dus cândva cu mama la capelă, și Xenia era venerată încă de-atunci: cei veniți lăsau bilețele. Mama mi-a spus: „Scrie și tu". Am scris. Ce rugăminte oi fi avut?

O văd și acum pe mama în ziua aceea de primăvară – cu o basma legată strâns, care parcă îi strângea trăsăturile feței și îi dădea o înfățișare severă și cumva deprimată. Mai întâi vremea fusese posomorâtă și bătuse vântul, dar pe urmă, undeva chiar la margine, cerul s-a făcut albastru. Noi stăteam la mormântul tatei, iar albastrul s-a întins până a ajuns la locul durerii noastre, unde s-a oprit. Așa că mama și cu mine ședeam la hotarul dintre albastru și gri, și cerul așa a rămas, nu s-a mai schimbat nimic pe el. Eu am turnat vodcă în păhărele, ea a tăiat feliuțe subțiri de pâine. Dosul palmei îi era străbătut de firele venelor, pe care parcă nu le mai văzusem până atunci. Poate apăruseră din pricina frigului. Dar poate că erau începutul bătrâneții ei.

— De ce a murit?

Special am întrebat pe drum, ca să nu lămurim nimic la mormântul mamei. Odinioară, mama nu-mi dădea voie să vorbesc despre cei prezenți la persoana a treia, iar acum ea era, oricum, prezentă. Am întrebat oarecum încurcat...

— De pneumonie. Geiger și-a suflat nasul într-o batistă de hârtie. S-a spus că a răcit chiar aici.

Mormântul l-am găsit fără greutate, nu e departe de alee. După ce intrase mama în el, nu se schimbase nimic la suprafață. Mama a intrat în el în sensul strict al cuvântului – spațiul fusese prevăzut pentru două locuri, și, după cum mi-a spus Geiger, mama a fost îngropată deasupra bunicii. Era aceeași cruce de granit care fusese pusă de tata după moartea bunicii. După ce murise el, fusese gravat pe cruce și numele lui. Când a fost îngropată acolo mama, nimeni nu a gravat nimic, pur și simplu nu a avut cine să o facă. Chiar dacă nu e pus numele și nu e o moviliță, mama e aici și, da, e prezentă. Se simțea asta.

Geiger a scos dintr-un buzunar lateral un recipient și două păhărele de argint cu învelitori din piele. În recipient era coniac.

— În '40 i s-a trimis o înștiințare despre moartea dumitale, a spus Geiger umplând paharele. Interesant e diagnosticul: pneumonie. Înghețându-te, cekiștii au dat dovadă de simț al umorului. Pneumonie. Ai răcit în azotul lichid.

Am băut fără să ciocnim.

După această înștiințare, mama nu a mai avut pe nimeni apropiat, nu a mai avut unde să se ducă în afară de cimitir. Stătea aici cu ceasurile, vorbea cu cei duși. A murit de aceeași boală pe care mi-o atribuiseră mie în înștiințare. Să fi fost întâmplător? N-am cum să aflu până când n-am să mă întâlnesc cu ea. Gândindu-mă la mama, îmi spuneam că putea să fi murit în timpul blocadei – poate pentru că în ultimele zile citisem despre blocadă.

— În acest cimitir sunt și morminte ale altor oameni pe care i-am cunoscut, i-am spus lui Geiger.

El a încuviințat din cap, dar n-a răspuns nimic – probabil aștepta să mai pun întrebări. Dar n-am întrebat nimic. Nimic. Ieșind pe poarta cimitirului, m-am gândit: bine că mama n-a apucat blocada.

Anastasia a apucat-o oare?

Marți

Tata, răcit, face gargară în baie, iar eu mă instalez pe un taburet lângă el. Vreau să văd cu ochii mei lucrul acela misterios care produce în gât zgomotele gâlgâite, modulațiile acelea ciudate – de la ghiorăit până la geamăt – pe care doar în astfel de ocazii le auzi de la el. Așa urcă naturalistul spre marginea craterului, vrând să prindă clocotele lavei înaintea erupției. La cererea mea, mama îmi dă o lumânare. Gâlgâiala din gâtul tatei abia dacă e luminată de flacără, iar faptul că este ascunsă constituie și principala atracție. Mai târziu, când am mai crescut și făceam deja singur gargară ca un maestru, am descoperit că îți reușește și fără voce. Reușește – dar prost, fiindcă vocea amână expirarea și o face mai puternică. În timp ce murmurul fără voce nu are forță și e jalnic.

Miercuri

Buștenii. Buștenii mari erau numiți pe insulă buștihani. Treisprezece bușteni din aceștia avea sarcină fiecare să predea cekistului la terminarea schimbului. Lucram câte doi – deci în total douăzeci și șase de bușteni. Sarcina era de neîndeplinit – cel puțin pentru cei care nu mai făcuseră o astfel de muncă.

Trebuia doborât copacul și curățat de crengi și de noduri, dar mai întâi trebuia să răzbești la partea de jos a trunchiului, care se pierdea în zăpada adâncă. O dezgropam cu mâinile goale – lopeți nu erau, nici măcar mănuși nu se dădeau. Ca să ni se mai încălzească mâinile, dădeam zăpada cu picioarele – goale și ele, fiindcă încălțămintea noastră consta în niște opinci din coajă de tei pe care le încălțam peste obiele din pânză de sac. După ce curățam partea de jos a trunchiului, aduceam sub el un joagăr și începeam să tăiem. La început, de înghețat ce era trunchiul, dinții alunecau, dar când pânza fierăstrăului intra în carnea pinului se mai ușura efortul. Date fiind mișcările identice, ritmice, timpul părea că dispare, iar tu te prăbușeai în altă realitate. Șezând pe vine sau stând în genunchi, tăiam până când ne înțepeneau mâinile pe mânerele fierăstrăului. Atunci ne ridicam și schimbam locurile, schimbând în acest fel și mâinile. Aveam nevoie să ne ridicăm și ca să ne încălzim cât de cât picioarele înghețate.

Picioarele nu de puține ori degerau și trebuiau amputate. Ceea ce nu înseamnă că numărul celor cu un singur picior creștea brusc la Solovki – oamenii aceștia, de regulă, nu supraviețuiau. Mureau în infirmerie de epuizare ori pentru că, la amputare, cioturile erau înfășurate în niște cârpe prost spălate.

Așa a murit Vasia Korobkov, cu care făceam eu pereche. Spusese de la amiază că nu își simte picioarele, dar nici unul dintre cekiști nu a stat să-l asculte. Am văzut că Vasia nu mai putea deja să dea la joagăr, nu mai putea nici să se țină pe picioare, ședea în zăpadă lângă trunchi. Am încercat să dau mai departe singur, el doar atârna la capătul joagărului, și brațul nu i se mișca. La terminarea schimbului am predat doar zece bușteni, mai puțin de jumătate din cât trebuia. Ne-au lăsat în pădure până dimineață, să ne îndeplinim toată norma. Vasia i-a rugat plângând pe cekiști să ne îngăduie să ne întoarcem la companie. Nu ne-au îngăduit, au început să dea în el cu paturile puștilor, și n-am fost scutit nici eu. Înjurăturile lor se pierdeau în viscol, chiar și loviturile aproape că nu se simțeau de gros ce era rumegușul alb.

Am rămas în pădure toată noaptea, dar nu am făcut nici măcar o bucată. La început, Vasia a zăcut pe zăpadă, pe urmă l-am pus pe un buștean, i-am scos opincile și i-am frecat picioarele cu zăpadă – erau gheață, reci și tari. În puterea nopții era întuneric beznă, dar când s-a oprit deodată viscolul am văzut fața lui Vasia la lumina lunii. Mai curgeau pe ea lacrimile, dar nu mai avea nimic jalnic și plângăreț – gerul îi înțepenise trăsăturile. Fața lui pierduse putința de a plânge sau de a râde, apăruse pe ea ceva grav, dacă nu chiar solemn.

Din când în când fugeam încoace și-ncolo ca să mă încălzesc, doar că anevoie – n-aveam putere. În zori, eu am luat-o de la capăt – fără să fi dormit și fără să fi mâncat. Mi-au dat un alt tovarăș de muncă și m-au pus să muncesc. Pe Vasia l-au târât doi deținuți la infirmerie, unde i-au amputat ambele picioare. După o zi a murit de septicemie.

Când, la un moment dat, i-am povestit lui Geiger cum munceam noi pe un ger de minus patruzeci de grade – fără îmbrăcăminte caldă, fără încălțăminte și fără hrană –, mi-a spus că nu înțelege cum e posibil să rămâi în viață în asemenea condiții.

Păi nici nu am rămas.

Joi

Am părăsit spitalul. Mai devreme sau mai târziu urma să o fac: Geiger a considerat că nu e indicat să trăiesc în continuare în climatul de seră al spitalului. Toată săptămâna ne-am ocupat de mutare, așa că n-am mai avut deloc posibilitatea să scriu. Vorbind despre posibilitate, am în vedere nu atât timpul, cât altceva.

Asta însemnând locul unde m-am mutat: în vechiul meu apartament! Locuiesc din nou acolo, la intersecția dintre Bolșoi și Zverinskaia. Se vede că, la insistența doctorilor (a se citi: a lui Geiger), autoritățile orășenești au răscumpărat fosta mea kommunalkă, au reparat-o și m-au instalat acolo. Camera în care locuisem cândva cu mama a fost destinată personalului medical care mă îngrijea (cu precădere sorei Angela), în salon am fost instalat eu, iar camera lui Zarețki a fost lăsată pentru situațiile în care mă vizita Geiger. Totul a fost făcut ca să mă obișnuiesc cât mai repede posibil în noul mediu.

Prima mea zi în noua locuință am petrecut-o singur. După câte înțeleg, așa s-a manifestat tactul față de amintirile mele – și am fost recunoscător pentru acest lucru. Umblam dintr-o cameră în alta. Totul e absolut altfel – podelele, ușile, cercevelele. Altfel e până și mobila veche – special cumpărată înaintea mutării mele. Am deschis robinetul de la bucătărie – zgomotul apei e cu totul altfel. În anii '20 răpăia cu zgomot în chiuveta de tablă, dar acum nu mai răpăie. Și chiuveta nu e din tablă. Ca înainte a rămas numai volumul încăperilor, dar nici de acest lucru nu sunt sigur. După cum mi s-a spus, în toți anii care s-au scurs, apartamentelor la comun li s-a modificat de atâtea ori suprafața și au fost reîmpărțite de atâtea ori, încât să cauți asemănarea cu trecutul ar fi de-a dreptul fără sens.

Și totuși ea exista. În apartamentul proaspăt renovat, cu noua lui mobilă veche, această asemănare se făcea simțită într-un anumit fel. De exemplu, în faptul că știam cu precizie câți pași sunt de la fereastră până la ușă. În faptul că puteam să văd cu ochii închiși *ce* se vede de la fiecare fereastră. Dar mai ales: închizând ochii, mi se pare întotdeauna că aud glasurile celor care au trăit odinioară aici. Am înțeles pentru prima dată cât se poate de clar că i-am pierdut pe cei care au trăit aici, pentru totdeauna.

M-am întins pe pat și am închis ochii. Voiam să pier, să nu fiu, să înghet din nou și să nu mă mai dezgheț. Am căzut într-un somn tulbure, vâscos. Somnul mă trăgea tot mai adânc și tot mai fără de ieșire, încât nici nu mai înțelegeam dacă umbrele din casă le visez sau umblă peste tot aievea. Știam că în astfel de cazuri e nevoie de voința de a te trezi, de un efort, dar tocmai asta nu mă hotăram să fac, pentru că nu mai știam *ce* e mai îngrozitor – visul sau realitatea. Un astfel de sentiment aveam cândva pe insulă.

M-a trezit soneria de la ușă. Era Geiger – ce mult m-am bucurat! Dacă nu era el, nu m-aș mai fi trezit niciodată. A venit să mă vadă și a adus o sticlă de coniac. Vocea lui calmă și coniacul m-au liniștit. Acum nu mai voiam să dorm – voiam să mă așez și să stau de vorbă.

Printre altele, l-am întrebat pe Geiger dacă pot să ies și singur. El a răspuns că e chiar necesar. A scos din buzunar un portofel și mi l-a dat. Mi-a explicat îndelung valoarea bancnotelor, cum și ce se plătește ș.a.m.d. N-am reținut mare lucru. Am stat de vorbă până pe la două noaptea, iar pe urmă Geiger a dat telefon acasă și a spus că rămâne peste noapte la mine. M-am gândit că nu știu nimic despre el – nici despre familie, nici ce preocupări are în afara activității lui. Că a stat astăzi cu mine cum e: în afara activității, sau face parte din ea?

Geiger s-a culcat în odaia lui Zarețki, pregătită pentru el, dar mie tot nu mi-e a dormi – m-am săturat de somn în timpul zilei. Stau și scriu. Din când în când aud scârțâind arcurile patului de după perete. Bine că e Geiger, nu Zarețki.

Vineri

De unde voi începe a plânge faptele vieții mele cele ticăloase?

Sâmbătă

Seara am stat la fereastră. Am zărit pe pervaz coniacul lăsat de Geiger – deschis, de altminteri. Mai întâi m-am uitat jos, la mașinile care treceau, iar pe urmă – la cer. Pe cer – avioane, atât de deosebite de aeroplane. Eu, aviatorul Platonov, beam din coniacul lui Geiger și îmi aminteam aerodromul Komendantski, care, după cum se pare, nu mai există. Oare cum vine asta – nu mai există? Cum se poate duce de pe fața pământului o întreagă lume, o întreagă viață cu bucuriile, tragediile și descoperirile ei, când cu o așteptare, când cu zgomotul plicticos al ploii acolo, pe băncile goale, când cu vârtejurile de praf vara pe câmpul rămas pustiu?

Unde este, te întrebi, această lume? Unde sunt femeile cu toalete elegante, care le oferă buchete aviatorilor? Unde sunt bărbații cu chipiuri care le alunecă pe nas? Cu bastoane și cu țigări în dinți – unde sunt bărbații aceia? Unde suntem noi toți cei care stăteam la marginea câmpului, cu ce fel de Atlantidă ne-am dus la fund? Unde e, în sfârșit, gigantica inscripție *Societatea rusă de aeronautică*, împodobind hangarul din care ieșeau aeroplanele?

Căci eu știam toate aceste aparate ca pe degete. Le deosebeam cu ochii închiși, după zgomotul motorului. Monoplanul

Blériot de biplanul, să spunem, *Voisin* sau *Farman*. Îi știam la față pe aviatori: Pégoud, Poiré, Garros, Nesterov, Maciejewicz. Nu că îi văzusem personal pe toți – dar acasă la mine erau atârnate portretele lor. Unde sunt aceste portrete?

Nu mai sunt – de fapt, de-asta am și băut coniac. De-asta îl și termin acum, când scriu aceste rânduri. Zilele trecute am fost întrebat: „De ce ați dorit cu atâta ardoare să deveniți aviator – era un vis legat de cer?“ Ei, bravo! Dar nu era numai cerul aici, erau și alte lucruri minunate – și casca, și ochelarii, și mustățile. Și, iarăși, țigările scumpe. Jacheta îmblănită și pantalonii de piele. Trebuie înțeles că aviatorii erau adevărați idoli, elita.

Deși idolii aveau și ei părțile lor slabe. Bunăoară, aviatorii miroseau a ulei de ricin, care era folosit pentru ungerea motorului. Mai ales cei care zburau în șube. Și mulți așa și zburau: acolo, la înălțime, e foarte frig. Acolo, de altfel, mai trebuie să și ajungi. Eu am văzut cum un aviator a străbătut câmpul, dar nu a reușit să decoleze. L-a mai străbătut o dată – același rezultat. Toată lumea râdea, se împroșca șampanie. După a patra încercare i s-a făcut semn cu fanionul și a fost trimis în hangar.

Așadar, un vis. Dar, sigur, un vis legat și de cer. Față de care (de cer) noi toți cei de pe aerodrom suntem atât de mici:

Iar jos, sub arșița de soare,
În pâclă deasă, fără vânt,
Mulțimi de oameni și hangare
Strivite-s parcă la pământ.[1]

Noi toți suntem parcă striviți aici, asta așa e. Dar în cer – acolo totul e altfel.

---

1. Aleksandr Blok, „Aviatorul“, vol. cit.

Duminică

Astăzi, pentru prima dată, am ieșit din casă singur. Am luat-o pe Bolșoi Prospekt spre podul Tucikov. Am traversat Aleksandrovski Prospekt prin pasajul subteran – fostul Aleksandrovski, acum Dobroliubov. Dobroliubov[1], de altfel, a început ca un om cumsecade, s-a ocupat de literatura rusă veche... Pe pod – un vânt care îmi hărțuia trenciul (dat de Geiger). La mijlocul podului m-am oprit, m-am apropiat de parapet. Apa e neagră, clocotește în jurul pilonului – la fel ca acum șaptezeci de ani. Atunci, după moartea Cebotarevskăi[2], soția lui Sologub[3], m-am dus să mă uit la apa asta – sinistru. Veneau mulți.

Ieșind pe Malîi Prospekt în Vasilievski Ostrov, am traversat linie după linie. Câte ceva s-a schimbat, desigur, dar recunoști totul. De pe linia lui 17 am cotit la dreapta, am dat colțul – cimitirul Smolensk. Aici e, dragul de el: nu m-a înșelat memoria. Când am intrat pe poarta cimitirului, mi-am simțit inima, chiar mi-a stat pentru o clipă. Am mers pe aleea centrală, am ocolit biserica – și m-am oprit iar.

Mi-am amintit pe unde s-o iau. La mama – drept înainte. La a mea. La mama ei, a Anastasiei – pe unde? Și doar mergeam împreună, și nu o dată. Mi s-a părut că la stânga. Am ieșit din alee și, făcând să trosnească crengile căzute, am început să îmi fac drum printre morminte. Citeam nume. Sologub, Cebotarevskaia – ei, poftim, ne-am întâlnit, și nu m-am mirat.

---

1. Nikolai Aleksandrovici Dobroliubov (1836–1861) – critic literar, poet, publicist, democrat revoluționar.

2. Anastasia Nikolaevna Cebotarevskaia (1876–1921) – prozatoare, autoare dramatică, traducătoare, participantă la mișcarea feministă. Labilă psihic, s-a sinucis aruncându-se în Neva.

3. Fiodor Sologub (1863–1927) – poet, prozator, dramaturg și publicist. Unul dintre cei mai importanți reprezentanți ai simbolismului.

Voronina... M-a luat groaza, oh, ce groază am simțit. Mi-am ferit privirea, dar pe urmă, ca din fugă, m-am uitat iar. Voronina Antonina. Mihailovna. A-ul acela cu care începea numele îmi tăiase respirația, nici să citesc până la capăt n-am mai fost în stare. Am tras adânc aer în piept și am citit: Antonina, nu Anastasia. Deci Anastasia nu e trecută aici. Și ce-i cu asta? Mă tem că nimic. Doar mă bucur să aflu că în acest mormânt nu e Anastasia.

Când am plecat, la poarta cimitirului mi-a ieșit în cale un cerșetor. De data asta nu avea frunze galbene – se pare că acum era alt cerșetor. Dar, de fapt, e luna mai – de unde frunze galbene acum? Și totuși: uite – mi-a trecut prin minte – dacă întorc capul, în spate e ea... N-am avut curajul să-l întorc. Am miluit cerșetorul și i-am spus să se roage pentru Anastasia și Innokenti.

— Pentru sănătate, pentru liniștea sufletului? a întrebat el.

Începea să bureze.

— Nu știu... E cam neclar și cu una, și cu alta.

Păcat, totuși, că nu m-am întors. Fusese o clipă când totul era posibil.

Luni

Într-o zi de mai a anului 1921 băteam în cuie niște panouri de lemn împreună cu Ostapciuk. L-au întrebat:

— Cum te cheamă?

Iar el:

— Ostapciuk. Ivan Mihailovici.

Așa a și scris pontatoarea – înmuind creionul în salivă, chiar acolo, pe un panou, pe o foaie micuță care fremăta. Creionul ei era chimic, buzele și limba – violete. Părul, legat cu o basma, auriu, bătând în roșu. Chiar de la primele ore ale dimineții strălucea soarele. Sunt uneori lucruri cu totul nesemnificative, dar, cine știe de ce, îți rămân în minte.

Panourile erau pentru propagandă, erau destinate afișelor. Noi le făceam ca prestație în muncă – pe cheiul Jdanov, în curtea unui atelier de tâmplărie. Nici nu știam *ce* avea să se pună pe ele, ce propagandă. Luam pur și simplu scânduri vechi dintr-un maldăr, le tăiam cu fierăstrăul la dimensiunile unui panou și le așezam frumos pe jos. Aruncam peste ele două scânduri de-a curmezișul și le fixam în cuie de cele de dedesubt. După aceea le întorceam și băteam pe margini un cadru din șipci. Rezulta un panou.

Ostapciuk și-a scos vestonul și cămașa.

— O să răciți. E răcoare.

— Nu, a răspuns Ostapciuk, la soare nu răcesc. Las' să simtă și corpul, barem din an în Paști, soarele.

Corpul lui Ostapciuk chiar era provocator de alb – neplăcut de alb, ca al unei creaturi a nopții.

— Și mi-e și milă de veston și de cămașă, a adăugat după câteva minute. De ce să le stric la muncă?

Nu i-am înțeles precauțiile: hainele lui numai bune nu erau, se vedea imediat. Dar am tăcut. Eu nu m-am dezbrăcat. Anticipând deprinderea de mai târziu, din lagăr, simțeam încă de-atunci că e cu atât mai bine cu cât omul are mai multe pe el.

În pauză ni s-au adus din atelier câte o bucată de pâine, o bucățică de zahăr și o cană de ceai de morcov. Ostapciuk și-a vărsat ceaiul și mi-a propus să fac același lucru. Eu șovăiam, dar el a insistat. Arăta a om care știe bine ce face. Am vărsat și eu ce era în cană. Și atunci, din rucsacul care stătea pe scânduri, Ostapciuk a scos o sticlă cu un lichid ușor tulbure. După mijitul șmecheresc al ochilor, am înțeles că trebuie să îmi exprim aprobarea. Și că nu am nici o părere de rău după ceaiul vărsat, fie el și de morcov. Și cu toate că a bea basamac cu Ostapciuk nu era o mare bucurie, le-am exprimat și pe una, și pe alta.

— Mi l-au trimis rudele nevesti-mii de la țară, mi-a spus tovarășul meu de băutură. Ai rude la țară?

Nu, n-aveam. Nici măcar soție n-aveam.

Ostapciuk a turnat, cu gâlgâieli, basamacul în căni. A mutat sticla de la o cană la alta, fără să îi salte gâtul – și nu a prăpădit nici o picătură. În aer s-a simțit un miros tare de poșircă.

— Pentru succesul propagandei noastre, a zis Ostapciuk.

Judecând după grimasa pe care a făcut-o, nu credea în acest succes. Cu un zgomot de tinichea, am ciocnit. Sorbind câte puțin, cu câte o înghițitură din gustare la fiecare înghițitură de băutură, mi-am mâncat pâinea, iar pe urmă și zahărul. Ostapciuk s-a mărginit însă la pâine, iar zahărul, după ce l-a lins de câteva ori, l-a pus cu grijă în rucsac.

Restul pauzei l-am petrecut amândoi întinși pe scânduri. El mi-a povestit din viața lui, iar eu m-am uitat cum pluteau norii pe cer. Pluteau foarte repede, schimbându-și din mers forma și chiar culoarea. Apăreau de după un zid al atelierului și, în scurt timp, dispăreau după acoperișul casei de-alături. Fiecare – o întruchipare a schimbării și a instabilității, spre deosebire de Ostapciuk, care fusese toată viața paznic la Observatorul Pulkovo. Acum Observatorul nu funcționa și, deocamdată, el nu avea ce păzi.

Mirosul scândurilor, ziua aceea de mai și chiar istoriile lui Ostapciuk mă făceau să simt ceva care nu era departe de fericire. Tot ce vedeam și simțeam în ziua aceea spunea deslușit că viața abia începe. Și dacă cele mai simple întâmplări ale ei au atâta prospețime și bucurie, atunci chiar ai ce aștepta de la evenimentele importante care abia o să urmeze. Așa mi se părea atunci.

Marți

Seva – mie:

— Intră în partidul bolșevic!

E iunie. Soare. Răzbește prin frunzișul stejarilor din Petrovski Park. Mergem pe o alee, călcând pe ghindele de anul trecut.

— De ce să intru?

— Ca să pregătim revoluția. Revoluțiile, după cum spune Marx, sunt locomotivele istoriei.

Seva, după cât se vede, este acum marxist.

— Dar dacă locomotiva te duce undeva unde nu trebuie? întreb. Că doar n-o conduci tu.

Seva nu admite o astfel de posibilitate. Se uită la mine supărat – de la o vreme, i-a apărut privirea asta.

— Partidul, spune, înseamnă forță. Știi cât de mulți suntem! Nu pot greși toți.

În primul rând, pot.

În al doilea, e suficient să greșească mecanicul.

În al treilea, poate fi vorba despre o acțiune intenționată. Rău intenționată.

Nu-i spun lui Seva nimic din toate astea, fiindcă nu vreau să-l mai supăr. În altă situație, poate că i-aș spune, dar acum nu vreau. Țin la ziua asta de vară, cu sirenele vapoarelor pe Neva și cu mersul nostru pe alee. „Partidul înseamnă forță." Iar Seva, mă gândesc mergând alături de el, e slab. Și o să se supere pe mine din cauză că e slab, doar îl știu bine. Li se alătură celor care i se par puternici și speră să-i dea și lui din puterea lor. Nu-i vor da nimic. Pentru o clipă îmi trece prin cap că dacă Seva ar deveni tiran, eu aș fi primul pe care l-ar termina.

Seva, unde ești acum? În care mormânt?

Miercuri

Dimineața, ducând gunoiul, am observat un om care scotocea în *container*. În ciuda frumoasei denumiri, gunoiul rămâne gunoi, și oamenii, ca și înainte, nu se jenează să scotocească în el. Nici acest om nu se jena. Punea toate lucrurile care îi plăceau pe capacul containerului și le examina mai cu de-amănuntul. M-a rugat să îi arăt gunoiul meu. După ce a cercetat ce adusesem, brusc, a întrebat:

— Da' chiar e adevărat că v-au dezghețat?
I-am povestit lui Geiger.
— Asta înseamnă să ai notorietate, mi-a spus. Ești și recunoscut.

Vineri

Astăzi Geiger mi-a adus niște ochelari. Cu o ramă groasă, dar cu sticlă obișnuită – ca să nu fiu recunoscut. De fapt, spune el, se puteau cumpăra ochelari negri, dar cu ei, în primul rând că nu e comod, iar în al doilea, atrag chiar ei atenția. Pentru că, după conferința de presă, chiar începusem să fiu recunoscut pe stradă.
— Păstrează această înfățișare de rezervă, a spus Geiger. Nu-ți scoate niciodată ochelarii.
N-o să-i scot. Când, în a doua parte a zilei, au venit de la televiziune să mă filmeze, i-am scos. Au fixat îndelung camera, lumina, mi-au pudrat fața. Interviul propriu-zis a durat și el vreo oră și jumătate. Și în tot acest timp am stat fără ochelari.
— În ce vedeți diferența dintre timpul de atunci și cel de acum?
Din cauza luminii puternice, nu disting fața jurnalistului. E greu să vorbești când nu vezi fața interlocutorului.
— Știți, atunci până și zgomotele erau altele – zgomotele obișnuite ale străzii. Țăcănitul copitelor s-a dus cu totul din viață, iar dacă e să luăm motoarele, chiar și zgomotul lor e altul. Atunci era numai bubuiala gazelor de eșapament, acum e o huruială generală. Claxoanele, și ele sunt altfel. Da, am uitat un lucru esențial: acum nimeni nu strigă. În timp ce pe vremuri strigau telalii, spoitorii, lăptăresele. Zgomotele s-au schimbat mult…
— Zgomotele nu sunt totul, cred eu; cuvintele s-au schimbat, acesta este principalul lucru. S-au schimbat, nu?

— Se poate, răspund eu. Poate că s-au schimbat. Numai că mai ușor te obișnuiești cu cuvintele noi decât cu zgomotele noi sau, să zicem, cu mirosurile.

— Eu tot încerc să vă aduc la teme istorice – râde –, iar dumneavoastră îmi vorbiți numai despre zgomote și despre mirosuri.

Mi se urcă sângele la cap. Vai, cum mi se urcă!

— Oare nu înțelegeți că este singurul lucru care merită menționat? Despre cuvinte se poate citi în manualul de istorie, dar despre zgomote nu se poate. Dumneavoastră știți ce înseamnă ca într-o clipă să fii lipsit de aceste zgomote?

Oftez din rărunchi. Câtă vreme sunt singur cu mine sau, să spunem, cu Geiger, sunt liniștit. El înțelege că am fost lipsit de timpul meu și nu vorbește în plus. Îmi iartă istericalele. Acum, blând dar insistent, conduce afară grupul de la televiziune. De pe coridor se aud bombănelile lor nedumerite.

După ce au plecat cu toții, mi-am pus ochelarii și m-am privit îndelung în oglindă.

Sâmbătă

Nu știu cum se face că oameni diametral opuși pot să aibă același nume. Era pe insulă un cekist, un ticălos cum nu s-a mai pomenit – ei bine, numele lui de familie era Voronin. Cum se poate? De ce? Ori nu există nici o legitate în privința numelor? Visam la o osândă pentru el, o inventam în timp ce munceam, și asta îmi dădea putere atunci când părea că nu mai aveam nici un strop. Voiam să îl rog pe Dumnezeu să-l treacă în listele acelea din care nu mai ești șters niciodată, și nu există iertare dacă ai ajuns în ele, dar mă temeam ca nu cumva numele lui să arunce vreo umbră asupra tatălui Anastasiei. Mi-am amintit de Zarețki, și cum îi mai doream răul, și cum a murit Zarețki – și mi-a fost insuportabil de rușine, fiindcă Zarețki avea de fapt trăsături omenești, pe când Voronin nu avea. Nu am să descriu ce făcea Voronin.

Sunt întrebat de fiecare dată cum am supraviețuit în lagăr. Au în vedere nu numai latura fizică a vieții, ci și pe aceea care face ca omul să fie om. Întrebarea e justificată, fiindcă lagărul este un iad nu atât din cauza chinurilor trupești, cât din cauza dezumanizării multora dintre cei care au ajuns acolo. Ca să nu lași să fie distrus în tine ceea ce a mai rămas omenesc, trebuie să părăsești Iadul măcar vremelnic, măcar mental. Să te gândești la Rai.

Duminică

Te trezești la vilă dis-de-dimineață – se întâmpla. Toți dorm încă. Ieși în vârful picioarelor pe verandă, ca să nu trezești pe nimeni. Pășești cu grijă, dar podelele tot scârțâie. E un scârțâit liniștit, nu îi deranjează pe cei care dorm. Te străduiești să deschizi fără zgomot fereastra, dar cerceveaua se lasă greu, geamurile zdrăngănesc, îți pare deja rău de ce faci. Dar deschizi fereastra – și te bucuri. Perdelele nu freamătă, nu e pic de vânt. Te miri ce intens e aerul, și ce tare miroase a conifere. Pe cercevea se mișcă încet un păianjen. Îți pui coatele pe pervaz (vopseaua veche se cojește și se lipește de piele) și te uiți afară. Iarba strălucește de rouă, umbrele de pe ea au intensitatea dimineții. E liniște ca în Rai. Mie mi se pare, nu știu de ce, că în Rai trebuie să fie liniște.

De fapt, uite-l, Raiul. În casă dorm mama, tata și bunica. Ne iubim unii pe alții, ne e bine împreună, e tihnă. Nu e nevoie decât ca timpul să înceteze să se miște, să nu tulbure binele care s-a instaurat. Nu vreau evenimente noi, las' să existe ceea ce este deja, ce, e puțin? Pentru că dacă totul o să continue, oamenii dragi mie o să moară. Cei care dorm liniștiți în casă o să moară. Ei nu știu că fericirea noastră e suspendată deasupra unei prăpastii îngrozitoare. O să se trezească, o să trăiască evenimentele care le sunt sortite – și sfârșitul. Că doar se știe care e direcția. Și pe mine mă așteaptă asta. Dar înaintea celorlalți – pe bunica, probabil, în ochii căreia nu văd încă neliniște. Bănuiește, cu siguranță, că starea noastră de bine e iluzorie, că e numai până la un timp.

Raiul e absența timpului. Dacă timpul se va opri, nu vor mai fi evenimente. Vor rămâne neevenimentele. Pinii, uite, o să rămână, jos – maronii, noduroși, sus – netezi și chihlimbarii. Agrișul de lângă gard n-o să piară nici el. Scârțâitul portiței, înăbușit de plânsul copilului din vila de-alături, prima bătaie a ploii pe acoperișul verandei – tot ceea ce nu e suprimat de schimbarea guvernelor și de căderea imperiilor. Tot ceea ce se înfăptuiește pe deasupra istoriei – în afara timpului, eliberat.

Luni

A fost Geiger. Înainte de a pleca a spus deodată că Anastasia trăiește.

Anastasia trăiește.

24 mai 1999. Anastasia trăiește.

Marți

N-am dormit toată noaptea. Dis-de-dimineață îl sun pe Geiger, ca să mergem împreună la ea. O clipă, el își drege vocea, răspunde cu o voce răgușită:

— E la spital.

— La ce spital?

— La numărul 87. Asta nu e important. Oricum, e prea devreme, acolo se poate suna abia peste vreo două ore.

Mă uit la ceas – șase dimineața, de-asta are așa o voce.

La opt și jumătate mă sună el.

— Trebuie să amânăm călătoria. Anastasia Sergheevna nu e deocamdată pregătită.

Tac. Pentru că chiar nu știu ce să întreb. Este la spitalul 87 și nu vrea să mă vadă.

— A spus că nu e pregătită, bălmăjește Geiger. Știi, este de înțeles. E femeie...

Dar eu nu înțeleg. Nu dezaprob, nu mă supăr – doar că nu înțeleg. Peste zi îl sun încă o dată pe Geiger.

— Poate nu a înțeles că sunt eu – că eu sunt. La nouăzeci și trei de ani e posibil și asta, nu?

— Memoria, într-adevăr, îi revine numai uneori... Geiger trece din nou la o bălmăjeală. Dar că ești dumneata, cred eu, a înțeles totuși.

Cu atât mai mult nu înțeleg. Ce e asta – jenă? Dar să te jenezi poți după douăzeci de ani, hai – după treizeci, nu după mai bine de șaizeci. O întâlnire ca asta e aproape postumă, acum e totuna cum arăți. Și chiar, în general, că ești femeie sau că ești bărbat, mie mi se pare că, la vârsta asta, mare importanță n-are. Dar Anastasiei nu i se pare așa.

Miercuri

Știu că ea e undeva pe-aproape, dar nu pot s-o văd. Cum să trăiesc cu gândul ăsta? Cât să aștept? Nici n-am stare să mă ocup cu ceva, ca să-mi abat gândul de la ea. Până acum citeam mult, mă uitam la televizor – studiam, ca să zic așa, noua realitate. Dar acum mă gândesc numai la Anastasia, și nu doar prin amintiri – încerc să-mi imaginez cum este ea acum. Încerc – și mă tem. Nu pentru mine mă tem, ci pentru Anastasia, mă tem că îi e frică să nu mă sperie.

Îmi amintesc cum a spus că nu vrea să moară niciodată – și nu a murit. Nici să îmbătrânească nu voia – poate nici nu a îmbătrânit? Greu de crezut... Cu bună știință nu îl întreb nimic pe Geiger despre felul cum arată ea. Cum o fi acum – chealā, fără dinți? Chealā, nu neapărat, dar, da, fără dinți, cu siguranță.

Părul ei era moale, ca... mătasea. N-am vrut să scriu mătase – prea s-a banalizat, așa scriu toți. Dar dacă așa era – ca mătasea. Ca și cămașa ei de noapte din mătase, pe care nu am atins-o niciodată în timpul discuțiilor noastre târzii. Printre însușirile mătăsii e și faptul că se lasă. Poate chiar să se lase să cadă. Părul meu e mai aspru, se poate încreți, încâlci, zbârli, dar să se lase nu poate. Pentru că nu e mătase. Îmi îngropam fața în părul Anastasiei și întrebam în șoaptă – de unde are însușirea asta? Care e natura acestui val de culoarea grâului – liniștit, proaspăt, răsfirându-se pe umeri? Întrebam: îmi aparține, acum e și proprietatea mea? Bineînțeles, răspundea ea, cum altfel, doar ce are fiecare dintre noi devine comun. Eu îmi puneam palma sub valul acela și îl ridicam până la părul meu. Dar se poate crede, întrebam, că ăsta e părul meu? Nici nu se poate crede altceva, răspundea ea.

E la spitalul 87. Chiar, unde o fi acest spital?

Joi

Geiger mi-a povestit azi care a fost cursul vieții ei. Nu i-am cerut eu – știam că nu prea aveau cum să mă bucure aceste informații –, dar nici nu m-am apucat să îl întrerup.

Anastasia m-a așteptat destul de mult – până în 1932; pe urmă s-a căsătorit cu constructorul-șef al uzinei Baltik, Pozdeev. În 1933 li s-a născut un fiu, Innokenti (Geiger s-a uitat la mine cu înțeles), de unde se vede că ea se gândea la mine și atunci. Dar deja nu mă mai aștepta.

În 1938, Pozdeev a fost acuzat de colaborare cu serviciile străine de informații și condamnat la moarte prin împușcare. În prima iarnă a blocadei, Innokenti a murit. După cum a spus Anastasia după aceea, de numele acesta sunt legate cele mai importante două pierderi ale ei. După moartea lui Innokenti nu a mai dorit nu numai să lupte pentru ceva, dar nici să trăiască, și s-a culcat lângă copil, ca să moară. A fost găsită în locuința pustie, dusă la spital, iar după aceea, evacuată la Kazan.

După război, Anastasia s-a căsătorit cu profesorul entomolog Osipov. Cu toate că în 1946 li s-a născut un fiu, Serghei (de această dată i-a dat numele tatălui ei), căsnicia lor nu s-a dovedit a fi trainică. Anastasia a constatat dezamăgită că Osipov – în concordanță cu obiectul cercetărilor sale – era un om mărunt. Până la urmă, și-a luat fiul și a plecat de la el.

Prăpastia dintre foștii soți a fost, judecând după toate, atât de mare, încât până și numele de familie primit de băiat a fost după mamă: Voronin. Dar poate că problema nu fusese atât de mult prăpastia, cât nemărginita dragoste a Anastasiei pentru tatăl ei.

În copilărie, Serghei Voronin și-a văzut tatăl de două sau de trei ori, vizite pe care și le amintește vag. Iar când băiatul a crescut, tatăl nu mai era în viață: Osipov a murit subit în timpul uneia dintre expedițiile în Asia Mijlocie.

Destinul lui Serghei Voronin a repetat până la un punct destinul tatălui său, rămas pentru el un necunoscut. Oricât de ciudat ar fi (dar, poate, nici nu e ciudat?), a devenit și el entomolog. Îl așteptau și pe el o căsătorie târzie și un divorț timpuriu. Au existat totuși și deosebiri față de viața tatălui. Prima dintre ele a constat în faptul că lui Serghei Voronin i s-a născut o fiică (1980), pe care a numit-o, firește, Anastasia. A doua, și cea mai importantă, este aceea că cercetătorul nu a pierit în Asia Mijlocie: dată fiind specia cercetată de el, nici măcar nu s-a dus acolo.

În timpul perestroikăi a plecat la o universitate din Statele Unite ale Americii, și acolo a și rămas. Fosta lui soție a continuat să trăiască la Piter, dar fiica ei a preferat să nu rămână cu ea. La paisprezece ani (cu ocazia uneia dintre numeroasele lor certuri), ea s-a mutat la bunica ei, și cele două

Anastasii au locuit de-atunci împreună. Acum trei săptămâni, Anastasia cea bătrână a ajuns la spital.

Anastasia cea bătrână. Când ne-am despărțit, ea avea 17, iar eu 23 de ani. Acum ea are 93, iar eu cam 30 – aceasta este, dacă e să-l cred pe Geiger, vârsta mea biologică. Eu am zăcut în azot lichid, iar ea a crescut, a înflorit, s-a ofilit, s-a ramolit. Se pare că firea i se schimbase în rău, își insulta colegii de muncă (chiar, oare ce devenise?), își numea soțul „insectă". Păi sigur că îl numea așa – doar era entomolog. Cum să nu-l numească?

Faptul că ea a rămas Voronina face să îmi fie cumva mai ușor.

Vreau oare s-o văd?

Vineri

Vreau mult.

Vreau mult s-o văd.

Sâmbătă

M-am sculat devreme, am băut o cafea. Am găsit în *Pagini aurii* numărul de telefon al spitalului orășenesc 87. Am sunat. Așa cum m-am așteptat, spitalul e departe, la periferie, nu am cum să mă descurc singur. Am chemat un taxi. Simțisem că astăzi o să mă duc la ea, dar nu i-am spus nimic lui Geiger. Acolo trebuie să mă arăt singur.

M-am urcat în mașină, ne-am îndreptat spre sud. Cât am mers prin orașul vechi a fost bine, dar cum am ajuns în Kupcino[1] mi s-a întristat sufletul. Nu pare din Petersburg locul acesta. Ne-am oprit lângă spital – nenorocit, ca și raionul.

1. Raion în sudul Petersburgului.

Prăpădit. Geamuri crăpate lipite cu fâșii de hârtie, ici-colo, în loc de geam – placaj. Clădirile vechi, chiar într-o stare ca asta, nu sunt atât de deprimante, se poate sta chiar și în cele neîngrijite. Dar cele noi sunt netrainice, nenaturale, se vede imediat că sunt imitație.

Sub copertina de la intrare fumau doi inși în halate albe și scuipau vârtos pe jos. Două cămile. Am trecut pe lângă ei spre ghișeu. Acolo era o bătrână cu ochelarii atârnați de un șnur.

— Voronina Anastasia Sergheevna în ce salon este?

Și-a pus ochelarii. După ce și-a scuipat pe un deget, a răsfoit ceva. Și uitasem să întreb la telefon programul de vizite. Și de papuci, și de halat.

— Etajul patru, salonul 407.

— Care sunt orele de vizită?

— Vizitați când vreți, a spus fără să ridice ochii.

Fără să desfacă buzele.

— Dar cum arată acum?

— Cine?

— Voronina.

Nu a răspuns. Mai bine făceam să o întreb de halat. Sau de papuci.

— De altfel, aveți acolo două cămile care stau – și am arătat spre intrare. Uitați-vă la intrare, nu la mine!

Am luat-o pe scară (liftul nu mergea); becurile ardeau din două-n două. Semiîntuneric fiind, a fost cât pe-aci să zbor în niște plante artificiale. De produse de acest fel m-am ciocnit deja de câteva ori în noua mea viață, mai ales în instituțiile de stat. Frumusețea lor e, după părerea mea, îndoielnică, în schimb nu au nevoie de lumină. Au nevoie, mai degrabă, de contrariul ei: cu cât e mai puțină lumină, cu atât arată mai bine. Ciudat: eram în stare, într-o situație ca asta, să mă gândesc la ele. Din pricina emoției.

Tot ce scriu acum vine din emoție. Din conștiința mea care pâlpâie, pare-se, nu complet dezghețată. Nu știu de ce am scris toate astea: doar nu m-am dus nicăieri astăzi. Telefonul, adresa și chiar fotografia spitalului le-am găsit în *Pagini aurii*, dar de dus, nu m-am dus. Doar am telefonat și am aflat numărul salonului: 407. Dar să mă duc, n-am găsit în mine suficientă hotărâre.

Duminică

Ziua a început ca și ieri. M-am sculat devreme, am băut o cafea. Am chemat un taxi și, da, m-am dus totuși. Spitalul, geamurile lipite, cei doi fumători la intrare – totul ca și cum ar fi fost fotografiat. Și scorpia la ghișeu, cu ochelarii pe șnur.

Iată-l, etajul patru. Merg pe un coridor, citesc romburile cu numerele saloanelor – unele sunt, altele au fost rupte. Numărul 407 este scris pe ușă cu creionul. Bat. Inima îmi bate și ea. Din salon (nu imediat) mi se spune să intru – o voce de femeie, grosolană, aproape bărbătească. Apăs pe clanță – e înțepenită. Aceeași voce îmi spune să apăs mai tare. Zguduindu-se spasmodic, ușa se deschide. Și mă zguduie și pe mine – chiar acum, când scriu.

Intru, mă izbește în nări un miros pătrunzător de urină. Opt paturi pe două rânduri. Opt bătrâne: șapte culcate, una semișezând – cea de lângă fereastră. Se vede că ea a și răspuns. Încerc să ghicesc care dintre ele e Anastasia.

— La cine ați venit? întreabă cea care șade.

Da, ea a răspuns: rar așa voce. E de-ajuns să-ți imaginezi că o voce ca asta răsună lângă tine toată viața...

— La Anastasia Sergheevna.

— La Voronina? Dar ce-i ești – nepot? Ori doar rudă?

Bună întrebare, principalul e că îmi dă de ales. Mă uit la cea care a întrebat. Fața e contra luminii, nu se vede, are numai glas.

— Doar rudă.

Bătrânele de prin paturi prind să se miște, unele se ridică puțin în coate. De pe un taburet cade o cană de tinichea, o ridic. Pe marginea cănii, acolo unde au atins-o buzele, e lipită pâine molfăită, uscată.

— Păi dacă-i ești rudă, ia și îngrijește-o, mă povățuiește o voce, că de două zile stă-n rahat mamaia, și nu se-apropie unu'. Și devenind brusc mai vocală: Pe bunici nu vrea nimeni să le spele.

Nu vrea. Ochii mi se obișnuiesc cu lumina și încep să disting trăsăturile celei care vorbește. Nici urmă de furie în ele. Nas cârn, de țară, rânduri-rânduri de zbârcituri pornind de la el. Păr cărunt scăpat de sub basma.

— Nu face gură, Katia – se aude din alt pat. Omul vine prima dată, și tu sari cu gura pe el.

— Da' pân-acu' unde-a fost? se interesează Katia.

— Unde a fost nu mai e. (Asta, trebuie să observ, așa este.) Dar nepoata a fost ieri? A fost. Și de spălat, că veni vorba, ar putea și sora.

Katia molfăie din buze, parcă ar cântări și o astfel de posibilitate.

— Așteaptă tu de la a noastră. Vocea îi sună aproape împăciuitor. Fără sută nu mișcă un deget. Acuma pesemne că s-a trântit în oficiu.

Iar eu tot nu am idee încă cine de-aici e Anastasia. Nu mi-o arată nimeni, pentru că își închipuie că știu. În sfârșit, interlocutoarea Katiei dă din mână spre unul dintre paturi:

— Nu sta să ne asculți pe toate. Mergi la mamaia matale.

Înțeleg unde trebuie să merg, și fac primul pas. De fapt, înțelesesem din prima secundă, dar mi-a fost frică de confirmare. Acum, că mi s-a confirmat, mă duc. Fără să ridic ochii la Anastasia, cercetez noptiera de lângă pat. O sticlă de apă minerală, un tub cu cremă, un pahar cu o proteză dentară. Dantura Anastasiei.

Anastasia. Zace cu ochii închiși. Cu gura întredeschisă. Respiră greu. Când expiră, se formează din când în când bășicuțe, și se sparg imediat. Mâna stângă e pe pătură, făcută pumn, parcă amenință pe cineva. Pe cine? Pe bolșevicii care i-au omorât tatăl și m-au băgat pe mine în azot? Viața în general? Iau această mână de încheietură și o duc la buze. De câte ori am făcut asta – abia atingând-o, aproape insesizabil. Urmărind fiecare linie de pe îndoitură, simțind firișoarele invizibile. Dar acum mâna e alta, cu totul alta. Udă de lacrimile mele. Pumnul se desface încet: e târziu să amenințe. Dar nici nu are pe cine.

— Da' oricum... spal-o.

Asta e Katia.

— O spăl. Numai că nu știu cum să fac...

— Așa e cu toți când vine vremea. Las' că-ți spunem noi.

Ea, nici la Solovki n-ar fi pierit.

Mi se dă dispoziție să scot de sub saltea mușamaua și să o întind. Apucând-o pe Anastasia de un umăr, o întorc pe-o parte (trupul îi e ușor) și pun sub ea mușamaua. Anastasia are pampers (parcă așa, nu?) – am văzut din astea la televizor, la bebeluși.

— Nu-ți fie frică! comandă Katia. Tot omul ajunge să se obișnuiască.

Nu mi-e frică. Îmi amintesc cum visam să văd trupul gol al Anastasiei. Îmi fug ochii la fața ei. Ochii Anastasiei se întredeschid, dar nu e nimic în ei care să arate că e conștientă. E chiar mai bine așa.

— Scoate-i-l! Bine că nepoată-sa a-nceput să cumpere d-ăstea, că pân-atunci ne descurcarăm cu pelinci.

Desfac pampersul. Îl îndepărtez auzind cum se desprinde de carnea ei. Un miros. Fără ocol spus, o duhoare puternică. Duhoare, ei și? În Solovki, ce n-am tras în piept și ce n-am atins! Am în fața mea singurul om apropiat mie, și dacă asta îi este starea, ea trebuie luată ca atare. E o fericire că acest om există, că a rezistat până m-am întors la viață. Fac pampersul rulou și îl pun frumos pe jos.

— Acuma scoate de sub pat țucalu' și pune-l pe mușama. Ridic-o nițel pe mamaie de șale și pune-o cu poponeața pe țucal. Katia se ridică și, lipăind, dibuie după papuci. Nepoata se descurcă singură. Învață și tu.

Katia dispare pentru un minut din salon și se întoarce cu o stropitoare și un burete. Apa din stropitoare e caldă și, după culoare, cu permanganat de potasiu. Ciudat, dar tocmai tonul Katiei, de comandant de regiment, mă ajută, nu-mi dă voie să mă lase puterile. Cu mâna stângă torn câte puțină apă, cu dreapta o spăl pe Anastasia la fund. Așa, cu grijă, plimb buretele.

— Desfă-i mai mult picioarele, altfel nu se spală!

Să nu taci, Katia, să nu taci, fiindcă în liniște e cu neputință să fac asta. Sub jetul de apă zboară în țucal ceva dintr-un rahat.

O șterg pe Anastasia cu un prosop. Șterg mușamaua. Duc afară pampersul, spăl oala. Mi se ordonă să ung totul cu cremă, să nu se irite. Storc cremă din tub pe degete și îi ating vintrele. Simt cum îmi tremură mâna. Floarea de odinioară pe care o dorisem atât de mult.

Luni

Ultima zi de mai, mâine e vară. Scriu, abia e trecut de unu noaptea: de fapt, e deja vară. Am fost în timpul zilei la Anastasia, mi-am amintit de o vară.

Ne întâlnim întâmplător la colțul dintre Kamennoostrovski și Bolșoi. Unde te duci? Acasă. Și eu tot acasă. Merg cu ea pe Bolșoi Prospekt, cu soarele în ochi. Tălpile ei de lemn au ecou. Se străduiește să pună piciorul cu grijă – dar tot troncănesc, așa e încălțămintea asta. La colțul cu Ordinarnaia, de unde o fi apărut – o birjă. Ridic în ultimul moment mâna și o țin pe Anastasia. Pieptul ei îmi atinge mâna. Ceva se rupe în mine – din cauza atingerii, dar și mai mult – de frică, putea să nimerească sub birja aceea. Într-o zi însorită. În vântul baltic, cald. Ar fi zăcut pe caldarâm, iar vântul i-ar fi dat peste cap rochia. Picioarele sucite aiurea, lemnul șters al tălpilor. Tot timpul mi-era frică pentru ea: dacă i se întâmplă brusc ceva, aeriană, fragilă cum e? S-a dovedit a fi mai rezistentă decât am crezut eu. Viața a făcut-o așa.

Apropiindu-mă de ușa salonului, m-am ciocnit de Nastia. O observasem încă de pe scară și îmi dădusem seama că e ea. Mergeam cu doi pași în urma ei, și inima mă înțepa, ca ieri. Nu mă uitasem la ea ca lumea, dar înțelesesem deja că îi seamănă: părul, mersul – exact ca ale Anastasiei. Probabil că mă așteptam, poate chiar speram, dar chiar s-a dovedit că îi semăna – când s-a întors. La ușă. Dând cu ochii de mine:

— Sunteți Innokenti?

Am încuviințat din cap. M-am temut că îmi piere graiul.

— Eu sunt Nastia. Mi-a întins mâna. Imediat ce v-am văzut la televizor, am știut că o să veniți.

A zâmbit. M-am trezit că îi țineam încă mâna. O mână răcoroasă. Slabă, se simte fiecare oscior.

— De Anastasia mi-a spus doctorul...

— Știu. Eu i-am spus doctorului. Mâna îi lunecă din a mea. M-am gândit că e important pentru dumneavoastră.

Important... Zâmbetul îl are ca al Anastasiei. Se spune că nu cu părinții seamănă copiii, ci cu bunicii.

Duhoarea din salon nu te mai izbea în nări, ca ieri. Nu că slăbise, pur și simplu încetase să se simtă. Anastasia, ca și înainte, nu era conștientă, și totuși mi s-a părut că azi era mai bine decât ieri. Ochii îi erau deschiși. Privirea nu îi era focalizată, umbla aiurea prin cameră, dar se mișca.

Împreună cu Nastia, am spălat-o pe Anastasia pe cap. Mai întâi am strâns pernele și i-am pus un prosop în jurul gâtului, ca să nu se scurgă apa. Pe urmă eu am adus un lighean mic cu apă caldă. L-am pus amândoi cu grijă în locul pernelor și am purces la spălat. Eu i-am ținut capul, iar Nastia, făcând și masaj cu palmele în care își pusese șampon, i-a spălat părul. Era scurt, ziceai că e un arici mic. Ceea ce, împreună cu privirea care nu clipea, dădea impresia de demență totală.

Când, clătindu-i părul, am turnat apă cu stropitoarea, Anastasia a clipit de câteva ori, dar în privirea ei nu s-a schimbat nimic.

— Îmi aduc aminte de părul ei lung, i-am spus, nu știu de ce, Nastiei.

— I l-au tăiat la spital, să fie mai ușor de spălat.

Pe urmă i-am spălat corpul cu un burete – după ce am pus mușamaua și prosoapele. Nastia i-a tăiat unghiile. Anastasia nu s-a împotrivit, dar nici nu a dat vreun semn de participare.

— Acum câteva zile, bunica era încă, în general, în ordine, a spus Nastia – chiar aici, în spital fiind. A reușit chiar să refuze întâlnirea cu dumneavoastră. Dar acum – vedeți și dumneavoastră cum...

Când, împreună cu Nastia, am ieșit din salon, am fost întâmpinați de jurnaliști. Din cauza atâtor flash-uri, am strâns ochii.

— Ce ați simțit când ați văzut-o pe iubita dumneavoastră după atâtea zeci de ani?

Am strâns pleoapele și mai tare și nu le-am mai desfăcut. Așa procedam uneori și în copilărie, asta m-a salvat de la multe. Așa m-am și văzut la știrile de seară.

Marți

Dimineața a plouat. Ploaia se năpustea în geamuri, parcă îndrepta cineva un jet spre ele. Apartamentul meu e pe colț: e vânt ba dintr-o parte, ba din cealaltă. Culcat în pat, mă uitam cum curge apa pe sticlă în valuri fine, transparente. Când valurile au început să aibă irizări divers colorate, curiozitatea m-a făcut să mă scol. Jos, o mașină de miliție – un accident. Mi-am amintit imediat un alt accident – doi căruțași, chiar în acest loc, tot pe ploaie. Și atunci am stat la fereastră – în ce an a fost asta? Tot ce e pe lume a fost deja cândva...

Mi-am lipit fruntea de geam. Se ciocniseră două automobile. Nu chiar rău, doar faruri înfundate. Și doi inși în ploaie – în costum, cu cravată, teferi după accident, se înjurau de mama focului. Ca și căruțașii, de altfel.

A trecut pentru o clipă Geiger, mi-a adus bani. Nu e prima dată când îmi aduce, dar tot nu întreb de unde sunt. Aș vrea să sper că sunt de la guvern, în contul unei compensații – ori de la Dumă, de la președinte. Interesant, or avea așa un buget – pentru dezghețarea populației? Și banii sunt, așa, nostimi, mici în comparație cu cei dinainte. Va trebui, sigur, să întreb de unde sunt.

A venit sora medicală Angela – a spălat pe jos și mi-a făcut o injecție. La cererea mea, nu mai vine în fiecare zi, așa încât în ceea ce privește podelele a fost foarte în regulă. Dar injecția am impresia că mi-a făcut-o cu rea intenție – ce rost au niște injecții care nu ți se fac regulat? Pur și simplu m-a înțepat în fund, ca să mă pună la punct. Pentru că de la început am preferat să nu rămână noaptea, iar după aceea am rugat-o și să vină mai rar – am jignit-o, se-nțelege de la sine. Interesant, în ce calitate mi-a trimis-o Geiger? Că mă irită rău de tot.

La unu am chemat un taxi. M-am înțeles cu Nastia ca astăzi să ne întâlnim la intrarea în spital. La două, imediat ce termină ea orele la universitate. Nastia studiază la Facultatea de Economie. Pentru o fată e o alegere neobișnuită, aș zice eu, dar viața s-a schimbat, s-a schimbat total. Ce știu eu despre această viață ca să spun „neobișnuit“?

La unu și jumătate eram la spital. M-am plimbat în jurul clădirii încercând să ghicesc ferestrele Anastasiei. Mi-am amintit că geamurile de la salonul ei aveau crăpături lipite cu fâșii de hârtie. Dar mai toate ferestrele erau împestrițate cu fâșii, una lângă alta – cum să ghicești? Mi-a venit în minte, păi sigur, o poveste a lui Andersen, crucile cu cretă. Mi-o citea bunica înainte să adorm. Pe măsură ce avansa în adâncul poveștii, lectura își pierdea intonațiile, apoi și sunetul. Dintre noi doi, bunica adormea prima.

Nastia a venit la două fix, asta da punctualitate. Răspândea un miros plăcut, necunoscut – fin, aproape imperceptibil. În vremurile dinainte femeile miroseau altfel – cum să nu-mi amintesc de părul Anastasiei? Poate sunt demodat, dar valul acela de prospețime, care... Se pare că m-am zăpăcit.

Iată despre ce e vorba. Când ne-am așezat pe bancă să ne punem botoșii și Nastia s-a lăsat puțin pe spate ca să își potrivească pe sandale încălțămintea aceea ciudată, fața mea a ajuns în dreptul gâtului ei: prin parfumul fin al Nastiei a răzbătut mirosul părului Anastasiei! M-am apropiat fără să vreau de ea, și în clipa aceea ea s-a întors, ca și cum simțise totul cu ceafa, și m-a surprins. M-am înroșit: simțise, și mă prinsese. Dar poate că nu are rost să lămurești totul.

Pe Nastia și pe mine ne aștepta o surpriză: Anastasia fusese mutată într-un salon separat. La acest salon ne-a condus, coborând în hol pentru noi, medicul-șef al spitalului. Statură mare: macrocefal, îndesat. Și totuși, mi-a trecut prin minte, n-are picioare strâmbe. Peste costumul cu vestă e aruncat halatul alb. La gât un stetoscop – interesant, pe cine o asculta la el în cabinet?

— Sunt medicul-șef al acestui spital, a spus și a atins tăblița de pe halat: „Medic-șef".

Dinspre el venea miros de cafea, era clar de la ce fusese întrerupt. Și de țigară. E de crezut că o strivise la repezeală în scrumieră când fusese sunat de jos. Dar, mă întreb, de ce l-au sunat? De ce mutarea într-un salon separat? Au interpretat ochii mei închiși ca pe o expresie a groazei, a impresiei total neplăcute lăsate de condițiile de viață din spital?

— Chiar și în condițiile noastre deloc simple, am hotărât să îi punem la dispoziție Voroninei un salon separat. Hotărârea a fost firească, dacă avem în vedere...

Mi se adresa în primul rând mie, și doar din când în când Nastiei. Eu dădeam din cap, dar nu ascultam, fermecat de ritmul ușilor care zburau pe lângă noi. O ușă s-a deschis și am văzut-o pe Anastasia. Pe un pat – perfecțiune a tehnicii, nici nu pot spune pat –, o instalație cu autopropulsie, cu o mulțime de mânere, butoane și roți. Cu o lenjerie de pat albă ca zăpada. În mijlocul salonului.

Era o priveliște ciudată. Când Anastasia zăcea într-un salon supraaglomerat și urât mirositor, ea era parte a vieții obișnuite. Plutea, ca să spun așa, în fluxul cotidianului – trist, dar firesc. Acum ea nu mai făcea parte din ceea ce înseamnă comun. Fusese pusă la antipodul comunului, ca orice este scos în afara vieții. Ca monumentul din centrul pieței, ca sicriul din mijlocul bisericii. Iar în ceea ce privește îngrijirea corporală, Anastasia nu mai avea probleme. Când Nastia a scos prosoape curate, i s-a spus că acum nu mai trebuie să o spele pe bunica – mă rog, o spală ei.

Pe bunica.

Miercuri

M-am trezit – soare. Am deschis fereastra – vreme caldă. Pe la unsprezece a sunat Nastia și a propus să ne întâlnim o oră mai târziu la stația de metrou Sportivnaia. Stația, după câte văd, e aproape de casa mea, lângă capela catedralei Sfântul Vladimir. Când am ieșit, Nastia era deja acolo. Cu o geantă gri din pânză, cu o bluziță aruncată peste ea. Umerii goi. Părul desfăcut – ca al Anastasiei, când, acum aproape un secol, se ducea în toiul nopții la bucătărie. Am luat (gentleman) geanta Nastiei, și pe umărul ei a rămas o dunguță trandafirie. În jurul dunguței, abia perceptibili, pistrui. Poate și Anastasia avea – umerii ei nu i-am văzut. Ba da, i-am văzut – alaltăieri.

Am intrat în stație și Nastia a cumpărat cartele.

— N-am mai mers niciodată cu metroul...

— N-ați pierdut mare lucru.

Am coborât pe scara rulantă, ne-am urcat în trenul subteran, am ieșit din el, ne-am urcat în altul, și totul – pentru prima oară. Se pare că, într-adevăr, nu pierdusem mare lucru. Mă enervează mai ales faptul că peste tot se aud difuzoare – reclame. La afișe te poți întoarce cu spatele, dar de zgomot cum să scapi? Mi-am astupat urechile – Nastia a râs.

Ieșind de la metrou, am ajuns la o alee acoperită cu pătrate din beton. Făceam pentru prima dată bucata asta de drum pe jos. În stânga era un șir de garaje nevopsite, iar în dreapta – un loc viran cu niște mesteceni prăpădiți plantați în linie. În noroiul uscat, cu urme de roți de mașină, acești mesteceni nu bucurau ochii. Viața lor era un chin. Cochetăria lor amărâtă era și mai dezolantă decât rugina garajelor: ele, cel puțin, nu aveau nici o pretenție. Mergeam printr-un Petersburg pe care nu-l cunoșteam încă. După vreo douăzeci de minute a răsărit în fața noastră spitalul.

Anastasia era aranjată, dar la fel de absentă ca înainte. Uneori deschidea ochii, și părea că, uite, uite, o să vorbească. Dar nu a vorbit. Dintre buzele ei căzute nu ieșea decât respirația greoaie. În primele câteva minute a trebăluit prin salon (zdrăngănitul de sticlă și de metal al tăvii) o soră medicală, pe urmă a plecat. Noi am stat pe scaunele din stânga Anastasiei. I-am luat mâna și i-am strâns-o ușor. Anastasia a deschis ochii. Și i-a închis. Mâna ei a rămas în a mea. Degetele mele i-au desfăcut cu grijă degetele – cândva ne plăcea să facem asta.

Dimineața, după ce mă asiguram că nu mai era nimeni acasă, mă duceam în camera ei și mă așezam lângă pat. Ea, firește, auzea că am intrat și că am luat scaunul – doar vedeam cum îi tremurau pleoapele. Știam amândoi că nu doarme, dar ne era drag momentul când ochii ei albaștri se deschideau. Voiam amândoi ca primul pe care îl vedea să fiu eu. Mă aplecam și îi sărutam ochii, și buzele mele îi simțeau genele. Anastasia scotea o mână de sub plapumă și, încet, ca prin somn, o mișca spre mine. Slabă, cu vene albastre, ca un mic șarpe de pat. Degetele noastre se împleteau, se strângeau între ele, uneori până la durere, până trosneau, și liber îmi rămânea numai degetul mare, și, uite, cu el, în ciuda durerii, ori poate chiar din pricina ei, mângâiam mâna Anastasiei.

— Bunica a spus cumva că pricina catastrofei a fost un oarecare Zarețki, a spus încet Nastia. Că de la denunțul lui au început toate nenorocirile.

— Se poate spune și așa...

I-am simțit privirea.

— Dar se poate și altfel?

— Nu exclud că totul a început mai înainte. Numai când anume nu e clar.

În drum spre metrou, Nastia m-a luat de braț. Și mi-a făcut plăcere.

Joi

M-am întâlnit iar cu Nastia la Sportivnaia și ne-am dus la spital. Uitasem să îmi pun ochelarii, și în metrou m-au recunoscut. Mi-au cerut autografe, câțiva chiar de-a valma. Am coborât la stația cea mai apropiată și am scotocit mult prin geantă – în cele din urmă am găsit ochelarii. Am ajuns la spital; acolo – reporterii TV; Nastia îi zărise încă de departe. Mi-am scos ochelarii, ca să nu-mi deconspir chipul de rezervă. Am trecut prin frontul ziariștilor fără să spun o vorbă. Dar când am intrat în spital, a venit spre mine o fată brunetă cu un microfon. Puteam să trec și acum pe lângă ea, dar m-am oprit. Ceva din figura ei mi-a câștigat bunăvoința.

— O iubiți la fel ca înainte? a întrebat ea.

Da, un chip frumos. Cu un chip ca ăsta chiar că poți să pui asemenea întrebări. Cei din stradă au intrat și ei în sala de primire și ne-au înconjurat.

— O iubesc.

La fel ca înainte?

Cum m-am trezit, am înțeles că mă îmbolnăvesc. O durere surdă în articulații, junghiuri în pomeții obrajilor. Îmi lăcrimează ochii. I-am telefonat lui Geiger, i-am spus că mi se pare că am influență. Gripă, a confirmat Geiger. Nu mi-a dat voie să ies din casă. În vreo patruzeci de minute a și apărut cu medicamente.

— Era de prevăzut, a declarat, că mersul cu metroul va duce aici, fiindcă nu ai imunitate la infecțiile de acum. Dar trebuie să treci și prin asta. Important este ca deocamdată să nu te duci la spital – e periculos atât pentru dumneata, cât și pentru Anastasia. Pentru ea poate fi chiar mai periculos.

Eu nu am încă imunitate, iar a ei, după cum se vede, e mai scăzută decât trebuie. După plecarea lui Geiger am încercat să o sun pe Nastia, dar n-am găsit-o acasă. La ora stabilită am ajuns la capela de lângă metrou. Nastia era acolo, iar eu m-am apropiat de ea cu pași nehotărâți, chiar ferindu-mă și acoperindu-mi gura cu palma. Ea mă zărise de departe și urmărea puțin mirată felul în care mă apropiam. Cu degetul mare (gest de neîncredere) și-a dus o șuviță de păr după ureche. Oprindu-mă la doi-trei pași, i-am explicat despre ce e vorba. A înțeles și am convenit să ne telefonăm.

Acasă mă aștepta singurătatea. Venirile matinale ale lui Geiger nu le pun la socoteală: să aibă grijă de mine e datoria lui de doctor. Da, el își îndeplinește datoria cu maximă responsabilitate, chiar cu prietenie, dar nu se poate compara cu veghea mea de odinioară la patul Anastasiei când s-a îmbolnăvit. Ba chiar *pe* patul. Îi citeam *Robinson Crusoe*, și ea îmi ținea mâna. Și acum, când ne-am întâlnit după o veșnicie, mâinile noastre s-au atins din nou. Anastasia, ca și atunci, zăcea în pat și era din nou bolnavă. Ce-i drept, boala (boala?) este acum alta, dar și Anastasia e alta. S-a schimbat foarte mult.

Și totuși, fiindcă ea există, mi-e mai ușor. Prezența ei pe pământ e o dovadă că n-am visat viața mea dinainte. Culcându-mă în pat, pot să închid ochii și să mă gândesc că, uite, acum o să vină la mine Anastasia, o să-mi ia mâna și o să-mi dea din răcoarea ei. Fiindcă acest lucru pot încă să mi-l imaginez: se ridică de pe patul de spital, vine aici și îmi ia mâna. Cât ești viu, nimic nu e imposibil – imposibilul vine numai odată cu moartea. Dar nici asta nu e obligatoriu.

Duminică

Toată ziua de ieri mi-am petrecut-o pe jumătate adormit. Geiger e îngrijorat: nu se aștepta ca gripa să treacă atât de greu.

— Plătești pentru faptul că toate deceniile astea nu ai fost bolnav, mi-a spus. E procesul de adaptare.

Frumos...

De trei ori pe zi vine la mine o soră. Nu e Angela; e o tanti în vârstă și plicticoasă, visul bolnavului. Îmi ia temperatura, îmi dă tablete. Uneori îmi face o injecție. De fiecare dată sună Geiger (aud cum la celălalt capăt al firului vocea i se transformă într-un zumzet amărât). Acum îl am musafir în fiecare seară.

Ultima dată m-am îmbolnăvit pe insulă – acolo, firește, îngrijirea era alta. Alta. Seara mi-a luat felcerul temperatura: 39,5.

— Învoiți-mă mâine de la muncă, m-am rugat eu.

— Nu pot, a răspuns, procentul de învoiri e fix. Asta e, o să mergi la o muncă ușoară. Fiindcă ai 39,5, am eu grijă.

Dimineața abia m-am sculat, beculețul chior din baracă mi se lăbărța în ochi. Întuneric, noiembrie, soarele răsare abia peste vreo cinci ore – și ce soare e aici? Mai slab și decât beculețul. Când ne-au repartizat, să nu-mi cred urechilor: la săpat șanțul. Și eu nu am putere nici să merg. Nu am putere nici măcar să obiectez. Îmi e rău de tot, deși, dacă e să compari cu tifosul, poate că e ceva mai ușor.

Stau până la genunchi în apă. Ca încălțări – opincile din coajă de tei, dar în opinci e și mai greu, le scoți înainte de a intra să muncești la șanț. În picioare simt un frig de gheață, în restul corpului – dogoare. Așa o dogoare, că nu lipsește mult să înceapă să fiarbă apa de la picioarele mele. Îmi alunecă tălpile pe pământul mlăștinos, turbifer. Îl scot din apă, lopată cu lopată. Iese la suprafață clefăind. Parcă luându-și rămas-bun de la mediul lui. Lăsând să se scurgă din el noroi negru – lopată cu lopată. Nu mai pot. Zac pe marginea șanțului.

Voronin. Văd că vine Voronin cu revolverul, dar nu am putere nici să mă mișc. Da, se pare că acum mă și împușcă. Și o să se termine toate pentru mine – șanțul, deșteptarea, apa chioară zisă supă. De Zarețki a fost bine – n-a avut nimic de felul ăsta. A fost pălit cu un obiect greu, nici nu s-a chinuit. Iar pe mine m-au bătut la interogatorii și m-au sufocat în cala *Clarei Zetkin*, ca să mă termine, sleit, pe marginea unui șanț. Un foc de revolver – și nu mai sunt. Nu mai e cititul bunicii când eram bolnav, nu mai e vila din Siverskaia, nu mai e Anastasia. Uite câte o să duc după mine. Dar poate totul o să rămână undeva – în vreo parte a universului, că nu e obligatoriu să fie în capul meu –, o să-și găsească vreun port fără vânt și o să existe acolo.

Voronin m-a lovit cu piciorul și, spre mirarea mea, nu m-a durut. Poate pentru că nu mai aveam mare legătură cu corpul meu. Ei și, m-a lovit... Cineva i-a spus că sunt bolnav, și Voronin m-a mai lovit o dată. Să fi închis ochii, ca și cum nu mai eram conștient – de ce oare nu i-am închis? Sau chiar nu mai eram, fiindcă, absolut conștient, e greu să înțelegi ce se petrece.

Voronin a procedat cum proceda întotdeauna. L-a pus pe un deținut de la canal, lovindu-l, să urineze într-o cană. Cana mi-a adus-o în dreptul feței și mi-a propus să beau sau să mă duc la muncă. A tras cocoșul și a numărat până la trei...

Se spune că pentru ceea ce s-a făcut în lagărele de concentrare nu există prescripție. O să trimit această descriere la procuratură, la poliție sau acolo, la Curtea Supremă – să audă și ei de Voronin. Scriu și simt că îmi crește temperatura. Îmi vâjâie capul. O să merg până la Judecata de Apoi, să-l acuz pe Voronin nu atât de batjocură și ucidere, cât de însușirea numelui celui mai drag mie. Oare se dă importanță *acolo* numelor de familie?

Atunci chiar mi-am pierdut cunoștința. Asta m-a salvat de la împușcare; mi-am revenit la infirmerie. Dar când m-am restabilit am fost trimis la carceră pe Sekirnaia Gora[1] – pentru refuzul de a munci.

Luni

Geiger m-a anunțat astăzi că sora Angela nu va mai veni la mine. Foarte bine, e de înțeles. Pricep de ce mi-au trimis-o, dar consider că nu e în regulă. Nu-mi trebuie o soră atât de vulgară.

Marți

Astăzi s-a dat pe unul dintre canale un film despre mine. Era făcut din fragmente din interviurile pe care le dădusem în ultima vreme. Fragmentele alternau cu o cronică cinematografică despre Solovki, cu o muzică tristă. Muzica era în locul tuturor sunetelor și cuvintelor de-atunci, care erau, bineînțeles, nemuzicale. În special cuvintele.

Se spune că un adevăr incomplet e minciună. Falsitatea acestei cronici cinematografice nici nu consta în faptul că e o făcătură la comanda GPU. N-am văzut pe nimeni la

---

1. Deal pe insula Solovki.

infirmerie cu lenjerie de corp curată, nimeni nu citea ziare în încăperea pentru repaus, nu juca șah etc. Nu-i asta, repet. Doar că, în chip ciudat, siluetele alb-negre care bântuie pe ecran au încetat să aibă vreo tangență cu realitatea, sunt doar niște semne decolorate ale ei. La fel ca desenele pe stâncă din peșteri – animale și omuleți –, nostime, amintesc de cele de-acum, dar despre viața de-atunci nu spun nimic. Te uiți la ele, dar limpede este numai faptul că bizonii erau patrupezi și oamenii bipezi – cum sunt, de fapt, și acum.

Dar la Solovki existau sunete – izbirea capului de prici când trecea caraula și lua *zek*-ul[1] de păr și dădea cu el de stâlpul priciului până obosea; sau trosnetul lindinilor apăsate cu unghia. Erau și mirosuri. A ploșnițe strivite mirosea. A corpuri nespălate – fiindcă munceam zilnic până la epuizare, dar aproape că nu ne spălam. Și toate se contopeau în mirosul comun al disperării, în culoarea și sunetul disperării, fiindcă ele doar par ascunse în suflet și inaccesibile organelor de simț.

Existau pe insulă, bineînțeles, și foșnetul pădurii, și freamătul ferigilor, și mireasma conurilor de pin, și cerul. Dacă pui mâinile la ochi în chip de binoclu, acoperind tot ce este în jur, îți poți imagina că nu peste Solovki e cerul, ci undeva deasupra Parisului, sau măcar a Piterului. Astfel de lucruri nu c-ar fi dat speranța că avea să se schimbe soarta (ea era imprevizibilă), dar parcă atestau că totuși sunt prezente pe lume elemente ale raționalului – dacă nu la oameni, atunci în natură. Aici intră și scârțâitul unei uși când e vânt (un scârțâit moale, apoi brusc – o bufnitură energică), și mirosul rugului de la exploatările forestiere. Te uiți la foc un minut, arunci un lemn, două, și parcă ți-e mai ușor. Arde, așa cum îi e rostul. Legile omenești pot fi schimbate, dar cele fizice, după cum se vede, nu.

---

1. Prescurtare a cuvântului *zakliucionnîi* – deținut în condiții speciale.

Am urmărit imaginile cronicii cinematografice (era dată pe fondul unui țăcănit stilizat) și am recunoscut multe. Am recunoscut porțile – oh, cum mi-a sărit inima când am intrat pe ele prima dată. Pentru că, atunci când am coborât de pe vapor la debarcader, mă aflam deja în lagăr, dar faptul că eram închis l-am conștientizat abia când am intrat pe poartă. Scrisesem din greșeală proscris; nu era rău nici așa. L-am recunoscut pe șef, pe ticălosul de Nogtev. Apropo de ticăloși: mi s-a părut că undeva a apărut pentru o clipă și Voronin. Să fie, să nu fie el?

Să-l luăm pe Voronin – ce este el acum? Niște oase – o mână de oase, dacă nu l-au ars, bineînțeles. Ce spaimă băga atunci în toți, iar acum – niște rămășițe și o marionetă cenușie într-un cadru. Uite, l-am numit ticălos, continui să-l urăsc. Numai că dacă o fac acum, înseamnă că îl urăsc pe cel de-acum, iar el – se știe ce e deja. Atunci pe cine urăsc? Dar, dacă simt și acum toate astea față de el, înseamnă că nu e praf și pulbere? Poate că, rămânând în memoria mea, Voronin a devenit parte din mine și îl urăsc în mine?

Miercuri

A sunat Nastia, m-a întrebat cum mă simt. Îmi face plăcere că se interesează. Mă surprind că mi-e dor de ea. Am întrebat-o cum e Anastasia. Nu-mi vine să spun *bunica*, deși Nastia numai așa spune. E-n ordine, răspunde, adică – la fel ca până acum.

Nastia a spus că toate nenorocirile noastre au început de la Zarețki. Dar, spre deosebire de Voronin, față de Zarețki nu simt ură. Simt milă – amestecată poate cu dispreț, dar milă. Cum se îndopa, după ce se încuia, cu salamul lui – așa ceva numai milă poate să-ți facă. Nici nu știu ce zăcea în puțina lui minte și de ce l-a denunțat pe profesor... Important este, la urma urmelor, altceva: el nu era mâncător de oameni din vocație. Ca, de pildă, Voronin. E îngrozitor că a fost omorât.

După film sunt sunat cu solicitări de interviuri – refuz. În primele săptămâni după ce, ca să spun așa, m-au descoperit, am acceptat, dar după puțin timp am înțeles că mă repet. Am început să încerc să spun același lucru altfel, dar de fiecare dată ieșea și mai prost. I-am împărtășit acest lucru lui Geiger. A răspuns că nu e nici o rușine să te repeți, toți oamenii, mă rog, cunoscuți fac asta, așa că pot continua cu curaj. Presa actuală e făcută, după spusele lui, după principiul reclamei – cu cât te repeți mai mult, cu atât mai bine. A dezvoltat o întreagă teorie, potrivit căreia tendința omului spre nou este mai slabă decât atașamentul de vechi. Acest lucru ar fi exprimat deosebit de clar la copii, care sunt mai bucuroși întotdeauna să recitească decât să citească. Poate așa și e, întotdeauna l-am preferat pe *Robinson Crusoe* tuturor noutăților... Dar interviurile am început să le refuz.

Dintre toți cei care mi-au telefonat, m-am hotărât să îi vin în întâmpinare numai unei domnișoare – îi tremurase vocea. Iată ce fac cu bărbații vocile care tremură. Ce-i drept, am acceptat să răspund numai la telefon și numai la o singură întrebare. Pe care s-a canonit o groază să mi-o pună.

— Care este principala descoperire pe care ați făcut-o în lagăr?

Întrebare, de fapt, banală, ca tot ce conține cuvintele *principal*, *cel mai* etc. E ciudat că a trebuit atâta behăială pentru o asemenea întrebare. Dar cu cât e mai banală întrebarea, cu atât este mai complicat să răspunzi la ea.

— Am descoperit că omul se transformă în vită incredibil de repede.

Joi

Astăzi m-au sunat de la firma *Produse congelate*. Mi-au propus un contract pentru o reclamă. Am închis.

Am scris din nou la computer – câteva pagini din *Robinson Crusoe*. Oricum, scriu mult mai repede.

Vineri

Astăzi e o săptămână de când sunt bolnav. Se pare că merg spre bine. Temperatura nu e mare, în jur de 37,7, dar sunt foarte slăbit. De dimineață a trecut Geiger, insistă cu regimul la pat. De altfel, zac și fără insistențele lui: n-am putere. Când i-am spus de produsele congelate a râs. A spus că acum sunt vremuri pragmatice, că ar trebui chibzuit bine înainte de a refuza. La plecare m-a mai sfătuit o dată să fiu mai atent cu ofertele publicitare, și, după fața lui, n-am înțeles dacă glumea sau nu.

A sunat Nastia, ceea ce a făcut să mă simt mai puțin singur. A vorbit cu compasiune, dar a sunat din politețe, cred. Doar se simte din ton. Dar ce altceva pot să aștept? Nu, nu am pretenția la o relație specială cu ea, nu asta am în vedere. Simt însă că aici le sunt tuturor străin. Ei au viața lor, felul lor de a vorbi, de a se mișca, de a gândi. Prețuiesc alte lucruri. Și nu că ar fi mai rele sau mai bune decât ale mele; pur și simplu sunt altele. Am venit la cei care trăiesc acum ca un om de pe alt continent, poate chiar de pe altă planetă. Se interesează de mine, mă examinează ca pe un exponat de muzeu, dar nu mă consideră de-al lor.

Singurătatea nu e întotdeauna ceva rău. Când eram pe insulă, numai asta visam, singurătate. După ce se dădea retragerea, adormeam foarte repede, mă prăbușeam pe prici, dar înainte să mă cufund cu totul în somn se scurgeau câteva minute, și acela era timpul visurilor mele.

Mi-l imaginam pe Robinson Crusoe târându-se de-a lungul fâșiei bătute de valuri, mă mutam de pe insula mea pe insula lui și, chiar dacă nu făceam schimb de locuri cu el (ce-i trebuia lui insula mea?), îi luam locul pentru câteva clipe pe acel binecuvântat pământ nelocuit. Cu tălpile goale, simțeam covorul de frunze din pădurea tropicală, unde chiar și pe caniculă există prospețime, iar iarna e verde, pentru că acolo nu e iarnă. Covorul se auzea mustind sub picioare. Întorceam spre mine frunzele imense ca niște căușe și mă delectam bând apa adunată în ele după ploaia din timpul nopții. Care se scurgea cum voia, nimerindu-mi în nas, în ochi, răsucindu-se în zbor într-un fuior strâns, strălucitor.

Nu vorbeam cu nimeni, doar cu papagalii, dar și aceia îmi spuneau numai ce voiam să aud de la ei. Aici nu existau nici muncă forțată, nici escortă, nici chiar deținuții care îmi erau tovarăși, umiliți și sălbăticiți – nimic din ceea ce nu corespunde unui mod de viață omenesc și din ce nu voiam să văd. Cei care creaseră iadul Solovki îi lipseau pe oameni de omenesc, în timp ce Robinson – el, dimpotrivă, umanizase întreaga natură din jurul lui, făcuse din ea o prelungire a lui. Aceia distrugeau orice amintire despre civilizație, iar el crea civilizație din nimic. Din memorie.

Luni

Am citit undeva că Themis era înfățișată de greci fără a fi legată la ochi. Fără balanță și fără sabie. Cea pe care o cunoaștem noi acum este Justiția romană, care i-a urmat lui Themis. Bun, să fie la romani, să fie Justiția – mie mi-a plăcut Themis așa cum era. Și mâna ridicată cu balanța (la mine, sigur, e fără balanță), și sabia în mâna cealaltă, chiar și legătura de pe ochi. Veșmântul lung coborând în falduri, sânul stâng dezgolit. Care pe mine, adolescent, mă tulbura.

Câteodată luam statueta de pe dulap și o puneam pe biroul meu. Degetul îmi luneca pe lustrul ei ideal. O luam în mână și mă minunam cât de bine se potrivea în palma mea: degetele intrau ușor în faldurile veșmântului, iar brațul ei ridicat devenea un reazem pentru palma mea. Admiram perfecţiunea formei la pipăit. Probabil că acest lucru a şi făcut să fiu pictor...

Pictor! Acum multă vreme fusesem pe aproape – îmi aminteam şi în acelaşi timp nu-mi aminteam. Aşa îţi aminteşti câteodată ceva în somn, şi nu crezi că e adevărat. Dar acum, deodată, am crezut: am fost pictor... Bun, n-am fost, am vrut să devin, dar pictor. Răspunsul la întrebarea ce am fost totuşi a venit acum, când mă gândeam la Themis. A apărut în conştiinţă cât se poate de clar. Themis. Formă. Perfecţiune. Iar eu sunt pictor, student la Academia de Arte. Sfincşii de pe chei. Vaza, calul, Apollo. Fâşâitul creionului pe hârtie. De ce nu mi le-am amintit?

Am găsit acum un creion, am hotărât să desenez ceva. O vază, un cal... N-am reuşit. Probabil că sunt prea tulburat. În ciuda orei târzii, l-am sunat pe Geiger, i-am spus ce am descoperit.

— Da, a răspuns, ai studiat la Academia de Arte, chiar cu rezultate foarte frumoase. Nu ai absolvit din pricina circumstanţelor ştiute.

Ascultându-i vocea stinsă, mi-am dat seama că îl trezisem din somn, şi gândul nu mi-a fost lipsit de o bucurie răutăcioasă. Amintindu-mi ce am fost, am simţit nu numai bucurie, ci şi iritare. Mi s-a părut că Geiger ar fi trebuit de mult să-mi dea de înţeles acest lucru. Ceea ce i-am şi spus. El (pauză) a răspuns că a şovăit în această privinţă, dar că până la urmă a hotărât aşa cum a hotărât. Şi faptul că am astupat acum această gaură din memoria mea confirmă justeţea liniei urmate: lucrurile cele mai importante din viaţa mea trebuie să mi le amintesc singur.

Aşa. Dar dacă nu îmi aminteam?

Marți

Azi-dimineață Geiger a venit cu o trusă de acuarele, cu hârtie și cu pensule din păr de nevăstuică siberiană. Pare-se că telefonul meu a avut efect asupra lui. M-a examinat cu de-amănuntul și mi-a dat voie să ies din casă. Am sunat-o imediat pe Nastia. Ne-am întâlnit la Sportivnaia și ne-am dus la spital. Starea Anastasiei rămăsese aproape neschimbată. Spun aproape pentru că, chiar înainte să plecăm, s-a ridicat puțin într-un cot și i-a spus Nastiei pe nume. Ținând ochii în tavan. Dacă o văzuseră pe Nastia, nu se știe.

La întoarcere am propus să mergem să mâncăm undeva. Am ieșit de la metrou pe canalul rebotezat acum Ekaterininski. Micul restaurant la care m-a dus Nastia avea vedere spre Kazanski Sobor[1]. De catedrală ne despărțea granitul canalului, și undeva, jos, curgeau apele lui nevăzute.

— Comandă pentru amândoi, am rugat-o. Ultima dată am fost la restaurant acum vreo sută de ani.

— Optzeci și ceva, nu mai mult, m-a corectat Nastia.

— Cochetez.

Stăteam unul în fața celuilalt lângă o fereastră, și întreaga fereastră era ocupată de imensa catedrală. Care se uita la noi cu vădit reproș, fiindcă mă văzuse de atâtea ori plimbându-mă cu Anastasia. Șezând cu ea pe treptele de granit, care chiar și în serile de vară erau reci. Ultima imagine rămasă în memorie e de toamnă: între coloanele catedralei zburătăcește un ziar. În amurg seamănă cu o stafie de mărime medie, iar Anastasia și cu mine ne uităm în tăcere la el. Și noi, și catedrala eram atunci cu optzeci de ani mai tineri.

Acum mă vedea cu Nastia. Nu e ce crede, aș fi putut să-i spun. Nu i-am spus. Aveam gura ocupată de biftecul comandat de Nastia, dar problema nu era biftecul – nu înțelegeam nici eu ce se petrece cu mine. O plac pe Nastia? Sigur că o

1. Catedrala Kazan.

plac. Îmi este ușor și bine cu ea. Aceste două sentimente nu le-am avut nici în anii de lagăr, nici (cu atât mai mult) în deceniile care au urmat. Consider că, într-un fel, o trădez pe Anastasia? Nu, nu consider. Când mi-a venit în minte acolo, lângă fereastră, întrebarea m-a tulburat, dar acum, acasă, m-am liniștit. Am înțeles cât e de absurdă.

Privirea mi-a căzut pe vopselele lui Geiger – cum a reușit să cumpere azi toate astea? Dar, poate, nu azi? Poate totul era deja cumpărat și aștepta să îi vină vremea?

Miercuri

Ferestre-vitrină cu perdele de pânză. Cópii de statui antice din ghips. Sclavul lui Michelangelo, discobolul. Apoxiomen, cu dubla înclinare a capului – în față și într-o parte, racursi dificil. Protoforme: sferă, cub, cilindru, piramidă, con, prismă hexagonală, prismă triunghiulară. Părți ale feței lui David: nasul, ochii, buzele.

Ieri, în toiul nopții, am încercat să pictez. N-a ieșit nimic.

Joi

O revistă care se bucură de popularitate mi-a comandat un articol despre anul 1919 la Petersburg. A picat cât se poate de bine. Cu desenul nu prea merge – să reușesc oare cu scrisul? Da, și nu plătesc prost, nici nu mă așteptam la atât. Avertizez din capul locului redacția că nu voi scrie despre evenimente și nici chiar despre oameni – despre acestea se știe și fără mine. Pe mine mă interesează viața de toate zilele în detaliile ei mărunte, lucrurile care pentru contemporani par de la sine înțelese și nedemne de atenție. Care însoțesc toate evenimentele, iar pe urmă dispar fără să le fi descris cineva – ca și cum totul s-ar fi petrecut în vid.

Ei dau din cap – poftiți, scrieți, nu e nici o problemă, dar eu nu mă mai pot opri. Așa rămân scoiculițele în roci, spun, miliardele de scoici mici care au trăit pe fundul oceanului. Noi înțelegem cum arătau, dar nu avem idee despre viața lor obișnuită, în afara rocii, viața în apă, printre alge fără astâmpăr, în lumina unui soare preistoric. Apa asta nu există în scrierile istorice. Dar dumneavoastră, râd ei la redacție, sunteți poet. Nu, obiectez eu în spiritul lui Geiger, sunt descriitor al vieții.

Vineri

Pe Sekirnaia Gora am urcat cu două escorte și am simțit cum mi se contractă stomacul de frică. Mi s-a făcut rușine de frica asta, nu mi se mai întâmplase să am așa o frică, nici chiar în drum spre Solovki. Escortele erau niște indivizi liniștiți, mai degrabă indiferenți, ceea ce, potrivit etaloanelor de lagăr, este tot ce poate fi mai bun. Nu m-au gonit din urmă, aproape că nici nu înjurau, dar nici nu arătau vreun interes deosebit pentru soarta mea. Nici între ei nu vorbeau nimic. Se vedea bine că îi sleise viața de lagăr, iar acum pur și simplu își cruțau puterile. Lagărul nu-i termina numai pe deținuți.

Când am ajuns sus, în fața noastră s-a deschis o priveliște de o frumusețe incredibilă. Păduri galbene. Lacuri albastre. Undeva, chiar la orizont, marea plumburie. Mi-am amintit: pădurile nu erau complet galbene. Se vedeau petele verzi ale brazilor, parcă turnase cineva o culoare în alta și nu le amestecase. Nu mi-a căzut bine. Am luat această frumusețe drept un semn al faptului că aveam să mor curând. M-am gândit că așa ceva – cel mai frumos lucru pe care ți-a fost dat să-l vezi în viața ta – ți se poate arăta numai înainte de moarte. Puteau vedea și escortele, dar ele nu se uitau în partea aceea.

M-au dus la carceră, care își avea locul într-o biserică, și au bătut cu paturile puștilor. De partea cealaltă a ușii a clănțănit un lacăt – parcă erau dinții lupului din poveste. Parcă mă înghițea. Mi s-a ordonat să intru, escortele au rămas afară. Trecând pragul, le-am aruncat o privire de rămas-bun. Ce greu mi-a fost că plecau, ce singur mă simțeam. Ca un copil dat de rude la cămin. În fața morții care mă aștepta, până și acești oameni mi se păreau apropiați.

Am fost dus în naos, mi s-a ordonat să-mi scot încălțămintea și să las pe mine numai îmbrăcămintea de corp. Văzând cimentul de pe jos, am rugat să mi se dea voie să nu-mi scot ciorapii. Am fost lovit în plină figură. Desculț, în izmene și cu fața însângerată, am intrat în noua mea celulă. A fost chiar bine că mă loviseră. Așa mi-a fost mai ușor.

Sâmbătă

Astăzi m-am dus la întâlnirea cu Nastia, la metrou, cu o jumătate de oră mai devreme. Și nu a fost ceva întâmplător: ieșind din casă, am fost conștient că era prea devreme. M-am așezat pe parapetul de la locul de întâlnire și m-am gândit: ce e cu mine, sunt nerăbdător s-o văd? Am și ridicat din umeri. Nu, am decis, pur și simplu nu îmi place să stau acasă. Acolo am doar fantome, mi-e urât.

M-am uitat cum puneau asfalt pe carosabil. Nespălați, băuți, cu niște veste soioase (cândva portocalii), aruncau asfaltul fierbinte cu lopețile, iar un cilindru compresor îl întindea. Și fețele lor erau îngrozitoare. Nici când se pava cu calupuri nu erau așa. A început să plouă, la început mărunt, pe urmă mai tare. În adânciturile din asfaltul gras, fumegând, s-au făcut băltoace. Fum amestecat cu aburi: muncă de iad. O ține mult asfaltul turnat pe ploaie? Ba încă și turnat de niște indivizi ca aceștia.

În depărtare am văzut-o pe Nastia – delicată, cu o umbreluță. Ca o figurină, *ceea ce* eu (ca pictor) prețuiesc foarte mult la femei. Zărindu-mă, a grăbit pasul, aproape că a început să alerge. Ca să nu mă ude ploaia. Atâția ani am înghețat, iar acum, uite, mă udă. A ajuns la mine alergând și m-a luat sub umbrelă. A scos din buzunar o batistă de hârtie și mi-a șters fața – plăcut! Imediat s-a oprit și ploaia. Nastia, cu un declic, a făcut să se închidă umbrela. Apucând-o ca pe o pasăre udă, i-a strâns frumos cutele-aripi.

Coborâm la metrou. Mulțumită Nastiei, știu deja cum să stau pe escalator la coborâre – cu o treaptă mai jos decât însoțitoarea, cu fața întoarsă spre ea. Pe părul însoțitoarei strălucesc picături. Pe geantă se întinde o urmă udă de la umbrelă.

— Știi, Nastia, mi-am amintit ce am fost. Fac o pauză. Pictor. Pictor începător.

Ea mă privește cu o curiozitate moderată. Nu știe cât timp mi-a luat ca să îmi amintesc.

— Ați reușit să vă găsiți lucrările de-atunci?

Dau din cap că nu. Nastia mă întoarce în sensul de mers și părăsim escalatorul.

— Nu-i nimic, o să faceți unele noi! Nu-i așa?

Zâmbește.

— Nu-mi aduc aminte cum se fac. Nastia, imaginează-ți, nu-mi aduc aminte...

Duminică

Toată ziua de ieri mi-am făcut în minte planul articolului. A mers ușor, fără nici un efort. Doar sunt pictor – pictor, nu istoric. Pentru mine nu e importantă succesiunea evenimentelor, pe mine mă preocupă numai existența lor ca fapte. Punctele planului le scriu fără nici o logică, pe măsură ce îmi amintesc.

Nu existau lucruri noi – toată lumea umbla în haine vechi. Ceea ce avea chiar un anume șic – *vremuri grele* era *zicerea* favorită a acelui timp. Vremurilor grele trebuie să știi să le supraviețuiești: poartă ce ai avut până se face ferfeniță, nu îmbrăca nimic nou, chiar dacă ai. Așa și erau purtate, prelungindu-li-se viața.

Ziarele nu se vindeau, ci se lipeau la colțurile caselor. Oamenii muncii le citeau în grup. Asta apropie.

Alimente vândute pe ascuns. Vânzarea la liber era interzisă.

Apa nu ajungea la etajele de sus. Acolo apa se strângea în căzi. Căzile se umpleau până sus, iar baie se făcea la lighean.

Tot despre îmbrăcăminte: toată lumea umbla șifonată – dacă era frig, nu te dezbrăcai la culcare.

Lumina mai mult nu ardea, se dădea curent două ore pe zi. Se făceau lămpi cu gaz.

Iarna înghețau țevile de scurgere. Nu se folosea toaleta, se mergea la privata din curte, cel mai adesea cu oala de noapte, pentru a fi golită. Dar private nu erau în toate curțile.

Tramvaiele erau o raritate, erai nevoit să mergi pe jos. Și chiar dacă apăreau, erau pline ochi.

O priveliște neobișnuită: iarna nu ieșea fum pe coșuri. Nu era nimic de pus pe foc. Ce se putuse demonta fusese demontat pentru lemne. Se tăiaseră cu fierăstrăul ușile dintre camere. Anastasia s-a îmbolnăvit, am împrumutat de la portar cincizeci de bucăți de lemn de foc, după care mi-am stors mintea o lună cum să i le dau înapoi. Nu am avut ce face, i-am dat pentru lemne o solniță de argint – o aveam încă de la bunica. O jale.

Cartelele. Pentru zahăr, pentru pâine. Vânzând niște cartele mi-am procurat galoși.

Statul cu orele pentru gaz lampant la Petrocomună.

Turtele din coji de cartofi. Ceaiul de morcov sau de mesteacăn. Tot despre mâncare: la colțul dintre Bolșaia Morskaia și Nevski a zăcut multă vreme un cal căzut, din crupa căruia se tăiase o halcă de carne.

Cele mai răspândite cadouri în anul 1919: ceară roșie, hârtie, penițe, creioane. Eu i-am dăruit Anastasiei un borcan cu melasă.

Încerc să reconstitui lumea aceea care s-a dus pentru totdeauna, dar rezultă numai niște biete fărâme. Și, peste ele, un sentiment – nu știu cum să îl exprim corect... Iată, noi eram în lumea de-atunci diferiți, străini, deseori dușmani, dar, dacă te uiți acum, vezi că eram cumva de-ai noștri. Timpul ne era comun tuturor, ceea ce, după cum se dovedește, înseamnă foarte mult. El ne făcea să fim participativi unul față de altul. Pentru mine este îngrozitor că acum toți îmi sunt străini. Toți, în afară de Anastasia și de Geiger. Ai mei sunt acum numai doi oameni, în timp ce înainte era toată lumea.

Luni

L-am întrebat azi pe Geiger de ce nu am putut atâta vreme să-mi amintesc că am fost pictor. Și cum se explică faptul (aici mi s-a subțiat vocea) că acum nu reușesc să desenez nimic.

— E ceva cu celulele creierului care răspund de această zonă, a spus Geiger. După toate probabilitățile, nu s-au refăcut după dezghețare.

— Și era ocupația mea de bază...

— Poate tocmai de aceea aceste celule nu s-au refăcut. După ce a tăcut puțin, a adăugat: în schimb, scrii bine. Creativitatea, cum se spune acum, creativitatea dumitale a pierdut un canal, dar a căpătat altul. Oare descrierile dumitale literare nu sunt un rod al picturii?

Elegant răspuns.

Marți

Azi m-am gândit iar la Sekirnaia Gora. În cazul ei sunt neputincioase și pictura, și descrierile literare. Oare ce descriere poate reda un frig care nu se mai sfârșește, zi și noapte? Sau foamea? Orice povestire presupune un eveniment încheiat, în timp ce aici e un înspăimântător fărădesfârșit. Nu te mai poți încălzi, un ceas, încă unul, încă unul, zece. Și nu numai cu frigul, și cu foamea e cu neputință să te obișnuiești. Locatarii de la etajul izolatorului stau *pe stinghii* desculți, doar în izmene. Încăperea nu e încălzită. E interzis să vorbești, e interzis să te miști. Băncile sunt înalte, picioarele nu ajung la podea. După câteva ore se umflă într-așa un hal, că nu te mai poți ridica pe ele. Tortura durează mult, durează, și durata asta omoară. Cum să descrii tortura asta? Doar să scrii despre ea tot atâta timp cât durează. Ore, zile, luni.

Luni – rar cine rezistă: își pierd mințile, dar, mai des, mor. Stai din zori, simți cum îți atârnă tălpile, e curent, simți cum trage de jos, de la pardoseala de ciment. Stinghiile îți intră în carne. Pe urmă, când picioarele parcă nici nu mai simt nimic, vine chinul întregului trup, chinul de a nu mai putea sta așezat. Îți duci pe furiș palmele sub picioare și încerci să te desprinzi puțin de tot de stinghie, să te miști cât de cât.

În ferestruica din ușă sunt ochii caraulei. Urmăresc cum ți se încordează palmele, cum, îndoite din genunchi, picioarele ți se ridică o idee mai sus decât picioarele tovarășilor. Caraula intră cu o bâtă. Lovește – în cap, peste umeri. Te prăvălești de pe bancă și, cu urlete sălbatice, te izbești cu capul de pardoseală. Și parcă te desprinzi de trupul torturat. De urletul tău animalic. Tu ești cel care urlă așa? În tine dă cu picioarele paza care vine în fugă, pe tine te leagă? Îți frânge brațele și ți le leagă la spate, de picioare. Nu mai ești om, ești roată, atunci de ce nu te dau de-a dura?

Te târăsc sus pe trepte, te trag în „luminator". „Luminatorul" e partea de sus a bisericii, care servea înainte de far. Acum nu mai există acolo nici felinar, nici geamuri. Doar vânt, cel mai puternic vânt, cel care e în vârful dealului. Îi reziști o vreme, dar pe urmă rezistența dispare. Și timpul dispare – durata aceea care nu poate fi descrisă. Te lași în voia vântului aceluia, el îți va vindeca rănile, el te va duce în direcția care trebuie. Și zbori.

Joi

Azi, când am fost la spital, Anastasia a spus: „Innokenti". Fără a fi în stare de conștiență, cum a fost înainte, când a pomenit numele Nastiei. Și totuși, are licăre ale conștiinței, ceva se întâmplă acolo, cineva e prezent acolo. Să zicem, Nastia și cu mine.

Vineri

Anastasia a spus din nou numele meu.
M-am aplecat și am spus:
— Sunt aici, Anastasia.
Am repetat de câteva ori – rar și deslușit.
Am întrebat:
— Ce ai vrut să-mi spui?
Zăcea cu ochii închiși. Respira anevoie.
Oare m-a auzit?

Sâmbătă

Seamănă cu Karl Marx, numai că are ochelari. Mâna dreaptă se sprijină în baston, stânga desenează pe tablă cu un indicator lung din metal, cu cretă la capăt. Alcătuirea ochiului. Globul ocular – o sferă prinsă între pleoapa de sus și cea de jos. Toate liniile invizibile se desenează ca vizibile, forma apare ca transparentă.

Îmi trece deodată prin cap că probabil ar fi fost mai bine dacă Marx ar fi pictat – el și numeroșii lui adepți. Să îl fi desenat pe David al lui Michelangelo, să fi șters cu pâine uscată surplusul de grafit, să se fi dus la Plios[1] să facă studii. Cred că ar fi fost mai puțină durere pe lume. Un om care desenează are cumva un ascendent față de unul care nu desenează, e mai pătruns. Prețuiește lumea în toate manifestările ei. O păstrează.

I-am împărtășit aceste considerații lui Geiger. El și-a țuguiat buzele și a tăcut un timp. Întrebându-l direct ce crede despre teoria mea, a răspuns că nu o poate susține. Că el cunoaște un ticălos trecut prin toate relele, care a fost în tinerețea lui pictor. Ce să mai spui? Influența exercitată de pictură își are limitele ei.

Luni

Astăzi am fost la Anastasia singur – Nastia se pregătea pentru ultimul examen din sesiune. Am chemat un taxi și m-am dus. De mers cu metroul a devenit imposibil: ochelarii nu mă salvează, sunt recunoscut fără greș și cu ochelari. Și taximetristul m-a recunoscut. S-a uitat îndelung la mine în oglinda retrovizoare și pe urmă a întrebat:

— Iertați-mă, acolo, în gheață, simțeați ceva? Aveați vreo, cum se spune, dorință?

— Aveam o dorință – să mă dezghețe.

Pauză.

— Asta e foarte de-nțeles.

Anastasia m-a întâmpinat cu o tăcere, și în această zi nu a spus nimic. O mână (pete galbene pe piele) atârna din pat. M-am așezat pe scaun lângă pat și i-am luat mâna în a mea. Mi s-a părut că palma ei a răspuns, că s-a strâns ușor.

---

1. Așezare atestată istoric în anul 1141, devenită oraș în 1925, aflată pe malul Volgăi, în nordul regiunii Ivanovskaia. De acest loc sunt legate numele mai multor pictori, printre care I.E. Repin, Fiodor Vasiliev, A.K. Savrasov, dar mai ales Isaac Levitan, care a pictat aici multe dintre pânzele sale cele mai importante.

Poate că așa răspunde orice palmă când o iei. Simplă contractare a mușchilor.

M-am aplecat spre urechea Anastasiei și am întrebat: își amintește mâinile noastre atingându-se? În viața dinainte – își amintește? Pleoapele ei au tremurat, dar nu s-au deschis. Am început să îi povestesc cum am împodobit noi bradul. Cum scoteam eu podoabele din cutie și le desfăceam cu un foșnet din hârtia în care erau înfășurate. Și după ce le găseam agățătoarea și o îndreptam, îi treceam ei podoabele. Îi atingeam degetele cu degetele mele – de altfel, în văzul tuturor. Activitatea noastră comună oferea această posibilitate.

Asta a fost seara. Iar dimineața, când am intrat la Voronini, bradul era cu totul altul. Strălucea (ploaie de podoabe) în soarele palid de decembrie. Oberlihtul era deschis, și ghirlandele aveau un clinchet abia auzit. Da, am spus eu în șoaptă ținând mâna Anastasiei, există sunete rare, care nu seamănă cu nimic. De exemplu, clinchetul unei ghirlande în curent – e numai din sticlă, nici nu se poate spune cât e de fragilă – și-o amintește oare? Sunetul ăsta mi-e foarte drag și mi-l amintesc deseori.

I-am amintit în șoaptă Anastasiei și alte lucruri dragi. De exemplu, cum mi-a luat odată palma, spunând că vrea să îmi vadă soarta. Și-a plimbat pernuța degetului pe împletitura de linii și a spus ceva, iar mie îmi treceau fiori prin palmă. Nu îi auzeam cuvintele, fiindcă urechile mele nu funcționau. Dintre toate părțile corpului meu exista numai palma pe care luneca degetul Anastasiei. Urmărea fiecare moviliță, fiecare linie. Cea mai lungă s-a dovedit linia vieții. Interesant, o fi fost oare luat în considerare atunci și timpul cât aveam să fiu înghețat?

Joi

M-am trezit în lazaret. Nu în baraca aceea împuțită unde fusesem înainte, ci într-o încăpere luminoasă și curată.

Totul – podeaua, tavanul, masa, scaunele, patul – era alb, și, cumva liniștit, mi-a trecut prin minte gândul că după bătăile de pe Sekirnaia Gora am nimerit direct în Rai.

Dar nu era Raiul, nu așa erau lucrurile de-aici. Scaunul era vienez, dat din gros cu vopsea albă, pe măciuliile patului – șiroaie încremenite de vopsea; în Rai nu s-ar fi vopsit așa. Odaia era albă, dar pământească. Aplecându-mă din pat, am văzut până la urmă și obiecte care nu erau albe – o găleată albastră cu o cârpă roșiatică. Pe găleată scria cu litere roșii, scurse „LAZAR".

Tot restul nu era alb de fapt. Bunăoară, podeaua. S-a dovedit a fi de un cafeniu-deschis. Stăteam culcat și mă miram că un minut mai devreme putuse să mi se pară altfel. Reveniseră nu numai culorile, ci și mirosurile. În încăpere mirosea, fără nici o îndoială, a medicamente, iar de la găleata cu inscripție misterioasă venea un miros de clorură de var. Și una, și alta inutile, cred, în Rai.

În încăpere a intrat o soră medicală, și am mijit ochii. E o deprindere din lagăr – să dai impresia că nu exiști. Când auzi că mișcă cineva, să încremenești. Să te faci una cu întunericul. Să nu vezi nimic și să fii nevăzut.

După ce a șters podeaua, sora a luat găleata și cârpa și a ieșit. S-au auzit pași bărbătești. Printre gene am văzut cum pe podeaua încă udă pășesc pantofi. Nici nu-mi mai aminteam când văzusem pentru ultima oară pantofi în lagăr. Pe pantofi se sprijineau cutele unor pantaloni. Negrului sever al pantalonilor i-a luat locul albul unui halat. Cel care intrase s-a aplecat deasupra patului și a spus numele meu.

Venirea lui mi-a amintit prima apariție a lui Geiger – deși, poate, totul a fost invers, și Geiger mi-a amintit după aceea de cel care intrase. După cum se știe, în timp se merge în ambele sensuri. Ce e important: am deschis ochii. Necunoscutul s-a uitat la mine fără să spună nimic. Bărbuță de profesor, ochelari. N-am spus nici eu nimic, pentru că el era cel care trebuia să vorbească. Și a vorbit:

— Prima dumitale sarcină, Innokenti Petrovici, este să te restabilești.

Asta presupunea cumva o întrebare despre a doua sarcină, dar nu am pus-o. Uitându-mă la găleată, am întrebat:

— LAZAR e prescurtare de la lazaret?

— E o altă prescurtare. A zâmbit. *Laboratoria po zamorajivaniu i regheneraţii*[1], dar e puţin probabil ca dumneata să fi auzit de acest laborator.

Am auzit? Şi da, şi nu. La Solovki existau câteva laboratoare despre care nu se ştia nimic precis – nici felul activităţii lor, nici măcar denumirea. Dar oamenilor unuia dintre ele – după cum începeam să înţeleg, chiar ai acestuia – li se spunea în lagăr lazari. Odată chiar am întrebat pe cineva de ce li se spune lazari, dar atunci nu am primit răspuns.

De câteva ori îi văzusem pe lazari la debarcader. Coborau din şalupă şi dădeau impresia, potrivit etaloanelor de lagăr, de oameni norocoşi – hrăniţi, îmbrăcaţi şi (învăţasem să apreciez asta fără greş) nebătuţi. Spre deosebire de interlocutorul meu, lazarii nu purtau pantofi, dar şi cizmele lor erau un semn de bunăstare. Mi-am mai amintit şi că lazarii veneau pe insula Bolşoi Soloveţki[2] de pe insula Anzer. Şi că plecau tot acolo.

— Noi ne aflăm acum pe Anzer? am întrebat.

Privire mirată.

— Da, pe Anzer.

Sâmbătă

Ziua a început devreme, cu un telefon al Nastiei. Foarte devreme – la şase. Tocmai i se comunicase de la spital (pentru

1. Laboratorul pentru Îngheţare şi Regenerare.

2. Mânăstirea fortificată Soloveţki, aflată pe această insulă, a devenit primul lagăr cu destinaţie specială imediat după Revoluţie. A redevenit mânăstire în 1990.

o clipă mi s-a oprit inima) că Anastasia a redevenit conștientă. Nastia voia să treacă să mă ia cu un taxi și m-a rugat să o aștept peste douăzeci de minute la intrare. După zece minute eram jos. Pe Bolșoi Prospekt aproape că nu erau trecători. Și mașini treceau rar. Etajele de sus erau poleite de reflexele soarelui care se înălța de după Fortăreața Petropavlovsk. Mai văzusem asta.

În zorii unei zile de vară de prin anul 1911 așteptăm trăsura pentru gară. Soare, caturile de sus, vântul răcoros al dimineții. Eu sunt în pantaloni scurți (bretele încrucișate) și am piele de găină pe genunchi. Sar ca să mă încălzesc, deși, la drept vorbind, nu mi-e chiar foarte frig. Mai degrabă sunt agitat. Mă îngrijorez că n-o să vină trăsura – și n-o să ne mai ducem la Alușta. Sandalele mele clămpănesc zgomotos pe pavaj. Zgomotul e acoperit treptat de țăcănitul copitelor. Șoptesc: fericire, fericire! A sosit trăsura.

A sosit taxiul. Mă așez lângă Nastia, pe bancheta din spate. Podul Birjevoi[1] și podul Dvorțovîi[2], Piața Senatului, Moskovski Prospekt. Chiar dacă nu mergem la Alușta, în general, se pare că ne îndreptăm spre sud: în mașină se face mai cald. Cobor geamul și îmi sprijin un cot pe el. Mâna e inertă, degetele se mișcă sub apăsarea vântului – moale și melancolic – ca vegetația subacvatică. Ce o să-i spun Anastasiei? Ce o să-mi spună ea?

Chiar lângă salon ne-a oprit o soră. După ce și-a revenit, Anastasia rugase să fie chemat un preot, care a și spovedit-o. După vreo zece minute, cu Sfintele Daruri în brațele întinse, preotul a ieșit. După aceea a stat în salon sora. Când a ieșit, a spus că avem numai cinci minute – nu trebuie mai mult. M-am uitat la Nastia, ea a dat din cap că da. Mi-a simțit spaima. În prag, m-a împins ușor înainte. Am deschis ușa.

1. Al Bursei.
2. Al Palatului.

M-a întâmpinat privirea Anastasiei. M-am dus spre ea, ca spre un far în întuneric, cu pași mici. Pe umăr am simțit palma Nastiei, dar nu mi-a ajutat. Aș spune chiar că m-a stânjenit. De fapt, probabil că trebuia să intru aici singur. Vocea mi-a rămas în gât și, apropiindu-mă de pat, n-am rostit un cuvânt. M-am lăsat în genunchi și mi-am lipit fruntea de mâna Anastasiei. I-am simțit pe ceafă cealaltă mână – aproape imponderabilă. Mâna s-a mișcat. M-a mângâiat pe păr, cum mă mângâia odinioară. Suntem în apartamentul nostru de pe Bolșoi, și toți suntem încă vii – mama, profesorul Voronin și chiar Zarețki. Și el e viu. Ei toți au plecat la treabă, iar Anastasia și cu mine am rămas. Ea e bolnavă și am trecut să o văd. Și mi-am pus fruntea pe mâna ei, și ea mă mângâie. Văd toate astea ca aievea și, după cum se pare, vorbesc – vorbesc cu voce tare. Ele mă ascultă în tăcere – Anastasia, Nastia și sora. Deodată, Anastasia rupe tăcerea. Spune:

— Zarețki.

Sună ca un scârțâit de portiță. Ca un cui pe sticlă. Cel mai departe de ea, de cea de-atunci, s-a dus nu înfățișarea – glasul. Ridic capul. Anastasia se uită la soră.

— Zarețki e păcatul *meu*.

Sora încuviințează din cap – firește, din politețe. Puțin probabil să știe ceva despre Zarețki.

— Ce spui tu, bunico? întreabă Nastia, și tonul ei nu presupune răspuns.

— Eu l-am... Cum se spune acum? La comanda mea... Tocmai asta e, la comanda mea! Aici e nenorocirea.

— Bunico!

— Uite asta ți-e bunica. O pacoste...

Anastasia trage brusc aer în piept și dă în tuse. Sora o bate cu palma pe spate și o ridică puțin pe perne. Ne face semn, fără să vadă Anastasia, să plecăm. Aceste precauții n-au nici un rost – oricum Anastasia nu vede nimic. Pe jumătate culcată, cu ochii închiși, respiră greu. Ieșim.

După câteva minute, Anastasia e scoasă din salon pe targă. Targa zboară cu o viteză neobișnuită pentru un spital, dar noi nu rămânem în urmă. Cei care ies în cale pe coridor sar în lături, la perete. În plină viteză, targa intră pe ușile date de perete de la reanimare. Ușile ni se închid în nas.

O oră mai târziu, iese și vine la noi un doctor de la reanimare și ne spune că Anastasia este în comă. Rămânem în continuare la ușă. După o vreme ni se aduc scaune; stăm până seara. Pe la zece, în baza regulamentului spitalului, suntem rugați să ne ducem acasă. Eu nici nu știam că era deja ora zece – doar era lumină. Înțelegem amândoi că nu e vorba de regulament – le este milă de noi. Plecăm.

Duminică

Dimineață ne-am dus la spital. Nici o schimbare.

Seara m-a sunat Geiger. Ieri, vasăzică, s-a împlinit o jumătate de an din ziua când am redevenit conștient.

Va redeveni oare și Anastasia?

Luni

La fel, nici o schimbare. În împrejurările de față, și asta poate fi socotită o veste bună.

Miercuri

Azi și ieri am fost amândoi la spital. Am stat pe scaune pe coridor. Ne-au întrebat ce rost are să stăm acolo dacă, oricum, nu suntem lăsați să intrăm la reanimare. Rostul este, am spus noi, că suntem aproape.

Ieri ne-a invitat la el medicul-șef și ne-a spus că subordonații lui fac tot ce este posibil. Ne-a tratat cu coniac. După coniac, fața i s-a rumenit și a devenit ceva mai destinsă. Ne-a spus că, de fapt, nu e nici o speranță. Ne-a dat și mie, și Nastiei câte o carte de vizită – cred că pentru a doua oară deja.

Conducându-ne, și-a îndreptat halatul aruncat pe umeri. Sub halat – un costum scump, după cât spune Nastia. Care s-ar fi pierdut cu totul sub un halat închis la toți nasturii. Costumul sub halat mi-a amintit de academicianul Muromțev. Era tot ce avea medicul-șef dintr-un academician.

Muromțev. Costumul, pantofii, dar în primul rând felul de a vorbi, toate erau departe de ceea ce însemna Solovki. O dată pe zi mă examina – uneori împreună cu doctorul curant, alteori separat. Încet-încet am început să înțeleg că și interesul lui era separat, coincidea numai în parte cu cel medical. De altfel, n-a fost nevoie să fac mult timp presupuneri în legătură cu acest interes. La un moment dat, Muromțev a făcut în așa fel încât sora să ne lase singuri și m-a pus, cum se spune, la curent.

După refuzul academicianului de a îngheța cadavrul lui F. Dzerjinski (în anul 1926), întregul personal al Laboratorului pentru Înghețare și Regenerare (LAZAR) a fost arestat și trimis de la Leningrad la Solovki. Încercările de justificare prin lipsa de experiență în domeniul înghețării oamenilor nu au avut succes. Nu a ajutat nici scrisoarea trimisă de Muromțev la ȚK, în care expunea în detaliu rezultatele înghețării șobolanilor și explica refuzul de a-l îngheța pe Dzerjinski. Potrivit spuselor anchetatorului care l-a interogat pe Muromțev, scrisoarea purta rezoluția autografă a lui I. Stalin, prin care decizia academicianului era considerată greșită. În rezoluție se arăta că pentru cadavrul lui Dzerjinski trebuie aplicate aceleași metode științifice ca și până atunci, iar răposatul trebuie să fie considerat un șobolan mare.

În același timp, scrisoarea referitoare la înghețare avusese în mod evident efect asupra lui Stalin. Așa se explica, în opinia lui Muromțev, fericita soartă a colectivului de la LAZAR. Ei nu numai că au scăpat de împușcare, dar au și fost cazați în condiții, prin comparație cu cele din lagăr, omenești. Aflându-se deja la Solovki, cei de la laborator au aflat că autorul rezoluției nutrește un interes personal pentru experimentele care se efectuau. Nu reprimase încă toți dușmanii, dar știa că trebuie neapărat să le vină de hac – deci venise vremea să se gândească la o viață veșnică.

Acest interes s-a manifestat în deplinătatea lui atunci când, într-una din zile, Stalin l-a sunat pe academicianul Muromțev. A întrebat dacă șobolanii care au fost folosiți pentru experiment sunt vii. Primind un răspuns afirmativ, Stalin a propus ca experimentul să fie continuat cu oameni vii. Fără să aștepte vreo îndrumare științifică din partea conducătorului, academicianul s-a încumetat, nici mai mult, nici mai puțin, să aibă replică, în sensul că, atunci când vasele de sânge sunt umplute cu soluția, nu prea are importanță dacă organismul este viu sau mort, pentru că la înghețare el oricum pare că se mortifică, și, în fine, unde să găsească el oameni vii în asemenea scopuri.

Stalin a tăcut puțin. El chiar nu înțelegea problema, pentru că în lagăre erau totuși încă mulți oameni vii. Conducătorul i-a cerut academicianului să i-l dea la telefon pe șeful lagărului, și i-a cerut acestuia să găsească vii. Gândindu-se că acesta este un fel de a fi făcut vinovat de condițiile în care sunt ținuți deținuții, șeful a promis cu o voce pierită să găsească vii. Deși, desigur, nu i se aducea nici o vină.

Viii au fost găsiți la izolatorul de pe Sekirnaia Gora. Din punctul de vedere al șefului lagărului, aceștia erau oameni gata de orice. Ei nu aveau cine știe ce așteptări în privința timpului cât aveau să mai rămână vii. Avantajul lor față de ceilalți vii consta în faptul că ei alegeau înghețarea de bunăvoie. Acești oameni nu trebuiau să fie supuși vreunor bătăi care să altereze materialul uman – deci și puritatea experimentului.

Muromțev a mai povestit încă multe (mai târziu m-a invitat nu o dată la plimbare), dar din zi în zi îl ascultam cu tot mai puțină atenție. Mergeam alături de el pe mal, dădeam din cap când se întrerupea și când râdea; când râdea el, că eu mă gândeam la ale mele. Iar uneori nici nu mă gândeam – pur și simplu mă uitam cum zburau pe mal smocuri murdare de spumă. Cum pietrele ascuțite ale Anzerului spintecau valul care pleca. Relațiile mele cu Muromțev erau calde, într-un fel, aveam o activitate comună, dar exista o circumstanță care m-a îndepărtat treptat de el. Și anume faptul că Muromțev rămânea să trăiască. Iar eu mă pregăteam să mor.

Vineri

Astăzi, după spital, Nastia m-a invitat la ea acasă. Mai exact, acasă la Anastasia – într-un vechi apartament spațios, nu departe de locul unde era biserica Znamenskaia. Care, spre mirarea mea, nu mai este. Este metroul: lumii cerești i-a luat locul lumea subpământeană.

Pentru venirea mea, Nastia, după cum s-a văzut, pregătise un prânz. Primul fel borș, al doilea carne de porc prăjită în vin – necrezut de gustos. În toate aceste luni, firește, m-am hrănit bine – din dispoziția lui Geiger, mi se aducea prânzul în sufertașe – dar una e prânzul din sufertaș, și alta din mâinile calde ale Nastiei. Acela e șablon, aici e de casă... Mă simt chiar stânjenit că scriu așa de amănunțit despre mâncare.

— Dumneata ai pregătit totul special pentru mine? am întrebat.

Ce stupid sună acest *dumneata*. A zâmbit: chiar așa. Special. Strângând farfuriile de pe masă, i s-a atins piciorul de șoldul meu. În acest *dumneata* al meu cu ea nu există incandescența care era cândva cu Anastasia. Probabil timpul s-a schimbat: ceea ce era intim pare acum ceremonios și stupid. Va trebui să trec într-un fel cu Nastia la *tu*. Dar în ce fel?

Uitându-mă la cărțile de pe rafturi, am văzut-o... pe Themis. Statueta cu balanța ruptă din copilăria mea. Raftul cu Themis s-a desprins de celelalte rafturi și a început să plutească prin cameră. Vasăzică, mâncam lingură după lingură din borșul Nastiei, iar în spate era Themis. Am întins mâna spre ea, și imediat mi-am retras-o. Nastia mi-a observat gestul.

— Statueta aceasta e a bunicii. Unul dintre puținele lucruri care s-au păstrat din vremurile de demult. Dar aceasta o recunoașteți?

Alături de Themis stătea o fotografie a mea. Este deci de presupus că Anastasia a fost moștenitoarea mamei mele. De fapt, cui altcuiva putea să îi lase mama aceste lucruri? Fotografia fusese făcută de tata nu cu mult timp înainte să moară. Siverskaia, 1917; stau în picioare, rezemat de balustrada podețului. Brațele încrucișate pe piept, privirea – la cererea tatei – în depărtare. Sub mine – curgerea iute a Oredejului, în șuvoaiele lui se încolăcesc alge. Dacă te uiți mult la ele, par a fi niște șerpi de apă (există așa ceva?) plutind în susul râului. Miros de apă și de pini, cântec surd de cuc în adâncul pădurii.

— De ce să mă uit în depărtare, îi spun eu tatei, e nefiresc, e ca și cum nu te-aș observa pe tine cu aparatul foto.

— Nu, răspunde tata ascunzându-se după trepied, acum privești în veșnicie, pentru că portretul foto include prezentul și trecutul tău, dar poate că și viitorul. Ironia, sigur, e sănătoasă, dar uneori – îndreptându-se, se uită gânditor la mine – nu trebuie să te jenezi de patos, fiindcă râsul își are limitele lui și nu are capacitatea de a reflecta ceea ce e înălțător.

Pe urmă tata reglează aparatul foto ca să îl fotografiez eu pe el, și stă și el tot așa pe podeț și se uită în depărtare. În privirea lui este, fără îndoială, mai multă veșnicie decât în a mea. Până la trecerea în veșnicie, tata mai are câteva săptămâni. În general, la gara Varșavski este deja gata totul.

Sâmbătă

Trecerea mea în veșnicie urma să se petreacă la Solovki. Din discuțiile cu Muromțev am aflat că nu am șanse să supraviețuiesc după înghețare. În timpul plimbărilor noastre, el a fost invariabil binevoitor, deși e puțin probabil că îmi purta un interes personal – mai degrabă voia să își facă o imagine generală despre cel care avea să fie înghețat de această dată.

Aflând că sunt credincios, academicianul mi-a spus că acordul meu pentru a fi înghețat nu înseamnă sinucidere. El considera că ar fi fost în măsură mult mai mare sinucidere dacă aș fi hotărât să mă întorc pe Sekirnaia Gora.

— Ai numai două căi – Muromțev a spus asta cu voce egală –, și amândouă se pare că duc la moarte.

Cel puțin era cinstit. Am ridicat din umeri:

— Toate căile duc la moarte.

— Dacă decizi să fii lazar, vei trăi două-trei luni cu tot confortul. După mine, e mai bine să mori în condiții bune și sătul. Dar alegerea îți aparține.

Și am făcut-o. Am devenit lazar.

Duminică

Anastasia a murit. Mă duc la spital, unde mă va aștepta Nastia.

Anastasia a murit.

Luni

Azi ne-am ocupat de pregătirile pentru înmormântare, și asta mi-a distras atenția de la moartea ei. Cât timp am comandat împreună cu Nastia cele de trebuință și am convenit asupra unor lucruri, nu că Anastasia era vie, dar parcă nu era încă cu desăvârșire moartă. Era un participant tăcut la discuții – măcar pentru faptul că ele se învârteau în jurul ei.

Ieri s-a mai petrecut un eveniment legat indisolubil de Anastasia. După ce am plecat de la spital (nu mai găsisem în salon trupul Anastasiei), ne-am dus la mine. Nastia s-a oferit să mă conducă, fiindcă starea mea o îngrijora. Și chiar n-aș fi făcut față. Moartea Anastasiei, așteptată și firească, care a trezit în Nastia o tristețe senină, a acționat asupra mea cu totul altfel.

M-a zdruncinat. Vorbeam tare și incoerent, vocea nu-mi dădea ascultare, și din când în când o lua în sus, ca la cocoș. După ce am ieșit din incinta spitalului, parcă m-am liniștit, dar în taxi m-a apucat iarăși și am țipat la șofer. Lucrul cel mai de mirare este că îmi amintesc totul până în cele mai mici amănunte – chiar și cum, înjurându-mă cu șoferul, m-am gândit că pe urmă o să-mi fie rușine.

Acasă m-am așezat în fotoliu și am început să plâng. Cu Anastasia se rupsese ultimul fir care mă lega de timpul meu. Nastia s-a așezat pe pervazul ferestrei. Am simțit pe cap mâna ei. I-am luat mâna în mâna mea și i-am sărutat-o. De câteva ori am sărutat-o. Nastia și-a tras cu grijă mâna.

— Nu trebuie. Dumneavoastră aveți nevoie numai de ea, așa e?

Mi s-a făcut frică să n-o pierd și pe ea.

— Vreau să fii ea.

Aceasta a fost prima noastră noapte. Pătrunzând în Nastia, știam că astăzi ea trebuie, negreșit, să zămislească. Conștiința acestui fapt mi-a dezgolit sentimentele, le-a făcut insuportabil de acute, a străpuns, m-a făcut bucăți, a irupt în ea, și am strigat. În clipa aceea chiar n-am mai știut dacă era Nastia sau Anastasia. Și am devenit *tu* unul pentru altul.

PARTEA A DOUA

Vineri [Geiger]

Zilele trecute, Innokenti mi-a spus că de vreo două săptămâni nu mai ține jurnalul. M-a anunțat cumva în treacăt. Eu știam și așa că nu îl mai ține. Numai că nu de vreo două săptămâni, ci de aproape o lună, dar, după cum spune un vechi banc, cine ține socoteala?

Totuși, nu m-am abținut și am precizat că este o lună. Drept răspuns m-a făcut neamț – ha. Pe urmă a zâmbit și a spus că pentru el asta e o laudă. Am zâmbit și eu, mă rog, *abgemacht*. Am răspuns că și pentru mine e o laudă.

Da, principalul: m-am agățat de această discuție și l-am convins să continue jurnalul. Pentru asta, bineînțeles, a trebuit să îi promit că și Nastia va face acest lucru. Și chiar și eu. Altfel, Innokenti, după cum s-a exprimat el, se va simți ca *un șobolan pentru experimente*. Uite-așa...

Ce să facem, o să scriem toți – fiecare la computerul lui. Pe urmă punem totul la un loc.

Mie, nu știu de ce, mi se pare că scrisul este pentru Innokenti o plăcere. Un fel de a înlocui pictura, la care ceva nu mai merge. Iar în ultima vreme nu mai scrie pentru că viața este acum mai importantă pentru el decât creația.

Cu mine e altceva. Vorbesc prost. Scriu prost. Nici viață, nici creație – știința, atât. Tot ce îmi trebuie să scriu despre Innokenti se află, în general, în jurnalul de observații.

Sau nu totul?

Vineri [Nastia]

Să scriem cu toții! La început, ideea mi s-a părut cam ciudată, dar pe urmă m-am gândit: de ce nu? O să fie un jurnal tripartit – păi e interesant!

Primul lucru cu care trebuie început – chiar trebuie, pentru că nu există știre mai importantă: sunt însărcinată! S-a întâmplat, cred, chiar în prima mea noapte cu Platonov. Temperamentul lui m-a speriat atunci. Mi s-a părut că o dată sau de două ori chiar și-a pierdut pentru o clipă cunoștința. Ceea ce e de înțeles: el mă iubește cu o dragoste dublă – pentru bunica și pentru mine. Și asta nu mă deranjează. Dimpotrivă.

Ce m-a deranjat și m-a frământat este gândul că nu sunt virgină. Pentru un om de azi e un amănunt, dar iubitul meu e deosebit. El și la *tu* a trecut cu mine abia în prima noastră noapte, iar cu bunica nici nu a trecut. Geiger, referitor la Platonov, l-a citat pe Bunin: „Un om care nu-i al veacului de-acum". Pe-atunci era o atitudine severă față de virginitate – să n-o pierzi! Dar gentilul meu prieten nici n-a pus vreo întrebare în această privință. Deși, cred, și-a dat seama de tot. Se poate spune chiar că a simțit în adâncul lui.

De când ne-am mutat în apartamentul lui, pe Bolșoi, nu am auzit de la el altceva decât cuvinte de dragoste. Și înainte, bineînțeles, ghicisem *cum* mă privește, dar atunci nu-mi putea spune nimic. Acum însă, da, vorbește. Și eu vorbesc, pentru că îl iubesc foarte mult. Platoșa e deștept, e fin. Foarte bun, printre altele, la pat: n-ai zice că e după dezghețare. E bun, și îi spun asta tot timpul. Drept răspuns – zâmbește. Uite, ăsta e un zâmbet frumos.

Zâmbește, iubitule!

Sâmbătă [Innokenti]

Așadar, continuarea însemnărilor. Dacă e să fim exacți, acestea nu mai sunt însemnări. Pornind de la faptul că mi s-a propus să folosesc un computer, am inventat cuvântul *întipăriri*. Le-am spus cuvântul lui Geiger și Nastiei, și ei au dat apatic din cap. Nu le place, oh, nu le place! Nici frumos nu li se pare. Nici mie, ca să spun adevărul, dar nu arăt. Verific cât de departe va merge răbdarea prietenilor mei.

Deocamdată rabdă. Geiger – el e în general fericit că am luat iar, ca să mă exprim preindustrial, condeiul; cam de o lună, după cum se vede, nu am scris nimic. Într-un fel m-a obosit scriptologia dinainte, am cam lăsat-o baltă, dar acum, îndemnat de Geiger, încep iar. Ca să spun deschis, nu fără șovăieli.

Geiger a insistat asupra faptului că jurnalul este un gen vechi, așa că pentru mine e ceva organic. Că eu, ca să folosesc expresia lui Bunin, nu sunt „un om al veacului de-acum". Am ținut jurnal cât se poate de bine o jumătate de an – de ce să nu țin și mai departe? De „veacul de-acum'" îmi vorbise deja la un moment dat. O frază grăitoare, am memorat-o. Adevărul e că eu l-am citit numai pe Bunin cel timpuriu și nu-mi amintesc să fi fost acolo, dar motivația lui Geiger o înțeleg. Pentru el e important să se documenteze asupra celor ce se petrec în creierul meu. Dar mie la ce-mi trebuie? După cum a remarcat chiar Geiger, am scris șase luni bătute pe muchie – oare nu e de ajuns?

I-am spus că aceste însemnări mă fac să fiu într-un fel ceva deosebit, experimental. Chiar un fel de șobolan, în timp ce eu trebuie să mă contopesc cu noua viață, și, în general (am chicotit forțat), am soție tânără, seara nu-mi arde de însemnări. Geiger mi-a replicat că șobolanii nu țin jurnal și că nimeni nu mă împiedică (privire spre Nastia) să mă contopesc cu noua viață. A fost, o spun de-a dreptul, stăruitor.

Geiger m-a convins că procesul reabilitării mele trebuie să rămână în știință. Ca reacție la șobolan, a propus să fim toți trei în aceeași ipostază – eu, Nastia și el. Întâmplările, după părerea lui, vor fi prezentate în trei dimensiuni, astfel încât privirea asupra celor ce se petrec va fi tridimensională. Faptul că vom scrie toți cei din troica noastră trebuie să mă liniștească, pentru că nu voi mai fi într-o situație deosebită. În general, Geiger m-a liniștit.

Dar principalul abia urmează: Nastia este însărcinată.

Luni [Geiger]

Interesant, oare cum o percepe Innokenti pe Nastia? Ea a apărut în viața lui în afara mea. La fix, cred. Adevărul e că nici organizat nu ieșea mai bine. E ceva ce a venit de la sine.

Să o luăm pe Nastia. În primul rând, îl iubește. În plus, îl iubește cu tot ce înseamnă viața lui. Cu sentimentele lui pentru Anastasia, cu experiența lagărului, cu celebritatea de-acum.

Celebritatea lui, după cât mi se pare mie, face obiectul unei atenții deosebite din partea Nastiei. Pur și simplu se scaldă în ea. Ceea ce este scuzabil: Nastia, de fapt, e încă un copil.

Nu e proastă. Pentru un om ca Innokenti, e un lucru important. E emoțională. Poate excesiv de emoțională, ceea ce poate enerva uneori. De fapt, în cazul nostru, această caracteristică a Nastiei e mai degrabă un plus. Firea ei activă îl trage pe Innokenti în noul lui timp.

Femeile ruse sunt, în general, formidabil de vii. Mie, neamțului, asta îmi place la ele.

Iar Nastia este în plus și practică. Nu zgârcită, nu *sparsam*[1], ci practică. De vreme ce ne-au venit în minte nemții, această

1. Econoamă (în germană în original).

calitate este, desigur, germană. La ea se exprimă prin niște detalii, niște expresii.

De exemplu, dăm pe stradă de o tarabă cu pepeni verzi. Innokenti vrea imediat, ceea ce este de înțeles, să cumpere un pepene. Nastia spune că alături, la supermarket, sunt pepeni mai buni. Și mai ieftini. Dar problema e că el vrea să cumpere pepene aici și acum. Lui îi place ca viața să-și dea singură la iveală bogățiile în fața lui. Iar supermarketul – el, pardon, e altceva. Aici e ceva de care ai dat tu, acolo îți procuri.

În pragmatismul ei nu este nimic rău. Doar că pentru vârsta și firea ei e ceva puțin surprinzător. Cum se împacă asta cu emoționalitatea ei?

Dar poate e stilul epocii? Generație de juriști și de economiști.

Numai că, te întrebi, unde e visul?

Zborul, unde e?

Marți [Innokenti]

Când a murit Anastasia, m-am întrebat dacă relațiile mele cu Nastia nu sunt o trădare. Nu în sensul bărbat–femeie, ci chiar în ceea ce înseamnă dimensiunea lor umană. Dacă e să fiu sincer până la capăt, întrebarea asta a apărut încă înainte de moartea Anastasiei, dar mi-a fost frică să o pun. Chiar și mie însumi. Fiindcă ghiceam încotro bate. Dar și după ce mi-am pus această întrebare, în primele săptămâni după moartea Anastasiei m-am temut să răspund la ea, deși să amân răspunsul era deja cu neputință.

Uneori, ceva greu de făcut în condiții obișnuite reușește mai lesne pe hârtie. Sau pe computer, dacă luăm cazul meu. La întrebarea dacă viața mea cu Nastia este o trădare față de Anastasia, răspund categoric: nu.

Principala dovadă e sarcina Nastiei. Anastasia și cu mine *trebuia* să avem un copil, dar noi *nu am putut* să avem un copil. Nastia poartă în ea carnea Anastasiei – înseamnă că viitorul nostru copil este în parte și copilul Anastasiei. Dacă istoria rusă nu ar fi atât de lipsită de matcă[1], Nastia ar fi acum nepoata pe care aș fi avut-o cu Anastasia. De fapt, numai istoria e problema? Și oare se face să pui totul pe seama ei?

Acum, am observat că în Rusia a fost îndrăgită zicerea cu absența modului conjunctiv în istorie. Ca și pe timpul meu, apar și acum *ziceri*, și sunt repetate și unde își au, și unde nu-și au locul. Istoria, vedeți, nu are... Poate chiar nu are, numai că sunt situații când pare că ea acordă o a doua șansă. Este o repetare și în același timp o nerepetare a ceea ce a fost.

Cum altfel să explici faptul că mie mi s-a mai dat o dată șansa de a trăi? Că eu – dacă e să spunem lucrurilor pe nume – am înviat? Că Anastasia a trăit până la târzia întâlnire cu mine? Că am întâlnit-o pe Nastia, pe care o iubesc și care mă iubește? Să fie toate acestea pur și simplu situații de sine stătătoare sau, mai mult decât atât, întâmplări? Bineînțeles că nu. Eu și Nastia (și Anastasia!) avem de-a face cu bucățele din același mozaic, fiindcă, atunci când o multitudine de întâmplări se compun într-o imagine generală, este vorba despre o legitate.

Nu pot să mă hotărăsc să mă duc la mormântul Anastasiei. Mă tem să mă încredințez că a murit.

Miercuri [Innokenti]

Acum, când viața intră încet-încet pe un făgaș, în orice, până și în cea mai banală viață de zi cu zi, se face simțită fericirea. De fapt, tocmai viața de zi cu zi e fericirea – mergi unde vrei, citești ce vrei... În fine, pur și simplu trăiești.

---

1. *Kromeșna* – cuvânt format în slava veche prin calchierea cuvântului grecesc *eksoteros* (aflat în afară, dincolo de limitele a ceva).

Dar cea mai mare fericire a mea e în Nastia și în așteptarea copilului. Seara, când stau cu Nastia pe canapea, îi mângâi burta. În care schimbările sunt aproape insesizabile. Iar ceea ce, chipurile, este sesizabil – așa spune Nastia – e rodul închipuirii mele. Păi da, ea vede mai bine: oricum ai lua-o, ea își cunoaște mai bine abdomenul.

Mă gândesc fără contenire la micuț. Am scris acum *micuț* – ca și cum sexul e stabilit: masculin. De fapt, nu e așa. Chiar mi se pare că aș vrea mai mult o fetiță. Ea ar continua acest șir – Anastasia, Nastia... Numai ce nume ar trebui să aibă nu e clar. E obositor când toată familia are același prenume.

Miercuri [Nastia]

Copilașul e tema favorită a lui Platoșa. Chiar e surprinzător cumva... De unde atâta maternitate la un bărbat? Ar fi mai corect spus paternitate, dar, cine știe de ce, nu merge. Seara începe să mă mângâie pe burtă, și mă gâdilă. Întreabă de ce mă încordez când mă atinge. Ridic din umeri, dar eu știu de ce: ca să nu încep să râd din cauza gâdilatului, fiindcă, în mod sigur, râsul l-ar jigni. Mi-e frică și să nu trag vreun vânt. De când sunt însărcinată au început să mă chinuie gazele, în special după cină. Ele fac, cred, stomacul mai mare, iar Platonov al meu ia asta drept creștere a copilului.

Ne-am tot gândit în care apartament ar fi mai bine să locuim acum – în al meu sau în al lui. Am hotărât că în al lui Platonov. Am hotărât – adică eu și cu Geiger, iar Platonov, drăguțul de el, nu s-a amestecat. Geiger a spus că pentru un om care a fost dezghețat e mai bine să locuiască într-o ambianță cunoscută lui. În privința vieții celor dezghețați e mai bine să nu te pui cu el – e specialist pe bune. Dar nici nu e nevoie: apartamentul de pe Bolșoi e mai bun și mai comod. Iar apartamentul meu o să-l închiriem – de ce să nu producă?

Chiar dacă Geiger i-a aranjat lui Platoșa un sprijin din partea statului, acum e deja limpede că numai cu atât nu ne descurcăm. Fiindcă statul nostru sprijină anemic de tot.

Platonov o să aibă acum o mulțime de cheltuieli noi, e o celebritate. O să fie unde gândești și unde nu gândești – păi cine nu vrea să îl cunoască acum? Vreau să fie cel mai bun. Să fie un adevărat leu de lume, nu un exponat de la Kunstkamera[1]. Iar eu și copilașul o să fim pe lângă el, mai mult nu ne trebuie.

Joi [Geiger]

Am citit acum că datele calendaristice țin de timpul liniar, iar zilele săptămânii – de cel ciclic.

Timpul liniar e istoric, iar cel ciclic e închis în el. Nici nu e timp.

E veșnicie, se poate spune.

Rezultă că istoria prezentată de troica noastră nu bate niciunde. E cea mai de nădejde istorie.

Poate nici nu e istorie.

Vineri [Innokenti]

Marx. Preda desenul. Impozant și, da, formidabilă asemănare cu autorul *Capitalului*. Fiind profesor de pictură, nu se putea să nu sesizeze. O fi sperat că noile autorități nu se vor atinge de cineva cu această înfățișare? Glumea? Protesta? Nu pot să îmi amintesc numele lui, dar de ce să nu îi spun pur și simplu Marx?

Merge legănat pe lângă șevalete. Făcând parchetul să scârțâie. Își scarpină barba cu degetele lui groase. Spune:

---

1. Muzeul de Etnografie și Antropologie al Academiei de Științe a Rusiei.

— Forma plutește pe coală. Trebuie folosit întreg formatul, în el trebuie organizată o lume.

Trebuie organizată o lume. Voce surdă, viscerală. Pare că acolo, înăuntrul acestui om, șade încă unul și dă indicații.

Sâmbătă [Geiger]

Am fost astăzi la Platonovi. O să îi numesc așa, deși deocamdată nu s-au căsătorit oficial. Frumos nume. Tot ce include numele de Platon are o nuanță de înțelepciune.

O are și acest cuplu? Da, într-o anumită măsură. Innokenti – prin circumstanțele vieții lui. Prin cantitatea celor trăite. Nastia – prin calități înnăscute.

De fapt, nu se poate spune că Nastia e înțeleaptă, e caraghios să spui asta despre o copilă. Am în vedere numai faptul că ea organizează judicios viața lor comună. O înțelepciune feminină, nu?

Dar, în genere, înțelepciunea înseamnă în primul rând experiență. O experiență care a fost înțeleasă, firește. În lipsa înțelegerii, toate vânătăile căpătate sunt fără rost.

Când am spus cu voce tare acest lucru, Innokenti a obiectat că înțelegerea poate să se producă și fără vânătăi. În gura unui om cu un asemenea bagaj de viață sună autoritar. Numai că dacă nu sunt vânătăi, nu este clar ce era de înțeles. Innokenti nu a explicat în vreun fel, iar eu nu m-am apucat să întreb.

După aceea a fost o cină remarcabil de gustoasă. Printre altele, la lumina lumânărilor. Nastia le-a pus în două sfeșnice aduse de acasă. A spus că sunt ale bunicii și a întrebat dacă Innokenti le recunoaște. El a făcut un gest nedefinit. Iar Nastia, cred eu, ar fi dorit mult ca el să le recunoască.

Ar fi putut, desigur, să le recunoască. Măcar în semn de gratitudine pentru cină.

După cină, ei s-au așezat pe canapea. Eu în fotoliu. Innokenti a stat tot timpul cu mâna pe burta Nastiei. Am dedus că Nastia e însărcinată. I-am întrebat oarecum în glumă dacă e așa. Dar ei au răspuns cât se poate de serios: da, e însărcinată.

Asta mă bucură. Foarte mult. I-am felicitat.

La propunerea lui Innokenti, ne-am apucat să jucăm loto. Pe timpul lui se juca. Acum nu se mai joacă, dar ce importanță are? Mai ales că e așa de plăcut să joci. Așa de intim.

Jucam și mă gândeam că Innokenti a meritat această intimitate ca nimeni altul.

Și m-am mai gândit că dacă aș fi președinte, aș pune populația FR[1] să joace seara loto. Din tot ce ar putea întreprinde acum autoritățile, ăsta mi se pare cel mai bun lucru.

Duminică [Innokenti]

Ieri am petrecut o seară frumoasă cu Geiger. A fost foarte entuziasmat aflând că Nastia e însărcinată. Păi da, pentru un naturalist e întotdeauna plăcut când cel aflat sub tutela lui se înmulțește: asta arată un tonus bun. Glumesc. Relațiile noastre cu Geiger sunt în primul rând omenești, și doar pe urmă medicale etc. De când am ieșit din spital, acest lucru a devenit și mai evident. Poate să dea impresia că e rece, dar eu îl cunosc. În felul lui, e un om de suflet.

Că pentru Geiger e caracteristic faptul că ține la adevărurile unanim acceptate, asta e altceva. Mai exact, ține la formulă, poate chiar – la *zicere*. Ei, în genul că tensiunea crește după cafea sau, să zicem, după crimă urmează pedeapsă. Dar zilele trecute am citit că, uite, cafeaua e departe de a ridica întotdeauna tensiunea. Ca să nu mai vorbesc de crimă și de pedeapsă.

Despre Nastia, Geiger a spus nu demult că pentru vârsta ei e surprinzător de pragmatică și că tineretul se maturizează

1. Federația Rusă.

rapid. Cineva din afară s-ar gândi că e o laudă, numai că eu l-am studiat deja destul de bine pe Geiger. El privește această calitate a Nastiei ca pe un paradox, lui neplăcându-i paradoxurile. Nu e un prieten al lor. Chiar îmi cam imaginez de la ce *zicere* pornește aici: *tinereții îi este propriu romantismul* – ceva de genul ăsta. Iar faptul că romantismul se poate asocia cu calități practice îl irită în adâncul sufletului.

El e un om al regulilor. Și iubește formula pentru că ea exprimă o regulă. În regulă stă puterea lui (este categoric puternic), dar în același timp și slăbiciunea: se teme de excepții. Geiger, sunt convins, înțelege că viața e mai complicată decât orice schemă, dar în același timp ține la scheme. Pentru el, de asta depinde ordinea lumii. Iar în viața rusească excepția este regulă, numai că Geiger nu înțelege asta. Sau, mai degrabă, nu acceptă.

Tema de ieri au fost cucuiele și vânătăile, care ar genera automat experiență. Vânătăile, odată trecute prin înțelegere, chiar sunt experiență – exact așa a fost spus. Dar mie nu mi se pare că e așa. Adică e posibil: vânătăile pot să dea experiență. Dar pot și să nu dea. Uite, bunăoară, principalele mele impresii nu au legătură cu vânătăile, deși vânătăi – oho, câte am avut. Ba încă la propriu.

Luni [Nastia]

Azi am reușit să cad la învoială pentru închirierea apartamentului bunicii. A mers repede, nimic de zis. I-am spus lui Platoșa că nu am ținut la preț și am fost răsplătită pentru moderație. M-a sărutat pe nas. Nici o părere, detaliile de felul ăsta nu îl interesează. Mi-am frecat nasul de bărbia lui.

— Înțelegi, zevzecule, că acum o să trăim mai înlesniți?

— Principalul, răspunde el, e să trăiești, restul vine cumva de la sine.

— Ca să vină sunt necesare, printre altele, eforturi.

Rezultă că, dintre noi doi, cea cu veniturile sunt eu. E ofensator pentru mine? Nicidecum. Ar fi o catastrofă dacă ar mai începe să se ocupe și Platoșa de bunăstare. Noi doi suntem puternici prin faptul că suntem diferiți și ne completăm unul pe altul. Asta se numește căsnicie ideală. Eu îi fac viața confortabilă, iar el recuperează tot ce a pierdut cât a fost înghețat.

Citește mult. Lângă patul nostru sunt două teancuri de cărți: în partea lui, unul mare, iar în a mea – ei, da, unul mic. Ieri m-am uitat prin cărțile lui Platonov: istorie, filozofie, literatură. Nu fleacuri. Iar în teancul meu – e jenant și de spus. Polițiste și *loveburgeri*. Produse preponderent de damă. *Indigene.*

Cărțile mele pot întotdeauna să fie lăsate pentru mai târziu, lăsate chiar baltă, dar ale lui Platoșa – nu, nu pot. Oh... Ele sunt obiectul geloziei mele. Mă strecor sub brațul lui și șoptesc:

— Innokenti Petrovici, sunteți foarte ocupat?

Râde. Își cere iertare. Foarte temperamental își cere, iar eu mă împotrivesc moale. Se dovedește că sunt mai interesantă decât cartea, care zboară pe jos. Zace, desfăcută, cu coperta în sus și ne urmărește finalul apoteotic. Iar mie îmi mai cade din când în când privirea pe ea. Și la un fa de sus dau cu ochii de Arnold, să zicem, Toynbee. Asta cam descurajează. Dar mai înduioșător decât orice e faptul că după un minut Platonov al meu se dă de-a dura peste mine după carte, și se apucă din nou de citit. Acum, când scriu asta, el citește o carte despre cucerirea cosmosului în URSS. E, într-un fel, surprinzător.

N-o fi rău că, însărcinată, mă dau atâta-n bărci? Va trebui să-l întreb pe doctor.

Marți [Innokenti]

Am citit astăzi o carte despre Solovki – era descris acolo punctul de etapă Kem. Iar acela e chiar locul unde l-am văzut ultima oară pe vărul meu Seva. Nu-mi vine să scriu despre asta.

Miercuri [Geiger]

Innokenti mi-a povestit că l-a sunat „un oarecare Belkov" de la guvern. A discutat cu el destul de mult.

Era vorba, bineînțeles, de Jeltkov. Persoană cunoscută de toată lumea (în afară de Innokenti). Jeltkov i-a oferit orice fel de sprijin. Și-a lăsat numărul de telefon, ca Innokenti să îl sune dacă are nevoie. Fiind în Piter, a promis „să vină la un ceai".

Sehr demokratisch.[1]

Miercuri [Nastia]

Pe Platoșa l-a sunat Jeltkov de la guvern. Aș spune *însuși* Jeltkov. I-a oferit *tot sprijinul.* Cineva, ce-i drept, a spus că atunci când ți se oferă tot sprijinul trebuie să ai dubii: o astfel de ofertă nu obligă la nimic. Dar Jeltkov cred că nici nu are la ce să fie obligat în cazul de față: ce poate să ofere dacă Platoșa nu are nevoie de nimic?

Iar Platonov e tare și el – a discutat fără nici un fel de emoție, destul de impasibil, se poate spune. Fără exagerată (ah) bucurie, chiar fără o emoție cu greu stăpânită – foarte calm. Eu, stând în fața lui, am dat din mână – adică, mai cu suflet un pic. În sinea mea am fost mândră de el – e sunat de la conducerea țării, și discută așa, fără să se tulbure. Bărbat.

1. Foarte democratic (în germană în original).

Joi [Innokenti]

Geiger nu este, bineînțeles, atât de rectiliniu cum l-am descris eu zilele trecute. I-am dat replica la pragmatismul Nastiei. A înțeles deja că astfel de cuvinte mă afectează, și acum tace. Geiger, mai bine taci... Așadar, iată: cu toate că eu am exagerat câte ceva în însemnările mele, în ceea ce e principal cred că nu am greșit. Geiger e un om inteligent și fin, care crede în idealurile sociale, reflectate la el în tot felul de afirmații, nu de puține ori în lozinci destul de înflăcărate. După cum am observat, știe o mulțime. Le rostește aparent degajat, dar ține mult la ele în sufletul lui.

Ceea ce pare că nu înțelege el este faptul că realitatea obosește din pricina lozincilor și începe să se evapore din ele. Rămân numai *zicerile*, care nu se folosesc deloc așa cum era de așteptat. Bunăoară, pe timpul meu iubeau zicerea cu pace popoarelor și pământ țăranilor. Bun, și? În loc de pace au primit război civil, și în loc de pământ – *prodrazviorstka*[1], iar după aceea colhozuri. Nimănui nu i-ar fi trecut așa ceva prin cap – nici chiar lui Geiger dacă ar fi trăit atunci. Cum și-ar fi adaptat el atunci lozincile la realitate?

Sau considerațiile lui despre experiență – mă tot gândesc la ele. Poate că vânătăile chiar generează o anume experiență, dar eu continui să consider că ea nu e esențială. Uite, bunăoară, în copilărie am văzut deseori în biserică morți – este, dacă vrei, tot o *vânătaie*. Dar îmi amintesc ca acum: morții aceia nu au făcut să se nască în mine frica de moarte. Mă uitam la ei atent, nu mi-era frică nici să îi ating. Odată am mângâiat un bătrân pe frunte: fruntea era rece și aspră. Mama s-a speriat, s-a repezit să mă tragă, iar eu nu înțelegeam de ce.

Moartea am descoperit-o și m-a înspăimântat abia după ani de zile, pe vremea când mă maturizam, dar n-a fost pentru

1. Predarea obligatorie a produselor alimentare.

că am văzut morți. Descoperirea asta a fost condiționată de logica dezvoltării mele interioare.

Sâmbătă [Geiger]

Tema exeperienței l-a afectat serios pe Innokenti al nostru. Am mai avut o discuție cu el pe această temă. Innokenti a spus că pe el nu l-au format bătăile din lagăr. Ci cu totul alte lucruri. De pildă, țârâitul unui greier de câmp în Siverskaia. Mirosul samovarului când dă în clocot.

Eu am încercat să îi explic că și acest lucru este luat în considerație. La urma urmelor, orice fapt se produce pe un anumit fond. Dar el doar a dat din mâini. Greierul de câmp, zice, chiar este un fapt esențial.

— Bun, recunoști că istoria e un lanț de evenimente? întreb eu.

— Recunosc, răspunde Innokenti. Întrebarea este ce trebuie considerat eveniment.

Istoria lui Innokenti nu e numai în afara timpului. Ea se deosebește și prin faptul că e formată nu din evenimente, ci din fapte.

Sau așa: eveniment al ei este tot ce se petrece pe lume. Inclusiv, se înțelege, greierul de câmp și samovarul. De ce? Păi, după cum reiese, pentru că și unul, și altul răspândesc liniște și pace. În asta, zice, constă rolul lor istoric.

Luni [Nastia]

Ziua a început cu o dezamăgire. Ne-au sunat preconizații noștri chiriași că au renunțat la apartament. Nu știu de ce; am întrebat din ce cauză – au răspuns că personală. I-am comunicat asta cetățeanului Platonov, dar atitudinea lui față de cele întâmplate a fost calmă. Mie însă mi-a părut rău.

Am irosit o groază de timp și de putere cu căutatul, am găsit un cuplu fără copii – și poftim. Trebuie să iau totul de la capăt. Nu există fericire, m-am gândit. Și mi-am amintit pe loc poezioara din vremea tinereții lui Platoșa cu locuitorul australian – el, vasăzică, *pe fundul mării se lasă și caută fericirea omenească.* Uite de cine avem noi nevoie.

Interesant este că, astă-seară chiar, am fost la o recepție la Consulatul Australiei. Eu am fost pentru prima oară la o recepție străină – nostim. La început a apărut consulul și ne-a salutat pe toți în numele locuitorilor australieni. Printre altele, a vorbit și un neaustralian: a început, în chip neașteptat pentru toți, să explice de ce trebuie bombardată Serbia. Cel mai caraghios e că, asemenea jucăriei, avea ochii bulbucați, iar cele spuse s-au dovedit a fi o reeditare a poezioarei lui Platonov.

Pe urmă a fost un cocktail. La Platonov al meu veneau întruna tot felul de oameni și își exprimau aprecierea pentru curajul lui. El își lăsa tarta și le mulțumea politicos. Spunea că pur și simplu nu a avut de ales. Mi-am admirat amabilul însoțitor. De ce a fost invitat la consulat, n-am înțeles nici eu, nici el. Probabil că în această zi adunau aici oameni curajoși.

Marți [Geiger]

Innokenti s-a schimbat. Nu se mai vede la el frica de ceea ce nu era pe vremea lui. De fapt, și timpul prezent e acum *al lui.* S-a adaptat la el chiar bine.

Nu că are siguranță – are liniște. Și pare că se obișnuiește cu rolul de celebritate.

E invitat peste tot, peste tot sunt bucuroși de prezența lui. Am auzit cum răspunde la telefon: „Mulțumesc...“, „Trebuie să mă uit în agendă...“.

Innokenti chiar are deja o agendă. Ea e Nastia.

Cel mai mult, o astfel de viață îi place, bineînțeles, ei. Nastia e în al nouălea cer, și nu își ascunde simțămintele. Nostim. Amintindu-și din când în când că e gravidă, își ia o mină obosită. Dar chiar și atunci strălucește de fericire.

Asta mă bucură. O asemenea sursă de pozitiv nu găsești ușor. Pentru pacientul meu acest lucru e foarte important.

Joi [Innokenti]

Anzer este, probabil, singurul timp omenesc dintre toți anii mei la Solovki. Nu numesc fericit acest timp numai datorită faptului că fiecare zi a restabilirii fizice mă apropia de ziua plecării mele. De ziua morții mele, îmi șopteam, pentru că nici eu, nici ceilalți lazari nu ne făceam nici un fel de iluzii în privința rezultatelor înghețării. Muromțev făcea totul ca să ne prelungească timpul șederii pe Anzer, dar ce însemnau câteva săptămâni dăruite față de viața confiscată?

Ne simțeam ca niște animale care sunt hrănite pentru tăiere și care, spre deosebire de animalele obișnuite, știu acest lucru. Viața noastră chiar avea ceva animalic – era o îndobitocire care nu lăsa să te apuce disperarea. Parcă îți țineau capul sub apă și brusc îți dădeau drumul, te lăsau să iei aer – și tu inspirai cu toată gura și nu prea te gândeai la ce te-aștepta pe urmă. Pur și simplu te bucurai că poți să respiri.

Muromțev obținuse pentru lazari deplină libertate de mișcare. Li se dădea un permis cu care se puteau mișca nestânjeniți pe insulă. După micul dejun (apropo, foarte sățios), mă duceam la plimbare. Aveam pe mine o scurtă din blană de oaie și o căciulă din blană de lup, iar în picioare – cizme ofițerești moi. Pe drum întâlneam deținuți pe jumătate dezbrăcați, cu roabe – așa cum fusesem și eu cu foarte puțin timp în urmă. Ei mă petreceau în tăcere cu privirea: de vorbit cu lazarii era interzis cât se poate de drastic. Ajungeam la mare și mă plimbam pe mal.

Deși în adâncul insulei, mai ales în zonele ei împădurite, era deja zăpadă, pe mal, fiind descoperit, zăpada aproape că nu se menținea. Numai ici-colo, prinsă de tufișuri, își făcea simțită nesupărător prezența, dar până și aceste pete se amestecau cu nisipul și deveneau invizibile. Anzerul avea niște țărmuri de nisip minunate. Pășind pe nisip, îi simțeam chiar prin cizme moliciunea și îmi închipuiam că mă aflu în sud: vară, panglica pălăriei panama umedă, fire de nisip între degetele transpirate.

Mă sileam să nu mă uit la apă, fiindcă nu era o apă de vară. Marea nu avea deasupra ei un cer de azur, așa încât nu avea de unde să își ia o nuanță adecvată. Dar nisipul arăta exact ca vara. E adevărat, era rece, dar eu nu mă atingeam de el.

Citesc acum despre cosmos. E interesant că primii au nimerit acolo câinii.

Vineri [Geiger]

Innokenti a semnat astăzi contractul pentru reclama la alimentele congelate. E rezultatul faptului că cei care au sunat au dat de Nastia.

El îmi spusese la un moment dat că l-au sunat. Le-a închis. Probabil că și eu le-aș fi închis.

Dar Nastia nu le-a închis. A discutat cu ei ca un om de afaceri, a aflat mărimea onorariului și a fost impresionată.

Într-un fel, ea are dreptate. Categoric, banii dați de stat lui Innokenti ca alocație nu ajung. Și mai vin și neregulat. A trebuit să introduc în clinică consultații cu plată. Nu este absolut legal. Dar veniturile rezultate au mers pentru pacientul nostru.

E interesant că despre contractul semnat mi-a spus Nastia. Nu fără mândrie. Innokenti nu a făcut nici un fel de comentariu. E stânjenit?

Dacă contractele cu produsele congelate vor continua, voi putea să renunț la consultații.

Vineri [Innokenti]

Nastia s-a schimbat oarecum. Față de cum era înainte de moartea Anastasiei, e un pic alta. În fiecare zi descopăr o Nastie nouă, ceea ce e o mare mulțumire.

În ce măsură seamănă ea cu Anastasia?

Sâmbătă [Nastia]

Pentru săptămâna viitoare e programată o mare conferință de presă la o agenție de știri. La început am crezut că e o inițiativă a agenției, dar celor de-acolo le-a scăpat că evenimentul e plătit de o firmă de legume. Printr-o coincidență (ei!) de necrezut, cea căreia îi face reclamă Platoșa. Ce curios – negustorii de legume fac reclamă nu numai verzei lor, ci și celui care îi face reclamă. Totul e bine gândit.

Apropo, Platonov al meu a semnat un contract pentru o serie de clipuri publicitare. Imediat ce l-a semnat, l-au dus la un studio cinematografic pentru primul clip. El a cam dat înapoi, a zis că nu e îmbrăcat pentru filmare, că așa și pe dincolo, dar ei au spus că, dimpotrivă, va trebui să se dezbrace. Eu i-am spus la ureche că nu are de ce să-și facă cine știe ce griji: lenjeria lui de corp e nouă. Numai că asta nu l-a liniștit.

Sosim la studio. Vedem un recipient dintr-un material special – argintiu, cu vreo sută de nituri lustruite. Pe marginile recipientului – vată îmbibată cu clei, ca un strat de gheață, iar de la fund se ridică un gaz care reprezintă gerul azotic. Sub formă de fulgi pufoși, gazul se așterne pe jos în jurul recipientului. Platoșa este dezbrăcat până la chiloți și pus în butoi. De fapt, el abia dacă se vede în acest butoi. Din afara cadrului este întrebat:

— Ce v-a ajutat să rezistați aici atâtea decenii?

El scoate un pachet de legume congelate și le ridică deasupra lui:

— Iată ce!

Întregul studio se tăvălește pe jos de râs.

Iar mie mi se face deodată milă de el.

Duminică [Geiger]

Innokenti și Nastia mi-au descris filmarea reclamei.

Pe de o parte, e hazliu. Dar pe de alta – bagatelizează tragismul vieții lui Innokenti. În primul rând, în propriii lui ochi.

Reiese că a zăcut amorțit atâtea decenii într-un butoi. Nici că i-a păsat, fiindcă s-a hrănit cu legume congelate.

Oricum, ce trivial! *Schrecklich*[1]!

Luni [Innokenti]

Am filmat acum două zile pentru un clip publicitar – Nastia s-a înțeles cu agenția pentru o serie întreagă. O tâmpenie de necrezut, e penibil și de povestit, dar dau un onorariu nebunesc. Niciodată nu mi-aș fi închipuit că așa ceva o să aducă atâția bani.

Citesc acum despre ceea ce s-a petrecut în țară după arestarea mea. Autorii exprimă tot timpul ideea că întreaga țară a devenit un lagăr. Bineînțeles, câte ceva mai auzisem eu încă pe-atunci de la cei nou-închiși, câte ceva știam grație lui Muromțev, ale cărui legături cu capitalele nu se întrerupseseră. Dar adevărata amploare a terorii nu mi-o închipuisem totuși.

---

1. Îngrozitor (în germană în original).

Muromțev. Era un om franc, într-un fel, nu prea se sinchisea. De necazuri mai mari l-a scăpat, cred, faptul că era deja la Solovki. S-a aflat în centrul tornadei, unde, după cum se știe, este calmul cel mai mare. Pentru *ceea ce* îmi spusese mie în timpul plimbărilor noastre, în libertate ar fi fost împușcat de vreo treizeci de ori. De altfel nici eu, pregătindu-mă pentru cufundarea în azot, nu îmi mai ascundeam opiniile – de nimeni, nu numai de Muromțev. Cuvintele mele ajungeau, mai mult ca sigur, până la conducerea lagărului, care nu își făcea însă nici o grijă în privința lor. Știa că toate opiniile mele vor fi înghețate odată cu mine. Și n-aveau să se dezghețe niciodată.

Ceilalți lazari aveau prudența de lagăr, ceea ce pe mine, sincer, mă mira. Poate chiar credeau că vor fi dezghețați cândva și se temeau de eventuale acuzații în viitor? Frica lor avea un efect demoralizator asupra mea. Nu cumva credeau că nici viitorul îndepărtat nu avea să ne scoată din iadul bolșevic?

Câteodată, Muromțev mă poftea în locuința lui (el avea o locuință separată!) și mă trata cu cafea cu coniac. Când buzele lui atingeau ceșcuța de cafea, vârfurile zbârlite ale mustăților i se lăsau neașteptat de jos. Se vedea că mustățile academicianului erau supuse unei îngrijiri deosebite. Îi împodobea figura și un barbișon, iar ochelarii rotunzi și subțiri luceau, dar nimic nu avea Muromțev mai frumos decât mustățile. Aceste mustăți, împreună cu cafeaua și coniacul, insuflau speranță. Atât timp cât existau oameni care arătau ca acesta, viața normală nu părea fără întoarcere.

În timpul uneia dintre discuții, Muromțev mi-a spus:

— Curând va începe adevărata teroare.

— Dar ce, am fost eu curios, acum nu e adevărată?

— Degeaba ironizezi. Pentru o teroare adevărată sunt necesare două lucruri: pregătirea societății și cel care se va pune în frunte. Societatea este deja pregătită. Nu mai este mult de făcut.

— Şi cine se va pune în frunte?

Muromţev a tăcut un timp.

— Cel mai puternic. După cum ştii, el m-a sunat o dată, aşa că, uite: puterea i se simte până şi la telefon. Una animalică, neomenească.

I-am dat crezare lui Muromţev: lucrase cu şobolani.

Marţi [Nastia]

Dimineaţă a sunat Jeltkov – a dat de mine. Mai exact spus, a sunat referentul lui, şi când i-am răspuns că Platonov nu este acasă, a intervenit în discuţie Jeltkov însuşi şi a spus că e chiar mai bine aşa.

— Dumneata şi cu mine o să punem la cale un mic complot: aranjăm, fără ştirea soţului dumitale, să bem un ceai. Îl invităm, cum s-ar spune, la gata.

— Sunteţi la Petersburg? am întrebat eu.

— Dar dumneavoastră?

Hohot în receptor. Râd şi eu, dar mai mult din politeţe. Ne luăm rămas-bun, pe diseară. Jeltkov e un bărbat excepţional. Are umor, comunici uşor cu el. Ce-i drept, din spusele lui rezulta că Innokenti Petrovici visa de mult la acest ceai, numai că nu îl implorase, şi iată, acum, în sfârşit, avea să fie. Dar asta e un fleac, nu e ceva rău. Chiar e în favoarea lui Jeltkov într-un anumit sens – adică şi noi suntem oameni vii, putem şi noi la o adică să tragem o minciună. Când nu ai chiar nici un punct slab e cam neomenesc...

Am cumpărat împreună cu Platoşa nişte pateuri şi tot felul de dulciuri orientale de la o cofetărie. La şase seara s-a auzit soneria la uşă. Am deschis. Primii au intrat doi agenţi de pază (din urechi le ieşeau fire), după ei nişte inşi în uniforma cofetăriei Nord, şi abia pe urmă cetăţeanul Jeltkov. După Jeltkov urmau vreo zece foto- şi telereporteri. Delegaţia o încheiau alţi doi agenţi de pază. Noi, zăpăciţi, ne-am dat înapoi, în camera mare, iar cei veniți (parcă era un atac) au înaintat spre noi.

Ceai am băut vreo zece minute – exact cât le-a trebuit ca să fixeze cadrul și să facă filmarea. Atmosferă, o spun deschis, n-a fost. Dar nici nu avea cum să fie atmosferă, de vreme ce la masă, deși fuseseră invitați toți, stăteam numai eu cu Platonov și cu Jeltkov. Ceilalți membri ai delegației, în picioare pe lângă perete, țăcăneau camerele și vorbeau în stații radio. Am luat câte o înghițitură, și toată trupa, făcând gălăgie și tropăind, a plecat. Ne-a rămas un ceainic mare pentru infuzii, cu inscripția „Din partea Guvernului FR", și trei torturi Nord, dintre care apucaserăm să desfacem numai unul.

Interesant, oare așa își bea el ceaiul întotdeauna?

Marți [Geiger]

A sunat Nastia. Mi-a povestit că în seara asta a trecut pe neașteptate pe la ei Jeltkov.

Dar eu știam deja. Văzusem la televizor. Au arătat tot. Innokenti Platonov și Jeltkov, ocrotitorul dezghețaților.

De fapt, nu Jeltkov era subiectul. Nastia a sunat în legătură cu pateurile și torturile: sunt gustoase și nu are cine să le mănânce. M-a invitat să vin mâine la ceai.

Mă duc, bineînțeles.

Miercuri [Geiger]

Am băut ceai. Eu nu sunt Jeltkov, nu a mers repede. Am stat până la unu și jumătate, m-am întors acasă cu taxiul.

În chip neașteptat pentru mine, Innokenti a început să vorbească despre dictatură și despre teroare. Ce nenorocire sunt ele pentru popor. (Nastia îmi arăta în tăcere spre pateuri.)

Iar după aceea, dă-i și dă-i, că dictatura este până la urmă decizia societății, că Stalin este exponentul voinței societății.

— Nu este voința societății să moară, am obiectat eu.

— Ba este. Se numește sinucidere colectivă. De ce se aruncă pe țărm grupuri de balene, nu te-ai gândit?

Nu m-am gândit.

— Vrei să spui, am zis, că Stalin este numai un instrument al acestei sinucideri?

— Da. Ca frânghia sau briciul.

— O astfel de opinie îl degrevează pe scelerat de răspundere: ce să ceri de la o frânghie?

Innokenti a clătinat din cap.

— Nu, răspunderea îi rămâne sceleratului. Trebuie înțeles numai că răul nu avea cum să nu se întâmple. Era așteptat.

Era așteptat?

Vineri [Nastia]

Azi-dimineață m-am trezit mai devreme decât cetățeanul Platonov. M-am așezat turcește pe pat și m-am uitat la soțul meu, care dormea. Pe fața lui nu era seninătate, era suferință. Buzele îi tremurau ușor, și pleoapele. De ce? te întrebi. După toate loviturile sorții și după toate pierderile – așa un happy-end. A găsit de toate: atenție din partea tuturor (dar ce spun eu – de-a dreptul glorie!), bani, chiar și pe Anastasia lui pierdută a găsit-o în mine.

Tare aș fi vrut să-l trezesc, dar n-am avut curajul. Ar fi trebuit să explic că, vasăzică, el în somn... O explicație de felul ăsta ar putea să îl traumatizeze. Și-așa Geiger îmi atrage tot timpul atenția să fiu cu băgare de seamă cu el. Și nu l-am trezit, am stat și m-am uitat la el. O mână pe plapumă – firișoarele venelor, chiar sub piele: radioscopia asta are ceva copilăresc în ea. Și când mă gândesc – e mâna unui om de o sută de ani! Mână care mă mângâie.

Într-un interviu dat unei reviste pentru femei am fost întrebată (într-un interviu! eu!) în ce măsură îl apreciez pe

Innokenti Petrovici ca bărbat. O întrebare, bineînțeles, de prost-gust. Am și răspuns că întrebarea e de prost-gust, dar nu m-am abținut și am spus că Innokenti Petrovici este, ca bărbat, oho-ho!

Am stat ce-am stat, și pe urmă m-am băgat din nou sub plapumă. Am început să mă gândesc la vrute și nevrute. Ieri, de exemplu, mi s-a adresat un alt agent publicitar, care reprezenta un concern de mobilă. Îl ruga pe Platoșa să aducă la cunoștința opiniei publice că prețurile la mobilă cresc peste tot vertiginos, dar că la ei, de trei ani deja, sunt ca înghețate. Telespectatorul, în ideea comanditarilor, o să prindă imediat curaj și o să se apuce să le cumpere mobila. Pentru acest enunț banal, lui Platoșa i se oferă o sumă de o dată și jumătate mai mare decât pentru legume – am la ce să mă gândesc. Și, oricum, mobila e mai onorabilă decât legumele.

Sâmbătă [Innokenti]

Marx – către mine, bătând cu bastonul:

— Linia de construcție este fundamentul lucrării. Dumneata nu ai terminat cu construcția formei, e prea devreme să treci la modelarea în clarobscur.

Dar eu, după cât se vede, am trecut. De ce? se pune întrebarea.

Sâmbătă [Geiger]

Prin Nastia, lui Innokenti i s-a propus să facă onorurile unei petreceri corporatiste. La o fabrică, de altfel, de instalații frigorifice. Asta mi-a spus chiar Nastia. Mi-a cerut sfatul.

Am luat-o pe după umeri și am sfătuit-o să reducă din viteză.

Nastia nu a obiectat. Din câte a spus, de-aceea mi s-a și adresat, pentru că propunerea i s-a părut problematică.

Ei, e remarcabil că i s-a părut. Fiindcă spiritul activ al Nastiei a început să mă îngrijoreze. Innokenti simte acest lucru.

— Probabil că dumneata o consideri pe Nastia foarte pragmatică..., mi-a spus el zilele trecute. Ca să spun pe rusește – interesată.

— Nu, nu o consider. Cred că în ea încă vorbește copilăria, și vorbește, pur și simplu, în stilul de azi.

Innokenti s-a uitat lung la mine.

— Știi, așa cred și eu.

Am râs amândoi.

Pot să spun când nu mi-a venit să râd. Când am văzut la televizor reclama cu Innokenti. Eu nu mă uit la televizor, doar la cină îl deschid pentru scurt timp. La știrile de seară. Și acum, după știri, deodată – Innokenti în butoi. Și azot lichid, și legume. Și textul acela bizar...

Am vrut să stau de vorbă serios cu Nastia. Pe urmă m-am gândit: dar poate că ea are dreptate în anumite privințe. Banii sunt într-adevăr necesari. Banii. *Geld.*

Luni [Innokenti]

Văd că pe Geiger îl enervează felul activ de-a fi al Nastiei. Dar în discuția cu mine a calificat-o chiar el drept copilărie. Foarte corect: e într-adevăr copilărie. O astfel de percepție a lucrurilor mă ajută și pe mine, mă face să mă împac cu ceea ce mi-e străin în comportamentul Nastiei. Dar felul ei de-a fi copilăresc – oricum s-ar manifesta – mă înduioșează, uneori aproape până la lacrimi. Uneori mă sperie cu faptul că aparține altei lumi, că e incompatibilă cu mine, cu experiența mea.

Mi-e teamă că nu o să ne potrivim niciodată, fiindcă pe mine – am spus-o deja – experiența mea nu m-a format. Ea ucidea. Citesc mult acum despre vremurile sovietice, și la Șalamov, mi se pare, am dat de ideea că, după ce ai supraviețuit faptelor îngrozitoare din lagăr, nu trebuie să povestești despre ele: ele ies din cadrul experienței umane, și, poate, după ele este de fapt mai bine să nu trăiești.

Am văzut lucruri care m-au marcat înlăuntrul meu, ele nu încap în cuvinte. În lagărul de concentrare erau aduse loturi de femei deținute, pe care, de cum veneau, le siluiau cei de la pază. Când apăreau semne că au rămas gravide, nenorocitele erau trimise pe insula Zaiațki – *insula Julietelor*. Acesta era locul de pedeapsă pentru *desfrânare sexuală*, pedepsită sever în lagăr. Pe insula absolut pustie, unde veșnic e vânt, condițiile erau crâncene, și multe dintre ele nu supraviețuiau. Scriu asta, și pe deasupra celor scrise de mine rătăcesc umbre care au fost cândva oameni. Cuvintele devin praf: nu se constituie nicicum în oameni.

Pentru ca ele, cuvintele, să își recapete forța, trebuie descris ceea ce este de nedescris. Ființe delicate, educate la Smolnîi[1], sub buzele băloase ale ghepeușnicilor. Sub mâinile lor nespălate. Lepădăturile acelea mirosind a sudoare, puțind, chemau cele mai frumoase femei ca să „spele podelele“, iar ele n-aveau cum să nu se supună.

Urletul unei femei căreia îi împușcaseră soțul, îi luaseră cei cinci copii și o trimiseseră în Solovki. Acolo au siluit-o și i-au dat o boală urâtă. I-a spus doctorul despre boală. La intrarea în infirmerie a început să se tăvălească pe pământul înghețat. N-au bătut-o imediat, i-au poruncit să se ridice. După aceea au început să dea în ea cu cizmele, lovind-o tot mai tare și mai des, cu o plăcere de fiară. Ea țipa tare, ascuțit, și tăcea scurt după loviturile sub stomac. Cel mai îngrozitor în urletul ei era nu intensitatea lui, ci nota joasă, nefeminină, cu care se termina fiecare strigăt ascuțit.

Eu am văzut asta. Și de-atunci nu izbutesc s-o alung din memorie. Eu trăiesc cu asta, și asta este ceea ce mă deosebește de Nastia și ne face să fim oameni de pe planete diferite. Cum vom putea să trăim împreună așa, infinit de diferiți?

---

1. Institutul Smolnîi pentru fete de nobili.

Ea cu grădina ei primăvăratică, eu cu un asemenea abis. Eu știu ce înspăimântătoare e viața. Iar ea nu știe.

Marți [Nastia]

Azi a fost conferința de presă a lui Platoșa. De data asta soțul meu a arătat mult mai sigur de sine decât înainte. Gândul acesta mi-a trecut prin cap în timpul conferinței și mi-a fost confirmat seara, când am revăzut-o. Nu are sens să o redau: e publicată în întregime în *Vecerka*.

Marți [Geiger]

M-am uitat astă-seară la o mare conferință de presă a lui Innokenti.

Fusese pus, stând jos, pe fondul unui mare panou de reclamă. Ceea ce dădea evenimentului un aspect cât se poate de comercial.

Innokenti a devenit mai sigur de sine. A răspuns calm.

Degetele lui învârteau un creion. Nastia mi-a spus mai tâziu că serviciul PR de la legume îi adusese creionul (bine că nu un morcov congelat). Ca să îi dea un aer de siguranță. Nastia nu cred să aibă nevoie de așa ceva.

Nu s-a putut fără impromptu-urile acelea drăguțe de care e plină viața. Când Innokenti a răspuns la întrebarea privind suma ajutorului primit de el din partea statului (vuiet de dezamăgire în sală), pe panoul de reclamă a apărut „OOO[1] Patria".

Patriotica firmă nu a fost remarcată numai de operator. Un reporter de la un ziar, arătând spre panoul de reclamă, l-a întrebat pe Innokenti dacă nu i se pare că Patria chiar a

1. *Obșcestvo s ogranicennoi otvetstvennostiu* – Societate cu răspundere limitată (S.R.L.).

fost față de el un OOO. Dar gluma a rămas în suspensie. Innokenti nu știa ce înseamnă această abreviere.

Nici când i s-a explicat totul nu a râs. A început să discute cu cea mai mare seriozitate, spunând că nu este nimic rău în răspunderea limitată a Patriei. Fiecare trebuie să răspundă pentru sine. Numai răspunderea personală poate fi nelimitată.

Iar după aceea a spus că e absurd să învinuiești statul pentru necazurile tale. Și istoria – e absurd. Poți să te învinuiești numai pe tine.

Corespondenții s-au posomorât. Unul a întrebat:

— Nu învinuiți statul pentru că ați ajuns în lagăr? Pentru că v-au transformat într-un bloc de gheață? Pentru că viața dumneavoastră a devenit o adevărată pedeapsă – nu se știe pentru ce?

— Pedeapsă care să nu se știe pentru ce e nu există, a răspuns Innokenti. Trebuie doar să te gândești, și răspunsul se va găsi în mod sigur.

Interesantă logică. În mod bizar, coincide cu logica GPU. Acolo te ajutau să găsești răspunsul.

Marți [Innokenti]

Mă tot întreb dacă Nastia seamănă cu Anastasia. Când abia ne cunoscuserăm, mi s-a părut că seamănă. Dar acum – parcă nu. Nu pot să definesc schimbările care s-au petrecut în Nastia. A devenit degajată? Sigură de ea? Se spune că numai în căsnicie poți să cunoști o femeie. Bun, e tot o *zicere*, una banală, dar asta înseamnă că nu e adevărată?

Da, cât timp nu am trăit împreună, Nastia era puțin altfel. Dar ar fi ciudat să păstrăm stilul relațiilor noastre dinainte, când circumstanțele legăturii noastre s-au schimbat. De exemplu, acum ne vedem unul pe altul goi, și-atunci – să vorbim ca înainte? Etapa asta, Anastasia și cu mine pur și simplu n-am avut-o, altfel cred că s-ar fi schimbat și ea. Și e deja timpul să încetez să o compar pe Nastia cu Anastasia. Nastia este ea însăși, nu e oița Dolly și nu e copia bunicii – este un om absolut de sine stătător. Atunci de ce o măsor cu o unitate străină?

Miercuri [Nastia]

Azi-noapte m-a trezit un fel de scâncet liniștit. Am aprins veioza și am înțeles că era Platoșa. Plângea în somn și avea fața udă de lacrimi. Încerca să rostească ceva, dar gura nu i se deschidea, iar glasul îi era, cine știe de ce, subțire, aproape de copil. De-asta și aducea a scâncet. Un chip cu ochii închiși e de obicei inexpresiv, dar în el era atâta durere... Nu chip – ci o mască tragică, reflectând ce îndurase el acolo, în viața trecută. Să-l trezesc? Să nu-l trezesc? Voiam să curm imediat somnul ăsta neguros, dar mi-a fost frică să nu fie și mai rău așa. Am atins cu buzele buzele lui Platoșa și am simțit sare. A deschis ochii, dar nu s-a trezit. I-a închis din nou, și pe urmă a dormit fără să mai geamă.

Dar eu n-am mai putut să adorm. Au început să-mi vină în cap toate prostiile de peste zi. Mi-am adus aminte că astăzi am căzut în sfârșit la învoială și închiriez apartamentul meu, am luat și un avans. M-am apucat să decid ce să las acolo: bineînțeles, mobila, vesela, încă niște nimicuri. Să iau: cărțile la care țin, tot felul de mărunțișuri intime, lucrurile bunicii. În astfel de cazuri se face o listă, dar n-am vrut, ca să nu îl trezesc pe Platoșa.

Joi [Innokenti]

Câțiva ghepeușnici de la unitatea medicală au siluit o fată. Eu zăceam după peretele despărțitor din lemn și auzeam totul. Să mă scol nu eram în stare. Am strigat după doctor, dar nu era acolo. Am început să lovesc în perete, dar nu m-a luat nimeni în seamă. Am continuat să bat. A venit unul dintre violatori, m-a tras jos din pat și m-a izbit de câteva ori cu cizma. Mi-am pierdut cunoștința.

M-a trezit plânsul de după perete. Se auzeau și vocea doctorului, și zdrăngănit de instrumente. După aceea, doctorul a intrat la mine.

— Eu pot să vă arăt un ghepeușnic care a fost acolo, am spus. A venit să mă bată, și îl țin minte.

Doctorul m-a ajutat cu băgare de seamă să mă culc în pat.

— Chiar îl ții minte? s-a întors el din prag. În locul dumitale, l-aș uita cât se poate de repede.

În mod surprinzător, știam cine zăcea după perete. Era ființa aceea imaterială pe care o văzusem cândva în Petrogradskaia Storona. Balustrada cu crini din fier forjat a scării, mirosul de cărți al locuinței. Ea mergea în fața mea. Șchiopăta. Eu o urmam mergând încet pe lângă rafturile cu cărți. Șchiopăta, da. Părul strâns la spate, un șal pe umeri: te uiți și vezi – bibliotecară până în vârful unghiilor, ba și cu cărțile acelea împrejur. Îi mai adusesem și eu câteva – dintre cele luate de profesorul Voronin de la familia lor. Meșceriakovii: numele se unise cu adresa, de-aceea se păstrase. Familia Meșceriakov. Ce familie era? Nu am mai aflat.

Nici numele ei mic nu îl aflasem. Nu am vrut? Socoteam că o taină nu trebuie să aibă nume?

Am trecut în bibliotecă (de fapt, toate încăperile erau aici bibliotecă). Două fotolii, de o parte și de alta a unei mese rotunde. Ea s-a întors, a rămas în picioare în spatele fotoliului de pe partea cealaltă și și-a pus mâinile pe spătar. M-am uitat pentru prima oară bine la ea: nu, nu e bibliotecară. În nici un caz.

— Uitați! I-am întins cărțile. Am fost rugat să vi le predau.

Și pentru că ea continua să tacă, am spus:

— Mulțumesc.

A zâmbit. Uimitor chip: gotic, ochi cu linie coborâtoare. Și o venă care șerpuia pe gâtul delicat. Și infirmitatea aceea... A răspuns:

— Nu aveți pentru ce.

Nu mi-a oferit ceai, nu i s-ar fi potrivit defel – adică să se apuce să fiarbă apă pe lampa cu gaz? Dar nici să iau loc nu mă invitase. O regină. Stăteam și mă uitam la ea. Îmi imaginam fericirea de a o avea. Nu fericire – altceva, cu o ființă ca ea nu putea fi fericire, poate o dulce durere? Era deosebită, și acest lucru atrăgea. Pe toți. Nu degeaba o vânaseră până și fiarele de ghepeușnici de la unitatea medicală. Solistele ansamblurilor de dansuri populare nu-i mai mulțumeau. Voiau, nemernicii, ceva imaterial.

În noaptea aceea de lagăr, după ce au plecat toți, ea a venit la mine. Șchiopătând. Târându-se. Mă reținuse și ea atunci, la Piter, și aici m-a recunoscut. S-a așezat pe patul meu, pe urmă s-a întins, fiindcă așezată nu putea sta. I-am mângâiat mâinile. I-am mângâiat părul – cu sânge închegat, aspru, ca o sârmă. În tăcere. Știam deja – cu ea trebuia să taci. Dar atingerile noastre au fost mai profunde decât cuvintele. Spre dimineață, ea și-a lipit buzele de urechea mea:

— Mulțumesc...

Am vrut să îi răspund, dar mi-a acoperit gura cu palma:

— Altfel, acum n-aș mai fi fost eu.

Palma îi mirosea a medicamente.

Culcată lângă mine, ea era Anastasia. Când a plecat, mi-a fost clar că pe ghepeușnic o să-l omor. M-am simțit ușurat, și am adormit.

Vineri [Geiger]

Ieri s-a luat legătura cu mine de la Smolnîi. Mi s-a spus că guvernatorul ne invită pe Innokenti și pe mine la el. Pentru că problema apartamentului lui Innokenti se rezolvase la nivelul guvernatorului, am răspuns că îl voi ruga să vină.

I-am telefonat. N-a avut nimic împotrivă. Și, în general, a avut o atitudine foarte calmă.

Ne-am dus astăzi, spre ora douăsprezece. A trebuit să așteptăm puțin, guvernatorul primise pe cineva. Când am fost invitați în sala unde aveau loc primirile, presa era deja acolo. Conlocutorii au fost așezați în fotolii la o masă rotundă.

Guvernatorul a rostit câteva fraze de pe o hârtiuță. Nu îmi pot aminti acum nici una – cu excepția ultimei. În ea se spunea că Innokenti trebuie să înțeleagă ca nimeni altul deosebirea dintre democrație și dictatură.

Innokenti a mulțumit. Din câte înțeleg eu, nici nu se cerea mai mult, dar el a hotărât să răspundă. La urma urmelor, de ce nu?

A spus că nivelul specific al răului este cam același în toate epocile. Răul, pur și simplu, ia diferite forme. Uneori se face prezent prin anarhie și criminalitate, iar uneori prin putere. El, ca longeviv, a văzut și una, și alta.

Guvernatorul s-a gândit puțin și l-a întrebat pe Innokenti cum se simte.

Răspunsul nu a fost nici de data asta formal. Oaspetele i-a povestit guvernatorului despre variațiile temperaturii și tensiunii sale. Ceea ce, desigur, a fost ceva neașteptat. *Aber schön*[1].

Sâmbătă [Innokenti]

Ieri m-au sunat de la un partid și mi-au propus să intru în el. Eu m-am arătat ezitant. Mi s-a explicat că acest partid este la putere și că dacă vreau să obțin ceva… O am pe Nastia – ce altceva pot să obțin? Am mulțumit și am închis telefonul. Pe urmă a sunat Geiger cu o invitație din partea guvernatorului. Am acceptat imediat să mă duc împreună cu el, dar despre telefonul de la partid, cine știe de ce, nu i-am

---

1. Dar frumos (în germană în original).

spus. Poate pentru că a coincis cu invitația. Oare ce vor de la mine? Reclame? Le-au plăcut clipurile mele cu legume?

Astăzi, când ne-a primit guvernatorul, am avut posibilitatea să mă uit bine la el de la mică distanță, să îmi fac o idee despre cum arată puterea. Și arată, o spun deschis, obișnuit, nimic supranatural: începuturi mari de chelie, față îngrijită și în același timp cumva șifonată, piele pătată. Mă uitam la guvernator și mă gândeam că apropierea de el nu are nici un efect asupra mea, parcă ar fi o prezență televizată. Da, comparația este exactă: obiectul observației e lângă tine și se vede bine, dar nu ai contact cu el, el e de partea cealaltă a ecranului.

Duminică [Innokenti]

Nu, totuși o să scriu despre vărul Seva. Seva la punctul de etapă Kem. Seva în scurtă de piele și cu chipiu cu steaua roșie.

Noi, *zek*-ii, stăteam de trei ore în formație și îl așteptam pe șeful care avea să ne hotărască soarta. Mai exact, sorțile, fiindcă până și-aici fiecare își avea propria soartă. A apărut șeful: era Seva. Mergea însoțit de câțiva cekiști. Nu pot spune că am fost foarte mirat văzându-l – poate doar în prima secundă. De fapt, te puteai aștepta la așa ceva de la el. Găsise puterea aceea mare pe care o căuta, și acum acționa în numele ei.

Nu m-a observat imediat. Întâi s-a așezat la masă, și-a turnat apă din carafă. A băut. Dar pe urmă a ridicat ochii și m-a zărit. Mi s-a părut că a zâmbit – doar mi s-a părut. Nu fusese zâmbet – fusese un spasm. Și-a coborât imediat privirea pe hârtia de pe masă. Scărpinându-și nasul, a început să dea citire: numele și locul unde este repartizat. În ciuda durității afișate, vocea îi tremura. Când s-a apropiat de litera *P*, a început să se frângă.

— Platonov!

În privirea lui Seva sunt frică și implorare. Se gândește, cu siguranță, că rudenia cu mine îl va compromite. Că cekiștii aveau să raporteze imediat acolo unde trebuie.

— Prezent! răspund.

Eu și Seva, doi aviatori. La mare, una și mai nordică decât atunci. Numai că acum el e conducătorul, toate manetele sunt în mâinile lui. Încotro zburăm?

— Până voi da o dispoziție anume, rămâne pe insula Popov.

Dăduse în răgușeală.

— Am înțeles, rămâne!

Mă uit în podea. Vopseaua de pe scânduri se umflase, formase o cămilă care zăcea pe podea. Ce bine le e cămilelor în țările calde. Pot scuipa pe orice. Și fără să îl văd pe Seva, îi simt ușurarea: nu am arătat că ne cunoaștem. Am atâta minte ca să înțeleg că un punct de etapă nu este cel mai bun loc pentru recunoașteri.

Din clipa aceea am început să nădăjduiesc că el mă va scoate din lagăr. Sau că mă va lăsa aici, să zicem, la o muncă ușoară. Așteptam ca azi-mâine să dea cumva de mine sau, pur și simplu, să mă cheme. Mai întâi ca să mă încurajeze, iar pe urmă – cine știe? – ca să îmi ușureze soarta.

Nu s-a întâmplat nimic de felul acesta. Seva nu a avut interes nici să mă întâlnească, nici să mă țină în preajma lui. Temător cum era, cred că a considerat că pericolul ar fi fost prea mare pentru el.

Ordinul lui Seva a apărut după douăsprezece ore. Am fost trimis la compania 13 a lagărului Solovki cu destinație specială. Era unul dintre locurile cele mai dure de pe Solovki. Să își fi propus Seva să mă termine? Nu știu. Nu sunt sigur decât că, semnându-și ordinul, a suferit. Poate și-a amintit și disputa noastră despre locomotivele istoriei.

Marți [Geiger]

Nastia nu a fost invitată la guvernator. Pretenția mi-a exprimat-o ulterior Innokenti.

Inițial nu spusese nimic în sensul ăsta. Rezultă de aici că pretenția pornește chiar de la neinvitată. Innokenti m-a rugat ca în situațiile de acest fel să o menționez neapărat și pe Nastia.

Arată palidă. Se vede că sarcina ei nu merge prea ușor. De-aici și nervii.

Apropo de mersul la guvernator. Cât am așteptat, Innokenti mi-a spus că zilele trecute a terminat de citit o carte despre eroii cosmosului. Dintre numeroșii eroi, cea mai puternică impresie i-au lăsat-o, în mod ciudat, Belka și Strelka[1]. Despre care a vorbit cu emoție.

Marți [Nastia]

Platoșa și Geiger s-au dus la guvernator – pe mine nu m-a invitat nimeni. Nu că aveam mare nevoie de acest guver', în principiu, mă doare-n cot de el – numai că, potrivit etichetei, soția celui invitat trebuie să fie împreună cu el. Lui Geiger probabil că nici nu i-a dat prin cap, dar Innokenti Petrovici ar fi putut să se gândească. Întâi nu i-am spus ce cred despre asta, dar pe urmă, când am făcut dragoste, i-am spus. El: vai, dar ce neplăcut, nu mi-am dat seama pe loc, nici nu mi-a dat prin minte.

Păcat că nu i-a dat. Gata, astăzi nu mai am chef să scriu.

1. Cele două cățelușe lansate în cosmos cu nava sovietică *Sputnik-5* în 1960, primele animale participante la un zbor cosmic orbital.

Joi [Innokenti]

Am studiat drumurile ghepeuşnicului violator. Nu chiar studiat – cum puteam eu urmări pe cineva care se mişcă liber prin lagăr? Pur şi simplu munceam în atelierul de reparaţii, care era în apropierea locului unde stăteau ei tolăniţi. Numele ghepeuşnicului (asta am aflat destul de repede) era simplu – Panov. Cât despre drumurile lui, nici ele nu erau complicate: duceau la baia pentru personalul de comandă, care era în spatele atelierului.

Panov apărea de obicei sâmbăta, împreună cu ghepeuşnicul care îl schimba; uneori venea şi în timpul săptămânii. La început am crezut că individul se întâlnea acolo cu dame, dar, după cum a ieşit la iveală, prefera să îşi aranjeze acasă întâlnirile de acest gen. Panov venea la baie atât de des numai pentru că îi plăcea baia de aburi. Aprecia desfătările trupeşti şi în sens mai larg, dar baia de aburi era probabil cea mai importantă pentru el. Intersectarea noastră în spaţiu (aşa se potriviseră lucrurile!) mi s-a părut a nu fi întâmplătoare. Ea m-a convins definitiv că, totuşi, o să-l lichidez pe Panov – aşa cum intenţionam.

Nici măcar nu aveam nevoie să alerg după el: trecea el singur pe lângă mine, îl vedeam prin geamul tulbure al atelierului. Odată am luat o găleată şi o cârpă şi am spălat geamul. Au râs toţi – adică pentru ce? Nu pot (am spus) să suport geamurile murdare. Aşa sunt eu obişnuit încă de-acasă. Ei, dacă e de-acasă (dar tot râdeau), atunci e altă treabă. În schimb, am început să îl văd bine pe Panov – când se ducea şi când se întorcea. La înapoiere mergea uneori singur, de unde se putea trage concluzia că în acele cazuri fusese ultimul la baia de aburi.

Odată, după ce l-am văzut mergând obosit (capul în jos, un deget în nas) pe lângă fereastră, m-am furişat din atelier prin uşa din spate şi, fără să ies afară, m-am strecurat spre baie. La geamul din tinda băii nu era lumină. Uşa de la baie era închisă cu cheia. Pe care am descoperit-o repede sub grătarul de lemn de la ușă, dar am lăsat-o acolo. Principalul îl aflasem: Panov rămânea și după ce, conform regulamentului din lagăr, baia trebuia închisă, iar personalul trebuia să plece. I se lăsa cheia, și închidea el singur baia.

Puteam să plec deja, dar am mai ridicat o dată grătarul de lemn. Era făcut grosolan, cu spații mari între stinghii. Dintr-un crac al pantalonilor am scos pânza unui fierăstrău pentru metal. O parte o avea tocită, cealaltă era înfășurată într-o țesătură grosolană. Am băgat pânza de fierăstrău între două stinghii, și a încăput bine. I-am apăsat muchia cu două degete. A intrat de tot, a rămas doar un mic capăt de care puteai s-o tragi afară. Dar dacă nu știai de ea, nu se putea observa. Iar de știut de ea, știam numai eu. Și taina asta mi-a făcut viața mai ușoară.

Vineri [Geiger]

Am fost sunat de la administrația prezidențială. Mi s-a comunicat prin cuvinte solemne că Innokenti și cu mine suntem invitați la Moscova pentru a fi decorați.

În clipa aceea mi-am adus aminte: mă sunaseră acum vreo două luni. Mă întrebaseră cine, pe lângă mine, merită să fie decorat pentru un experiment științific curajos. Am răspuns că, în primul rând, nu știu dacă eu sunt demn de așa ceva. Am fost întrerupt politicos și mi s-a propus să mă gândesc totuși. *Wahnsinn*[1]...

Dacă experimentul a fost curajos pentru cineva, acela a fost Innokenti. L-am numit.

De această dată și-au exprimat îndoiala interlocutorii mei. Se temeau că Innokenti Petrovici fusese într-o anumită măsură... *obiect* al experimentului.

---

1. Nebunie (în germană în original).

— Nu, am obiectat eu surprinzător de înflăcărat. Nu, nu și nu.

El a fost cel mai adevărat subiect – dacă or aprecia asemenea cuvinte. A acceptat conștient experimentul și a fost subiectul lui.

Vasăzică, iată, și la administrația prezidențială sunt capabili să te asculte cu atenție. Decorații am primit amândoi – și eu, și Innokenti. Numai că mie mi-au dat Ordinul pentru Onoare, iar lui – Ordinul pentru Curaj. La el au apreciat totuși cel mai mult curajul. Care, după cum i-am spus la telefon anunțându-i decorarea, generează negreșit onoare.

Innokenti a primit vestea imperturbabil. A întrebat numai dacă Nastia a fost invitată la ceremonie. Nu, n-a fost. Și nu prea cred că aici pot să schimb ceva.

Vineri [Innokenti]

M-a sunat acum Geiger și mi-a spus ceva ciudat despre niște ordine. Nu că nu cred în așa ceva (în ce n-am crezut după dezghețare!), dar nu prea se potrivește cu mine. În afară de asta, Geiger a aflat că la Kremlin ești invitat fără rude. Nastia o să se simtă iarăși jignită. N-o fi fost păcălit pur și simplu cu ordinele astea? Am citit despre asemenea cazuri.

Vineri [Nastia]

Mâine intră chiriașii în apartamentul meu. Astăzi i-am luat pe sfinții purtători de decorații și am mers acolo ca să facem ultimele retușuri. Vasăzică, așa am și stat în taxi: în spate, pe scaunul din dreapta – Onoarea, în stânga – Curajul, iar pe scaunul din față eu, nu se înțelege cine. Ei, să zicem, Maternitatea – aș putea să devin mamă eroină? Dar așa, fără pompă.

Ei sunt stânjeniți că nu am fost invitată la ceremonie, și eu îi liniștesc cum pot. Să merg la Emsk nu-mi doresc chiar deloc. Una e să mă plimb cu copilul în burtă prin Smolnîi, și alta să stau printre străini la înghesuială. Dar mă bucur că de data asta și-au adus aminte de mine. Doar îi iubesc așa de mult pe amândoi – chiar și pe plicticosul de Geiger!

Am pus apartamentul într-o relativă ordine, am adunat patru saci de lucruri, pe care nu mi-a venit să le las unor străini, și le-am dus pe Bolșoi Prospekt. Un obiect deosebit de prețios mi s-a părut statueta lui Themis, ajunsă la bunica de la mama lui Platoșa. Lui Themis i-a fost ruptă balanța, ceea ce, potrivit legendei, e opera mâinilor soțului meu. Special am luat-o pe Themis cu el de față – solemn și fără să mă grăbesc –, dar nu a avut nici o reacție. Când am pus-o pe dulap în sufragerie, a încuviințat moale din cap.

— Ce poate fi mai presus decât dreptatea? am strigat ca să-l scot din amorțeală.

El s-a gândit puțin. A spus:

— Probabil numai mila.

Când Geiger a plecat, mi-a mărturisit că l-a durut capul. Păi atunci, sigur, nu-ți arde de dreptate.

Sâmbătă [Nastia]

Ieri Platoșa chiar nu s-a simțit bine. L-am culcat și a adormit imediat. După un timp l-am sunat pe Geiger ca să-i spun despre starea lui Platoșa. I-am spus cu această ocazie și că jucăria pe care o iubea în copilărie nu-l mai bucură.

— A scris, și-a amintit Geiger, că această statuetă e într-un fel legată de primii lui pași în pictură. Dacă nu cumva chiar i-a insuflat această preocupare. Iar acum acest lucru îi dă un fel de stupoare. Poate că de-aici sunt și problemele cu Themis.

— Atunci ce să fac cu ea?

— Păi nimic, să stea acolo. Poate are ecou.

Așa deci. Ei, atunci să stea.

Luni [Innokenti]

Mă tot gândesc: cum de hotărâsem totuși atunci să îl lichidez pe Panov? Impulsurile de acest fel dispar repede în lagăr. Nu că nu ai putere (bineînțeles că nu ai), dar pur și simplu nu vezi ce sens are o astfel de vendetă. Sentimentele se evaporă. Nu rămâne nimic din ele, totul merge spre autoconservare. Când, mai târziu, îmi așteptam pe Anzer înghețarea, nu mai aveam nici un fel de suferință și de obidă. După toate bătăile, batjocurile și torturile – nu mai existau. Exista oboseală.

Iar în seara aceea liniștită, după ce am ascuns unealta în grătarul de la tinda băii, am răsuflat ușurat. Să porți la tine așa ceva nu era lipsit de pericol. Și nici nu îmi trebuia. Aveam nevoie de ea anume aici, acum nu rămânea decât să aștept un moment prielnic.

Momentul l-am așteptat până a sosit, dar pe Panov nu l-am omorât.

Era o seară cam la fel de liniștită când am băgat de seamă că era singur în baie. Tot ce e legat de Panov s-a petrecut, da, în seri liniștite. Furișându-mă din atelier, m-am apropiat de baie. Am văzut de departe lumină electrică în tinda băii și mi-am amintit noaptea când a fost siluită fata șchioapă. Am încercat să-mi induc starea aceea în care mâna lovește singură. Nu că lovește, ci împunge, taie. O mișcare abilă și elegantă, care duce pânza îngustă de fierăstrău între coastele lui Panov. Nu voiam să se chinuie, voiam să nu trăiască, pur și simplu să-i curm existența abjectă.

După ce am ridicat fără zgomot grătarul, am scos unealta. În ultimele raze ale soarelui i-am admirat tăișul, strălucirea – de câte ori nu trecusem peste ea pile de toate mărimile, făcând ultimele retușuri cu cea mai fină dintre ele! Și o ascundeam tot timpul, o ascundeam de cei care erau în atelier. Platonov... Mă depărtez, țin unealta sub cot, mă trag spre perete. Platonov, pentru cine meșterești tu tăișul ăsta? Nimeni nu m-a întrebat, nimeni nu m-a dibuit. Și în seara aceea am admirat tăișul, fără să-mi fac cine știe ce griji că mă va zări, să zicem, Panov. Eram atât de montat, încât oricum nu ar fi trecut de mine.

Înainte de a deschide ușa, m-am apropiat de fereastra tindei. Pe banca de lemn, nemișcat, zăcea Panov. Zăcea pe spate, cu brațele de-a lungul corpului, iar corpul era de un alb cadaveric și nu dădea semne de viață. Am început să mă uit atent la abdomenul lui, încercând să prind o cât de mică mișcare dată de respirație, dar nu mișca deloc.

Mi-am dat seama ce îmi amintea această imagine din fereastră: era o repetare a ceea ce văzusem la morgă la identificarea cadavrului lui Zarețki. Mă uitam la cel care fusese înainte Zarețki și mă gândeam că dreptatea triumfase. Și mi-am dat seama că nu mă bucura această victorie. Și că aș fi vrut mult ca Zarețki să fie viu.

O mână a lui Panov a tresărit și a început să-i scarpine pieptul. Am inspirat adânc. Nu știam nici eu ce simțeam în clipa aceea – bucurie sau dezamăgire. Știam un singur lucru: că nu îl voi omorî pe Panov.

Marți [Innokenti]

Azi, în timpul zilei, am zburat cu avionul la Moscova. Geiger mă dăscălește: cuvântul „avion" poate fi omis, se subînțelege, că doar nu cu aeroplanul, zice el. La fel, zice, nu trebuie să mai spui „sun *la telefon*" – e de-ajuns, simplu, „sun"... Tocmai am cinat amândoi la restaurantul hotelului și stăm fiecare în camera lui.

Spre deosebire de doctorul Geiger, aviatorul Platonov a urcat azi pentru prima oară în cer – iată un aviator aparte. Care nu prea zboară. Și nici măcar unicul meu zbor, cel de astăzi, nu a fost reușit. Când avionul a început să ruleze pe pista de decolare, a început să îmi fie cam rău, să mă sufoc, să-mi fie greață. Geiger (a spus că mă făcusem foarte palid) a deschis ventilația deasupra scaunului meu, și mi-a fost ceva mai bine. N-am mai avut nimic când avionul a luat înălțime.

Mi-a venit în minte imaginea ultimei dăți când am fost cu tata pe aerodromul Komendantski. Sfârșit de august. Miting aviatic, ploaie, umbrele deasupra mulțimii. Dintre aeroplanele așezate în șir, cel mai aproape de noi e cel al aviatorului Frolov. Zborul lui este așteptat cu un interes deosebit: s-a anunțat că astăzi va face o demonstrație cu figuri de înaltă acrobație, nemaivăzute până acum.

Frolov stă în picioare sub o aripă a aeroplanului său, cu o țigară neaprinsă în gură. Căutându-și chibriturile, se plesnește peste numeroasele buzunare ale combinezonului. Le găsește. Hârșâie. Chibriturile s-au umezit de la ploaie. Și atunci mă gândesc așa: dacă astăzi, deodată, aviatorul Frolov se va zdrobi (este, totuși, înaltă acrobație), înseamnă că nu i s-a împlinit, chiar înaintea morții, o dorință atât de simplă.

Mi-e milă de aviator. Îi cer tatei chibriturile și alerg spre el peste câmp. Este interzis, și mă fluieră organizatorul, dar eu alerg să îi dau chibrituri aviatorului. El, cine știe cum, a înțeles totul și vine spre mine. Zâmbește. Eu tot alerg ținând în mâna întinsă cutia cu chibrituri. Ajungem unul în dreptul altuia. Aviatorul ia chibriturile și își aprinde țigara. Trage primul fum, îi văd fața printre rotocoale. Luându-și rămas-bun de la mine, îmi strânge mâna cu putere. Cu așa o putere, numai că nu țip, dar reușesc să mă stăpânesc. Așadar, așa e strângerea de mână a unui aviator. Întorcându-mă în mulțimea de spectatori, traversez iar o parte a terenului de zbor, dar organizatorul nu mai fluieră. Stă întors cu spatele.

Și iată-mă alături de tata, mă uit la terenul de zbor. Vine rândul aviatorului Frolov. Și-a fumat deja de mult țigara și stă în scaunul aeroplanului. Elicea se învârtește. Aeroplanul zvâcnește și trepidează, ținut de opt oameni de la aerodrom.

La semnalul aviatorului, oamenii dau drumul aripilor, și cad la pământ. În fine, aparatul se eliberează de ultimul care îl ținea la sol. Săltând când cu o roată, când cu cealaltă, rulează puțin și își ia zborul în aer. Brusc, parcă chiar prea brusc, ia înălțime.

Zborul. Aeroplanul plutește în aer ca o pasăre mare. Nici în ruptul capului nu înțeleg cum se ține acolo. Când se vorbește despre legile fizicii, despre construcția aparatului – înțelegi. Dar când te uiți cum planează în aer – nu mai înțelegi. Și te minunezi. Și ți-e foarte frică pentru omul care stă în el.

Și nu degeaba mi-a fost frică... Nu degeaba. Totul s-a întâmplat când figurile complicate fuseseră deja demonstrate. Din îndepărtatul înalt al cerului, aeroplanul lui Frolov venea la aterizare. Deodată, coborârea lină, în cerc, s-a întrerupt. Comparația cu o pasăre împușcată, întâlnită după aceea în toate ziarele, mi se pare și acum singura cu putință. În ciuda romantismului său evident, ea corespundea celor văzute de mine: aripa dreaptă s-a frânt, ca a unei păsări, și aparatul, rotindu-se în jurul axei sale, s-a năpustit în jos.

După aceea s-a scris că s-a rupt cablul care leagă aripile biplanului, iar construcția și-a pierdut rigiditatea, dar în clipele acelea nu înțelegeai nimic altceva decât că se apropia o nenorocire. S-ar mai fi putut spera, sigur, că aviatorul executa una dintre figurile de înaltă acrobație și că va ieși îndată din picajul său, dacă n-ar fi fost aripa aceea frântă – aproape desprinsă de aparat, tremurând în vânt – ea nu lăsa nici o speranță.

Mulțimea de pe aerodrom a amuțit dintr-odată. Toți știau deja că aviatorul zbura spre moarte. A zburat parcă incredibil de mult, iar rotirea aeroplanului arăta comic, ceea ce făcea să fie cu atât mai îngrozitor. De fiecare dată când aparatul se întorcea spre noi cu partea de sus, se vedea Frolov așezat în scaunul de pilot, și de fiecare dată mâinile lui erau puse altfel: probabil trăgea cu disperare de diferitele manete încercând să scoată aparatul din vrie. Clipele zborului lui au durat, au durat mult, și am apucat să mă gândesc că în felul ăsta i se prelungește viața, că acum îl văd viu, iar peste o clipă va fi mort, și lucrul ăsta îl știu toți – și el, care trage de manetele aparatului, și noi, încremeniți în tăcere... Mă pregăteam să prind cumplita clipă a trecerii vieții în moarte, dar, bineînțeles, nu am prins nimic.

Când aeroplanul s-a înfipt cu botul în pământ (trosnetul de lemn al construcției), tăcerea a explodat în strigătul pe o mie de glasuri al mulțimii. O masă de oameni s-a năpustit din toate părțile spre aeroplan, inundând într-o clipă terenul de zbor – cum se răspândește cafeaua pe fața de masă când e vărsată. Oamenii se pregăteau deja să alerge, iar izbirea aeroplanului de pământ le-a dat startul. Am alergat și eu odată cu ceilalți, ghicind după aripile rupte ale aparatului starea aviatorului. Alergam și strigam, dar, fără să-mi dau nici eu seama, mi-am încetinit fuga, am trecut din primul rând mai în spate, ca să nu fiu printre cei care se vor apropia primii de cel zdrobit. Și cu cât fugeam mai încet, cu atât țipam mai tare, încercând parcă să suplinesc cu țipătul acela disperat faptul că nu eram în linia din față.

Când l-am văzut totuși, Frolov nu arăta atât de îngrozitor cum mă temusem. Fruntea despicată, un firișor de sânge din gură, o mână întoarsă nefiresc pe dos. Cu mâna aceea luase de la mine chibriturile. Cu ea îmi strânsese mâna – tare, de mă duruse. Acum nu mai era în stare de nici o strângere de mână, nici de cea mai slabă. Mi-am amintit mâna aceea mai târziu, când am citit cunoscutele versuri ale lui Blok:

Aripile-i pe șes, departe,
Încovoiate-s crengi de pom...
Și-n sârmele mașinii moarte
Mai moarte-s mâinile de om...[1]

1. Din poezia „Aviatorul", de Aleksandr Blok, vol. cit.

Mai moarte decât mașina – cunoșteam valoarea acestui detaliu.

Miercuri [Nastia]

Am văzut la televizor reportajul de la Kremlin. Băieții mei m-au entuziasmat astăzi. Decoratul Platonov a găsit cu cale să vorbească în timpul decorării despre Belka și Strelka – foarte nimerit, cred, și cu dragoste pentru natură. Geiger – la fel, nimic: a lansat din mers un „mulțumesc“ și s-a întors la locul lui. Fără să se uite la comandantul suprem. Nu se omoară după el – păi, și de ce s-ar omorî, dacă stăm să ne gândim? Pe scurt, am fost mândră de ambii decorați.

Miercuri [Geiger]

Cu Innokenti pe drumul de întoarcere de la Moscova. La vagonul de dormit – am hotărât să mergem totuși cu trenul.

El nu prea suportă avionul. Îi amintește de un aviator care a murit. Care a murit sub ochii lui.

Eu scriu.

Innokenti se uită la distincții. A pus în fața lui cele două cutiuțe – în una Onoarea, în cealaltă Curajul. Molfăie gânditor din buze. Are aerul unui om cuprins de nedumerire. E de tot hazul dacă te uiți la el.

Azi-dimineață ne-au adunat la administrația prezidențială din Staraia Ploșciad[1]. Îi știam pe toți viitorii decorați – sau aproape pe toți.

În scurt timp ne-au urcat într-un autobuz și ne-au dus la Kremlin. Am așteptat decernarea distincțiilor într-o sală cu plafon jos. Am mâncat pateuri și am băut suc.

Prin sală umbla un organizator de la serviciul de protocol. Propunea să i se lase lui cadourile pentru președinte. Nu se cuvine să i se înmâneze personal ceva președintelui.

---

1. Piața Veche.

S-a apropiat și de noi, dar Innokenti și cu mine doar ne-am desfăcut brațele. Nu ne pregătiserăm să înmânăm nimănui nimic. Pe fața organizatorului a trecut o umbră de dezamăgire.

Când ne-a invitat pe toți să mergem pentru decorare, Innokenti era la toaletă. Dezamăgirea organizatorului a devenit și mai mare.

Primul dintre noi doi a fost chemat Innokenti. Uitându-se pe o hârtiuță, președintele i-a lăudat curajul și l-a comparat cu Gagarin.

— Mă tem că nu merit comparația cu Gagarin, a replicat cu tristețe Innokenti, fiindcă acest curaj al meu a fost de nevoie. Este, mai degrabă, de felul curajului pe care l-au avut Belka și Strelka, care n-au avut nici ele cum să scape. Așa că e mai bine să fiu comparat cu ele.

În sală s-a aplaudat, președintele a zâmbit nesigur. S-a alăturat aplauzelor generale. Cât despre Belka și Strelka, e clar că au fost ceva neașteptat pentru el.

Innokenti și-a pus acum amândouă ordinele. Le văd pe pieptul lui printre sticlele de apă minerală. Îi stau bine.

Vineri [Innokenti]

Ieri m-am întors cu Geiger de la Moscova. O călătorie neobișnuită. Mergând prin Kremlin, mă gândeam: să fi nimerit aici în anii '20 și '30, puteam să întâlnesc pe vreunul dintre cei care...

Toate nădejdile noastre, toată ura se ridicau precum un abur tocmai spre acest loc, spre vârful lumii. Cu asta ne încălzeam, asta inspiram. Dar să fi fost într-adevăr la Kremlin în anii aceia, să le fi spus în față tot ce gândeam despre viața noastră! E și de râs, bineînțeles: nu apucai să spui un cuvânt, nici să deschizi gura – era bine dacă reușeai să arunci și o privire. Să-i zărești doar – asta deja nu era puțin lucru. Să te lase inima și să mori, dar să vezi.

Dar m-am uitat la cel de-acum: nu m-a lăsat inima. Nici nu mi-a bătut mai tare. Și nu pentru că ar fi cine știe cum, ci pur și simplu pentru că acesta nu este timpul meu, nu e de-al meu, simt asta și nu-mi pot apropia acest timp. Nu simt față de ceea ce se petrece nimic în afara unui interes abstract. E ca și cum aș fi fost prezentat președintelui Republicii Zimbabwe, să zicem: da, președinte, da, interesant, dar pe dinăuntru nici un ecou. Și poți să-i spui tot ce vrei – dar nu-ți vine. Nu te interesează.

După decorare am fost invitați la o cupă de șampanie. Am băut șampania de Kremlin și mi-am spus deodată că e băutura puterii. Îmi tot vin astfel de idei. Mi-am imaginat cum, odată cu ea, îmi pătrund prin gât puterea și știința de a învinge, dar în primul rând – responsabilitatea aceea deosebită pentru țară, care transformă funcționarul în conducător, iar problema țării devine problema lui personală, și țara însăși devine o parte a propriului său *eu*.

I-am împărtășit lui Geiger reflecțiile mele despre această băutură, dar el n-a fost de acord cu sensul ideii mele:

— Acolo unde este un bun funcționar nu e nevoie de conducător.

Remarcabil. O opinie europeană. Îmi apropii cupa de cupa lui Geiger:

— Dar unde ai văzut dumneata în Rusia un bun funcționar?

Ciocnim, și scap paharul din mână. Mă uit cum, ca într-o filmare cu încetinitorul, zboară, și știu că peste o clipă o să împroaște în toate părțile – cu șampanie, cu cioburi, dar el tot zboară și, în sfârșit, cade, și stropii se împrăștie care-ncotro – exact cum mi-am imaginat. Am devenit martorul unui timp neobișnuit – nu al celui prezent și cu atât mai puțin al celui trecut; poate al celui viitor? Doar am văzut această imagine o veșnicie întreagă până să cadă paharul. Se apropie în fugă câțiva oameni din personal, îmi spun să nu îmi fac probleme. Nici nu îmi fac, de fapt.

Sâmbătă [Geiger]

Îmi tot vine în minte voiajul nostru, al lui Innokenti și al meu.

Mai cu seamă discuția de după șampania pe care a asemănat-o cu o băutură a puterii. Ce fantezie ciudată! Băutura asta, zice, transformă funcționarul în conducător.

Nu știu ce bea președintele actual (mă tem că alte băuturi), dar din el nu a ieșit nici una, nici alta...

Pe mine, de fapt, mă uimește Innokenti. Omul a îndurat cea mai dură tiranie, și rostește atât de ușor cuvântul „conducător"... *Unglaublich*[1]...

Nu degeaba i-a căzut paharul din mână.

Duminică [Innokenti]

În computer există un program-redactor, care corectează automat greșelile. Am rămas cu strania impresie că uneori redactorul meu are plăcerea de a corecta mai mult decât e necesar: adaugă câte ceva, iar câte ceva, invers, șterge. Sunt profund convins că își arogă cam mult. Din pricina acestui program am în permanență senzația unei prezențe străine... I-am spus și lui Geiger – el a râs și a spus că nu mai dă de mult atenție lucrurilor de felul ăsta. Obișnuita mârlănie de computer, zice.

Luni [Nastia]

Geiger mi-a adus zilele trecute un teanc de pagini. Însemnările lui Platoșa din prima jumătate de an a noii lui vieți – transcrise de pe caiete în computer și printate. Mi le-a adus, după spusele lui, ca să îmi înțeleg mai bine soțul.

1. De necrezut (în germană în original).

Dar eu, în treacăt fie spus, îl înțeleg destul de bine și așa. Ce m-a mirat însă cu adevărat la aceste însemnări: cât de detaliat descrie fiecare amănunt, și cu o dragoste cu atât mai mare, cu cât sunt mai de demult! I-am spus asta, și mi-a răspuns că scrie la un proiect de viitoare reconstituire generală a lumii. Glumește, dragul de el.

Interesant, oare în acest proiect amintirile lui Platoșa au aceeași valoare cu amintirile altor persoane – de exemplu, cu ale mele? Deși – cine să aibă nevoie de trecutul meu? Și la scara istoriei – pff, nici măcar nu e încă trecut: e prezent. Ce aș putea să descriu eu?

De exemplu, careul de dimineață de la grădiniță – ca în lagăr sau în armată. Micul dejun de mai mare jalea. De la cocoloașele din terciul de griș îți vine să verși, când e curent vine miros de clor de la toaletă. Aplecată peste terci, aleg cu grijă cocoloașele cu lingura, dar tot îmi mai scapă și, prea târziu, le dibui cu limba. Atunci vomit pe loc.

Eu nu am dragoste față de aceste amănunte – și cine o să aibă? Trebuie totuși să le îndrăgească și să le descrie și pe ele cineva, altfel lumea va rămâne incompletă. Poate trebuie să mă înghețe și pe mine, pentru ca peste o sută de ani să le prețuiesc și să le înfățișez urmașilor?

Luni [Geiger]

A venit actul de reabilitare a lui Innokenti.

Spune că „dată fiind absența elementelor crimei". Adică nu a făcut parte dintr-un complot contrarevoluționar și nu l-a omorât pe Zarețki. Că așa este, nu s-a îndoit, nici fără asta, nimeni.

Dar hârtia e bine, totuși, să o ai. Într-o țară așa de birocratică precum Rusia, trebuie să fii întotdeauna pregătit să dovedești că nu ești cămilă. În cazul nostru, totul este extrem de simplu: statul este vinovat – deci el trebuie să recunoască acest lucru.

Pe Innokenti nu l-a impresionat această hârtie. Chiar mi s-a părut că i-a trecut o undă de nemulțumire prin ochi. Să disprețuiască atât de mult statul, încât să nu-i trebuiască reabilitarea? Nu, nu mi s-a părut.

Poate i se pare că, pentru toate suferințele lui, o hârtioară ca asta e ceva prea de nimic?

L-am întrebat:

— Îi recunoști statului dreptul de a te declara nevinovat? Dacă nu i-l recunoști – și asta e de înțeles.

A ridicat din umeri.

— Nevinovat te poate declara numai Dumnezeu. Iar ceea ce face statul nu e chiar așa de important.

Ei, depinde cum o iei.

Marți [Innokenti]

În viața fiecărui lazar venea clipa când i se injecta somniferul și era trimis la congelare. Injecția era cea din urmă manifestare, una secretă, de milă față de obiectul experimentului, și venea din partea academicianului Muromțev. Înalta conducere apreciase că trebuia să fii nu numai viu, ci și vioi la congelare. Dar academicianul, considerând pe drept cuvânt somnul o formă de viață, s-a abătut de la această dispoziție, și lazarii i-au fost recunoscători. Oricum ai întoarce-o, în împărăția lui zero absolut e mai ușor să te cufunzi în somn. Înainte de injecție, lazarii își aminteau deseori zicala rusească potrivit căreia somnul nu e o piedică pentru moarte. Aplicată la obiectivele lui Muromțev, zicala suna cinic, dar, în mod ciudat, chiar ea îl întărise pe academician în hotărârea de a injecta somniferul.

Adormind, m-am gândit la Lazăr. Soarta lui era pentru mine singura speranță. Dacă se dovedise cu putință să fie înviat după patru zile un mort care deja mirosea, ce putea fi imposibil în învierea unui om înghețat după toate regulile?

Înțelegeam că a fi găsit viu la dezghețare era exclus, dar nu voiam să plec cu sentimentul deznădejdii. Domnul l-a înviat pe Lazăr după patru zile. Când mă vor învia pe mine – și mă vor învia oare? Voiam să cred că da.

Gândindu-mă acum la dezghețarea mea, dat fiind numărul anilor care au trecut, mă întreb: n-a devenit ea învierea unei întregi generații? Căci orice amănunt pe care mi-l amintesc eu acum devine automat un detaliu al epocii. Dar poate nu în detaliu stă problema, ci în întreg? Poate chiar de aceea am fost înviat, pentru ca toți să înțelegem încă o dată ce s-a petrecut cu noi în anii aceia cumpliți când am trăit eu? Îi împărtășesc gândul meu Nastiei. Nu cumva, spun, toate astea au fost concepute anume pentru mărturiile mele? Doar am văzut și am păstrat în minte tot. Iar acum le descriu.

Joi [Nastia]

Am o stare a-ntâia în ultimele zile. Mi-e greață, nu-mi vine să fac nimic – aș zăcea și nu m-aș mai ridica. Dar nu, am o groază de treburi de tot felul – în primul rând trebuie să gătesc pentru Platoșa. Nu e mofturos, se mulțumește și cu o coajă de pâine, dar tocmai asta mă mobilizează. Îmi spune:

— Legumele congelate din reclamă – am ajuns să le și visez. Nu putem să angajăm cu banii ăștia o femeie?

Putem. Numai că eu, bunăoară, nu vreau să se fâțâie cineva pe lângă noi doi prin casă, mi-e mai simplu să pregătesc eu masa. Dar cum adică mai simplu – pentru mine e o mare plăcere să gătesc pentru el. Și chiar are, oho, nevoie de asta: Platoșa nu e un soț oarecare, el e unul deosebit, este cineva de-o seamă cu veacul. Are nevoie de îngrijire.

Râd eu, dar are un fel de debilitate. Ieri a alunecat în cadă și a căzut. Bine că e o cadă de plastic, nu de fontă – nu s-a lovit tare, doar că m-am speriat. Dintr-un salt am și fost la el; mă uit – stă întins în cadă. Zâmbește.

— Mi-am trecut un picior peste marginea căzii, zice, și celălalt s-a dus.

Mamăăă! Și-a trecut un picior – păi așa ar putea să vorbească un bătrân, nu un bărbat în floarea vârstei! Care are, ce-i drept, nouăzeci și nouă de ani, dar asta, hm!, nu-l deranjează chiar deloc ca bărbat. I-am spus de căderea asta lui Geiger – s-a încruntat. M-a rugat să-l urmăresc mai atent pe Platoșa. Mai atent de-atât...

Da, Geiger i-a obținut reabilitarea lui Platonov cel decorat – zice că acest lucru poate fi important. Se miră că hârtia a venit așa de repede, explică asta prin celebritatea lui Platoșa. Cât despre erou, el se arată indiferent, ceea ce e chiar puțin ciudat. Înțeleg că, una peste alta, nu are nevoie să-l reabiliteze nimeni, că fițuica asta nu acoperă nici o miime din ce a îndurat el, dar nici nu e nimic ofensator în ea. Cu toate astea, se uită la Geiger aproape supărat.

Vineri [Innokenti]

Cam prost: am căzut zilele trecute în baie. Cu un bubuit. Nastia a alergat speriată, m-am prefăcut că e totul în ordine, deși de fapt m-am lovit. I-am spus că mi-a alunecat piciorul, dar nu fusese nici pomeneală de așa ceva. Piciorul mi s-a frânt pur și simplu, și am căzut. Cel mai neplăcut e faptul că nu e pentru prima oară. Săptămâna trecută am traversat în fugă, m-am împiedicat de bordură și puțin a lipsit să cad. A doua zi m-am dus după lapte – și am căzut pe treptele magazinului.

Când cade un tânăr – dând din brațe, cu o privire speriată –, e cumva grozav de penibil. La un bătrân nu-i nimic, dar la un tânăr – oh, degeaba ai tu o sută de ani la activ. Și te ajută toți să te ridici, te compătimesc toți – ce respingător e să fii în centrul atenției! Aversiunea asta o am pesemne de la tata. Dar ce ciudat: zăcând pe treptele magazinului, m-am gândit nu știu de ce la el, cum zăcea el tăcut în gara Varșavski.

Încep să mă îngrijoreze căderile mele, după cum și cupa aceea de la Kremlin. Nu știu dacă se face să îi spun lui Geiger, și așa tremură în ce mă privește, iar dacă îi spun – adio viață liniștită: investigații, interdicții.

Poate doar mi se pare, dar totul a început de când s-a întors în casa noastră statueta lui Themis. Ea îmi aduce aminte și că am eșuat cu pictura, și evenimentele dureroase care s-au petrecut înaintea arestării. Nu este exclus ca totul să fie de natură psihică. Geiger mi-a și spus că jumătate din boli se trag de la psihic. Ca și, că tot veni vorba, însănătoșirile. E important să îți creezi o stare de spirit bună. Să încerc s-o scot singur la capăt cu chestia asta.

[Nastia]

Decoratul are o nouă fantezie. Vrea să reconstituie întreaga lacună apărută în timp după ce a fost el înghețat. Acum adunăm amândoi cărți și filme din anii '30 până în anii '80. Mai ales filme – în ciuda neroziilor sovietice din ele, viața de zi cu zi e redată întocmai. Și moda: pantalonii largi din anii '50 și mânecile suflecate ale cămășilor. Pantalonii mulați și pantofii cu vârf ascuțit din anii '60. Platoșa îmi dă un cot:

— Uită-te la fețe: fețele sunt cu totul altfel, și doar n-au trecut nici cincizeci de ani.

— Ei da, bun, sunt puțin altfel, dar ca să fii așa... Dar acum ce fel de fețe sunt? întreb.

— Păi tu nu vezi? Așa, nervoase, rele, expresia e „nu mă atinge!“ Nu la toți, sigur, dar la mulți.

— Și-ți place mai mult frumusețea sovietică? îl mușc eu cu grijă de ureche.

El ridică din umeri. Nu-i place, se pare.

Innokenti se uită acum la filme și jurnale de actualități din trecut. Spune că are un gol în timp, și îl umple.

M-am uitat ieri cu el la un jurnal de actualități din anii '50. Nostim. Ca de pe altă planetă.

La prim-planul unei comsomoliste a oprit videomagnetofonul. Da, o figură expresivă. Am remarcat, apropo de asta, că epoca se reflectă mai bine pe figurile feminine decât pe cele masculine. Poate pentru că femeile au fața mai mobilă.

— Încă sunt milioane în lagăre, dar pe fața ei e o fericire neprefăcută. Neprefăcută! Innokenti s-a dus chiar lângă ecran. De ce e atât de fericită, îm? În ciuda a orice.

Nastia a făcut o grimasă. Da, figurile feminine sunt fenomenal de mobile.

— Dar de ce toxicomanul nu simte duhoarea din speluncă? am zis eu. De ce realității îi este preferată utopia?

— Eu, în treacăt fie spus, nu am preferat-o. Innokenti a luat telecomanda și a trecut pe televizor. Canalele au început să se schimbe în viteză. Uite, acum par a fi toți liberi, dar ce înfățișare acră au! Eu eram convins că odată cu libertatea vine și bucuria.

— Rezultă, a lansat Nastia, că e mai bine să te afli într-o utopie și să fii fericit decât să fii liber, dar trist.

Innokenti și-a desfăcut brațele. Telecomanda a căzut cu zgomot.

Inițial nu am vrut să scriu despre asta: Innokenti mă îngrijorează. E ceva cu sănătatea lui. Probleme cu funcțiile motorii. Și deocamdată nu îmi dau seama despre ce anume este vorba.

Nastia mi-a spus de căderea lui *Platoșa* în baie. Am văzut eu însumi paharul spart la Kremlin. Sigur, poți să și cazi, ți se poate întâmpla să și scapi paharul, și telecomanda, dar e în toate astea ceva care mă pune în gardă.

Am început să îl urmăresc mai atent pe Innokenti. În mersul lui a apărut o nesiguranță. Imperceptibilă dacă nu te uiți atent, dar înainte nu era.

Marți [Nastia]

Ieri ne-a sunat antreprenorul Tiurin. Așa s-a și prezentat: Tiurin, antreprenor. Petrolist, pare-se. A vorbit cu el Platoșa, după ce a pus difuzorul, ca să aud și eu (se adaptează Platonov al nostru nu pe zi, ci pe oră ce trece). Tiurin a spus că va organiza într-o seară un foc de artificii pe insula Elaghin – ne-a invitat insistent. Iar eu mi-am amintit brusc: măiculiță, e printre primii zece pe lista *Forbes*! Om de Moscova, în Piter nu sunt din ăștia. Nici în Siberia, unde își pompează el petrolul. Lăsând la o parte patriotismul local, păi toți banii, carierele, dar și tot restul, se află la Moscova. E un fapt care trebuie recunoscut, este absurd să-l contești, chiar nu e de deviat de la această chestiune, cum fac eu acum.

Vasăzică, din câte spune el, antreprenorul Tiurin a trecut azi prin Piter și i-a venit să organizeze seara un foc de artificii – deodată, fără nici o pregătire. A întrebat dacă nu ne supărăm că ne pică hodoronc-tronc pe cap cineva, de fapt, necunoscut. Necunoscut, a fost de acord Platoșa, dar nu ne supărăm. Viața, a spus Tiurin, trebuie să fie de voie: ai chef de un foc de artificii astăzi, și anume pe Elaghin – bun, va fi un foc de artificii. Să-i fi nimerit cuvintele în urechea omului fără adăpost care scormonește în gunoiul nostru. Acela pur și simplu nu știe cum trebuie să fie viața, altfel organiza un foc de artificii pe Elaghin.

Platoșa vorbea cu Tiurin fără nici un chef, dar i-am făcut un semn energic să se stăpânească. Înțeleg că toată canonada asta pe Elaghin e negustorie sinistră și lăcomie de ultima speță, și totuși... Vreau foarte mult să merg acolo. „Vreau foarte mult să merg acolo“, am scris pe o foicică și i-am pus-o sub ochi lui Platoșa.

— Bine, i-a spus Platoșa, vom veni.

Nu a trebuit să ne ducem noi: ni s-a trimis o limuzină... Acum s-a apropiat de mine pe la spate stăpânul meu. A citit cuvântul *limuzină* și a început să râdă.

— Încetează, zice, nu mai scrie de limuzină.

Ai dreptate, iubitule, ai dreptate... Dar nu, despre două lucruri tot o să spun. După artificii a început onorul, așa că salvele au fost nominalizate. Prima salvă a fost dedicată, păi, sigur, lui Tiurin, a doua – lui Platoșa. Și încă ceva, poate cel mai uluitor. Am observat pe degetul lui Tiurin un inel fantastic de frumos, cu briliant. I-am spus – de față cu toți, ca să-i fac plăcere. Iar el și-a scos inelul și i l-a întins lui Platoșa – îi vine, cică, mai bine lui. Și mi-a făcut cu ochiul. Platoșa a refuzat, dar Tiurin i-a vârât inelul în palmă și i-a îndoit degetele. Un gest de mare efect, a spus unul dintre ziariști, regesc (cadrul ăsta l-am văzut azi în câteva ziare). Deși Tiurin, repet, e mai degrabă negustor decât rege. Dar inelul chiar e formidabil – azi m-am uitat toată dimineața la el. Platoșa, prostuțul de el, nu vrea să și-l pună.

[Innokenti]

Dar ce prescurtare nimerită totuși – LAZAR, chiar dacă ai în vedere că eu n-am zăcut numai patru zile. Am văzut icoane care înfățișează învierea lui Lazăr: el iese din criptă, iar oamenii care stau în jur își astupă nările. Bun... Potrivit descrierii lui Geiger, când m-au scos din azot nu arătam nici eu grozav. Ce-i drept nu miroseam.

În primul rând, Lazăr nu a murit brusc – a bolit, a bolit din greu. Nici plecarea mea la congelare nu a fost pe neașteptate. Vasăzică, am avut amândoi timp să ne pregătim. Și probabil că am avut amândoi aceleași gânduri înaintea plecării. Dar pe urmă pe el l-a înviat Dumnezeu – cum a trăit el cu acest fapt? Că până și eu, una peste alta, întors la viață de Geiger, nu pot să realizez întru totul dimensiunea celor petrecute. Ajung la singurul gând posibil: cu mâinile lui Geiger m-a dezghețat Dumnezeu.

Cum a decurs viața lui Lazăr după înviere? Da, se știe că ar mai fi trăit încă treizeci de ani și că a fost episcop într-un oraş din Cipru, dar nu aceste amănunte, care se numesc biografie, le am eu în vedere. Pe mine mă preocupă ce a simțit el după ce a plecat deja o dată din lumea celor vii.

Fiindcă atunci când un om se întoarce – de oriunde – nu e ceva întâmplător. E o schimbare a hotărârii luate sau a desfășurării firești a evenimentelor. Pentru orice întoarcere trebuie să existe cauze care au greutate. Dar când un om se întoarce nu de oriunde, ci de pe lumea cealaltă, el are niște misiuni anume. Lazărul celor patru zile aduce dovada atotputerniciei lui Dumnezeu.

Eu ce dovadă aduc? În cele din urmă, a aceluiași lucru. Dar, pe lângă asta, probabil a timpului în care am fost pus mai întâi. Cei care trăiau în vremea mea nu știau încă ce anume să ateste în fața urmașilor, nu știau *ce* anume va fi util peste decenii. Dar eu știu. Ceea ce mă ajută într-o oarecare măsură, deși, sigur, doar într-o oarecare măsură, pentru că mărturiile mele nu au totuși nici o valoare. Și totuși e bine dacă vor servi la învierea timpului meu dinainte – fie ea și imperfectă.

La înviere mă gândesc tot mai des. Despre ea vorbește și numele Nastiei. Uneori mi se pare că Nastia a înviat-o pe Anastasia, că ele sunt inseparabile și alcătuiesc o viață aparte, creată special pentru mine din două vieți diferite. Dar câteodată un astfel de gând mi se pare o nebunie, pentru că neagă unicitatea fiecărei vieți în parte. Ce pot spune cu certitudine este doar că le iubesc pe amândouă.

Joi [Nastia]

Lui Platoșa i s-a propus să promoveze petrecerea corporatistă a unei companii de gaze. El a refuzat. Când am auzit la cât se ridica onorariul, sinceră să fiu, m-am bosumflat. Lui Platoșa nu i-am spus nici un cuvânt de reproș: e bărbat – el hotărăște. Cei cu gazele nu s-au lăsat totuși. Luând legătura cu mine, au explicat că ei fac forări experimentale în Arctica, drept care au nevoie de Innokenti Petrovici ca de aer. Dacă nu pentru promovare, măcar ca oaspete. Fără ca onorariul să scadă în acest caz. Tot ce se cerea de la Innokenti Petrovici era să apară cu Ordinul pentru Curaj, să rostească un toast pentru directorul general al companiei (și soție) și să le ureze tuturor succes la extracția gazelor. Asta era deja altă treabă. E caraghios, sigur, cu toastul și cu directorul, dar nu e mare lucru și nu e rușinos. Platoșa a acceptat.

L-am rugat să îi spună lui Geiger că hotărârea s-a luat în afara mea, altfel prietenul nostru comun m-ar mânca. E interesant că Geiger înțelege importanța bancnotelor, dar când se ajunge la mijloacele de a le câștiga încep grimasele, toate acele „vezi dumneata, Nastia..." etc. Nu vreau să par mai mercantilă decât toți, poate visez să fiu o lady Hamilton, dar cineva trebuie să se ocupe totuși de mijloacele de trai. E ciudat, în general vorbind, că nu neamțul face asta.

Oricum, ne-am dus, păliți de soare[1], la această acțiune. Locul – palatul Iusupov; la intrare și pe scări (uau!) – negri în livrele, peste tot flori proaspete. În hol, membrii consiliului directorial, deputați, actori de cinema, bandiți, zombi de tip sovietic, fotomodele, corespondenți, palavragii profesioniști – într-un cuvânt, toți iubitorii de gaze.

Am fost întâmpinați de șeful serviciului PR al companiei, Vadim. Luându-ne pe amândoi pe după umeri, ne-a adus la cunoștință printr-o șoaptă sonoră și fără vreo introducere:

---

1. Parafrază a unui vers din poezia lui A.N. Nekrasov „Meditație la intrarea principală" (1858).

— Cel mai mult îmi place ziarista Jabcenko. Invitația era clar pentru o persoană: pentru ea. Ei bine, știți ce-a făcut? Știți?

— Nu știm, am răspuns noi în cor.

— I-a dat soțului ei invitația, iar ea a apărut după o jumătate de oră și a spus că e pe listă. A arătat și actul de identitate. Paza a verificat lista și, normal, i-a dat drumul.

— Și soțul ei se numește tot Jabcenko? a vrut să știe Platoșa.

— Păi aici e toată șmecheria. Cine se mai uită la inițiale când are de-a face cu un asemenea nume[1]? O cățea! Scuze...

Vadim a zâmbit fermecător. După un minut discuta cu altcineva. Ni s-a adus șampanie. L-am întrebat în glumă pe Platoșa dacă șampania nu-i va face probleme când o să vorbească. El a zâmbit și s-a bătut peste buzunarul sacoului. Acolo era textul tipărit al toastului, furnizat de același Vadim. Omul eliberat din captivitatea de gheață ridica paharul în sănătatea soților Savcenko, Vitali și Liudmila, care se luptă cu gheața tocmai la Polul Nord. Toată lumea știa că soții se luptă cu gheața fără să părăsească Nevski Prospekt, dar s-a considerat că metaforic se poate spune astfel.

Înăuntru, în palat, Platoșa arăta cam obosit. Da, zâmbea – îi stă așa de bine când zâmbește! –, dar era un zâmbet cam chinuit. Băuse, sigur, destul de mult, aș spune – prea mult, numai că oboseala lui nu era legată de asta. Îl cuprinsese din primele minute ale venirii la banchet.

De exemplu, nu l-a bucurat prezentarea platourilor cu mâncare, cu doisprezece chelneri purtând prin sală un purceluș la tavă, urmat de un platou cu nisetru și de încă multe altele care nici nu știu cum se numesc. L-am întrebat pe Platoșa dacă nu cumva se simte rău, dar mi-a spus că simte doar o ușoară indispoziție.

Am stat la masă cu un amiral în rezervă – un unchiaș binevoitor, care avea grijă să nu treacă vreun toast fără să bea un

---

1. *Jaba* (rusă) – broască râioasă.

pahar. După vreo jumătate de oră, Platoșa l-a întrebat pe vecinul nostru, ca amiral în rezervă, dacă e adevărat ce-a fost atunci. Amiralul a răspuns că e adevărul curat. A zâmbit, prezentându-și albul danturii false. După puțin timp, Platoșa a mai repetat o dată întrebarea, pe urmă încă o dată, dar amiralul a răspuns la fel de binevoitor ca și prima dată.

Păcat că toastul promis nu s-a ținut la începutul seratei – atunci ar fi corespuns mai mult planului celor cu gazele. Dar cum toastul fusese gândit ca punct culminant, s-a făcut auzit mai spre sfârșit. Când Platoșa a invitat să se ridice paharul pentru soții Jabcenko care se luptă cu gheața, sala nu a obiectat cine știe ce. Nici nu sunt sigură că toastul a fost auzit de toți. Interesant e că soții Jabcenko, care ședeau într-un colț îndepărtat al sălii și strigau mai tare decât toți, au auzit. Nu i-a mirat că după scandalul cu intrarea la banchet se ține un toast în cinstea lor. Nu i-a mirat nici anunțatul lor război cu gheața. S-au ridicat în picioare și s-au înclinat.

Onorariul l-am primit totuși.

[Innokenti]

În locuința mea dinainte mă simt uneori ca pe o insulă – în mijlocul mării unei vieți străine. Un biet Robinson Crusoe.

[Geiger]

Innokenti mă îngrijorează tot mai tare.

Mișcările lui devin tot mai puțin sigure.

Uneori văd cum trage puțin un picior când merge.

Dacă nu te uiți atent, nu observi. Dar eu mă uit atent. Vreau să ghicesc cursul, să înțeleg cum va evolua situația.

Problemele nu sunt însă numai motorii. Am impresia că a început să îi fie afectată memoria operativă. Dacă e distras brusc în timp ce vorbește, își pierde deseori ideea.

Deocamdată nu vreau să vorbesc despre acest lucru cu nimeni, nici cu Nastia. Nu vreau să îi sperii. Tot sper că e ceva trecător.

Și petrecerea aceea corporatistă a celor cu gazele. Înțeleg că alcoolul e cauza confuziei. Și totuși nu-mi place întâmplarea asta. Cum poți să uiți ce ai învățat toată seara dinainte?

Și petrecerea în sine – e opera Nastiei. Oricât m-ar asigura amândoi că Nastia nu are aici nici un amestec, nasul meu îmi spune: ea a pus la cale.

Îmi vine să-i dau una peste scăfârlie, dar mă stăpânesc. Are un haz al ei.

Duminică [Innokenti]

Ne-am plimbat azi prin cimitirul lavrei Sf. Aleksandr Nevski. Mie, de fapt, îmi place să mă plimb prin cimitire. Nastiei nu-i place. Odată, în timpul unei plimbări, mi-a spus că acolo o chinuie un gând: că fericirea noastră o să ia sfârșit cândva. Cândva chiar se va sfârși, răspund, poate chiar curând – orice e posibil pe lume. Am spus, și mi-a părut rău: Nastia a început să plângă. Ceva ce nu prea îi stă în fire.

Dar ieri a fost foarte frumos – un soare difuz de septembrie, pe jos frunze, una câte una, pete galbene, încă nu covor. Nastia mergea ținându-mă de braț, cu obrazul sprijinit de umărul meu, ceea ce ne făcea să mergem încet. Ne uitam la inscripțiile de pe morminte. Pietrele vechi sunt foarte frumoase – mai frumoase decât cele de-acum, chiar mai bogate. Iar inscripțiile sunt pur și simplu minunate, fiindcă ortografia lor veche nu se compară cu cea nouă: în ea e suflet. Și veacul de aur al literaturii noastre tocmai de ea e legat.

Chiar copilăria și tinerețea mea – și ele sunt legate de ea, deși eu nu aparțin veacului de aur. Platonov (privire pe deasupra pince-nez-ului), când se scrie *iat*[1] în rădăcina cuvintelor? Memoria i-a pierdut chipul, silueta, glasul, dar privirea asta a ei pe deasupra pince-nez-ului a rămas. Deși, de fapt, de ce „a ei“ – să fi fost bărbat? Da, precis era bărbat – șnurul în buzunarul redingotei... *Iat*, răspund, se scrie într-o serie de cuvinte cu străveche origine rusă: б жать, б дный, бл дный, в яко, в якъ[2]...

Pe o piatră de granit care răsare în fața noastră descopăr ceva cunoscut, numai că încă nu înțeleg ce. Ba da, înțeleg. Înțeleg: păi da, un nume. Terenti Osipovici Dobrosklonov, 1835–1916. Și fraza: „Du-te fără frică!“ Ea, cine știe de ce, nu este scrisă, dar nu se scrie totul pe lume.

Du-te fără frică, Terenti Osipovici, în Împărăția Cerurilor. Ursul împăiat de la intrare, fuga mea prin anfilada de încăperi și declamarea triumfală a poeziei. Teoretic, acesta poate fi un alt Terenti Osipovici, dar inima mea simte că e chiar acela. A murit, vasăzică, cu un an înainte să înceapă totul. Cu un an – uite ce noroc a avut Terenti Osipovici. A murit liniștit, fără să aibă habar de schimbările care aveau să vină, în sânul familiei, vreau să cred, cu speranța că viața acesteia va fi lipsită de griji.

Din 1916 au trecut 83 de ani, și din Terenti Osipovici, este de presupus, n-a rămas mare lucru: scheletul, verigheta, nasturii mundirului lui minunat (poate chiar mundirul!) și, desigur, barba despicată. Da, o mică parte, o nimica toată, dar a *lui*, a acelui Terenti Osipovici care m-a încurajat într-un moment dificil în cel de-al șaselea an al vieții mele. Uite, zace sub pământ, la doi metri de mine...

— Dacă dezgropăm aici, îi spun Nastiei, putem vedea un om pe care l-am întâlnit ultima oară în 1905.

---

1. Literă a vechiului alfabet chirilic, eliminată ca urmare a unei reforme a ortografiei încheiată în 1917.

2. A fugi, sărman, palid, pleoapă, veac.

Nastia mă privește lung. Tace sugestiv. Se pare că ea nu vrea să-l dezgroape pe Terenti Osipovici.

— E pur și simplu unul dintre martorii copilăriei mele, îi explic eu. Tata mi-a spus tot numele lui, și l-am ținut minte. Se-ntâmplă. A fost unul dintre primele nume care mi-au rămas în memorie. Și deodată dau de el aici, poți să-ți închipui?

— Nici nu se poate întâlnire mai fantastică.

Nastia se sprijină și mai tare de umărul meu. Vede că nu se pregătește nimeni să îl dezgroape pe Terenti Osipovici.

[Nastia]

O plimbare ciudată – așa aș intitula relatarea despre ziua de astăzi. Ne-am plimbat prin cimitirul Nikolski al lavrei Sf. Aleksandr Nevski. Apropo, nu ne plimbăm pentru prima oară prin cimitir: Platonov are – cum să spun? – o slăbiciune pentru astfel de plimbări. Pe mine nu mă atrag în mod deosebit, iar pe de altă parte, cimitirul – ca să nu mai spun ce mult îți ridică moralul – numai Disneyland nu e. Dar să mă plimb e nevoie, pentru copil.

Așadar, ne plimbam, ne plimbam, când, brusc, Platoșa rămâne pironit lângă un mormânt. Zace acolo Terenti Osipovici Dobrosklonov – acest nume e păcat să nu-l ții minte[1]. Terenti Osipovici e autorul îndemnului „Du-te fără frică", care ar fi fost rostit în copilăria viitorului meu soț. Îndemnul, nimic de zis, e frumos, nu e mai prejos decât numele de familie al lui Terenti Osipovici, dar efectul pe care l-a avut acest mormânt asupra lui Platoșa nu poate fi descris.

Mi-a povestit în detaliu tot ce e legat de această frază, după care, pe neașteptate, zice că dacă Terenti Osipovici ar fi dezgropat, în afară de schelet și de mundir nu s-ar găsi nimic. Ei da, aprob eu, în această privință nu trebuie să îți faci iluzii. Iar el s-a gândit puțin și a zis că, probabil, se va

1. *Dobrosklonnîi* – bine intenționat.

găsi și barba. Și niște piese din metal. Și simt deodată că spune asta cumva pe bune, serios. Că încă puțin, și deschide el mormântul și găsește tot. Am stat la mormânt vreo oră.

Cel mai trist în plimbarea noastră a fost că, atunci când am intrat în lavră, lui Platoșa i s-a sucit din nou piciorul. El a spus că din cauză că la poartă drumul e pavat cu pietre și că el, deh, e obișnuit deja cu asfalt. Am dat din cap că da, dar – sub pretextul preaplinului de sentimente – m-am prins strâns de brațul lui. Și mi-am pus capul pe umărul lui, ca să fiu cât se poate de aproape de el. Merge cumva foarte nesigur. Nu știu, oare să-i spun asta lui Geiger? El suflă și-n iaurt, o să înceapă să-și târască pacientul la investigații, iar Platoșa nu mai poate să audă de spital. Deocamdată aștept.

Marți [Innokenti]

Depindea mult de locul pe care îl ocupai în sala de studii. Cel mai interesant era să stai într-un punct cu un racursi ascuțit. De exemplu, să vezi *Sclav murind* al lui Michelangelo foarte de jos și pe trei sferturi întors – cea mai interesantă perspectivă a lui. Capul îi e oricum dat mult pe spate, iar dacă îți ai locul în primele trei rânduri ți se dezvăluie întotdeauna partea de jos, nevăzută, a bărbiei și nările. Ochiul alunecă mai jos de nas, fruntea nu se vede deloc. Se străduiau să stea în astfel de puncte cei care aveau capacitatea de a construi o formă complicată după legile perspectivei, dar și de a vedea și respecta proporțiile.

Da, apropo, Marx e Aleksandr Vasilievici Pospolitaki. Am dat de el într-o carte despre Academia de Arte Plastice. L-am recunoscut într-o fotografie de grup a corpului profesoral și i-am găsit numele și semnătura. A pierit la Canalul Marea Albă. Înfățișarea lui, cred, prea sărea în ochi. Ceea ce corespundea anilor 1910 ieșise cu totul din uzanțe în anii '30. Aleksandr Vasilievici se dovedise insensibil la schimbarea stilurilor.

[Geiger]

Am tot citit, în lunile din urmă, ce a scris Innokenti, și parcă m-am pătruns de felul lui de a privi.

Uneori privesc lucrurile exact ca el.

Zdrăngănitul instrumentelor aruncate în tavă.

Pârâitul bandajului când este scos.

Mirosul după ce se spală pe jos – de lămâie, uneori de căpșuni. Dacă nu e dulceag, dă o stare de spirit mai bună.

Era mirosul schimbărilor. Numai după ce l-am simțit am înțeles cât de radical s-a schimbat viața. Că înainte mirosea a clor – am mai apucat timpul acela.

Cât mi-am făcut specializarea, mai câștigam câte ceva ca infirmier, și spălam pe jos cu apă cu clor. Mirosul e cam respingător, dar e legat de tinerețea mea. Când îl simt, inima îmi bate mai repede.

Se vede că e posibil ca și ceva respingător să aibă căldura sa, și după o vreme să îi duci dorul. Ca să nu mai vorbim despre ceva frumos.

Timpul meu nu s-a întrerupt, dar uite că sunt în stare să-mi fie așa de dor de trecut.

Ce să mai spun de Innokenti – el are două vieți, ca două maluri ale unui fluviu mare. De pe malul de-acum se uită la cel de-atunci.

Căci el nu a trecut acest fluviu. Și fluviul nici n-a fost. Pur și simplu s-a trezit – iar în urma lui era apă. Ceea ce fusese cândva un drum devenise un fund de apă. Și pe acest drum el nu mersese.

Mi-a spus cumva că tânjește după anii netrăiți.

Joi [Innokenti]

L-am citit pe Bahtin. Din când în când, Geiger îmi aduce cărți pe care, după cum spune el, un om instruit trebuie să le cunoască – măcar în mare. Îmi aduce ce a apărut mai bun în diferite domenii în timpul somnului meu de gheață. Citind, mă gândeam: pentru păcatele lui, Robinson a fost aruncat pe insulă și lipsit de spațiul lui natal. Iar eu am fost lipsit de timpul meu – și tot pentru păcate. Dacă n-ar fi Nastia...

Apropo, după cât se vede, și ea l-a citit pe Bahtin. Ea i-a numit pe cei lipsiți și de timp, și de spațiu *cronotopless*. Geiger a râs cu mare poftă – cu toată atitudinea lui complicată față de ea, o apreciază pe Nastia. Dar eu n-am râs. M-am gândit deodată la cei lipsiți de timp și de spațiu: păi aceștia sunt morții. Rezultă că Robinson și cu mine suntem semimorți. Dar poate chiar morți – pentru cei care ne-au cunoscut în timpul și în spațiul dinainte.

Sâmbătă [Geiger]

L-am sunat pe Innokenti – a răspuns Nastia. A spus că *Platoșa* e plecat la cimitirul Smolensk. Că de câteva ori s-a dus și ea cu el, dar că plimbările dese prin cimitire (sforăit în receptor) au început să o apese.

— Plimbările prin cimitire?

— Da, prin cimitire. E noul lui hobby. Nastia a tăcut puțin. Își caută cunoscuții dinainte.

M-am dus la Smolensk. Mi-am amintit unde este mormântul mamei lui și am luat-o într-acolo. După două minute l-am văzut în capătul aleii pe Innokenti. Cu – la sfatul meu – ochelari negri, ca să nu fie recunoscut. Oricum e recunoscut.

Mergea și, din când în când, șchiopăta. Avea în mâini ceva înfășurat într-un ziar. În *Veciorka*. Sulul era ciudat, la început mi-a și abătut atenția de la șchiopătat.

După ce ne-am salutat, l-am întrebat pe Innokenti *ce* se poate duce la cimitir într-un sul. Innokenti s-a înroșit. A mormăit ceva nedeslușit. Dacă știam că întrebarea mea îl tulbură așa, nu întrebam.

— Poți să ascunzi orice... Am zâmbit.
— Nu am nevoie să ascund nimic.
Innokenti a desfăcut ziarul. În el era statueta lui Themis. Ia te uită! Ce să facă cu ea, mă întreb, la cimitir? Ce dreptate restabilește el aici?
Mi-a venit să râd, dar m-am stăpânit. Pentru ce, pentru ce... Poate i-a adus-o mamei lui – nu se ducea la Anastasia. Se pare că e la ei ceva legat de Themis. De-aceea s-o fi înroșit...
Ne-am îndreptat încet pe alee spre ieșire. Eu mergeam cu capul în jos. Ca și cum aș fi fost cufundat în gânduri. Eram atent la picioarele lui.
Într-adevăr, șchiopăta.
Cât de curând, trecem la investigații serioase. Nu i-am spus nimic despre asta.

[Nastia]

Platoșa ne-a molipsit cu descriptivismul lui. Repetă întruna: descrieți cât mai mult! Mă surprind gândindu-mă cum să descriu mai bine una sau alta. Până și Geiger, am auzit, încearcă să redea câte ceva. Dar, de fapt, de ce nu și Geiger? Pe ce bază îl lipsesc de aptitudini artistice? De altfel, *Geiger*, în germană, înseamnă violonist.

Duminică [Geiger]

Uite, să spunem, corul de la matineu.
La școală aveam cor. Eu, desigur, nu cântam în el – cu urechea mea! Dar ascultam transportat – la matineele care erau cu ocazia diferitelor sărbători.
Cel mai mult mă bucura matineul de Anul Nou.
Coriștii (tropăit ușor) se aliniau pe o construcție din lemn, pe care nu știu nici acum cum să o numesc. Bănci puse pe scenă pe trei niveluri.

După cum spunea conducătoarea corului, această construcție punea în valoare pe deplin posibilitățile vocale ale celor care cântau. Ei erau aranjați pe ea în așa fel, încât sunetul zbura cumva special – direct în suflet. Cel puțin în al meu.

Minunate erau vocile fetițelor – argint curat –, ele făceau ca matineele să fie frumoase. Vocile lor le și numeam, în gândul meu, *matinale*.

În fiecare zi ascult în mașină muzică, inclusiv corală.

Ce rar se cântă acum cu voci matinale! Se poate spune că nici nu cântă.

O extracție ca la carte a sunetului, profesională, numai că vrajă nu e. Nu e dimineață.

[Nastia]

Anul 1993, sunt cu mama la Tunis. Suntem pentru prima dată la odihnă în străinătate (și ne numărăm printre primii). Pentru prima dată fără tata. Deși pe banii lui – ni-i trimite din America. Oficial, nu a plecat încă de la noi, chipurile, nu i s-a terminat contractul, dar, cum s-ar spune, totul e clar cu el. Odată, când a venit, m-am uitat pe fereastră după el și am văzut cum îl aștepta în curtea noastră o tinerică, o fătucă. Nu că n-ar fi considerat necesar să se ascundă – pur și simplu nici nu se gândise la asta. Nici nu-i dăduse prin minte că pot fi văzuți. S-au sărutat și au plecat luându-se de degetul mic – o modă străină, la noi nu se mergea încă așa. Pe urmă m-am ciocnit de acest cuplu în oraș – tata s-a fâstâcit. Ea, americanca, venise cu el, stătea la hotel. Din câte înțeleg, cea mai mare parte din zi el și-o petrecea la ea în cameră.

De fapt, ce spuneam? Da, Tunis. Voiam să descriu Tunisul – una dintre cele mai luminoase impresii ale mele. Cartagina, care trebuie distrusă, și senatorul acela – cum îl...? Am uitat... Plaja. Căldura căreia îi ia locul răcoarea din holul hotelului. Fructe și legume africane – avem bilet „totul inclus". Chiar în prima seară (asta s-a dovedit a fi tot inclus) am avut o diaree clasa-ntâi.

Serile au muzica lor. Sunt extraordinar de răcoroase și de plăcute. Nu le-ai asocia cu Africa, dar, uite, ca să vezi... Poate chiar ele au făcut pământul ăsta atât de atractiv. Adică au atras agresori de diferite neamuri – inclusiv pe propria mea mamă. Mă săturasem să-i tot răspund la ocări și, cum nu puteam să schimb biletul de avion, număram zilele rămase până la plecare. De ce oare scriu toate astea, când nu mama e problema?

Problema e Platoșa. Simt: se petrece ceva rău, și eu sunt întoarsă pe dos. Am vorbit deja cu Geiger: e îngrijorat. Foarte îngrijorat. De fapt, discuția cu el m-a și turtit. N-am înțeles nici jumătate din ce mi-a spus, dar cât am înțeles e de-ajuns ca să mă paralizeze.

[Geiger]

Computeristul nostru mi-a spus că programul nu pune întotdeauna ziua pe însemnări.

Am întrebat dacă se poate reconstitui ce zile au fost. Mi-a răspuns că se poate – în lumea virtuală se poate, cică, totul. Totul: e o problemă de timp și de efort.

Deodată, m-am gândit: dar oare e nevoie?

Marți [Innokenti]

După ce Nastia a plecat la cursuri, m-am dus din nou la cimitirul Nikolski. Vederea lui m-a îndurerat – doar mi-l amintesc când era neprădat. Nu mai sunt frumoasele pietre de mormânt din marmură care erau acolo în copilăria mea. M-am întrebat la ce vor fi trebuit pietrele acelea – ca să fie refolosite? La pavarea străzilor? Ce se întâmplă cu un popor care își devastează cimitirele? Ceea ce s-a întâmplat cu noi.

În zilele de pomenire veneam aici cu părinții la câte o rudă. Îmi plăceau aceste ieșiri – erau ca niște excursii în afara orașului: verdeață, heleșteu – parcă nu era cimitir, ci parc. Și asta la doi pași de Nevski. Nu se simțea acolo nici un fel de tristețe. Nici chiar moarte nu se simțea. Datorită acestui cimitir, poate, nici nu mă temeam de moarte. Mă temeam, firește, dar cumva așa, fără panică.

A mai fost un loc unde nu m-am temut de moarte: pe insulă. Spre deosebire de cimitirul Nikolski, acolo moartea se simțea peste tot. Nu se poate spune că *venea* după victimele ei în barăcile noastre: ea locuia în ele. Prezența ei devenise atât de cotidiană, încât nici nu i se mai dădea atenție. Se murea fără frică.

Cei care mureau erau îngropați – simplu, fără sicrie. Scoteau cadavrele de la infirmerie și le aruncau, într-o ladă, în căruță. Lada, în care încăpeau patru trupuri, era acoperită cu un capac din scânduri. Dacă trupurile nu încăpeau, infirmierul se suia pe capac și le îndesa. Le căra la groapă și le arunca acolo. Groapa se astupa pe măsură ce se umplea. Erau multe asemenea gropi și, din când în când, mi se întâmpla să trec pe lângă ele. Și nu-mi stârneau groază.

Doar o dată m-am îngrozit – când unul dintre cadavre a început să miște. Exact așa: unul dintre cadavrele goale, în curs de descompunere. Uitându-mă la forfotirea lui, nu mi-am îngăduit nici măcar gândul că era viu. Nimic din el nu amintea de un om viu. Dar el a întins deodată o mână spre mine și s-a prezentat:

— Safianovski...

Și pleoapa stângă, umflată, nu i-a dat voie să-și deschidă ochiul.

Astăzi am stat la mormântul lui Terenti Osipovici și mi-am amintit ce grozav m-a ajutat atunci. Și cu câtă precizie și-a găsit cuvintele. Zăcea la doi metri de mine – o distanță infimă, de fapt. Mormântul lui fusese strâns între două movile făcute manual și amintea de o barcă printre valuri.

Nastia, cred, s-a gândit data trecută că am de gând să îl dezgrop. Oare am de gând? Mai degrabă nu. Deși nu mi se pare că a-i deschide mormântul ar fi ceva de speriat. Nu mai de speriat decât să vezi foială într-un mormânt la Solovki. Ei, și Terenti Osipovici mort nu s-ar fi deosebit probabil foarte mult de el viu: capul lui semăna și când trăia cu un craniu. Da, aș fi vrut tare mult să-l văd. Dacă s-ar putea să cobor ăștia doi metri, aș coborî la el. Dacă mi-ar spune de-acolo „Du-te fără frică!", m-aș duce.

[Geiger]

Lui Innokenti trebuie să i se facă urgent o tomografie computerizată a encefalului. Tomograful de la clinica noastră s-a stricat, a trebuit să vorbesc la altă clinică.

În oraș sunt extrem de puține aparate, unul-două, atât. La fiecare e o coadă imensă.

Am încercat să explic pentru *cine* este necesar. Au dat din cap compătimitor. Au explicat că înscrierile se fac cu o jumătate de an înainte. Au propus o variantă mai rapidă: patru luni. Ca pentru un om care a stat congelat. *O, mein Gott...*[1]

Am dat trei sute de dolari – a fost programat pentru poimâine.

[Innokenti]

Niște lucruri ciudate cu memoria. Lapsusuri de scurtă durată.

La rugăciunea de dimineață te rogi la Sfânta Fecioară: „Izbăvește-mă de amintirile cele multe și cumplite" – și mă

1. Dumnezeul meu (în germană în original).

rog. Numai că lapsusurile mele sunt de altă natură: din când în când uit ce mă pregăteam să fac acum un minut.

Dar amintirile cele cumplite rămân.

Joi [Nastia]

Platoşa s-a înscris la Arhiva de Istorie.

— Ce-o să cauţi acolo? întreb.

— Contemporani de-ai mei.

— Păi şi eu sunt contemporana ta, râd eu, cine-ţi mai trebuie?

Dar el n-a râs.

— Aşa, tot felul de oameni, zice, nu foarte importanţi în comparaţie cu tine. Martori mărunţi ai vieţii mele.

M-am strâns în el, şi el m-a sărutat pe frunte. Îmi place când mă sărută pe frunte. Îmi plac şi celelalte săruturi ale lui, dar în astea e ceva deosebit – prietenesc, frăţesc chiar. E ceea ce, mai întotdeauna, nu are de-ajuns nici cel mai bun amant. Acum înţeleg de ce a ţinut aşa de mult bunica la el. Şi dacă stai să te gândeşti, i-a rămas credincioasă toată viaţa. Iar eu nu-l iubesc mai puţin. Înainte nu spuneam lucrurile astea nici mie, nici lui. Dar azi, înainte de culcare, i-am spus. Stând în picioare, pe jumătate întoarsă către el. El mi-a pus mâinile pe umeri şi m-a întors spre el. Am stat mult aşa. În tăcere.

Mâine i se face tomografia. Sunt, nu ştiu de ce, neliniştită.

Vineri [Innokenti]

Astăzi a fost tomografia organizată de Geiger. Starea mea nu îl bucură (nici pe mine, sincer să fiu), de-aceea suntem aici, la un centru de consultare. Geiger e neobişnuit de grav. Spune că trebuie să lămurim ce e cu starea mea. Starea mea e fituită de mult, remarc eu. Gluma are ceva de bravadă jalnică.

Geiger nu râde. Și nici unul dintre cei care manevrează tomograful nu râde.

Înainte de a trece la treabă sunt întrebat dacă nu am claustrofobie. Ce poate spune cineva care a zăcut atâția ani într-un termos înghețat? Interesant, imediat ce m-au întrebat, am început să nu mai fiu sigur. M-am întrebat și eu în timp ce mă descălțam. N-am avut răspuns nici când m-am întins pe cușetă. Eram confruntat cu întrebarea asta pentru prima dată. Și am răspuns „nu“.

Dar când deasupra mea s-a închis capacul și am început să intru încet într-un fel de tub, m-am gândit că probabil trebuia să spun „da“. Prea amintea asta de deplasarea sicriului la crematoriu – arătată într-un program TV. Și capacul aparatului amintea teribil de un capac de sicriu. Nu degeaba mă rugase doctorița să închid ochii. De ce nu nu i-oi fi închis?

Ultimul lucru pe care l-am văzut intrând în tub a fost faptul că doctorița a dispărut după o ușă de fier. De fier! Și eu să nu mă mișc în tubul ăsta. Mă întreb ce trebuie să fi simțit Gogol, dacă e adevărat ce se povestește despre el... M-a cuprins o panică nemanifestă. Am închis degrabă ochii. Mi-am închipuit bolta înstelată deasupra capului. Mi-a fost mai ușor. Ceva a început să bâzâie, să pârâie, pe urmă a amuțit. Din nou a început să bâzâie. Inteligenta mașină mi-a radiografiat creierul. Acum, drăguța de ea, o să vadă de ce mi se sucesc picioarele și de ce am devenit uituc. Și o să raporteze totul, calm și fără părtinire.

Am ieșit din tub. În timp ce îmi legam șireturile la ghete, am văzut cum Geiger a luat din mâinile doctoriței radiografia și s-a uitat la ea în lumină. După fața lui nu a fost clar dacă era mulțumit sau nu. Și-a luat la revedere și a plecat la clinica lui. Cu radiografia sub braț.

[Geiger]

O catastrofă.

Nu știu cum m-am stăpânit în fața lui Innokenti. O adevărată catastrofă – a fost clar de cum mi-am aruncat ochii pe radiografie.

Dar cu toată atenția am examinat totul abia la clinică – m-am luat cu mâinile de cap. E de nedescris numărul celulelor care au murit.

Cel mai îngrozitor lucru este că nu am nici cea mai vagă idee despre cauza nemijlocită a morții celulelor.

Sigur, la o privire generală, e limpede că înghețarea, dar mecanismul? Care e mecanismul concret a ceea ce se petrece? Fără a înțelege clar acest lucru nu e posibilă nici un fel de intervenție.

Și totul începuse ca o „poveste de succes"...

Fiindcă, după dezghețare, totul a fost în perfectă ordine. Lui Innokenti, încă inconștient, i s-a făcut o tomografie. Atunci tomograful mergea...

O întrebare importantă: ce să le spun Platonovilor?

Sau să nu le spun? Iar dacă spun, să le spun amândurora? Unuia din ei?

Cui?

[Innokenti]

Astăzi am fost la arhivă. Numai că nu m-au întâmpinat cu pâine și sare. Simt, se vede, o înrudire cu mine: doar sunt eu însumi aproape un fenomen de arhivă. M-au întrebat ce perioadă istorică mă interesează. Dar pe mine nu mă interesează o perioadă istorică, ci oameni. Plus niște sunete, mirosuri, modul de a se exprima, de a gesticula, de a se mișca. Câte ceva îmi amintesc, dar unele le-am uitat deja. Le-am uitat cu totul. Când am spus asta, au tușit, au zâmbit. S-au gândit probabil că nu m-am dezghețat încă de tot. Mi-au spus să precizez anii. Ei, am spus, cam din 1905 până în 1923. Asta pentru Piter. Iar din 1923 până în 1932 – pentru Solovki. Un angajat roșcovan pe nume Iașin a fost trimis la depozit după „cartoane".

Cartonul e o cutie mare cu materiale de arhivă. Iașin a adus mai multe, cuprinzând diferite perioade. În fiecare carton era un opis. Am deschis opisul din primul carton și m-am cufundat în cercetarea lui. Erau acolo liste cu instituții și cu personalul lor, arhive ale birourilor, dispoziții ale autorităților și chiar grupaje de tăieturi din ziare. Ceva mai încolo continua să stea cel care adusese totul, Iașin, și îi simțeam în ceafă privirea compătimitoare.

Compătimirea roșcovanului s-a dovedit a fi activă. În cele din urmă s-a apropiat de mine și și-a oferit ajutorul. A întrebat ce nume mă interesează în primul rând.

— Numele acestea pentru dumneavoastră nu..., am început eu, dar Iașin m-a întrerupt.

— Faceți o listă a lor, cu anii în care presupuneți că au activat. Pentru început, să zicem o listă cu zece persoane.

Care sunt anii activității lui Terenti Osipovici? De altfel, cu Terenti Osipovici lucrurile sunt, mai mult sau mai puțin, clare – drumul lui s-a sfârșit la cimitirul Nikolski. Dar ciudatul meu tovarăș Skvorțov? Skvorțov, cel gonit de la coadă în Petrogradul înfometat. Cel de-o seamă cu veacul. Dar cekistul Voronin? Activitatea lui am simțit-o cu vârf și îndesat, cu fiecare celulă a corpului meu. Skvorțov și Voronin,[1] două păsări neasemănătoare care au zburat prin viața mea... Am scris zece nume și i le-am dat lui Iașin.

1. *Skvoreț* – graur; *voron* – corb.

Marți [Nastia]

Mă gândesc tot timpul la sănătatea lui Platoșa. Simt neliniște. Ziua, temerile astea mi se par aproape caraghioase, dar noaptea – nu prea. De fapt, ce le provoacă? Nimic. Nimic! Sunt niște temeri pe care le are Geiger și care, sper, nu se vor confirma. Ele m-au și speriat de fapt.

Azi-dimineață m-am dus în baie, chipurile, să mă spăl pe dinți – m-am încuiat și mi-am înăbușit hohotele de plâns. Am dat drumul la apă, ca să fiu sigură că nu se aud. Chiar și nasul mi l-am suflat fără zgomotele de trompetă – de fapt, mi-am șters fără zgomot mucii –, că nasul ți-l sufli când plângi. Drept e că ți-l sufli și-așa, pur și simplu.

[Innokenti]

A sunat Iașin, a spus că a găsit date despre Ostapciuk.

— Notați.

— Notez.

Ostapciuk, Ivan Mihailovici. Anul nașterii: 1880. Din 1899 până în 1927 a lucrat ca paznic la Observatorul Pulkovo.

(În anul 1921, adaug, făcea împreună cu mine, pe Jdanovskaia Naberejnaia 11, panouri agitatorice din scânduri bătute în cuie. Beam un basamac tulbure, pe care i-l trimiteau de la țară rudele soției lui, și stăteam tolăniți pe scânduri.)

Vasăzică, în anul 1927 pleacă chiar în satul acela, Divenskaia, care, în treacăt fie spus, se află nu departe de Siverskaia. Pleacă, presupun eu, doar de frică, fiindcă presimte teroarea. Lui Ostapciuk, după cât se vede, i se pare că teroarea e mai ușor de îndurat la țară. Dacă e așa, Ostapciuk se află în eroare.

După câteva luni este arestat în satul acela pentru agitație și propagandă antisovietică. Una dintre dovezile legate de această activitate a fost confecționarea panourilor agitatorice într-o însorită zi de mai a anului 1921. Se vede că după aceea au fost atârnate pe aceste panouri materiale considerate de anchetă antisovietice. În câmpul de vedere al anchetei puteam să nimeresc și eu, care luasem parte la confecționarea panourilor, dar, cine știe de ce, nu am nimerit. Nu cumva pentru că la vremea aceea eram închis pentru omor? Puțin probabil. În locul anchetatorului, eu, dimpotrivă, aș fi legat un caz de celălalt, căci un ucigaș, nu încape nici o îndoială, e cel mai bun candidat pentru acțiuni agitatorice antisovietice.

Dar cel mai interesant lucru abia urmează: agitatorul antisovietic Ostapciuk era la începutul anului 1923 la Solovki. Puteam să ne întâlnim? Teoretic, da – dacă îl trimiteau pe Ostapciuk la Laboratorul pentru Înghețare și Regenerare. Dar nu l-au trimis, și destinele noastre s-au despărțit din nou. În anul 1935 s-a întors la Leningrad și s-a aranjat la dragul lui Observator Pulkovo, unde a lucrat chiar până la moarte, survenită în anul 1958.

Toate acestea Iașin le-a aflat din dosarul personal al lui Ostapciuk, păstrat printre materialele Observatorului Pulkovo. În aceleași hârtii s-a găsit indicat și locul unde a fost înmormântat Ivan Mihailovici: cimitirul Serafimovsk. Apreciind devotamentul angajatului în timpul vieții, Observatorul nu l-a lăsat nici după moarte. În rapoartele financiare ale instituției, spune Iașin, s-a păstrat nu numai decontul pentru construirea unei pietre de mormânt, ci chiar și cel pentru coroanele și florile duse la mormântul răposatului. O dată la cinci ani figurează și cecurile pentru cumpărarea vopselei „imitație argint“, ceea ce dovedește că gardul este vopsit regulat. În colțul din dreapta sus al monumentului stă gravat în latina necunoscută lui Ostapciuk: *Per aspera ad astra*[1].

---

1. „Pe căi anevoioase către stele“ – dicton provenit dintr-un vers al tragediei *Hercule furios* de Seneca.

[Geiger]

Astăzi am stat de vorbă cu Nastia. I-am explicat totul. Mai bine zis, i-am explicat tot ce am putut, pentru că nici eu nu înțeleg prea mult.

Despre latura medicală a problemei nu am să scriu aici. Am descris-o în toate aceste zile în istoricul bolii, iar să o repet acum ar cam fi o prostie. O prostie, mai ales pentru că descrierea mea conține numai întrebări.

Nastia a simțit acest lucru și a cuprins-o panica. În primul moment m-a prins strâns de braț. A făcut o criză de nervi.

E bine că e așa. Ar fi fost mai rău dacă emoțiile s-ar fi interiorizat. Din starea aceea e mult mai greu de ieșit.

Am o stare de spirit oribilă. Medicul nu trebuie să se atașeze de pacient. Asta face să fie mai rău pentru amândoi.

Numai că pentru mine Innokenti nu e un pacient. După ce am reușit să îl scot viu din azot, mi-a devenit ca un fel de fiu. Sună emfatic, dar așa e. Cu atât mai mult cu cât nu am un fiu. Nici fiică nu am.

Interesant, oare Nastia îi spune lui Innokenti ce se întâmplă cu creierul lui? Eu nu i-am interzis nimic. Nu știu nici eu dacă să îi spun.

Dar dacă întreabă? Bun, dacă întreabă, atunci... Nici atunci nu știu. Aș zice că l-am studiat bine, dar nu pot să prevăd reacția. Dacă e să i se spună, probabil că e mai bine să o facă Nastia.

Mă uit și văd: am pe braț o vânătaie – m-a strâns cu adevărat Nastia. Dar și ea e adevărată. În ciuda aiurelilor pe care le are în cap.

Joi [Nastia]

Am avut o discuție cu Geiger. O așteptam. Înțelesesem deja că nu trebuie să mă aștept la vești bune. Mi-e greu să reproduc în detaliu ce a spus, dar esența celor spuse e ucigătoare.

În creierul lui Platoșa au început să se „stingă“ în masă celulele. Spunând „stingere“, Geiger avea în vedere nu moartea lor deplină, ci o slăbire bruscă a funcțiilor. Situație în care multe celule mor și numai un număr nesemnificativ dintre ele se regenerează. De regenerare, după părerea lui, vorbește faptul că Platoșa a încetat să șchioapete cu piciorul drept. În același timp, starea lui generală se înrăutățește – și destul de rapid. Zilele astea, Geiger o să încerce să vadă ce e cu măduva spinării lui Platoșa – vede și acolo probleme.

Acum eu expun toate astea coerent, dar când am auzit cele spuse de Geiger am fost ca nebună. Acum îmi e jenă. El și așa se poartă reținut cu mine (parcă eu nu văd?), dar acum chiar o să fugă de mine. Nu l-am întrebat dacă e bine să îi spun totul lui Platoșa, dar pe urmă am înțeles că trebuie să hotărăsc eu singură. Pe de o parte, e îngrozitor să pui pe un bolnav o asemenea povară, dar pe de alta – curând el o să înțeleagă oricum că i se ascunde ceva, și atunci starea lui va fi și mai rea. M-am gândit, m-am gândit, dar n-am ajuns la nici o concluzie. Seara, când l-am văzut, am izbucnit în plâns și i-am spus tot. Sigur, nu tot. Exact cât mă pregătisem să-i spun dacă mă hotăram. Și rezultatul a fost că m-am hotărât.

El a ascultat totul calm. A spus că era de așteptat. Că deceniile petrecute în azot lichid trebuiau să se manifeste cumva.

Când eram deja în pat, am spus:

— Biruim noi totul. Trebuie doar să nu ne pierdem speranța.

M-a luat în brațe. Și-a apăsat buzele de rădăcina nasului meu. A șoptit:

— Bineînțeles. Mă ocup cu asta de când sunt.

[Innokenti]

Nastia mi-a spus de rezultatele RMN-ului[1]. Mai bine spui toate trei cuvintele – rezonanță magnetică nucleară –, că prescurtarea sună cam de speriat. Ca, de altfel, și rezultatele investigației.

Azi m-am dus la cimitirul Serafimovsk. Din descrierea de la arhivă știam că mormântul lui Ostapciuk e chiar lângă biserica cimitirului. L-am găsit fără nici o greutate: inscripția *Per aspera ad astra* sare în ochi de departe. Pe piatra care se închisese la culoare se dăduse de curând cu aceeași vopsea cu care se vopsise gardul. Interesant, în mulțimea celor spuse de Ostapciuk în ziua aceea de neuitat, tocmai despre stele nu fusese nici o vorbă. Ziua întâlnirii noastre – devenită zi a despărțirii.

Fiindcă m-am și gândit chiar atunci: mă văd cu el pentru ultima oară, și a fost de-ajuns pentru ca întâlnirea să îmi rămână în memorie. Nu că mi-ar fi făcut cine știe ce impresie contactul cu Ostapciuk; gândul că ne despărțeam pentru totdeauna m-a impresionat. Nu-mi intra în cap și era înfiorător, fiindcă pierderea oricărui om și a oricărui lucru face parte din moarte. Care e pierderea a tot.

Aici, la cimitirul Serafimovsk, îl văd pe neașteptate pe Ostapciuk în persoană turnând basamac în căni. Contradictoriu cum e, mirosul poșircii îl face să se strâmbe și în același timp să se bucure de el. E gol până la brâu, și-a scos tunica, fiindcă și-o cruță și nu vrea s-o terfelească degeaba. Șade pe postamentul mormântului său și, ținându-se cu degetele de nas (e tare basamacul), ridicând bărbia, primește în el băutura. Eu urmăresc cum i se mișcă lui Ostapciuk mărul lui Adam.

Acum e rândul meu: scot provizia de vodcă și o torn în paharele de argint luate de acasă – în 1921 nu exista un asemenea lux, dar cu atât mai bine pentru noi amândoi. Bem,

1. În rusă – *MRT* (poate, trimitere la *mertveț* – mort).

fiindcă așa se cuvine în acest loc (aici nu trebuie să facem panouri), dar, sincer să fiu, de mult voiam să beau cu Ostapciuk. El se află la doi metri de mine – fie, nu alături, ci sub pământ – dar e aici. Mă gândesc că de această dată are pe el tunica sau ceva pentru ocazii – firește, dacă nu i-a fost milă să le îmbrace, că în pământ se strică totul îngrozitor.

În prezența lui Ostapciuk nu-mi mai e așa frică. Cu tot nenorocitul meu de RMN, eu, spre deosebire de el, sunt viu și, poate, o să mai trăiesc o vreme. Pot să mă deplasez, să merg, bunăoară, cu tramvaiul pe strada Savușkin până la poarta cimitirului, să cumpăr vodcă, una-alta, dar, mai ales, să plec de-aici, de la cimitir, viu. Spre deosebire de același Ostapciuk, care zace zi și noapte sub frumoasa inscripție. Noaptea – în lumina rece a stelelor la care, dacă e să dăm crezare inscripției, a aspirat atât de mult la locul de muncă.

Sâmbătă [Nastia]

Ieri Platoșa a venit beat. Întreb:

— Dacă nu e un secret, unde ai băut?

— Nu e secret, bucuria mea. La cimitirul Serafimovsk, cu Ostapciuk.

— Și cine-i acest Ostapciuk?

— Ostapciuk, bucuria mea, e un defunct.

M-a sărutat, iar pe urmă a mai stat vreo oră și jumătate la computer.

[Geiger]

Nu înțeleg mai deloc ce se întâmplă.

Nu sunt capabil să am influență asupra lui.

Mi-e teamă.

Azi am visat un automobil care mergea cu o viteză teribilă. Și la volanul automobilului eram eu. Dar partea proastă e că volan nu exista de fapt. Și nici frâne. Ca să înțelegi acest vis nu e nevoie de interpret.

Da, știu că stingerea celulelor e rezultatul suprarăcirii de lungă durată. Numai că asta nu mă ajută prea mult. Nu am nici un răspuns la întrebarea cum anume are loc totul.

De ce degradarea celulelor a început abia după o jumătate de an? Că dacă celula e degradată, în mod logic este de presupus că nu se mai „trezește“. Dar ea s-a trezit și a stat foarte frumos trează o jumătate de an!

Dar dacă admitem că degradarea a început imediat și acum pur și simplu a luat-o la vale? Dar nu, n-a fost asta: Innokenti s-a aflat sub cel mai atent control.

S-ar putea crede că am schimbat metodele de reabilitare și am provocat stingerea celulelor. Dar metodele nu s-au schimbat. Nu s-au schimbat!

Îmi fierbe creierul.

[Nastia]

Platoșa a fost desemnat „Omul anului“, după câte spune revista *Vremia*[1]. Și numele revistei i se potrivește, și titlul e drăguț, dar bucuria, bineînțeles, lipsește. Dacă ar fi fost acum o săptămână, ne-am fi bucurat, am fi sărbătorit, of...

Platoșa se uită la noi de pe coperta revistei, dar în același timp – de pe toate panourile și standurile publicitare: reclama din *Vremia* e super. Cei de-acolo au găsit o fotografie excelentă: subiectul, vădit lucru, nu știe că e fotografiat, vorbește cu cineva, zâmbește. Fotografia e, bineînțeles, alb-negru, și lumina e pusă formidabil, dar ce are mai simpatic sunt ridurile care apar odată cu zâmbetul. Ca un artist de cinema e Platoșa acolo.

Pe lângă fiecare chioșc încetinesc fără să vreau pasul. E frumos. Ah, frumos! Și mă gândesc: cu el, așa cum e, nu se poate

1. Timpul.

întâmpla nimic. Doar există totuși o oarecare logică în evenimente! Altceva e un bătrân cu privirea tulbure, uzat de viață, pe când aici e un tip care arată ca un playboy (că nu știe nimeni că el nu e playboy), poftim – un Brad Pitt sută la sută –, și atunci cum, mă întreb, cum să asociezi toate astea cu „stingerea celulelor“?

[Innokenti]

Întâi am citit *Robinson Crusoe*, iar apoi Evanghelia, pilda fiului rătăcitor.

I-am spus cândva Nastiei că mila e mai presus de dreptate. Iar acum m-am gândit: nu mila, ci iubirea. Mai presus de dreptate e iubirea.

[Geiger]

Am trecut după lucru pe la Innokenti.

Era singur acasă. E prima oară când ne vedem singuri după tristele noutăți despre starea lui.

În prezența Nastiei era mai ușor. Ea nu lasă să se instaleze tăcerea, *sprachfreudiges Mädchen*[1].

Dar acum, jumătate din timp am tăcut. Nici el, nici eu n-am vrut să vorbim despre rezultatele investigațiilor.

[Innokenti]

Nevski. Înmormântarea aviatorului Frolov. Seva și cu mine am venit să îl conducem pe ultimul drum pe acest om curajos. Părinții mei îl deplâng și ei pe aviator, dar acasă. Nu au venit, ca să nu plângă în fața oamenilor – știau că nu

1. Fată vorbăreață (în germană în original).

se vor putea stăpâni. Dar Seva și cu mine – de ce să nu plângem? Plângem. Eu, care am doisprezece ani, stau fără să mă rușinez pe umerii lui, ca să văd cât de cât ceva – stau mulți așa. Ne-am înțeles ca pe urmă să îl țin eu pe umeri, dar, nu știu cum, nu s-a făcut. Am uitat. Mâinile mele sunt încleștate sub bărbia lui Seva, și simt cum cad pe ele lacrimile lui.

Iată, apare cortegiul funebru, care pare să tot treacă pe lângă noi. Fixez avid cu privirea această imagine, și pe urmă o răsucesc de atâtea ori în memorie, încât, în conștiința mea, ea rămâne multiplă. Ca într-o filmare inversă, cortegiul se întoarce în grabă spre capătul lui Nevski și își începe din nou solemna înaintare.

Primii, cu crucea, prapuri și coroane, merg ofițerii. Crucea în centru, prapurii pe margini, coroanele la urmă. După ei defilează două coloane care duc ordinele și medaliile defunctului. Și în sfârșit, catafalcul cu un baldachin înalt, care se înalță deasupra întregii procesiuni. Sub baldachin e sicriul închis. În sicriu este defunctul drag nouă tuturor. Icar, cum scrie pe una dintre coroane.

Toate acestea plutesc lent spre noi. Strigătele și discuțiile din jur se sting. Se aude doar țac-țac-ul cailor înhămați la catafalc. Mă înfig în părul lui Seva, dar el nici nu bagă de seamă. Încerc să mi-l închipui pe Frolov în sicriu – mâinile puse pe piept cu icoana, o cunună de hârtie pe frunte. Palid. Miros de tutun de la buzele lui. Aroma ultimei țigări, fumate datorită mie.

Noi stăm cu spatele la Gostinîi Dvor[1], iar pe lângă noi, imensă, ca o mare, mulțimea curge spre lavră. O mare vâscoasă, care acoperă tot ce îi iese în cale – tramvaie cu cai, trăsuri, felinare. Tot ce a nimerit în acest șuvoi, indiferent de natura lui, este deopotrivă de imobil.

1. În traducere literală – Curtea oaspeților. În prezent are sensul de piață acoperită sau centru comercial. La origine, termenul desemna o incintă cu mici magazine în care negustori din alte orașe veneau la date prestabilite să își vândă marfa.

În sfârșit, mă grăbesc, și ne alăturăm acestei mulțimi, fiindcă deplasarea e posibilă numai într-o direcție – spre cimitirul Nikolski. Mergem pe Nevski – pe lângă grădina Ekaterininski, pe podul Anicikov, prin piața Znamenskaia –, ei, și ajungem, așadar, la lavră. Nu înțeleg de ce nu m-am dus până acum la cimitirul Nikolski la mormântul aviatorului Frolov.

Iată, aceasta este imaginea. Anotimpul nu mi-l amintesc. Pe Nevski – păi da, dacă nu e zăpadă – nici nu-ți dai seama de anotimp. Copaci aproape că nu găsești aici, iar oamenii se îmbracă toți cumva nediferențiat, fără să ia seama la anotimp. Dar, dacă stai să te gândești, aici nici nu sunt anotimpuri. Este timp de iarnă și este timp de neiarnă, iar tot restul lipsește pe meleagurile noastre.

[Nastia]

Zilele trecute, Platoșa a spus că trebuie să ne cununăm. Dar eu am înțeles ce înseamnă. El vrea să treacă legătura noastră în domeniul veșniciei. Consideră că nu ne mai putem baza pe timp. Că zilele lui sunt numărate. Nu o spune direct, dar frazele aruncate de el în diverse împrejurări cam dau un astfel de mozaic. Pe care îl văd numai eu, pentru că eu sunt cu Platoșa tot timpul. Bun, poate și Geiger. Da, sigur, Geiger.

El, deși nu știe de această intenție a lui Platoșa, îi simte bine starea. Iar eu o simt pe a lui. Cred că nu suferă mai puțin decât noi, dar nu discută nimic despre boală – nici cu Platoșa, nici cu mine. Așteptam de la el niște cuvinte liniștitoare, dar până la urmă n-am mai așteptat. La început m-a șocat, dar pe urmă am înțeles care e problema. Geiger e un om rațional și în același timp cinstit, la modul nemțesc. Nu știe ce se întâmplă cu Platoșa și din cauza asta nu găsește cuvinte liniștitoare. Mă gândesc că, fără să se bazeze pe fapte, i se pare nu numai absurd să mă liniștească, ci și imoral. Iar aici se înșală rău.

Platoșa nu spune nici el nimic – din alte motive. El e un om curajos și preferă să țină totul în el. Se teme să nu mă traumatizeze. Pe Geiger nu se teme să nu-l traumatizeze, dar în privința asta sunt amândoi de părere că nu are sens să discuți ceea ce nu înțelegi. Și tac și unul, și altul. Când eu încerc să vorbesc despre asta, nici unul din ei nu mă sprijină.

Da, a sunat acum Jeltkov, l-a felicitat pe Platoșa pentru „Omul anului“. I-am făcut semn lui Platoșa: invită omul la un ceai, că îi face plăcere. Nu l-a invitat.

[Innokenti]

Săptămâna asta a sunat de două ori Jeltkov – o dată când era și Nastia, o dată în lipsa ei. De telefonul în lipsa ei nu i-am spus. Atunci mi-a zis că are pentru mine un proiect politic interesant. Că eu, ca om călit ca pe timpuri (o fi avut în vedere azotul?), aș putea fi de folos... Nu l-am lăsat să termine. I-am spus că eu sunt în primul rând un om apolitic.

— Dar, a obiectat el, nici n-ați auzit în ce constă proiectul meu!

— Bine că n-am auzit. Dacă mă pomenesc că e vreun secret de stat, și eu, refuzând, trebuie să trăiesc cu el?

— Păi chiar e secret, a bombănit Jeltkov. Bun, ne lipsim de proiecte. Mai bine să bem un ceai, da?

A hohotit cu râsul lui dinainte – ca atunci când am băut ceai.

De ce o considera Nastia râsul ăsta sincer?

[Nastia]

Astăzi Platoșa s-a dus la Geiger la clinică pentru analiza periodică de sânge, iar eu m-am dus la catedrala Sfântul Vladimir. Am mers prin parcul care, se spune, a fost înainte cimitirul bisericii. Pe alei, ici și colo, fără să facă încă un covor – frunze de arțar și de plop. Mi-am dat seama deodată că e deja începutul toamnei. Așa, o ușoară ofilire, nu e încă veștejirea.

Până acum am mers la biserică amândoi, iar acum am venit singură, și mi s-a strâns inima. Oare vine ziua când o să merg pe-aici singură? Dacă ar fi numai gândurile astea, le-aș putea goni cumva, dar acum mai văd și că e toamnă: un fel de ducere cu totul. Când am trecut pe lângă săraci la poarta bisericii, nici nu m-au acostat, pur și simplu m-au petrecut cu privirea – vasăzică, așa o figură aveam.

A fost slujba de seară – nu știu bine cum se numește. Lăcașul e în semiîntuneric, e luminat doar de lumânări. După ce am intrat, m-am îndreptat spre altarul din stânga, unde e icoana marelui mucenic și tămăduitor Pantelimon. Lângă icoană era atârnată rugăciunea către el, și am citit-o. Iar după aceea mi-am lipit fruntea de sticla icoanei și am stat mult timp așa. I-am povestit lui Pantelimon despre Platoșa. Despre cât a suferit și s-a chinuit el în viață, dar mai ales despre faptul că noi așteptăm acum un copil. Alături de mine erau oameni care sărutaseră icoana, sticla de sub fruntea mea nu mai era rece, și eu tot povesteam și povesteam. Mișcam în tăcere din buze. Căldura geamului pe care îl încălzisem se transforma pentru mine în căldura lui Pantelimon. Ajungeau până la mine rugăciunile spuse cu glas încet, și asta îmi aducea liniște.

Pe urmă am stat la Mântuitor, la icoana *Bucuria tuturor celor necăjiți*. N-am mai avut niciodată până acum o discuție de felul ăsta, iar acum uite că s-a putut. A fost o discuție adevărată, deși am vorbit numai eu. Răspunsul a fost speranța care a luat locul deznădejdii. Bucuria fără seamăn a unei necăjite.

M-am întors acasă mai târziu decât Platoșa. Când m-a întrebat unde am fost, i-am povestit, deși nu avusesem de gând. Mi-era teamă că spunându-i de biserică o să-și dea seama cât de gravă mi se pare starea lui. Mi-era teamă că asta poate să-l dărâme definitiv. Nici nu bănuisem că voi fi cuprinsă de o astfel de bucurie și că o să pot să i-o împărtășesc.

Mi-a spus:

— Strălucești toată. Mă tem că dacă n-o să-mi meargă cum trebuie, lumina asta a ta o să se transforme în ceva contrar.

La asta, sincer vorbind, nu mă așteptam.

— Tu îmi propui să mă rog pentru tine și să nu cred că se poate îndeplini? Dar ții minte că la Cehov e undeva un preot care ducându-se să se roage pentru ploaie își ia cu el umbrela?

— Nu-i nevoie de umbrelă. Doar roagă-te.

M-a sărutat pe frunte. N-are dreptate. Nu are!

[Innokenti]

La Nastia a venit Salvarea. De câteva zile se plângea de o greutate în burtă, dar nu m-a lăsat să chem un doctor, iar astăzi situația s-a înrăutățit de tot, așa că a trebuit să chemăm. Bine că doctorii au cerut să fie dusă la maternitatea Nevski, unde a fost ținută sub observație de la începutul sarcinii. Nu înțeleg de ce, ca un prost, n-am insistat mai devreme pentru spital. Ba înțeleg, desigur. Îi era groază să mă lase singur. Și mie mi-e groază să rămân. Numai că acum la ce să mă aștept? Numai când mă gândesc la asta mi se face rău. Fiindcă trebuia să insist. Să o iau de mână și să o duc la spital.

Când am ajuns cu ea la maternitate, mi-era chiar rău. Am rugat să mă duc cu ea în salon, să stau lângă ea – unde-o fi! Ce-i cu dumneata, frate, de-ați venit așa de târziu – e noapte-afară! Ca și cum am ales noi când să venim... Mai departe de camera de gardă nu m-au lăsat. Iar pe Nastia au dus-o cu targa în salon. E așa de dureros să vezi pe cineva apropiat dus cu targa. Of!

Am mai stat vreo oră pe un pat la camera de gardă. Au venit să mă examineze: cred că a fost prezent tot personalul spitalului. De examinat, m-au examinat, dar ca să fiu lângă

Nastia n-au făcut nimic. Ni-mic. Până la urmă m-au rugat să părăsesc și patul: la ei, deh, spitalul trebuie închis noaptea. Am plecat fără să scot o vorbă. Aş fi putut, sigur, să le spun *cum* îmi e rău, dar n-am găsit cuvântul ca atare.

După câteva minute m-am pomenit pe Nevski. Am intrat la metrou, mi-am cumpărat și cartelă – dar n-am plecat.

— Mergeți? m-a întrebat angajata. Că și închidem.

Închideți. În clipa când m-am imaginat acasă fără Nastia, m-am răzgândit și n-am mai plecat. Ieșind de la metrou, m-am îndreptat spre gara Moskovski, am hotărât să stau acolo. Oameni, mulți oameni – iar eu visam la un loc luminat și fără lume. Nu-mi ardea nici să vorbesc cu ei, nici chiar să-i văd. Nu-mi ardea să știu că ei sunt. Fiindcă în general, după ce mă despărțisem de Nastia, era mai bine ca ei să nu fi fost. Prezența lor făcea doar să simt și mai acut singurătatea. Am stat la gară vreo oră și jumătate.

Am ieșit în piața Znamenskaia – așa o țin minte, ca Znamenskaia, când era încă biserica, cu genialul monument. Mi-am imaginat cum, cu un mers de piatră, revine la locul său împăratul. În față, mașini cu semnalizatoare închid circulația pentru Maiestatea Sa: nu se așteptaseră. Calul său pășește încet: țăcănitul copitelor, scântei pe asfalt. Dacă m-am întors eu, de ce nu s-ar întoarce împăratul? Amândoi suntem istorie.

Am pornit-o încet în direcția lavrei. Am obosit, picioarele mi se îndoiau. În fața unei case era o masă de bucătărie, scoasă de cineva. M-am așezat pe ea. Băteam ușor darabana cu picioarele în portiță, scoțând un sunet surd de tobă. Niciodată nu mai stătusem așa pe Nevski. Pe o masă de bucătărie. M-am odihnit puțin; am plecat mai departe.

Spre mirarea mea, intrarea în lavră era deschisă. Oamenii care stăteau la poartă așteptau ceva. După un minut a apărut o mașină *Vodokanal*[1] și a intrat încet pe poartă. M-am dus și

1. Întreprindere comunală de alimentare cu apă și canalizare.

eu, mergând încet în urma ei. Nu m-a oprit nimeni: evident, aduceam prin ceva a lucrător de la *Vodokanal*. Poate prin îngândurare. Oamenii care au de-a face cu apa sunt deseori îngânduraţi.

După o scurtă şovăială, m-am hotărât să intru în cimitirul Nikolskoe. Am văzut că maşina se îndrepta şi ea spre cimitirul Nikolskoe. Mergea la fel de încet, parcă pe pipăite, şi lumina farurilor ei smulgea din umbră copacii şi monumentele. Care căpătau dimensiuni incredibil de mari şi se mişcau în razele de lumină schimbându-şi locurile, pierzându-şi umbrele şi căpătând altele.

La cimitirul Nikolskoe se lucra de zor. În lumina unor reflectoare puternice urlau două excavatoare care scoteau pământ, aşa mi s-a părut, din morminte şi îl puneau pe spaţiile libere. Nu, nu din morminte. Când m-am apropiat mai mult a devenit clar că utilajele lucrau pe alee – săpau un şanţ dintr-un capăt în altul al ei. În acest timp, deasupra şanţului se vedea nu numai pământ, ci şi câteva sicrie scoase la suprafaţă. Rândurile de morminte, după numeroşii lor ani de existenţă, încetaseră să mai fie rânduri, şi erau morminte care ocupau aproape jumătate din alee. La acestea, era clar, se lucra acum.

Mi-am amintit că mormântul lui Terenti Osipovici ieşea şi el din rând, şi gândul că o să-i fie tulburată pacea ca să se facă pe ascuns un şanţ – da, gândul ăsta m-a străfulgerat. Trecând de-a lungul şanţului care se întindea în urma celui de-al doilea excavator, m-am oprit (imaginea se potriveşte perfect) ca înţepenit: sicriul lui Terenti Osipovici stătea deja pe un morman de pământ proaspăt. Fireşte, nu puteam fi sigur că în sicriu era chiar Terenti Osipovici, dar sicriul stătea chiar deasupra mormântului lui – cine să fi fost acolo dacă nu el?

M-am dus lângă sicriu. O scândură laterală se desprinsese, dar lumina reflectorului nu cădea în locul acela. Nu se vedea nimic prin el. Fără să deschizi capacul nu puteai fi sigur că acolo era Terenti Osipovici. Dar cum s-o faci?

În timp ce mă tot gândeam, din mașina venită s-a întins o conductă flexibilă. S-a desfășurat de pe un tambur gigantic care se învârtea cu un sunet neașteptat de fin. Se montau conducte de alimentare cu apă în cimitir – noaptea, ca să nu deranjeze pe nimeni. Conducta era pusă frumos pe fundul șanțului. Toți se uitau ca vrăjiți cum, ca să asigure alimentarea cu apă a celor vii, municipalitatea începuse de la cei morți. Fără să atrag atenția cuiva, am făcut un pas spre sicriu și am pus mâna pe lemnul pe jumătate putrezit al capacului. L-am pipăit. Într-un loc era o mică fantă între capac și sicriu. Mi-am vârât degetele acolo și am ridicat puțin capacul.

Nu a fost nevoie de nici un efort: capacul s-a ridicat ușor. Mi-am mai aruncat o dată privirea la cei din jur – se uitau toți, ca și mai devreme, la punerea conductei. Am ridicat dintr-o singură mișcare capacul și l-am împins spre marginea sicriului. În raza reflectorului, care bătea de sus, au început să se vadă rămășițele unui om. Omul acesta era Terenti Osipovici. L-am recunoscut imediat.

Părul cărunt, lipit de craniu. Mundirul de gală, aproape neatins de putrefacție. Așa fusese de fapt și în timpul vieții. Lipsea, ce-i drept, nasul, și în locul ochilor se căscau două găuri negre, dar în rest, Terenti Osipovici își semăna. O clipă m-am așteptat să mă îndemne să merg fără frică, dar pe urmă am observat că nu are nici gură.

[Geiger]

Nastia e în spital.

Pe Innokenti nu l-au lăsat astăzi la ea, i-au spus să vină mâine. M-a sunat să-mi spună. Dar și să mă roage să găsesc o descriere a aeroplanului *Farman-4*.

Întreb:

— Pentru ce?

El:

— Păi ca să fie, doar reconstituim un tablou general al celor trăite. Adaugă asta la celelalte texte ale noastre.

Adaug, nu e mare lucru. Deschizi enciclopedia și scrii.

Totuși. Nu mă simt împăcat. Nu știu dacă e bine să susțin astfel de inițiative.

Bun... O să considerăm că totul e normal.

Așadar, *Farman-4*, biplan – cu două perechi de aripi. Cu două locuri. A fost produs între anii 1910 și 1916. Motor de 65 de cai putere, elice cu diametrul de 2,5 m. Greutatea 400 kg, putea ridica 180 kg. Fuzelajul era făcut din lemn de pin, aripile și comenzile erau învelite într-o pânză galben-crem. *Sehr raffiniert*[1]. Pe un *Farman* zbura Frolov (sună ca o poezioară). Cu el, din nefericire, s-a și prăbușit.

De ce scriu toate astea nu știu. Nu e simplu să o faci. Și totuși e mai simplu decât să scrii despre rezultatele analizelor lui Innokenti.

[Innokenti]

Ieri-noapte am scris până am adormit pur și simplu la masă. Am visat aeroplanul lui Frolov. În vis mi-am amintit chiar și denumirea lui: *Farman-4*. Uite că memoria l-a păstrat și pe patru, cine ar fi crezut! Am visat că avionul lui rulează pe aerodrom, dar nu decolează. Aviatorul vede cum, sub ghetele lui, iarba, florile, frunzele de ceva – totul se contopește într-o masă verde-închis. Poate chiar era mai bine dacă nu decola... Să fi mers și să fi tot mers – ce-ar fi fost rău? Să fi săltat pe movilițe, să fi tremurat ușor din aripi.

Numai că nu așa îl iubeam noi.

---

1. Foarte rafinat (în germană în original).

[ ]

Am rămas peste noapte la Innokenti. Am stat de vorbă până la trei.

A adus vodcă – întâi o sticlă, pe urmă încă una. Nu am obiectat – ce să mai obiectezi? Am și băut amândouă sticlele.

De fapt îmi era frică să nu înceapă să mă întrebe despre sănătatea lui. N-a început.

Îl îngrijorează mult mai mult sănătatea Nastiei acum. Îi e foarte frică să nu moară copilul.

Discuția a alunecat nu știu cum spre modul actual de organizare a vieții. Innokenti l-a numit anarhie. Remarca mea a fost că după anarhie vine de obicei o conducere autoritară. Ceea ce, de fapt, e foarte trist.

Iar Innokenti – deținutul Innokenti! – a spus că autoritarismul este poate un rău mai mic decât anarhia.

A comparat populația țării cu peștii de mare adâncime. Ei, cică, nici nu pot trăi decât sub presiune.

Pun asta pe seama cantității băute.

O descoperire neplăcută. Cât am stat de vorbă, Innokenti s-a înecat de câteva ori. Probleme vizibile la înghițit, și nu e de la gât. Ține de encefal.

[Innokenti]

Am fost astăzi la Nastia. Nu se simte grozav și nici nu arată grozav – e palidă, chiar verde. Nu am văzut-o niciodată așa. Am stat la ea până seara târziu, până m-au dat afară. La prânz am mâncat aproape toată porția ei, fiindcă ea n-a putut să mănânce. După părerea medicului curant, e din cauza intoxicării organismului.

Mâncarea, ca s-o spunem fără ocol, nu e de la Metropol [1]. Mă gândesc și eu: doar bucătarii de-aici nu fac intenționat

1. Unul dintre cele mai elegante restaurante din Sankt-Petersburg.

mâncarea așa de proastă, nu? Pur și simplu nu pun în ea ce e prevăzut, mai pe șleau spus – fură. Oamenii noștri. Nu e de făcut nimic cu ei.

Iar Geiger spune: nu se poate pune presiune pe astfel de oameni, pe nici un fel de oameni nu se poate pune. Jumătate de noapte am discutat ieri cu el despre avantajele democrației. Avantajele astea le văd și fără el. Pe undeva or fi firești și la locul lor, dar la noi nu se pot manifesta nicicum. În istorica patrie a lui Geiger, de exemplu, pot, dar la noi – nu.

Eu cred că toată problema stă în răspunderea personală. Per-so-na-lă. Când ea nu există, sunt necesare niște măsuri care să acționeze din afară. Dacă, de pildă, un om are probleme cu coloana vertebrală, i se pune un corset. E un lucru destul de rigid, dar el ține corpul atunci când nu îl ține coloana vertebrală. Lucru pe care i-l voi spune și lui Geiger. I-am dat un exemplu marin, dar acum îi voi da unul medical.

[Geiger]

L-am examinat zilele trecute pe Innokenti și mi-a atras atenția faptul că brațele și picioarele îi sunt puțin mai slabe. Cauza – reducerea masei musculare. Asta indică probleme la măduva spinării.

Astăzi i s-a făcut o tomografie prin emisie de pozitroni. Nu prea sunt motive de bucurie. De ce oare am considerat eu că lucrurile se vor limita la encefal? Era de așteptat ca refrigerarea să aibă influență asupra întregului organism. Inclusiv asupra măduvei spinării. Dar cum, cum anume a influențat? Dacă aș înțelege asta...

[ ]

Nastiei i s-a făcut astăzi ieșirea din spital. În timpul tratamentului, din câte se vede, i s-a făcut o ecografie. Iar la ieșire i s-a comunicat și principala noutate: vom avea o fetiță. O fiică. Astăzi m-am gândit toată ziua la asta. Nu știu de ce am avut impresia că va fi băiat. Nu înseamnă că o fetiță e mai rău: sunt lucruri care pur și simplu par de la sine înțelese.

Pe de o parte, pe un băiat l-aș fi putut sfătui mai mult, fiindcă am parcurs drumul ăsta, care nu e ușor. Pe de altă parte, drumul meu a început aproape cu un secol în urmă. Mai are acum vreo valoare această experiență – e o mare întrebare. Așa că din punctul de vedere al experienței, nu are mare importanță dacă o să am un fiu sau o fiică. Ca bărbat, probabil că e mai plăcut pentru mine să am o fiică. Și, dacă stau să mă gândesc, tot ce a fost mai bun în viața mea a fost legat de femei.

Am recitit acum – ce idioțenii! Doar e clar că aici nu sunt aplicabile considerații abstracte. Fiindcă iubești un om concret, nu un băiat sau o fetiță. Iată, are să se nască acest om și el va înceta să fie o abstracție, și atunci... Dar va fi oare pentru mine acest *atunci*?

[ ]

Sunt din nou acasă. *Noi* suntem din nou acasă! Noi cu fetița noastră: tocmai am aflat că avem fetiță. De ce nu mi-au spus că am fată – le-a fost frică să nu o deochi? Nu au crezut într-un deznodământ fericit? Sau nu e decât invincibila reavoință de sorginte sovietică? N-ai cum să ghicești și, de fapt, nici nu mă interesează.

Mi se pare că fiica noastră o să ne scoată din groapa asta pe amândoi – și pe el, și pe mine. Când am venit amândoi de la spital, am spus în taxi:

— Platoșa, iubitule, de tine sunt total dependente două doamne. Acum, pur și simplu nu mai poți să nu te ții tare.

Și el chiar a zâmbit drept răspuns, dar atât de chinuit, încât numai că nu m-a podidit plânsul. Mai bine, zău, nu zâmbea.

M-am strâns în el, mi-am pus capul pe umărul lui și pe urmă l-am luat în brațe. Șoferul s-a uitat la noi prin oglindă, iar noi am mers așa tot drumul – îmbrățișați.

[Innokenti]

A sunat Iașin, a spus că are ceva interesant pentru mine. Când am sosit, mi-a dat o mapă cu materiale despre vărul meu Seva. Venise în urma cererii făcute de arhivă la procuratură – vasăzică, săpase adânc Iașin... Profesionist, chiar l-am admirat. Hârtiile le-a scos una câte una, și cu un fel de îndemânare. Cu mănuși albe, el – roșcat. Chiar pe prima filă am dat de mine – în lista celor repartizați la compania 13. Cu semnătura lui Seva. În dreptul a două nume era acolo o notă care ordona detenție deosebit de severă. Unul dintre aceste nume era al meu. Atât de mult își dorise Seva să scape de mine?

Și cât zburaserăm amândoi cu zmeul-aeroplan, eu pe scaunul din față, el pe cel din spate! Și nici la etapă n-a stat pe cel din față: nu m-a împușcat, nu m-a lipsit de viață cu propria lui voință. M-a lăsat să mor de la sine – firește, dacă moartea prin epuizare poate fi considerată de la sine. Alergam, și eu încetineam pasul, fiindcă vedeam că Seva își pierde suflul. Lipăiam cu picioarele prin nisipul ud, rânjind, împroșcând stropi, iar zmeul zbura maiestuos deasupra mării – o altă stihie pe care nu se putea alerga –, și cu el parcă zburam și noi. Când ne poticneam, aeroplanul nostru plonja, dar aproape că nici nu se observa, era ca și cum ar fi prins alt curent de aer.

Cum de se poticnise atât de tare Seva, încât aeroplanul lui intrase în picaj? Din documentele aduse de Iașin rezulta că în anul 1937 vărul meu a fost împușcat. Torturi în timpul anchetei nu erau menționate ca atare în documente, dar după unele exclamații care ajunseseră în procesul verbal se putea deduce că existaseră. După exclamații, dar mai ales după natura informațiilor debitate de Seva în funcție de loviturile primite. O discuție mai mult sau mai puțin concretă a avut loc numai la primul interogatoriu. Restul – pentru că Seva nu avea ce relata – aducea a încercări eșuate de a ghici ce doreau anchetatorii.

Procesele verbale, de obicei zgârcite cu cuvintele, de data asta nu făcuseră economie la amănunte. Era redat în detaliu ce a spus Seva cerșind să trăiască, cât de tare bocea, ca o babă, și cum se repezea să sărute cizmele anchetatorilor. Venindu-i, după cât se vede, un pic de minte, la ultimele interogatorii a propus să fie trimis la asimilarea raioanelor deșertice din Uzbekistan. Le-a cerut să vină la el peste zece ani și să mănânce fructe din livada plantată de el. Seva le-a descris anchetatorilor cum o să bea ceai cu toții la ceasurile serii, când deja nu mai e arșiță și respiri în voie. Judecând după detaliile înregistrate, spusele lui Seva au avut un mare efect asupra anchetatorilor. Este de presupus că aceștia, obosiți de interogatorii, visau și ei de mult la tihnita viață de grădinar. În mod ciudat, citind asta m-am simțit și eu mai ușurat.

[ ]

Astăzi am vorbit pentru prima dată serios cu Innokenti despre sănătatea lui. „Mai exact, despre nesănătate“, a corectat el. Bine că glumește...

Mi-am amintit un banc în care e adus la spital un om cu un cuțit între coaste. „Te doare rău?“ întreabă doctorul. „A, nu, răspunde omul, numai când râd.“

I-am spus bancul lui Innokenti. A dat din cap. A mormăit ceva de genul că bancul ăsta ar fi despre el. Dar pe urmă și-a ridicat fața, și avea lacrimi în ochi.

Nu eu am deschis subiectul, ci el. A început să vorbească despre modificările pe care le observă la el. Știu sigur că nu citește cărți de medicină, altfel aș crede că citează descrierea simptomelor tulburărilor cerebrale.

Judecând după toate, cel mai sensibil îi este afectată memoria operativă. Uită lucrurile care abia s-au petrecut. Nu toate, din fericire.

În schimb, evenimentele de la începutul secolului și le amintește fără cine știe ce efort.

A devenit isteroid – observ chiar și eu. Brusc, în toiul discuției noastre, Innokenti a declarat că nu vede ce rost mai au însemnările.

— Ce înseamnă „mai"? întreb. Ce s-a schimbat față de lunile precedente?

— Ei, doar înțelegi foarte bine pe ce drum mă aflu.

— Eu, unul, nu înțeleg. Din păcate, deocamdată nu înțelege nimeni.

El s-a uitat țintă la mine. S-a uitat cu răutate.

— Să scriu numai ca să mai susții o disertație?

Niciodată n-a vorbit Innokenti așa cu mine. Am tăcut, fiindcă nu am știut ce să spun. Deodată, s-a apropiat și m-a îmbrățișat:

— Iartă-mă, Geiger. Sunt îngrozitor de nedrept.

Și, în treacăt fie spus, eu am susținut deja toate disertațiile posibile.

[ ]

M-am dus din nou la arhivă, să aflu în continuare despre procesul lui Seva. Tablourile idilice cu grădina în pustiu alternau din când în când, când Seva era terminat de tot, cu blesteme atât la adresa anchetatorilor, cât și a puterii sovietice per ansamblu. E interesant că într-o clipă din asta a amintit discuția noastră despre locomotivele istoriei. Le-a relatat-o călăilor lui și a spus:

— N-am crezut că locomotiva asta o să mă ducă aici. Și doar m-a prevenit Innokenti: mergi pe jos.

Noile interogatorii erau legate de lămurirea a ceea ce avea să se întâmple cu Innokenti. Faptul că pe mine, vărul lui, Seva personal m-a trimis într-un loc fără speranță a fost perceput ca o stratagemă deosebit de rafinată și ca parte a unui plan criminal. Când s-a pus următoarea dată presiune pe el, Seva a prezentat nu un singur plan, ci trei cap–coadă, dar nici unul nu avea legătură cu situația mea de-atunci, de care el nu știa.

Aflând că am fost înghețat, Seva a avansat o a patra variantă. Și anume că se intenționa ca microbul revizionismului, de care eram eu ros, să fie strecurat pe calea congelării în viitorul comunist. În cele spuse de el nu se mai simțea spirit – doar trup făcut zob, care nu mai voia decât să i se curme chinurile. Nu voia nici măcar viață, de vreme ce autoînfierarea reflectată de materiale nu îi făgăduia altceva decât împușcarea.

Tot dând la iveală noi amănunte despre el și despre mine, nefericita mea rudă a cerut chiar să fiu dezghețat și interogat sub tortură. Câteva file lipite la dosar făceau cunoscut că s-a întreprins o astfel de încercare. Ea s-a sfârșit jalnic pentru anchetatori. După ce a devenit limpede din a cui dispoziție s-au făcut experiențele cu înghețarea, încercarea de a mă dezgheța a fost considerată revizionistă, și eu am rămas la locul meu. Spre deosebire, de altfel, de anchetatori, care au fost deferiți justiției.

[ ]

Platoșa și cu mine am hotărât să legalizăm relația noastră – în fața lui Dumnezeu și a oamenilor. La început în fața oamenilor: pentru cununie e necesară o ștampilă pe actul de identitate. În general, la starea civilă e o coadă destul de lungă, dar aici ne-a ajutat Geiger. Unul dintre șefii de la biroul pașapoarte e un fost pacient al lui.

— Înainte de biroul pașapoarte a fost și el înghețat? l-am întrebat pe Geiger.

— Invers, a răspuns el, a înghețat intrând în serviciu. Dar câteodată se mai dezgheață: pe voi o să vă înregistreze fără să stați la coadă.

Vasăzică, are și Geiger simțul umorului. Relațiile noastre cu el sunt mai bune ca niciodată.

M-am dus pe urmă la catedrala Sf. Vladimir și am vorbit pentru cununia noastră. Au vrut să știe: cu cor sau fără cor – bineînțeles, cu cor. Cum adică fără cor? Seara i-am povestit totul lui Platoșa, inclusiv despre ajutorul lui Geiger la accelerarea formalităților. Iar el:

— Dacă Geiger se grăbește așa, înseamnă că lucrurile stau rău cu mine. Dintre noi toți, el e omul cel mai informat.

Am început să îi spun că Geiger nu se grăbește deloc, dar chiar atunci a sunat telefonul. I se mai cerea un interviu lui Platoșa. El a refuzat și a închis. De discuția dinainte nu și-a mai amintit, sau pur și simplu nu a vrut s-o continue. Am trecut, cum se spune, peste moment. Câteodată e greu să fii lângă el.

[Innokenti]

Mi-e rușine de mine. Simt frică, și de-asta îi chinui pe cei din jur, care sunt, de fapt, doar doi. De ce o fac? Că nici măcar nu mi-e mai ușor. Mă tem că în mine a apărut o iritare ascunsă, fiindcă eu o să mă duc, iar ei o să rămână. Dacă e într-adevăr așa, purtarea mea e de două ori mai rușinoasă. Trebuie să mă urmăresc cu atenție.

I-am spus lui Geiger zilele trecute că nu am de gând să mai scriu. Iar acum înțeleg că am de gând. Din cauza fetiței. Dacă nu îi este dat să mă vadă viu, o să mă prezint în fața ei, ca să spun așa, în scris, și paginile mele o vor însoți în viață. Nu are rost să scriu despre marile evenimente – oricum va afla despre ele. Descrierile trebuie să fie legate de ceea ce nu ocupă un loc în istorie, dar rămâne în inimă pentru totdeauna.

De pildă, halta părăsită de pe linia de cale ferată cu ecartament îngust. Uitată de toți, ca și calea ferată cu ecartament îngust. Nu-mi amintesc unde era și unde ducea calea ferată – dar chiar ducea? Se întindea, ruginită, printre bălării, aproape că nici nu se mai vedea. Și mă jucam cu niște copii sub o rampă, și printre scândurile ei răzbătea soarele. Se mișcau ierburile, țârâiau greierii de câmp, era zăduf. Dar sub podina de scânduri adia un vânt răcoros. Rampa era înaltă, așa că nu trebuia să ne aplecăm. Dar noi stăteam așezați – perechi, spate în spate. Era bine, ședeai pe moale: iarba creștea și sub rampă, chiar dacă nu era deasă, și ceva mușchi creștea. Un băiat rămăsese fără pereche. Și deodată spune:

— Vine furtună, s-a zis cu noi!

Nu păruse a fi nimic care să prevestească o furtună, dar ceva chiar părea să o facă: de după o pădurice ignorată de noi înainta un nor plumburiu. Spre deosebire de băiatul care ne dăduse de veste, noi, văzându-ne de ale noastre, nu băgaserăm de seamă nimic. În viața mea de mai târziu am observat că oamenii singuri au simțurile mai fine și sesizează apropierea schimbărilor mai devreme decât ceilalți. Și norul a intrat în strălucirea solară cu tot inventarul lui: ploaie, fulgere, tunet și chiar grindină. O grindină, cum se spune, cât oul de porumbel. Poate, da, de porumbel. Eu nu văzusem ouă din astea, dar grindina chiar era mare. Răpăia așa de tare pe scânduri, că, mă gândeam, n-aveau să reziste mult.

Să mai adaug că fulgera și tuna. Nu chiar tuna – trosnea într-un chip infernal. Ca și cum cerul se rupea în tăria lui în două părți inegale (în depărtare lumina încă soarele). Da, sigur, eu mai supraviețuisem furtunilor și înainte, și nu doar o dată, dar la toate furtunile dinainte treceau câteva clipe între fulger și tunet. Mama și cu mine număram câteodată acele secunde. Dar acum bubuielile răsunau odată cu fulgerul, asta era înspăimântător. Noi ședeam ca mai înainte, spate în spate, dar acum ne unea nu sentimentul prieteniei, ci frica. Printre scânduri curgea apa – se prelingea pe după gulerele cămășilor noastre, șiroia rece pe corp. Și băiatul rămas fără pereche a strigat în răstimpul dintre două fulgere:

— Electricitate cerească!

Și mi s-a făcut o milă disperată de el, și mila a biruit frica. M-am tras de lângă spinarea de care izbutisem să rămân țintuit și i-am dat locul meu celui care striga. Dar el nici nu s-a clintit. Savura grozăvia singurătății. Și plenitudinea cunoașterii.

[ ]

M-am uitat în minologhiu după un nume pentru fiica noastră. După calculele doctorilor, ea trebuie să se nască pe 13 aprilie. E ziua Sfintei Anna. I-am spus lui Platoșa – s-a bucurat. A spus că acest nume i le amintește pe al meu și pe al bunicii. Și eu sunt bucuroasă: Anna e un nume frumos, nu pot să fie numai Anastasii. M-am gândit să mă uit ce sărbătoare mai e. Și am văzut că e a preasfințitului Innokenti, apostol în Siberia și America. Formidabil.

Continuăm să ne pregătim pentru cununie – în principal, pe dinăuntru, pentru că nu vrem să o celebrăm în nici un fel. Ca invitat – numai Geiger. Platoșa l-a rugat să scrie despre cununie. Geiger a oscilat puțin, dar nu a îndrăznit să refuze: doar Platoșa scrie pentru el de mai bine de o jumătate de an.

Da, important: ne-am înregistrat (ce sovietic cuvințel!). Ne-am dus la starea civilă a raionului Petrograd și ne-am înregistrat – în pulovere și în blugi. A ieșit o băbătie și și-a făcut gura pungă ca să ne adreseze cele cuvenite, dar Platoșa a oprit-o. I-a spus calm că, să vedeți, nu e nevoie de asta. Ea a priceput și nici nu s-a ofensat. Și-a limitat discursul la „Semnați aici“. Am semnat.

Am băut bere la cel mai apropiat pub – eu fără alcool, iar Platoșa – nemțească nefiltrată. În general vorbind, în ultimele zile starea de spirit a lui Platoşa e puţin-puţin mai bună. Nu, nu e bun cuvântul – s-a schimbat. Nu e mai vesel – este mai liniştit, ceea ce e deja un progres.

[ ]

Am uitat să spun: furtuna a fost scurtă şi a apărut repede soarele. Şiroaiele dintre scânduri se făceau tot mai subţiri. M-am uitat pe furiş la cel care strigase „electricitate cerească". Şedea cu braţele încrucişate şi cu o figură tristă, de proroc. Era ceva de pe lumea cealaltă în el. Interesant, cine o fi fost şi ce o fi devenit?

Am mai stat un timp şi ne-am uitat cum strălucea apa care se scurgea. Acum nu mai erau nici măcar firişoare subţiri. Mai întâi, apa a acoperit crăpăturile ca o peliculă, dar pelicula aceea s-a spart imediat şi s-a transformat în stropi mari, egali. Am ieşit sub cerul liber şi am văzut curcubeul. Ruginita noastră linie ferată cu ecartament îngust se ducea pe sub el ca pe sub un pod.

[ ]

Astăzi Innokenti şi Anastasia s-au cununat la catedrala Sf. Vladimir.

În ajun, Innokenti m-a rugat să descriu cununia. Eu am propus să filmez cununia pe video. El m-a luat de braţ şi a spus:

— Nu, descrie-o, te rog, cu cuvinte. Că până la urmă rămâne numai cuvântul.

Afirmaţie discutabilă. Am tăcut. Dar scriu – doar eu i-am cerut să scrie.

Mai e şi faptul că, în cazul de faţă, n-am cum să descriu eu cel mai bine. Sunt foarte străin de slujba pravoslavnică. Dar şi de cea luterană, dacă stau să mă gândesc. Deşi sunt botezat ca luteran.

Deci, cununia. A durat cam patruzeci de minute, acesta este singurul lucru pe care îl pot spune cu precizie.

Sensul părților ei îmi este inaccesibil, cu rare excepții. De exemplu, când preotul întreabă pe fiecare dacă se cunună de bunăvoie. Sau când beau amândoi din aceeași cupă. Te mișcă până în adâncul sufletului.

Când a băut Nastia, Innokenti a privit-o așa, cu uimire. Nu pot să găsesc cuvântul. Cu însuflețire, cred. Da, cu însuflețire.

S-ar fi putut face o fotografie formidabilă. Focalizare clară pe Innokenti, iar figura Nastiei puțin estompată. Și licărul cupei de bronz. Poate chiar o să apară așa o fotografie. A fotografiat cineva acolo, niște ziariști.

Iar mie îmi tot umblau prin cap niște prostii. Cum ar fi că anul nașterii lui Innokenti e 1900, iar al Nastiei, 1980. Diferență, ca să spunem așa, de vârstă.

Oare o să-i placă lui Innokenti descrierea mea?

Scriu și mă gândesc: poate cununia îl va scoate din depresie.

[ ]

În noaptea de după cununie nu ne-am culcat. Am stat așezați pe pat, sprijinindu-ne unul de altul. Fără să spunem nici un cuvânt. Nici unul. Ne-am ținut de mână și ne-am simțit unul și același. Ne-am culcat spre dimineață. Am adormit pe loc.

Iar a doua zi, Platoșa se uita la televizor și, deodată, spune:

— Cum e posibil să fie irosite cuvinte de neprețuit cu seriale, cu aceste show-uri de nimic și cu reclame? Cuvintele trebuie folosite pentru a descrie viața. Pentru a exprima ceea ce nu este încă exprimat, înțelegi?

— Înțeleg, am răspuns.

Chiar înțeleg.

[ ]

Ce fericire că am întâlnit-o.

[ ]

După ceai am discutat cu Innokenti despre rolul personalității în istorie. Doar trebuie să discutăm despre ceva, pe lângă medicină.

El a repetat ideea lui favorită despre conducători. Că poporul, zice, îl găsește exact pe acela de care are nevoie în acel moment.

Îi spun prudent:

— Dumneata cum îți imaginezi: în 1917 toți au avut nevoie de același lucru? Bătrâni, tineri, deștepți, proști, drepți, vinovați – la fel?

— Dar unde vezi dumneata deștepți? Și mai ales – drepți?

Tare. Această vinovăție comună m-a frapat cândva la Pușkin. Află, zice, cine e drept și cine e vinovat, dar pedepsește-i pe amândoi.[1]

Această mentalitate e legată la el de starea generală. Care se înrăutățește.

[ ]

Am avut o dispută cu Geiger. După părerea mea, el are ciudata impresie că, de fiecare dată, cineva ne aruncă de sus frânghia. Că nu o împletim noi singuri. Iată dar un apărător al poporului rus... Deși la un moment dat mi-a vorbit despre speranțele lui: se va duce puterea sovietică, își spunea, și o să începem să trăim! Bun, și? Am început acum să trăim? Puterea sovietică nu mai e de atâția ani – am început să trăim?

1. În romanul *Fata căpitanului.*

Nici venirea ei nu a fost întâmplătoare – doar țin bine minte. Bolșevicii sunt numiți acum „un grup de complotiști". Dar cum putea „un grup de complotiști" să doboare un imperiu milenar? Înseamnă că bolșevismul nu e ceva din afara noastră.

Geiger nu crede într-o mișcare colectivă spre pieire, nu vede cauze raționale pentru ea. Dar există și cauze iraționale. *Însă tot ce-amenință pieire inimei în tăinuire, desfătându-ne neînțeles...*[1] Nu e, bineînțeles, întotdeauna și nu e pentru toți oamenii (aici Geiger are dreptate), dar pentru un mare număr din ei este! De-ajuns pentru a transforma țara într-un iad! Vărul meu se dă cu *opriciniki*[2], vecinul se duce să îl denunțe pe profesorul Voronin. Colegul lui Voronin, Averianov, dă despre el niște declarații monstruoase. De ce?!

Ei, Dumnezeu cu el, cu vărul meu, el e un om slab și a vrut să se afirme. La Averianov, să zicem, a fost invidie – un sentiment natural la un coleg. Dar de ce a denunțat Zarețki – din considerente principiale? Că doar el nu avea principii (și, bănuiesc, nici considerente). Pentru bani? Dar nu i-a dat nimeni bani. El singur mi-a spus, beat fiind, că nu știe de ce a făcut denunțul. Dar eu știu: de prea mult rahat în organism. El, rahatul ăsta, a crescut în el și a așteptat condițiile sociale ca să se verse. Și uite că s-au împlinit.

Dar pe de altă parte – atunci poate că nici nu e vinovat că l-a denunțat pe tatăl Anastasiei? Poate sunt de vină condițiile sociale? Geiger, cred, chiar așa consideră. Dar nu condițiile sociale l-au denunțat pe profesor, ci Zarețki. Deci

1. A.S. Pușkin, „Ospăț în timp de ciumă", traducere de Adrian Maniu, în *Opere alese*, vol. II, Editura Cartea Rusă, București, 1954, p. 173.

2. *Opricinina* – regim de teroare, cu măsuri extrem de represive, instituit în Rusia de Ivan al IV-lea, cu trupe speciale pentru asigurarea acestui regim.

el a săvârșit o crimă, și faptul că i s-a dat în cap a fost pedeapsa. Pedeapsă dreaptă, subliniez, pentru un mișel, deși puțini au știut asta. Mai complicat e în privința celui care a dat. Acela e mișel, sau instrument al dreptății? Sau și una, și alta? Cum să îi explici toate astea Annei?

Innokenti, stând la computer, m-a întrebat:

— Unde se află conținutul Internetului?

La început nu am înțeles întrebarea.

— Cum adică unde? În Internet...

— Poți să-mi numești locul concret unde se păstrează? Sau trebuie să înțeleg că e turnat uniform pe rețea?

— Sunt computere care păstrează informația, ele se află la centrele de calcul...

Nu m-a lăsat să termin.

— Adică nu există nimic mistic, sunt mașini bine definite care păstrează acest conținut, da?

Da. Nu am înțeles ce l-a mirat atât de tare.

[ ]

Geiger mi-a explicat cum funcționează Internetul: conținutul lui este amplasat într-o serie de computere. Dacă te gândești, se pare că altfel nici nu se poate, iar eu aproape crezusem că e un sistem aparte, care stă deasupra computerelor. Dacă nu chiar într-o realitate aparte, apărută din însăși faptul că ele, computerele, sunt legate între ele.

Acum mi-a venit deodată ideea că acesta este în felul lui un model de viață socială. Care, dacă stai să te gândești, nu e viață, ci o fantomă. A te cufunda în el nu e lipsit de pericol: chiar poate ieși foarte bine la iveală că în bazinul acesta nu era apă. Viața, realitatea sunt la nivelul sufletului omenesc, acolo sunt rădăcinile a tot ce este rău și a tot ce este bun.

Totul se rezolvă prin contactul cu sufletul. Cu asta se ocupă, probabil, numai preotul. Bun, poate și artistul – dacă îi reușește. Mie, uite, nu mi-a reușit.

[]

Platoșa spune că se gândește tot timpul la Anna – așa îi spunem acum fetiței noastre. Știu că e prea devreme, că n-ar trebui, dar ce să facem dacă ea a intrat deja în viața noastră. Îi simțim, de exemplu, caracterul. Când lovește cu piciorușul în burta mea, înțelegem că fetița va fi o luptătoare. Platoșa mă roagă să-l chem când lovește. Odată am văzut amândoi cum mi s-a clătinat burta sub piciorușul Aniutei!

El vrea ca Anna să știe totul despre el. De aceea se pregătește să scrie mult mai amănunțit acum. Îi spun:

— Nu te complica mai mult, să mai crească puțin și o să-i povestești tu totul.

— Nu, mi-a răspuns, o să scriu: pe hârtie totul e mai trainic, e mai sigur. Povestirile orale, știi, se rod în memorie, dar ce este scris nu se schimbă. Și, mai ales, se poate reciti.

Numai că eu știu de ce scrie! Dumnezeule, nu e nici un secret aici. Crede că nu o să trăiască până se va naște ea.

Odată, în Siverskaia, am văzut cum de pe un câmp prost cosit a decolat un aeroplan. Rulând cu viteză, aviatorul ocolea hopurile, sălta pe movilițe și deodată – o, ce fericire! – a fost în aer. Văzând ce spasmodic se deplasa aparatul pe câmp, nimeni nu se aștepta, sincer vorbind, să zboare. Dar aviatorul și-a luat zborul. Și nu au mai fost pentru el nici câmp cu movilițe, nici spectatori care râdeau – a avut înainte cerul cu nori care se întindeau spre el și pământul pestriț, ca din petice, sub aripi.

Este o imagine în care, de-atunci, văd simbolul felului în care trebuie să decurgă viața. Mi se pare că oamenii care s-au realizat au această caracteristică: depind în mică măsură de cei din jur. Independența, sigur, nu e un țel, dar este ceea ce ajută la atingerea țelului. Alergi prin viață cu o slabă speranță că îți vei lua zborul, și toți se uită la tine cu milă, în cel mai bun caz, fără să te înțeleagă. Dar tu îți iei zborul, și, de sus, ei toți îți par a fi niște puncte. Nu pentru că s-au micșorat așa într-o clipă, ci pentru că văzuți de sus se prefac în puncte (cursurile la Bazele desenului) – sute de puncte-fețe îndreptate spre tine. Cu gurile – așa vezi tu – căscate. Iar tu zbori în direcția aleasă de tine și desenezi în eter figurile la care ții. Cei de jos le admiră (poate sunt și puțin invidioși), dar nu pot să schimbe ceva, pentru că în aceste sfere totul depinde numai de iscusința celui care zboară. De aviator, minunat în singurătatea sa.

[ ]

Platoșa mi-a povestit despre zborul unui aviator în Siverskaia. După tonul povestirii mi-am dat seama imediat că nu era atât despre aviator, cât despre el însuși: el are moduri diferite de a povesti despre alții și despre el. A vorbit, a vorbit – și brusc a căzut pe gânduri.

— La ce te gândești? întreb.

— De ce moviliță m-am împiedicat eu totuși? De ce n-am decolat? Ce mi-a distrus înzestrarea pentru pictură?

Am început să îl conving că înzestrarea nu se putea duce așa, pur și simplu, că va reveni cu siguranță. Nu era doar o consolare – eu chiar cred cu tărie asta. Iar comparația cu aviatorul – e frumoasă, desigur, dar, aplicată lui Platoșa, șchioapătă. El m-a îmbrățișat și a spus că și el șchioapătă. După aceea am rămas mult timp așa, stând jos în tăcere. Legănându-ne încet.

*

Innokenti a hotărât să scrie pentru fiica lui. Să își descrie viața.

În acest context, ne-a adresat mie și Nastiei o rugăminte ciudată: să îl ajutăm să scrie.

— Cum? am întrebat eu. Cum poți ajuta pe cineva să își descrie propria viață?

— Nu viața propriu-zisă, ci ceea ce este pe marginea ei. Mi-e teamă pur și simplu că nu o să reușesc să fac totul singur.

Așadar, Innokenti o să ne spună ce să descriem.

Va fi vorba nu despre ceea ce este individual, ci general. Despre ceea ce toată lumea percepe la fel.

De exemplu, despre țânțarii din Siverskaia.

Și ce-a mai pomenit? Dusul la frizer, bicicleta pe o alee udă...

Din câte înțeleg eu, el face un tablou important și amplu. În care scop adună ajutoare pentru desenarea fundalului. Ajutoarele vor desena figurile secundare în contururile date de el...

— Eu nu refuz să ajut, spun, dar nu sunt un ajutor bun. Scrisul nu e vocația mea.

— Dimpotrivă, Geiger, eu te prețuiesc pentru că ești laconic și scrii simplu.

— Dar pe mine, a întrebat Nastia, pe mine pentru ce mă prețuiești?

Innokenti a stat puțin pe gânduri.

— Exact pentru opusul acestor calități.

Înțeleg că aici nu încape refuz. Dar nu înțeleg cum să iau această idee. Ca pe o necesitate imperioasă a lui? Ca pe o ciudățenie? Ca pe o boală care progresează?

Cel mai simplu ar fi să iau ultima variantă, dar nu mă grăbesc.

*

Ciudată treabă. Platoșa ne-a rugat pe mine și pe Geiger să-l ajutăm la descrierile lui. Da, da, răspundem noi, sigur. Dar, dacă e să fiu cinstită, nu știu cum să mă raportez la acest lucru. Iar dacă l-aș întreba, l-aș jigni. Nu m-am putut stăpâni, l-am întrebat a doua zi. Platoșa nu s-a simțit câtuși de puțin jignit.

— Raportează-te, a spus, ca la descrierea unei vieți.

— A ta?

— A mea. Ei, și față de descrierea vieții în general.

Ce mult i-a mirat pe amândoi rugămintea de a mă ajuta la descrieri – să fie chiar atât de ciudată? Au dat afirmativ din cap la tot, dar fețele lor, fețele... Sigur, fondul nu e favorabil pentru ceea ce fac – posibile tulburări cerebrale etc. etc. Esența ideii mele nu e însă evidentă? Da, fiecare om are amintirile lui, dar există lucruri care sunt retrăite și amintite la fel. Politica, istoria, literatura –, ele, da, sunt percepute în mod diferit. Dar zgomotul ploii, foșnetul frunzelor noaptea – și un milion de alte lucruri –, toate astea ne unesc. Doar nu ne luăm la ceartă pe tema lor până să dăm în răgușeală și, mai știi, să ne spargem unii altora capetele. Asta este baza a tot. Cu asta și trebuie lucrat, asta le și cer oamenilor dragi mie. Pentru ca printre cele descrise de mine să apară vocile lor. Ele nu alterează vocea mea, dimpotrivă – o îmbogățesc.

Doar eu numai cu asta mă și ocup, caut drumul spre trecut: ba prin martori (ei, odată cu moartea Anastasiei, nu mai există), ba prin amintiri, ba prin cimitir, unde s-au mutat toți tovarășii mei de drum. Încerc să mă apropii de trecut pe diverse căi, ca să înțeleg ce este. E ceva separat de mine, sau trăit de mine până acum? Trecut am avut și până la somnul de gheață, dar el nu a fost niciodată în așa măsură de sine stătător ca acum. Tot ce mi-am amintit despre trecutul meu nu mi l-a apropiat. Acum e ca o mână tăiată și cusută la loc. Mâna asta poate se și mișcă de bine, de rău, dar nu mai e a mea.

De fapt, anii în azot nu schimbă nimic în ceea ce privește trecutul. Ei acutizează problema, dar nu o generează: problema exista și înainte. Esența ei constă în faptul că trecutul e rupt de prezent și nu are legătură cu realitatea. Ce se întâmplă cu viața când încetează să fie prezent? Trăiește numai în capul meu? Același cap care pierde acum zeci de mii de celule pe zi și îi face suspicioși chiar și pe cei apropiați? În capul meu trebuie să intre urgent oameni vii cu amintirile lor-mele... Înviind amintirile noastre comune, oamenii aceștia vor învia poate și ceea ce îmi aparține numai mie.

Siverskaia anilor 1900 – capitala vilegiaturistică a Rusiei. Capitala țânțarilor. Mai ales în iunie. Cred că de țânțari nu se duce lipsă nici acum – barem schimbați-i numele în Komarovo[1] –, numai că acum există spray-uri, pastile, geluri. Dar atunci? Ei, poate geluri. În rest, cred că predomina rugul, care ardea cu cârpe vechi, frunze și mărunțișuri de tot soiul, care scoteau mult fum. Dar pe Platoșa nu îl interesează latura tehnică a problemei.

Pentru el sunt importante detalii precum aterizarea precaută, cam ca de elicopter, a unei gâze pe mână. Țânțarul nu e muscă, nu se deplasează pe mână. Unde aterizează, acolo și lucrează. Își înfige trompa în pielea lipsită de apărare și începe să sugă sânge. Îl plesnești pe mână – și ți se mânjește pielea cu sânge. În copilărie am auzit că dacă pocnești țânțarul la locul crimei nu te mănâncă pielea. Cred că e o exagerare cu scop educativ: după crimă trebuie să urmeze pedeapsa. În același loc și în același moment. Cum s-ar spune, ispășirea prin sânge.

---

1. *Komar* – țânțar.

Cel mai parșiv e bâzâitul noaptea. E mai rău, poate, decât înțepătura. E comparabil cu freza dentistului: încă nu e clar dacă o să te doară, dar zgomotul sfredelului te străpunge. Prin somn, te aperi moale, sau îți vâri pur și simplu capul sub pătură. Peste un minut îl scoți – te înăbuși. Și în cameră e înăbușitor: ferestrele – tot din cauza țânțarilor – sunt închise! Suferi de două ori: și din pricina țânțarilor, și din pricina zăpușelii. În fine, arunci pătura și îți lași corpul pradă țânțarilor. Cel puțin nu mori de cald. Ce e interesant: țânțarii nu prea se năpustesc asupra corpului gol. Poate sunt zguduiți de amploarea gestului. Sau poate o asemenea nuditate îi șochează.

Oare o să îi placă lui Platoșa cele scrise de mine?

Am simțit dorința de a desena – de mult nu am mai simțit așa ceva. Am pus-o pe Themis pe masa din sufragerie. Pe etajeră, după ce am eliberat-o de cărți, am mutat lampa de pe birou. Am obținut o lumină bună, cu umbră. Am pus șevaletul, am luat o coală, un creion cu grafit și m-am apucat să desenez. Încă n-a apărut mare lucru pe coală, dar am simțit că desenul o să-mi reușească. După toate încercările făcute, nu puține, astăzi mâna și-a amintit brusc mișcările. Cu fiecare hașură a căpătat siguranță, și nu m-am mai gândit la regulile desenului – mâna știa singură totul.

Când am terminat, am aprins toate corpurile de iluminat și am început să analizez cu atenție desenul. Avea multe neajunsuri, dar asta era neimportant. Pentru prima dată după lunile scurse de la dezghețare am izbutit să desenez ceva valabil. Principala mea pretenție era legată, poate, de umbră. Mi-am amintit cum am fost învățat să nu o înnegresc, să nu astup cu grafit porii hârtiei. Chiar prin hașuri, hârtia trebuie să transpară puțin. După cum definise acest lucru luminoasa amintire a lui Marx, mai bine insuficient decât excesiv. Ceea ce s-ar aplica artei în general.

Am luat coala de pe șevalet și am pus-o pe masă. M-am dus la bucătărie și am deschis cutia cu pâine. Lângă pâinea proaspătă erau bucățele uscate, pe care Nastia nu le arunca, le păstra pentru porumbei. Am avut noroc: printre pesmeți negri ca smoala era o bucățică de pâine albă uscată. Am fărâmițat-o mărunt pe desen. Cu mișcări circulare, apăsând ușor, am plimbat fărâmițele pe suprafața desenului până au tras grafitul care prisosea. Cu grijă, am dat jos cu o pensulă fărâmițele înnegrite. Pe cele mai mici le-am suflat.

Toate liniile au rămas, dar au devenit mult mai pale. Am luat creionul și am mai trecut o dată cu el pe desen. Acum era puțin altfel: accentele se schimbaseră. Și mi-a plăcut mai mult așa. Am simțit o bucurie. Și mi-a și trecut prin minte – nu, nu mi-a trecut, pur și simplu m-a străpuns – un gând: vasăzică, pe fondul morții în masă a bietelor mele celule sunt unele care se refac?

Iulie 1913.

Razele nedogoritoare ale asfințitului traversează o frizerie. În raze se rotește praful.

Frizerul 1, un ins chel, trecut de tinerețe, tunde un ins trecut de tinerețe, dar care nu este chel. Zăngănitul foarfecii în gol, în aer. Trece în regim de lucru: zgomotul plin al tăierii părului.

Frizerul 2 este și el trecut de tinerețe și chel. Aprinde spirtiera și încălzește la roșu un periculos brici. Trece pămătuful peste obrajii clientului.

Îți poți încredința părul unui frizer chel, ținând seamă de complexele și invidia posibile? Este o întrebare...

Ambii clienți decid în cheie pozitivă. Clientul 2 riscă mai puțin, el este doar bărbierit. În acest caz nu pot fi cauzate mari prejudicii înfățișării. Cel mult niște tăieturi pe obraji.

Frizerii discută unul cu altul.

Au o discuție lungă – poate cât ziua – despre prețurile alimentelor. Pe clienți nu îi pot lăsa să ia parte la ea – doar intervenții referitoare la câte un produs. Dar la toată discuția – nu.

Repetă unul după altul cuvinte și chiar fraze. Meditativ, de mai multe ori.

Clienții nu pot repeta așa. Pentru asta ar trebui să stăpânească ritmul specific tunsului. Calmul specific lui. Iar acest lucru le este accesibil numai profesioniștilor.

Acum, când scriam, m-a sunat Iașin de la arhivă. A spus că Voronin s-a dovedit a fi viu.

Nici nu am înțeles imediat despre cine era vorba. Când am înțeles, nu mi-a venit să cred. Voronin, lepădătura din lagăr, este viu! Ticălosul acela cum rar întâlnești este viu!

Iașin m-a sunat întâi pe mine, nu pe Innokenti. A spus: e un caz deosebit, trebuie să hotărască doctorul.

Păi da, deosebit. Și nu e prea clar ce este de hotărât aici.

Geiger mi-a făcut examenul periodic. Mi-a cerut să închid ochii, să întind mâinile și să îmi ating cu fiecare din ele vârful nasului. Nu am reușit. Adică am reușit, dar nu dintr-odată, ceea ce, după câte înțeleg, nu se ia în considerare.

— Nu se ia în considerare, da? întreb.

El zâmbește moale. Apreciază, adică, faptul că sunt așa de tare. Bănuiește, ce-i drept, că tăria asta e isterică, și nu e chiar departe de adevăr.

De unde voi începe a plânge faptele vieții mele cele ticăloase? I-am citit Nastiei Canonul de pocăință. E acolo o frază uimitoare: *Dumnezeu de voiește, biruită e ordinea naturii.* Am repetat-o amândoi de mai multe ori.

Adineauri am discutat cu Innokenti despre dreptatea supremă. Lui îi place această expresie.

Să spunem că i s-a atribuit uciderea lui Zarețki și că a fost trimis la Solovki. Întreb: în această pedeapsă nemeritată unde e dreptatea supremă? Iar el răspunde că, din punctul de vedere al dreptății supreme, nu există pedeapsă nemeritată.

Frumos, deși nu din cale-afară de convingător. Ceea ce se numește *dar să-i pedepsești pe amândoi...*

Dar uite ceva despre care am și scris: zilele trecute a ieșit la iveală ghepeușnicul Voronin – lepădătura lepădăturilor. Nu există nelegiuiri pe care să nu le fi săvârșit.

După cum reiese, a atins bine-mersi suta de ani. Când i-a venit vremea, a ieșit la pensie cu gradul de general și primește o pensie de merit. Locuiește în casa Kirov de pe Kamennoostrovski Prospekt.

Interesant, oare ce o să spună Innokenti când o să afle acest lucru? Ce o să spună despre dreptatea supremă? Innokenti care, exact invers, își pierde catastrofal sănătatea.

Tot ce fac eu deocamdată este să constat modificările din organismul lui. Care, vai, sunt multe. Prea multe.

Dacă totul va continua să evolueze cu aceeași viteză...

Da, îi dau lui Innokenti niște medicamente. Da, ele atenuează cursul bolii. Dar fără vreo influență asupra cauzelor ei. Aceste cauze sunt la fel de ascunse ca și până acum.

De ce mor celulele? De ce abia acum? De ce numai anumite grupe ale lor? Răspunsurile nu le cunoaște nimeni.

Numai Dumnezeu, cum formulează acest lucru Innokenti. Și cum raporturile mele cu sfera cerească sunt destul de complicate, nu mi se transmit informații.

Dumnezeu de voiește, biruită e ordinea naturii. Platoșa mi-a citit cu voce tare Canonul de pocăință, și am descoperit aceste cuvinte tulburătoare pentru noi. Nu, nu tulburătoare – e parcă prea puțin pentru ele. Cuvinte pline de bucurie și de speranță. Pentru mine sensul lor e evident de mult, dar nu puteam să îl exprim atât de bine. Și în Geiger îmi pun speranța, bineînțeles – nu e un oarecare în medicină –, dar mult mai mult în Acela în mâinile Căruia sunt și medicina, și Geiger, și Platoșa, și eu.

Noi putem să primim ajutorul Lui numai prin puterea credinței în El, așadar și prin puterea rugii noastre. Aici trebuie să se unească două lucruri: dorința de însănătoșire și credința. Și una, și cealaltă trebuie arătate nu numai de către cel bolnav, ci și de cei apropiați lui. De apropiați, cred eu, chiar în mai mare măsură, pentru că ei au mai multă putere (fiindcă sunt sănătoși), iar bolnavul mai e supus și depresiilor.

Acum despre altceva. Despre brusc ieșitul la iveală Voronin, cu care Geiger a luat deja legătura. În primul și în primul rând: consortul meu, în ciuda așteptărilor, are mintea sănătoasă. Tot în ciuda așteptărilor, Voronin nu e împotriva întâlnirii cu un fost *zek* – eu eram sigură că n-o să accepte. A reacționat, după cum a spus Geiger, fără vreun sentiment deosebit; a spus doar: „Să vină". Acum Geiger vrea să-l pregătească pe Platoșa. Să-i sugereze cu grijă – uite, să zicem, dacă Voronin ar trăi...

Nu știu ce sentimente îi va trezi lui Platoșa vestea despre Voronin. Variante sunt multe – până la dorința de a-l omorî. E îngrozitor de spus: o dorință firească.

M-am hotărât totuși să nu arăt deocamdată nimănui desenul meu. Să mai exersez puțin și să desenez ceva care chiar să merite, astfel încât Nastia și Geiger să-l aprecieze. Dacă mi-ar reveni complet priceperea, l-aș desena pe Zarețki. Portret de om aplecat trist peste un salam. Nu l-aș desena batjocoritor, ci cu compasiune. Dacă nu cu iubire, cel puțin cu milă. Fiindcă nu a fost nimeni care să-l regrete, și la înmormântarea lui nu a curs nici o lacrimă. Nici una.

În general vorbind, mie mi se pare că atunci când descrii cu adevărat un om nu poți să nu îl iubești. El, chiar și cel mai rău, devine opera ta, îl primești în tine și începi să te simți răspunzător pentru el și pentru păcatele lui – da, într-un anumit sens, și pentru păcate. Te străduiești să le înțelegi și, pe cât posibil, să le justifici. Dar pe de altă parte: cum să înțelegi fapta lui Zarețki, dacă el singur nu o înțelege?

— Ești ateu? m-a întrebat Innokenti.

— Nu, eu nu mă definesc așa. Mai degrabă sunt un om care crede în cunoașterea științifică. Dacă știința îmi va demonstra că Dumnezeu există, atunci...

— Nu te amăgi. La întrebările cele mai importante știința nu a putut să răspundă. Și nu va putea – la nici una.

— De pildă?

— Cum a apărut *totul* din *nimic*? Cum apare și unde pleacă sufletul? O mare de întrebări – și toate sunt dincolo de limitele științei.

— Posibil. Și totuși pentru mine e dificil să trec peste aceste limite.

Deși uneori trec.

Acum, când e vorba de Innokenti, trec.

Mi-a citit o frază dintr-o litanie. Sensul ei este că, atunci când Dumnezeu vrea, e învinsă ordinea naturală a lucrurilor.

Limitele științei, în cazul meu și al lui Innokenti, sunt mai strânse ca niciodată. Ți se înfig pur și simplu în coaste. Îmi insuflă gândul religios că aici poate ajuta numai El.

Am vorbit cu Geiger despre Dumnezeu. El nu îl neagă pe Dumnezeu ca posibilitate, dar crede în primul rând în faptele confirmate de știință. Iar în fapte nu trebuie să crezi, este suficient să le cunoști. Faptele sunt multe, câtă frunză și iarbă, numai că ele se referă la neesențial. Uneori mi se pare chiar că aceste fapte abat de la esențial. Dintre milioanele de explicații mărunte nu se încheagă una atotcuprinzătoare. Și nu se va închega – pentru că una și cealaltă se află în dimensiuni diferite. Așa că degeaba așteaptă Geiger aici trecerea cantității în calitate. A explică B, B explică C, și așa la infinit, dar unde e ceea ce explică toată această infinitate în ansamblu?

Abundența de descoperiri încețoșase deja mințile foștilor mei contemporani, care făcuseră din ateism o modă. Încă pe-atunci aminteau de o vaca-Domnului pe șosea. Care se târâie zece metri și e încântată de ce-a făcut. I se pare că a studiat și a înțeles totul. Dar nu va afla niciodată unde începe șoseaua și unde duce. I-am împărtășit această comparație lui Geiger. El a mijit ochii:

— Dar vaca asta, în ciuda acestei încrederi în sine, e a lui Dumnezeu. Deci Dumnezeu admite diverse opinii.

E șiret teutonul, nu-l prinzi cu una, cu două.

— Vaca, bineînțeles, e a lui Dumnezeu, de-aceea i s-au și dat aripi. Ca să vadă tot drumul, insecta trebuie doar să-și ia zborul spre cer, înțelegi? A fost și un cântecel pentru copii care spunea asta.

— De ce „a fost"? Râde. Este.

Geiger i-a spus în sfârșit lui Platoșa despre Voronin. Nu deodată, ci pregătindu-l, dar i-a spus. Platoșa a ridicat ochii spre Geiger și l-a privit îndelung. Crezusem (mă temusem) că o să se năpustească pe loc la Voronin, dar nu s-a năpustit. A întrebat calm când mergem la el.

Prima impresie putea fi că reacția lui la această veste e cam nepotrivită. După părerea mea, asta a și fost impresia lui Geiger. Dar mie mi se pare că Platoșa trăiește lucrurile cele mai importante în tăcere. Deși... La plecare, Geiger i-a întins mâna. Se aștepta, poate, ca Platoșa să spună ceva despre vestea care pe noi ne dăduse peste cap. Dar Platoșa numai ce spune:

— Dacă nu ți-e greu, Geiger, descrie tunurile care stau în gara Siverskaia. Sunt puse pe niște platforme mobile descoperite. Vara lui 1914. O ceață care trece în ploaie.

Vara lui 1914. O ceață care trece în ploaie.

Țevile îndreptate în sus ale tunurilor. Verzi-închis, apar încet-încet din cenușiu. Țintesc gânditoare spre cer, cu luciul lor opac.

Picăturile se scurg pe ele și o iau brusc la vale. Curg pe platformele de metal, pe roțile care strălucesc în locurile unde ating șinele. Aici domnește nemișcat metalul – și dea Domnul să nu se miște! Are, ca ecou la eșaloanele care trec, un vuiet și un tremur mărunt.

Mai devreme sau mai târziu, de sub platforma din față se va scoate tălpicea-frână și se va atașa o locomotivă. Totul se va pune în mișcare. O tristă deplasare spre vest.

Tot acest metal dur va fi contrapus moliciunii corpului omenesc. Care, în bucățele mici, va zbura în toate părțile.

Tunurile își pierd aerul gânditor, poate chiar se vor usca. Vor trage neobosit în ținte și pe lângă ele. De fapt, pot să tragă și ude.

Nastia a plecat la universitate, iar eu am citit. Pe urmă m-am uitat la știri la televizor – am închis repede. Am luat de pe comodă fotografia profesorului Voronin, m-am uitat cu atenție la ea. Profesorul stă picior peste picior în fotoliu. Cu un cot rezemat pe măsuța pe care se află un teanc de cărți. Cu un baston în mână (nu purta niciodată baston). Părul pieptănat pe spate, barba încă neagră cu, simetric, insulițe cărunte. O distincție aparte, academică. Caut în ochii profesorului urmele viitoarei suferințe – există așa ceva în fotografiile vechi, o descoperi antedatată –, dar, uite, nu pare a fi... Oare nu a prevăzut? Sau s-a conformat așteptărilor fotografului, s-a privit cu ochii aceluia?

Imobilitatea apăsătoare a fotografiilor de dinainte de Revoluție. Nastia, mi-a trecut prin gând, nu a văzut niciodată cum se mișca străbunicul ei. Dar eu am văzut. Văd, ca să fiu la obiect. Intru fără opreliști în rama de argint și mă uit cum profesorul, dând la o parte bastonul, se ridică încet din fotoliu. Poate chiar cu un oftat sau, să zicem, cu un trosnet al încheieturilor – ca un om care a stat nemișcat în această fotografie aproape un secol. Merge cu picioarele puțin îndoite, aş putea să-i arăt Nastiei cum, dar nu despre asta e vorba. Indiferent pe cine şi ce aş arăta, acela va fi portretul meu.

Iau de pe etajera cu cărţi albumul cu Solovki. Îl deschid la pagina 77 (ţin minte pagina!) şi văd fotografia omului cu exact acelaşi nume: Voronin. După faţă nu ai spune că e feroce – aşa a spus şi Nastia când i l-am arătat. Aş fi vrut să aibă fruntea teşită, iar în gură – colţi. Să fi reflectat ce avea pe dinăuntru. Dar nu: fruntea e înaltă, trăsăturile sunt regulate, este pieptănat cum se cuvine, e frumos bărbierit. Cu înfăţişarea lui putea să lucreze ca director de studii sau, să zicem, director de club, şi nimeni nu ar fi aflat despre înclinaţia lui spre vampirism. Mâine am să mă întâlnesc cu el. Mă uimeşte calmul meu. Poate e din cauză că ştirea despre Voronin este prea incredibilă.

Întotdeauna m-am mirat că un nume poate desemna firi atât de diferite. Rezultă că Voronin poate fi şi aşa, şi aşa. Dar cum devine cel care este? Bună întrebare.

Ne-am dus seara la Voronin – Platoşa, Geiger şi eu. Eu m-am dus doar ca să-i conduc, fiindcă înţelegerea a fost numai pentru Geiger şi Platoşa. Da, plus un oarecare *Cistov de la organe*. Pentru prezenţa acestui Cistov[1] (aduce a nume conspirativ de agentură) a insistat Voronin. Nimic de zis, oricine ar fi făcut aşa în locul lui. Doar că ar fi fost oricine în locul lui? Iar ăsta se teme chiar şi acum pentru viaţa lui de nimic. O lindină. Ce-a spus acolo bunica de Zareţki – că *la comanda ei*? În privinţa lui Zareţki, cred că bunica delira. Dar cu Voronin – aş face şi eu la fel. Ştiu că nu trebuie să vorbesc aşa, dar l-aş pedepsi dacă aş şti unde şi cum. Cum îmi vine în minte că l-a batjocorit pe Platoşa...

Aşadar, ne-am dus toţi trei la Voronin, şi eu mi-am spus: păi da, Voronina zboară la Voronin[2]! Uitasem şi că acum

1. *Cistîi* – curat.
2. *Voron* – corb; *vorona* – cioară.

sunt Platonova... M-am ținut o idee în urma lor, mă uitam cum merg. Era vânt, aproape uragan – pe un timp ca ăsta e bine să intri pe la ticăloșii de tot felul: carevasăzică, iată-mă-s! Însoțitorii mei mergeau aplecați în față, opunând rezistență vântului amestecat cu frunze și stropi mari, chiar dacă încă rari, de ploaie. Și gulerele impermeabilelor le tremurau între degete. Așa ar putea arăta, m-am gândit eu, răzbunarea care vine, deși nici vorbă nu era, bineînțeles, de răzbunare.

La intrarea principală ne aștepta deja Cistov. Când am intrat în hol, a scos dintr-o mapă o hârtie și l-a rugat pe Platoșa să o semneze. Era o declarație că Platoșa nu are nimic împotriva lui Voronin și că nu intenționează nimic la adresa lui. Cistov a scos din buzunar un stilou scump, l-a pus împreună cu hârtia pe mapă și a încremenit ținând totul în fața lui Platoșa. S-a lăsat o pauză.

— Fără asta, Innokenti Petrovici, i-a explicat Cistov, nu vom merge la cetățeanul Voronin.

Innokenti Petrovici a luat gânditor stiloul.

— Dar în stilou ce e?

— Închipuiți-vă, cerneală!

În tonul lui Cistov n-a fost nici urmă de nemulțumire.

Platoșa a semnat hârtia și Cistov a ascuns-o în mapă. Stiloul l-a vârât la loc în buzunar.

— Eu, știți, vă înțeleg emoțiile, a spus el pe același ton egal, dar înțelegeți-mă și dumneavoastră pe mine. Legea e lege. Totul trebuie să decurgă fără excese. Promiteți?

— Promit, a răspuns cumva foarte serios Platoșa.

Și a repetat:

— Promit.

Au urcat toți trei la apartament, iar eu am rămas jos, lângă lift. Dacă, m-am gândit, văzându-l pe Platoșa, SS-istul nostru crapă? Un exces de acest fel mi s-a părut acceptabil.

Întâlnirea cu Voronin. Ciudată.

Presupusesem diferite scenarii, dar nu pe acesta.

Mă gândeam că vor fi blesteme de ambele părți. Sau o împăcare. Dar aici – nici una, nici alta.

Când am intrat, Voronin era așezat într-un fotoliu. Ținea cu amândouă mâinile o ceașcă. Jachetă călduroasă, pantaloni, papuci. Craniu învelit în piele, cu puf în părți.

La ceașcă, bănuiesc, s-a gândit ca să își ocupe mâinile. Ca să poată să nu întindă primul mâna – s-a temut că nu i se va răspunde. Eu, unul, nu aveam oricum de gând să dau mâna cu el.

Dar poate că nici nu se temea. Poate că îi atribui o prea mare finețe a simțurilor.

Cu noi mai era cineva în civil – îl invitase Voronin. După ce a intrat, s-a semiașezat pe pervazul ferestrei și pe urmă parcă nici n-a mai fost. Ideal însoțitor. Vasăzică, el la fereastră, iar Innokenti și cu mine în prag.

— Știu că ai înviat, a murmurat Voronin. Am vrut să te văd.

Vocea aproape că îi lipsește, dar voința i-a rămas. Ea îl va părăsi ultima.

A vrut să îl vadă pe *zek*-ul Platonov – poftim, e livrat. Sub supraveghere, de altfel. E livrat și tace.

— Ce, m-am schimbat? îl întreabă Voronin pe Innokenti.

— Da.

— Tu, în schimb, nu.

În cameră intră o femeie și ia ceașca din mâinile lui Voronin. Rămâne acolo în picioare, balansându-se de pe călcâie pe vârfuri. Făcând parchetul să scârțâie.

Pe sticla ferestrei bâzâie o muscă.

— Păi, prinde-o, Cistov! sugerează în șoaptă Voronin.

Cistov își lunecă încet palma pe geam și, cu o mișcare scurtă și precisă, prinde musca în palmă. Ne explică:

— Când aduci mâna din spate, ea nu vede.

Scoate musca din cameră. Femeia i se adresează lui Voronin:

— Vă mai trebuie ceva, Dmitri Valentinovici?

Fără să-i răspundă, Voronin se uită țintă la Innokenti:

— Nu te-aștepta la căință.

Femeia, oftând, se uită în ceașcă.

— De ce? întreabă Innokenti.

Închizând ochii, Voronin rostește încet, dar deslușit:

— Am obosit.

A obosit. Cistov, care s-a întors, ne arată ceasul.

Plecăm.

Ce uimitor e orânduită viața! Voronin s-a dovedit a fi ultimul care poate depune mărturie despre timpul meu. Căutam morți care să depună mărturie – dacă nu prin cuvinte, măcar prin existența lor –, iar acum se găsise unul viu. Acum nu e atât criminal, cât martor. Și eu simt asta, și simte și el. Și nu e ură între noi. Apare – da, da! – un fel de solidaritate. Așa găsești pe o insulă nelocuită limbajul comun cu un sălbatic. Într-un anume sens, eu și Voronin suntem acum în doi pe o insulă. Din vremea noastră suntem numai noi doi. Că mărturiile lui nu diferă prea mult de mărturiile unui mort – asta e altceva. Și înfățișarea lui Voronin e cumva postumă.

A spus: nu te-aștepta la căință. Mă întreb pentru a câta oară: de ce? De ce a fost lăsat în viață până la o sută de ani – nu ca să se căiască? E un mare criminal, și Cel de Sus poate că i-a tot tărăgănat plecarea ca să-i dea posibilitatea să își schimbe gândurile. Voronin a spus că a obosit. Toți au socotit asta ca fiind un semnal că întrevederea a luat sfârșit. Dar eu cred că el s-a referit la starea lui, în care deja nu mai există nici răutate, nici căință. Sufletul se cufundă în somn.

Ceaiul toamna pe veranda deschisă. Cu o cizmă se ațâță cărbunii care mocnesc. O cizmă moale, ca o armonică. Și curată – cum altfel să ațâți ceva pe o masă? De fapt, de ațâțat se poate și undeva în altă parte, dar cei care stau la masă vor să vadă totul de la bun început. Samovarul e mare, și apa fierbe în el cu încetineală. Toți așteaptă să apară primele fuioare de abur, dar aburul iese deocamdată numai din gurile celor care șed acolo. Se vede bine în razele soarelui care devine tot mai slab și nu încălzește pe nimeni. Aerul e tăios, miroase a râu și a pini. După gard latră un câine, se aude cum i se lovește lanțul de cușcă. Stând în lanț, poate s-o molești și n-o mai lătra așa – da' de unde! E agitat. Ia parte la viața socială.

Toți – oricine ar fi fost – sunt îmbrăcați gros, unii au șaluri. Se întind mâini spre samovar: te poate încălzi deja. Conversația – interminabilele *titanic* și *ferdinand* – merge în valuri, când mai încet, când mai animat. Trece în bolboroseala (toți sunt cam epuizați) premergătoare momentului când samovarul începe să fiarbă. Gata, fierbe. Imediat apare ceainicul pentru infuzie și prinde primul jet al samovarului care încă gâlgâie. Time-out, ca să se infuzeze. Vin una după alta ceștile. Cei care șed acolo beau ceai – se desfată cu el, am putea spune.

Evenimentul este datat 1914. Sau, bunăoară, 1911. Platoșa cere insistent ca toate descrierile să fie datate. De ce? întreb. Pentru a arăta, spune, că evenimentele fundamentale (băutul ceaiului pe verandă, și el) pot defini vremuri total diferite, deci – universale. Potrivit spuselor lui, acest argument în favoarea datărilor exacte poate fi în egală măsură și împotriva lor. Rezultă, m-am gândit eu, că și argumentul e universal.

Să zicem, anul 1907.

Copilul e răcit și tușește rău.

I se citește *Robinson Crusoe.*

Tusea e așa de rea, că nu trece doar cu cititul. Doctorul a recomandat ventuze.

Ele se pun cu participarea întregii familii. Bunica citește, mama și tatăl pun ventuzele pe noptieră și pregătesc fitilul.

Cu mișcări ușoare, circulare, se unge cu vaselină spinarea copilului.

Ventuzele le va pune tatăl. Tot ce este mai de răspundere ia asupra lui.

Bolnavul are șapte ani, și îi e frică. I se pun ventuze pentru prima oară.

Se sperie chiar de-a binelea când e aprins fitilul înmuiat în spirt. Gândul ar putea duce la Inchiziție, dacă pacientul ar ști de ea.

O flacără deschisă este întotdeauna ceva de speriat.

Băiatul se întinde pe burtă și ia perna în brațe. Își înfundă fața în ea. Peste o clipă simte pe spate prima ventuză.

Nu e așa dureros cum părea. Poate chiar nici nu doare.

Ridică puțin, cu grijă, capul. Urmărește cu privirea mâinile tatălui.

Tatăl trece fitilul prin interiorul ventuzei și o pune pe spatele băiatului. Arde puțin, sigur.

Simte cum ventuzele i se înfig în piele. Tatăl îi face cu ochiul. Mama pune pătura peste spatele cu ventuze.

Bunica citește mai departe din *Robinson Crusoe*. Asociată cu ventuzele, cartea are efect terapeutic.

Un nou acces de frică – înaintea scoaterii ventuzelor. Băiatului i se pare că i s-au înfipt în spate definitiv. Amintesc de niște pești mici și răi. Poate piranha.

Tatăl își trece cu grijă degetul arătător pe marginea ventuzei, și ea se dezlipește cu un plescăit sonor. Cincisprezece plescăituri clasa-ntâi.

S-a înrăutățit problema cu mersul. Am senzația că merg pe mușchi. Pun piciorul cu grijă, parcă mă tem că îmi cade. Încotro mă îndrept nu mai e un mister pentru mine: pierzând mii de celule pe zi, n-ai cum să nu ghicești cum se va sfârși drumul. Pierderile astea nu pot fi la nesfârșit.

Mi-am impus să nu mă plâng – nici chiar lui Geiger, ca să nu mai spun de Nastia. De vreme ce cauzele a ceea ce se întâmplă nu sunt clare, nu ar aduce nimănui decât amărăciune. Cu atât mai mult cu cât... mda... nu e prima mea plecare din viață. Dar în lagăr moartea părea o ieșire, în timp ce acum pare o plecare. Plecare de la cei pe care îi iubesc. De la ceea ce iubesc. De la amintirile mele pe care, uite, le notez de atâtea luni.

Astăzi m-am trezit foarte devreme – era încă întuneric. Am stat nemișcat, ca să n-o trezesc pe Nastia. M-am uitat cum rătăcesc farurile mașinilor pe tavan. Înainte mergeau pe Bolșoi Prospekt tramvaiele care le înlocuiseră pe cele cu cai. Mă uitam cu orele după ele, încercând să înțeleg secretul mișcării lor autopropulsate. Mă incita, cine știe de ce, mai mult decât deplasarea automobilului. Poate din cauza masivității tramvaiului, care, la prima vedere, nu părea făcut pentru deplasare în spațiu și, cu atât mai puțin, pentru transportul citadin. Dar, mă gândeam, dacă unei asemenea construcții îi este dat să se miște din loc, ea ar putea fi destinată unor scopuri de apărare, sau – și mai bine – de atac. Mi-am imaginat deplasarea a sute de tramvaie pe câmpurile de luptă, și spectacolul era grandios.

Din când în când, ca să încerc rezistența construcției, puneam pe șine o monedă de cinci copeici. Experimentul mi se părea atât de important, încât, grație nepăsării mele de copil, eram împăcat cu gândul unor eventuale pierderi – mai exact spus, nici nu mă gândeam la ele. Ele fuseseră născocite de tata, ca să mă dezvețe de problematica distracție. El presupunea că tramvaiul poate să iasă de pe șine și îmi atrăgea blând atenția că, înainte de a mă decide pentru riscanta experiență, trebuie să cântăresc posibilul prejudiciu.

Ce să spun acum? La vremea aceea știam deja că monedele de cinci copeici nu erau o piedică pentru tramvai: el pur și simplu nici nu le observa. Eu urmăream de fiecare dată dacă gigantul nu se zguduie când trece peste ele – nici măcar o dată nu s-a zguduit. Dar tata avea dreptate în ceea ce privește faptul că disponibilitatea de a pierde le este într-adevăr proprie experimentatorilor, chiar și celor maturi. Ei, trag eu concluzia, sunt niște copii mari, și pentru ei, după cum a confirmat istoria nefericitei noastre patrii, capul retezat al unei păpuși nu diferă de cel al unui om.

Revenind însă la acei ani binecuvântați, voi spune că m-am ales cu o colecție de strălucitoare bucățele de metal strivite. Atingându-le cu vârful degetului arătător, simțeam încă ce mai rămăsese din efigie, dar asta nu-mi micșora plăcuta senzație de neted. Da, netezimea, chiar și lustrul acestor foste monede sunt pentru mine o amintire care s-a păstrat în mod deosebit. În țara copilăriei mele, unde era cum nu se poate mai bine, ele deveniseră o adevărată valută. Formidabila lor suprafață și degetul meu arătător – ele fuseseră create unul pentru altul. În istoria de peste o sută de ani a punerii monedelor de cinci copeici sub tramvai, experiența mea este una dintre primele. Remarc în acest sens că acțiunile mele nu au fost consecința unui mimetism orb: eu am inventat acest lucru.

Dacă toate acestea nu vor fi scrise, mă tem că vor dispărea fără urmă. Ceea ce va fi o lacună considerabilă în istoria omenirii, dar cea mai mare pierdere va fi pentru Anna, la care mă gândesc tot timpul. Pentru ea am scris deja destul de multe lucruri, dar de cuprins totul, pur și simplu nu pot. Din fericire, acum sunt ajutat, și treaba merge mai repede.

1910. Începutul lui martie. O casă din lemn, cu etaj, nu departe de calea ferată. În zilele cu soare începe să se topească zăpada, toți cei din casă aud cum picură. Picăturile își străpung calea în zăpada înghețată și răsună în fel și chip – în funcție de mărimea golului făcut. Noaptea totul se strânge, îngheață, așa încât dimineața picăturile trebuie să își reia treaba aproape de la capăt. Sigur, în martie zăpada nu mai e albă ca la început. E ca o față ciupită de vărsat, cu neregularități și urme lăsate de câini, pisici, ciori – de tot ce umblă pe lângă casele cu etaj. Zăpada asta e acoperită cu un strat de funingine, care apare statornic chiar prin zăpada proaspătă. Dar poate că e o funingine proaspătă. Special zboară de fiecare dată peste zăpada proaspăt căzută și o acoperă – din pură repulsie față de alb.

De-a lungul rambleului căii ferate sunt bălți imense – iazuri întregi. Aceste bălți îngheață și ele noaptea, dar sunt așa de adânci, că nu apucă să înghețe până la fund – oare au fund? În copilărie te temi că nu au. Până la amiază, copacii stau într-o pojghiță de gheață, însă pe urmă ea se topește. Apa acestor bălți e rece și neagră. Nici gând să intri în vreuna.

Ține-ți mintea în Iad și nu deznădăjdui. Am răsfoit cartea despre Athonit și mi-au căzut ochii pe aceste cuvinte. Am dat deoparte cartea și m-am ocupat de altele, dar cuvintele tot țâșneau și se aprindeau. Erau pentru mine. *Ține-ți mintea în Iad* – e starea în care m-am cufundat de câteva săptămâni. *Și nu deznădăjdui* – e ceea ce izbutesc tot mai greu. M-am repezit la carte, și n-am putut găsi locul imediat – dar l-am găsit. Despre cuvintele acestea s-a spus că au fost o revelație dată lui Siluan Athonitul. Nu știu cine e acela Siluan Athonitul, nici măcar nu sunt sigur că înțeleg cum trebuie aceste cuvinte, dar ele m-au revigorat puțin.

Iadul meu de-acum este faptul că moartea e mult mai înspăimântătoare aici decât pe insulă. Sigur, acolo mă agățam de viață cum puteam, dar de moarte nu mi-era frică. Când spațiul vital a început să tindă spre zero, moartea aproape că mi s-a părut o ieșire. Simțeam cum o așteaptă trupul meu chinuit, dar sufletul se lupta cu această dorință. Sufletul stătea de veghe.

Acum însă mă tem de moarte ca niciodată înainte. Am totul – familie, bani și această ciudată celebritate a mea –, dar, judecând după toate, n-am să mă pot bucura mult timp de ele. În fața morții, banii și celebritatea nu înseamnă nimic –

este atât de evident acest lucru. Mă sperie despărțirea de ființa care mi-e apropiată – de hazlia mea Nastia, pe care, după cum mi se pare acum, am știut-o toată viața. Și de Anna, care trăiește în ea și care este o continuare a mea. Pe care, poate, nici nu o voi vedea. Să înțelegi toate astea înseamnă să-ți ții mintea în Iad. Aici este vorba clar despre minte: să înțelegi – cu mintea. Iar cu ce-o mai fi – să nu ajungi la disperare.

1916. Bicicletă pe un drum de pământ după ploaie. Merge cu un fâșâit ușor.

Roțile ridică apa de pe drum și o aruncă pe aripile bicicletei. De unde se scurge pe jos în stropi mari, murdari.

Uneori roțile intră în câte o băltoacă mare. Zgomot de apă despicată. Două valuri pornesc dinspre centrul bălții spre margini.

Din când în când bicicleta dă peste rădăcini de copaci. Geanta cu scule zdrăngăne. Șaua bicicletei saltă pe arcuri.

Se lasă tot mai mult seara.

Biciclistul fixează de roată rotița dinamului. Lumină și bâzâit. Deplasarea cerculețului de lumină pe drum.

Exista lanternă de bicicletă în 1916? Nu știu.

Cred că exista.

Nu e important.

Îmi amintesc tot mai greu ce a fost acum un minut – o oră – o zi. Mi-e jenă în fața Nastiei de lapsusurile evidente – evidente, deși deocamdată, din fericire, nu sunt dese. În astfel de cazuri mut discuția din actualitate undeva pe la începutul secolului. Așa fac cei tari de ureche, în loc să răspundă la întrebări, întreabă ei. Ieri, schimbând tema, m-am apucat să-i povestesc Nastiei despre punerea în scenă a *Revizorului* la gimnaziu, la care, de altfel, luasem parte și eu. Ea a priceput imediat, dar n-a lăsat să se vadă. A spus că asta va sta la baza uneia dintre descrierile pe care le face la rugămintea mea. Da, sigur, excelent, am răspuns eu. În sinea mea însă, m-am întrebat: dar va putea să descrie viața mea și fără această bază? Cum s-ar spune, după intuiția ei? Dacă ea s-ar deprinde să găsească și să descrie lucruri potrivite mie, viața mea ar putea să continue și în lipsa mea.

Punerea în scenă a *Revizorului* la gimnaziu. Maria Antonovna și Anna Andreevna de la gimnaziul de fete vecin foșnesc din rochiile aduse de la teatru. Mirosul de naftalină însoțește costumele de la teatru până la gimnaziu: nu se atenuează fiind purtate – dimpotrivă, pare că devine și mai puternic la aer curat. Așa e și cu buchetul vinului: când se scoate dopul, el începe să se desfacă, să își răspândească toate aromele și să bucure. Rămâne să ne gândim că rochiilor scoase din garderobe le este dată o însușire asemănătoare – firește, în măsura în care toate nuanțele mirosului de naftalină au capacitatea de a bucura.

Decoruri aproape că nu sunt – o măsuță de marmură din cabinetul directorului, cu o lumânare aprinsă pe ea. O etajeră cu cărți (adusă de la bibliotecă) – au fost alese cărți de acum o jumătate de veac. Hlestakov se apropie de Anna Andreevna. Sub picioarele lui scârțâie scândurile scenei, ceea ce se aude bine în primele rânduri: nu degeaba arta cere distanță. Anna Andreevna, spune Hlestakov... Îi atinge brațul. Brațul tremură, și vocea tremură. Eroul, așa trebuie înțeles, nu are nici o emoție, dar băiatul care îl interpretează, simțind brațul fetei prin țesătura deasă a rochiei, se emoționează. Nu a făcut încă nimănui nici o declarație de dragoste și se folosește de această declarație scenică, sau, mai exact spus, în acest text găsește... Ce anume găsește în el? La repetiție chiar a rostit cu multă sensibilitate textul. Nu este exclus să se îndrăgostească din pricina a ceea ce spune.

În sala gimnaziului, în ciuda ferestrelor deschise, te sufoci, s-a întâmplat să fie un iunie fierbinte în acest an. În spatele ferestrelor, vârfurile numai puf ale plopilor stau, în lipsa vântului, ca desenate. Anna Andreevna are picături de transpirație pe frunte, Ivan Aleksandrovici are și el, iar în sală înțeleg toți *ce* se petrece între ei doi și, dându-și coate, așteaptă să vadă cum se vor sfârși lucrurile. Această tandrețe nu e prevăzută de piesă, dar ea este foarte evidentă. Spectatorii observă tot, n-ai cum să le ascunzi ceva. Sunt atenți. La sfârșitul scenei aplaudă cu mâini pătate cu cerneală. Prin Ivan Aleksandrovici transpare Platoșa al meu, dar Anna Aleksandrovna tip 1914 bănuiesc că a putrezit de mult.

Azi-noapte n-am dormit, și mi-am amintit *Împușcătura* lui Pușkin. Acolo Silvio își amână riposta cu șase ani. Apare în momentul când eroul s-a căsătorit și este fericit... Moartea nu mă afecta pe insulă. Atunci îmi era aproape indiferentă. Ea s-a întors cu împușcătura ei acum, când în viața mea a apărut bucuria. Mult a mai așteptat. Oare trebuie să înțeleg că e riposta ei?

Lui Innokenti i-a scăzut și mai vizibil memoria operativă.

Nastia îmi vorbește tot timpul despre acest lucru, descrie situațiile. Dar văd și eu singur.

Uită ideea începută. Se pomenește că nu ține minte în ce odaie voia să se ducă.

Nu ține minte nimic din ceea ce se face automat. Dacă s-a spălat pe dinți, dacă și-a luat medicamentele.

Medicamente îi prescriu o groază. Efectul, ce-i drept, este aproape nul. Nu au capacitatea de a opri ceea ce este principal – faptul că mor celulele.

Am regândit și reverificat de zece ori – fără rezultat. Am scotocit prin publicațiile din ultimul deceniu – nimic.

Niciodată nu am simțit o asemenea neputință, mă doare. Mă doare că Innokenti se stinge.

Să îl trimit, poate, în străinătate? De pildă, la München. Nu cred că știu acolo ceva ce nu se știe la noi, dar... O altă părere – tot e important.

Aș putea spune că îmi va reveni o răspundere mai mică, dar nu asta mă neliniștește pe mine. Principala mea răspundere este față de el, de altceva nu mă tem.

Nenorocirea e alta. Simt că deja nu avem prea mult timp să hotărâm totul. *Zeit, Zeit.*[1]

M-a întrebat:

— Ce-i cu tine?

Am spus:

— Mi-e frică să nu mori.

Până acum nu s-au rostit astfel de lucruri. Deși au fost gândite. Mi-am pierdut pentru o clipă frânele. El e singurul om apropiat pe care îl am, singurul căruia pot să-i spun amarul meu. Și acest om apropiat se duce. Iar eu n-am cui altcuiva să mă plâng. Am procedat monstruos.

Am început să plâng și m-am strâns în el.

— Iartă-mă că am spus de moarte. Frica asta m-a ros pe dinăuntru, și uite – a ieșit.

— Haide, în primul rând încă n-am murit...

Doamne, ce mai poate fi aici în al doilea rând?

Ședea palid, slăbit. Iar pe mine nu mă asculta vocea.

A spus:

— Moartea nu trebuie privită ca o despărțire pentru totdeauna. E o despărțire vremelnică. A tăcut o vreme. În general, cel care pleacă nu are timp.

Cel care pleacă. Răsună ca vuietul curentului în tunel.

— Dar cel care rămâne? Că doar el are timp.

A zâmbit.

---

1. Timp, timp (în germană în original).

— Păi să se ocupe cu ceva în așteptare.

Atâta vreme despărțiți. Îngrozitor.

În urma unor mari eforturi am reușit să iau legătura cu Jeltkov. I-am descris situația lui Innokenti și i-am cerut ajutorul.

Jeltkov a început să bălmăjească ceva. Să vedeți, eu, ăăă, nu răspund de medicină...

Eu, perplex, am repetat că sunt necesare consultații în străinătate, analize care costă. Cu alte cuvinte – că va trebui achitată nota de plată. O mulțime de note de plată.

Dar Jeltkov al nostru s-a derobat total. Neașteptat, văd, pentru mine.

Să fie pentru că Innokenti nu a fost interesat de proiectul lui politic?

I-am povestit cuiva care îl cunoaște – nu s-a mirat. A spus că dacă Innokenti a devenit neinteresant pentru el, Jeltkov a și uitat deja de pacientul meu. A prevăzut chiar că Jeltkov nici nu va mai fi accesibil la telefon.

Îmi exprim prudent îndoiala:

— Ei, nu poate fi chiar așa un tip de rahat!

— Fii serios! a râs interlocutorul meu. Nu se jenează.

Scheisse...[1]

I-am spus Nastiei că despărțirea prin moarte e vremelnică. Cred în asta – căci totul, așa mi se pare mie, e dat potrivit credinței. Vrei să te întâlnești cu un om – te vei întâlni negreșit. Mă tem, ce-i drept, că e o slabă consolare pentru ea acum.

Interesant, oare *acolo*, în afară de oameni, întâlnești ceva? Ceva ce nu pare să fie fundamental în viață, dar de care,

1. Rahat (în germană în original).

simt, nu-mi va fi ușor să mă despart. De exemplu, sfârâitul lumânărilor în bradul de Anul Nou. Acele de brad pe care le desprinzi și le duci cu băgare de seamă în foc. Și care, arzând, răspândesc miros de cetină – intens, ca tot ce e de rămas-bun. Scânteierea luminilor seara, iar noaptea – mormanul negru, stins. Te trezești peste noapte – primul gând e la brad. Te îndrepți spre el în cămașa de noapte. Mergi aproape pe dibuite, adică mai degrabă după zgomot – un abia perceptibil clinchet cristalin când se face curent. Picioarele, goale, se răcesc pe parchet. Odată ajuns la brad, începi să le încălzești. Îți lipești pe rând tălpile de pulpele fierbinți. Cad confetti. Se aude cineva, s-a dus la toaletă. Te strângi în brațele largi ale bradului și te faci una cu ele. Așteptând să treacă zarva la bucătărie, luneci prin nămeții de vată, și acolo și dispari. Până dimineață... Mi se pare că și după moarte m-aș scula să trag cu ochiul la brad. Bineînțeles, dacă l-aș mai avea.

Așa, și mai ce? Să zicem, farfuria cu zmeură din veranda vilei. Se umple de culoare în dispersia unei raze de soare. Pe marginea farfuriei se târâie o insectă cu aripile strânse neglijent. Nu e bondar, nu e musculiță, nu e furnică. Și nu că n-ai mai fi văzut insecta asta, dar îți vine greu s-o numești. Se mai întâmplă: timp de o jumătate de viață întâlnești un om în același loc – la intrare, să spunem, sau la librărie, și chipul lui îți e cunoscut până la ultima cutișoară, dar numele nu i-l știi. Există astfel de însoțitori în viață. Dacă te desparți de ei, ți-e dor – de înfățișarea lor insignifiantă, sfioasă, de aripile strânse, de felul de a se mișca.

Sau, să zicem, rugul arzând în amurg. Se așterne pe Oredej, și nu e mai prejos decât cărarea lunii. Ce se vorbește nu e discuție – așa, cuvinte disparate, simple, împăcate. De pildă: să mai aduc lemne. Sau: apa a fiert. Pârâitul unei crengi pe jumătate putrezite sub picior. Gâlgâitul apei în gamelă, uneori – sfârâitul slab pe o așchie de lemn. Ai vrea ca timpul să înghețe, ca râul la stăvilar. Să nu se facă mai lumină, dar nici mai întuneric. Ca să rămână vizibile falezele roșii – despre ele parcă am scris deja? Argila devoniană. O fi argilă devoniană *acolo*?

Câteodată mă gândesc: care dintre noi e pacientul – Innokenti sau eu?

Eu îndeplinesc prescripțiile lui, scriu, înțelegi, imagini din viață... Nu m-am ocupat niciodată cu așa ceva și nici nu simt în mine astfel de aptitudini. Sunt deprins să vorbesc cu cuvintele diagnosticelor și rețetelor.

Dar, dacă e să fiu cinstit, îmi place din ce în ce mai mult să scriu.

Scrierea noastră comună este, aș spune, o încercare de a ne transmite experiența către urmași. Lucru cu care omenirea s-a ocupat de-a lungul întregii istorii. Numai că experiența noastră este, ca să spunem așa, una deosebită. Pe mine m-a enervat la început, dar acum e-n regulă.

De altfel, Innokenti nu transmite numai experiență.

Nastia spunea că a luat singur legătura cu o firmă de reclame și și-a oferit serviciile. Ea a aflat întâmplător – au nimerit-o pe ea când au venit să încheie contractul. Le-a făcut vânt pe scară și i-a cerut explicații soțului.

Iar el șade în fotoliu moale, liniștit. Cu ce aveți de gând să trăiți, întreabă, când n-o să mai fiu?

Ea tace, și lacrimile curg.

Dar Innokenti a simțit și singur că nu trebuia să vorbească așa. Cred că, de fapt, nu a avut putere să își aleagă cuvintele. A spus de-a dreptul ce gândea.

El nu crede că se va însănătoși. Ce înseamnă asta pentru un bolnav nu mai trebuie spus.

Cel mai îngrozitor lucru e că nici eu nu pot să-i dau speranțe.

În presă s-au strecurat informații despre sănătatea lui Platoșa. Mie, de fapt, nu-mi pasă, dar el iese pe stradă. Se vede gălbejit în vitrinele chioșcurilor – fotografii și titluri, titluri: „Experimentul nu a reușit“, „Platonov e bolnav pe moarte“. Un ziar a cumpărat fotografia RMN-ului și a publicat-o pe prima pagină: „Creierul lui Innokenti Platonov se distruge“. Dar nici nu au nevoie să cumpere: văd și ei cum merge. Cum i se îndoaie picioarele, cum se ține de brațul meu. Nu vrea baston: asta e deja prea de tot, zice, e o recunoaștere a ceea ce e mai rău. O recunoaștere (n-am spus eu) a evidenței. Dar pe de altă parte – poate că el are dreptate: câtă vreme nu e recunoscută, evidența nu e evidentă.

Publicația cu RMN-ul i-am arătat-o eu lui Geiger. S-a înroșit ca o mașină de pompieri și s-a repezit să sune pe cineva. Trei minute – o selecție de înjurături de mamă, totul încheindu-se cu urarea să-i stea propriile ouă în gât. Greu de împlinit, desigur – nu știu ce i s-a răspuns de la celălalt capăt al firului. Deși nu mă așteptam la asta de la Geiger, n-am să mint: mi-a plăcut. După mine, poate tocmai ceva de felul ăsta îi lipsea neamțului.

Doar că, uite, pe Platoșa – of, pe Platoșa nu-l ajută cu nimic toate astea. I-a apărut acum o idee fixă – cum să câștige mai mult pentru mine și pentru fetiță. A spus că, întrucât el nu o să mai fie, vrea să le asigure alor lui viitorul. A spus-o calm, ca pe ceva de la sine înțeles. Zilele trecute a luat legătura cu o firmă pentru o reclamă – ceea ce, proasta de mine, făceam eu până acum pentru el. Dar am curmat pe loc afacerea.

Simt un dor arzător de anii pe care nu i-am trăit. Un fel de durere-fantomă. Bun, eram înghețat atunci – dar eram! Înseamnă că și timpul acela este timpul meu, că sunt răspunzător pentru el. Secolul XX îl simt ca fiind al meu tot, fără excepții. Când mă uit la un jurnal de actualități sovietic, mă văd în planul doi pe mine. Să fie întâmplător? Nu. Întâmplător poate fi considerat faptul că nu am fost acolo și că nu am luat parte la evenimentele prezentate.

— Dacă înțeleg eu bine, m-a întrebat Geiger, pot fi descrise și acele evenimente din viața dumitale care nu au fost?

— Absolut. Poate doar pare că nu au fost. Exact așa cum pare că ceva care nu a fost a fost.

Principalul este să nu supraapreciezi evenimentele ca atare. Eu cred că ele nu sunt ceva care ține de lăuntrul omului. Doar nu sunt sufletul care determină personalitatea și este inseparabil de corp în timpul vieții. În evenimente nu există inseparabilitate. Ele nu sunt parte a omului, dimpotrivă – omul devine parte a lor. El *nimerește* în ele, așa cum nimerești sub roțile trenului, și pe urmă, pe urmă vezi ce rămâne din tine.

Îmi pun din nou întrebarea: ce trebuie considerat în general eveniment? Pentru unii, eveniment este Waterloo, dar pentru alții – un taifas seara la bucătărie. Să zicem, un taifas așa, tihnit, într-un sfârșit de aprilie, sub un abajur cu un beculeț chior care pâlpâie. Zgomot de mașini în spatele ferestrei. Discuția în sine, cu excepția unor cuvinte, poate nici nu rămâne în memorie. Dar rămân intonațiile – blânde, de parcă toată tihna lumii ar fi pătruns în ele în acea seară. Când simțeam nevoia de tihnă, pe ele mi le aminteam, și taifasul din acel aprilie.

A, nu, îmi aminteam și de o discuție într-o stație de cale ferată, într-o iarnă – doar că, mă întreb, în ce an? Presupun că în 1918 sau, poate, în 1922 – ani în care mai puteam să fiu martor la ea. De fapt, s-ar putea foarte bine ca această discuție să fi fost purtată și în absența mea – să zicem, în 1939. Oricum, eu nu am luat parte la ea – am ascultat doar. Dar, chiar dacă nu aș fi ascultat, caracteristica ei fundamentală nu s-ar fi schimbat: nu era cu nimic mai puțin tihnită decât aceea pe care am descris-o. Iar în planul metafizic al fenomenului însemna un singur lucru: nevoia de tihnă.

Așadar, să revenim la ce e important. Fiindcă numai la prima privire pare că Waterloo și discuția sunt de necomparat, pentru că Waterloo este istorie universală, iar discuția nu pare să fie. Dar discuția este un eveniment al istoriei personale, pentru care cea universală nu e decât o mică parte, un fel de preludiu. Este de înțeles că, în atari condiții, Waterloo va fi uitat, în timp ce discuția aceea frumoasă – niciodată.

Platoșa spune lucruri ciudate. Mi-am impus ca regulă să fiu de acord cu el.

Anul 1939, ianuarie. Stație de cale ferată.

Zici că e stație polară: nămeți până la ferestre, țurțuri până la pământ.

E ora patru după-amiază, dar aproape că s-a întunecat deja.

Lumină galbenă la fereastră. Înghețată cum e, pare că se transformă într-un felinar mare. Un far pentru toți cei care vin spre calea ferată. Nu sunt mulți: pe aici trec rar trenuri.

În sala de așteptare (dar, la drept vorbind, sală e asta?) arde un beculeț chior, el și umple fereastra cu lumina lui. Într-un colț e un godin. Un interior ca vai de lume, în schimb e cald. Pe podeaua de scânduri sunt urme de zăpadă topită.

Pe o bancă șed doi bărbați, stau de vorbă domol.

La discuția lor trage cu urechea, de la ghișeul ei, casiera. Din când în când adaugă și ea câte ceva.

Cam o dată la o oră trec pe lângă stație marfare sau trenuri de cursă lungă. Nici unele, nici altele nu opresc aici. Împroașcă fereastra cu abur, după care încep să zăngăne monoton din vagoane sau cisterne.

În astfel de momente, sub casieră se zgâlțâie scaunul. Se zgâlțâie și banca sub cei care stau de vorbă. Ei tac și, cu o răbdare resemnată întipărită pe fețe, așteaptă să treacă trenul.

Au pe genunchi căciuli cu urechi, pe care le scarmănă cu degetele înroșite de ger. Unul are părul zbârlit, celălalt, dimpotrivă, turtit.

Așa acționează căciulile cu urechi asupra oamenilor, diferit.

De ce l-a înviat Dumnezeu pe Lazăr? Poate că Lazăr a înțeles ceva ce putea să înțeleagă numai murind? Și această înțelegere l-a atras din nou pe pământ. Mai exact, a fost milostivit să se întoarcă.

Dar poate că a avut un păcat greu, pe care îl putea îndrepta numai fiind viu – și de aceea a fost înviat? Numai că e puțin probabil ca un astfel de om să fi putut să aibă un păcat greu.

Se știe că după înviere Lazăr nu a zâmbit niciodată. Înseamnă că el a văzut *acolo* ceva după care nimic din ceea ce e pământesc nu i-a mai trezit emoție.

Fiind extras din viață, eu nu am văzut nimic. Dar eu nici nu am murit.

1958. O dimineață de vară pe Fontanka. Soarele, lovindu-se de geamurile ferestrelor, zboară sub un unghi ascuțit către fluviu. Un portar cu șorț alb udă cu furtunul granitul cheiului. Mărește presiunea apăsând cu un deget gura furtunului, și apa, cu un șuier, șlefuiește suprafața roz, zgrunțuroasă. Ceea ce face portarul nu este atât de simplu pe cât poate să pară și nici chiar lipsit de pericol. Portarul lasă în jos gura furtunului și se uită absent la degetul roșu. Pe urmă la apă și la curgerea ei nevolnică. Dă din cap. Apasă din nou capătul furtunului, și acum udă neabătut. Trece jetul de pe trotuar pe parapetul de granit și mai departe – pe ornamentele grilajului. Metalul transformă jetul în milioane de stropi, iar ei devin în soare curcubeu.

Pe caldarâmul proaspăt udat trece o Pobedă cu capota deschisă. Roțile scot un ușor zgomot ud, în urma lor se formează striații mici. La volan e o femeie blondă cu ochelari – zâmbește. Alături de ea, pe scaunul din față, e o mapă cu șnur. Profesor. Mai mult ca sigur că e profesor. Se duce la universitate sau, să zicem, la biblioteca publică. Dimineața o întâmpină cu răcoarea care se prelinge din curțile interioare. În curți e umed, acolo e vară numai la ultimele etaje, în ale căror ferestre deschise sunt puse ghivece cu flori. Jos – frig și mâzgă. Îmi vine să adaug: „și zăpadă", dar nu ar fi adevărat. Doar frig și mâzgă.

Gândindu-mă cum să-i asigur familiei mele viitorul, mă surprind gândindu-mă că eu nu voi mai fi martor la ceea ce se va întâmpla cu ea. Pentru mine nu mai există loc în acest viitor. Singura soluție e să transfer *eul* meu în ei. Sau să intru chiar *eu* în ei. Nu exclud ca, în mișcarea noastră, să ne întâlnim la jumătate, și *eul* nostru să devină comun. Nastia și cu mine trebuie să avem păreri și aprecieri comune – atât cât ne va permite timpul care ne-a rămas. Măcar în privința celor mai serioase lucruri trebuie să ajungem la o poziție care să facă insesizabilă absența unuia din noi. Astfel încât cel absent să fie liniștit că hotărârea va fi luată așa cum trebuie și numai așa.

Astăzi am fost zguduit.

Când am trecut pe seară pe la Platonovi, am văzut un desen al lui Innokenti. Un portret al lui Zarețki.

Nu știu precis cum se numește această tehnică – presupun că desen în cărbune. În ceva mai moale decât creionul.

Contururile se rup undeva, se dizolvă pe neobservate în foaia de hârtie.

Silueta e aplecată peste masă. Degetele rășchirate zburlesc părul.

Pe masă – o sticlă și un pahar în care vodca e doar pe fund. O bucată de salam mușcată la un capăt.

În cele înfățișate nu e nici urmă de șarjă. Nici în figura celui care șade, nici măcar în privința sticlei și a salamului. Desenul este profund tragic.

Cel care șade deplânge ceva (poate propria viață), iar vodca și salamul sunt singurii martori. Trăsăturile feței sunt subțiri. Umerii sunt gârbovi.

Acum, că tace, are o expresie elevată – poate asemănătoare cuiva căzut pe gânduri. Iar Zarețki tace. Nu i se aud behăitul și vorbele ticăloase.

Și te gândești: gândurile în care e cufundat sunt înalte. Iar salamul e așa, o necesitate dură. O nevoie a trupului.

Nici nu se uită la el. Privirea îi e focalizată undeva dincolo de limitele acestei odăi, poate dincolo de limitele lumii vizibile în general.

Desenul acesta m-ar fi zguduit chiar dacă nu aș fi știut nimic despre Zarețki. Dar știu – și desenul e de două ori mai zguduitor. El îl absolvă pe Zarețki. Îl izbăvește de rolul lui îngrozitor – de larvă.

Desenul acesta e paiul de care putem să ne agățăm – Innokenti, Nastia și cu mine. Rezultă că Innokenti a scăpat de acea misterioasă interdicție de a crea. Poate desena din nou. Și încă cum!

În termeni mai apropiați mie: un anumit grup de celule s-a refăcut. Cum și de ce – aceste întrebări sunt acum în van. Constat faptul și nu încerc să îl explic.

Platoșa e un geniu. Portretul ăsta formidabil pe care l-am văzut Geiger și cu mine... Am vrut să spun ceva despre portret, dar mi-am luat seama la timp, am înțeles că o să sune deplorabil. Ca și cum ai povesti *Război și pace*, ori, să zicem, ai cânta *Simfonia 40*. O să spun un singur lucru: ieri încă îl uram pe Zarețki – după cele povestite de bunica. Dar, după portretul ăsta, l-am iertat. Aproape că l-am iertat. Așa l-a desenat Platoșa. În ceea ce spun este un punct slab: eu sunt soția lui. E vreo soție pentru care soțul ei să nu fie un geniu? Simt o dorință fierbinte să îi devin pentru o clipă străină și să spun lumii întregi: Platonov e un geniu! Numai că nu reușesc să-i devin străină. El și cu mine suntem un singur trup și un singur suflet.

Platoșa nu are putere. Iese tot mai rar, iar acasă stă de obicei culcat. Se uită la televizor. Sau scrie. Câteodată face atacuri de panică. E speriat că va muri curând. Sau că va muri în somn, fără să-și ia rămas-bun de la nimeni. Acum avem tot mai des o veioză aprinsă – întunericul i se pare o prevestire a morții. Când ne culcăm, mă roagă să-i dau mâna, o strânge, și doar așa adoarme. Dar cel mai mult se teme că Anna și cu mine o să rămânem fără ajutor. Ne vede deja orfane. Mă duc în baie, mă închid înăuntru și dau drumul la apă, și la caldă, și la rece, la maximum. La noi urlă conducta când e presiune mare. Și urlu și eu.

Citesc *Cronica vremurilor trecute*[1]. Cronicarul ia an cu an. Spune: în anul de la crearea lumii a fost asta și asta, în anul următor – asta și asta. Iar în anul cutare – „nu fu nimic“. Astfel de ani sunt numiți *goi*. Ani în care nu a fost nimic. La început mi-am stors creierul – de ce să fie amintiți acești ani? Pe urmă am înțeles: oamenii aceștia se temeau să piardă fie și o fărâmă de timp. Cei care au trăit cu veșnicia au prețuit într-un chip deosebit timpul. Și nu atât timpul, cât continuitatea lui, lipsa golurilor. Credeau poate că adevărata veșnicie vine abia după un timp trăit cu luare-aminte.

---

1. Cea mai veche cronică slavă răsăriteană ajunsă până la noi, scrisă cam prin anul 1113 la Kiev, istorie a Rusiei Kieviene de pe la 850 până pe la 1110.

Și asta am simțit și eu! Am știut că nu trebuie să omit din viață deceniile cât am fost înghețat. Și n-am greșit.

Dar în general viața se desface în părți, oricât mă străduiesc eu să le leg la un loc. Se desface și se curmă. *Ține-ți mintea în Iad și nu deznădăjdui.* Orice gândesc îmi cufundă mintea în Iad. Care asta și e, deznădejde.

Am reușit să aranjez ca Innokenti să fie examinat la München. Mai exact spus, nu eu, ci niște foști pacienți ai mei.

Nu e vorba atât de suma necesară, cât de impuls. De fapt, abia acum recunosc față de mine că problemele organizatorice au fost până la un anumit punct un pretext.

Să fie necesară această călătorie? În sinea mea nu sunt convins nici acum.

Pe baza datelor trimise de mine, ei nu exclud o intervenție chirurgicală, dar eu nu o consider utilă.

Eu am efectuat regenerarea lui Innokenti – pas cu pas. Cunoaște cineva mai bine decât mine starea lucrurilor?

Pe de altă parte, poate că tocmai ceea ce știu mă obstrucționează? Poate, tocmai pentru că situația s-a complicat, e nevoie de o privire proaspătă?

În fine, poate că ceea ce se numește „atașare emoțională de pacient“ mă împiedică să iau acum decizia corectă?

De München o să-i spun chiar înaintea plecării. Nu trebuie mai devreme. El și Nastia sunt și așa cu nervii la pământ.

1969. Demonstrația de 1 Mai. Dimineața e răcoare. De altfel, și peste zi e la fel: doar nu e încă vară. Reflecțiile despre temperatură sunt provocate de un termometru medical de dimensiuni gigantice din material plastic expandat, pe care îl țin doi oameni și care arată 36,6. E limpede că nu e temperatura aerului. Te întrebi: a cui temperatură o arată? A unui gigant necunoscut? A demonstrației în general? Judecând după inscripția *Țara Sovietelor*, acest 36,6 se referă la ea. Cineva din rândul demonstranților spune că țara e bolnavă fără de speranță, dar i se pune un termometru cu o temperatură desenată. Vorbește cu voce scăzută, ca pentru el. Nu e, de fapt, pentru el.

Fâlfâie în vânt steagurile – de diferite culori, dar cu precădere roșii. Portrete ale conducătorilor de partid și de stat (nu fâlfâie). Cei sosiți stau în coloana instituției lor de învățământ – prima, să zicem, Universitatea de Medicină. Așteaptă comanda de punere în mișcare. Cineva scoate din buzunarul hainei o sticluță.

— Coniac. Doriți, Marlen Evghenievici?

— Cum să nu?

Înfășoară cu buzele gura sticluței și ia câteva înghițituri zdravene. Răsuflă cu zgomot, se șterge și o duce din nou la gură. Cel care l-a tratat se posomorăște. Nu se aștepta ca sticluța lui să fie folosită ca biberon. Se teme că, după buzele lui Marlen Evghenievici, coniacul își va pierde o parte din calități.

— Polina, bei?

După Polina, probabil, va mai putea atinge și el gura sticluței.

— Mulțumesc, nu, spune Polina.

Dar de obicei bea. I-o fi tăiat și ei pofta Marlen Evghenievici.

Coloana se urnește încet din loc. În frunte e termometrul, apoi sunt steagurile și portretele. Curge, ca o dulceață care a dat pe-afară, pe strada Lev Tolstoi. Pe Kirovski Prospekt se contopește cu alte coloane, intră în ritmul general și în bucuria generală. În realitate, bucuria e dată de ritm. De faptul că e adunată atâta lume. Dar, în fond, desigur, n-ai de ce să te bucuri.

Nu ai de ce să te bucuri.

1975. Aluşta. Plaja de nisip. Cel ce scrie aceste rânduri contemplă întinderea de apă. Şalupe, vase de pescuit cu năvoade, nişte nave imense, prelungi – să le numim pentru orice eventualitate petroliere. Sunt atât de departe, încât nici nu se aud, iar deplasarea lor aminteşte de filmul mut. Sau de legănarea unor nave din placaj de-a lungul liniei decorului. Merg fix pe linia orizontului, nu se abat de la ea nici în sus, nici în jos.

Între mine şi mare e un cearşaf. A fost orientat după poziţia soarelui, pe jumătate întors spre mare. În timp ce ţin sub observaţie orizontul, pe cearşaf se aşază o fată. O fată de vreo 16 ani. Tocmai a ieşit din mare. Marea continuă să se scurgă din părul ei strâns într-o coadă. Udătura de pe pielea ei e ca ploaia pe asfaltul proaspăt turnat – picătură cu picătură. Comparaţia poate că nu e poetică, dar este exact primul lucru care îmi vine în minte. Turnarea asfaltului mi-a făcut la vremea ei o impresie foarte puternică.

Fata scoate din sacoşa de plajă o pungă de hârtie. Cu cireşe. Se aşază turceşte, cu spatele la mine. Linia şirei spinării, omoplaţii, genunchii mici – un greier de câmp. Nastia, uitându-se peste umăr în text, spune că greierul de câmp nu are şiră a spinării. Eu îi spun că pur şi simplu geloasă. Nastia e de acord şi mă sărută pe creştet. Las aşa greierul de câmp.

Priveliştea îţi face sete. Iau portofelul şi mă duc la automatul de pe plajă. Apa cu sirop (trei copeici) e în cazul de faţă de nebăut. Numai apă gazoasă simplă (o copeică) se poate bea în astfel de condiţii. Curge gâfâind în pahar, clocoteşte în el. Băşicuţele o iau în sus şi plesnesc cu stropi microscopici – aluzie străvezie (reuşit atribut) la faptul că apa din automat e rece.

Aluzia e însă mincinoasă, apa nu e rece. Dar mai bine aşa decât deloc, că în 1911, când am fost aici ultima oară, nici nu era automat – şi nu numai automat nu era. Trebuie să spun că totul s-a schimbat aici foarte mult. Ce a rămas e marea bucurie pe care ţi-o dă plaja. Bucurie pe care o simţi și numai gândindu-te la ea. Chiar și atunci când înțelegi clar că pentru tine nu mai e loc acolo și că te așteaptă lucruri mult mai puțin plăcute – chiar și-atunci simți bucuria asta.

1981. Leningrad, Kupcino. Căldură mare.

Aniversarea unei zile de naștere într-o clădire din panouri.

Când la Piter e căldură mare, e mai bine să nu intri într-o clădire din panouri. Și, în general, e mai bine, strict vorbind, să nu locuiești în ea.

Căldura de la Piter e umedă și lipicioasă. În clădirea din panouri te sufoci de-a dreptul, și de aerisit este imposibil. Și stau toți lipiți unul de altul în spațiul strâmt.

La asemenea zile de naștere simți că nu poți să bei. Poate doar bere rece. Începi într-adevăr cu bere, dar termini se știe cu ce. *Schrecklich*[1].

— Luați salată Olivier. Uitați, scrumbie sub șubă.[2]

— În clipa asta, numai când aud cuvântul *șubă*...

Râsete. Se face auzit Okudjava[3].

— Insist să gustați toți.

Drept urmare, se bea.

— Serîi, eu te înscriu la karate. Nu astăzi, bineînțeles.

Unul dintre oaspeți se întinde după vodcă, ca să țină un toast. Iese la iveală că are cămașa umedă într-o parte.

Se ridică în picioare, ca să le toarne celor care stau de partea cealaltă a mesei. Cu care ocazie se vede că are spatele ud.

Când se îndreaptă ca să țină toastul, devine limpede pentru toți că e ud și pe burtă. Dacă rămânea așezat și nu făcea pe cocoșul, n-ar fi observat nimeni nimic.

---

1. Oribil (în germană în original).

2. Salată cu scrumbie și legume, foarte populară în Rusia.

3. Bulat Okudjava (1924–1997) – autor-compozitor-interpret, poet, prozator și scenarist sovietic, de origine gruzin-armean, de mare popularitate între anii 1950 și 1980.

— Țineți-i capul peste cadă! De fapt, cineva trebuie să stea alături și să-i țină capul, că altfel se îneacă cu voma.

— Se numește *aspirarea vomei.*

— Păi ține-l tu, dacă ești așa deștept.

— Pe mine mă faci deștept?

— Nu, nu pe tine. Am glumit.

Începe o încăierare moleșită. Toată lumea se repede să-i despartă pe bătăuși. Ei nu se împotrivesc.

Platoșa e tot mai greu de înțeles. Ne-a rugat pe mine și pe Geiger să descriem, nici mai mult, nici mai puțin, moartea lui Zarețki. Eu am început să protestez – păi, noi n-am văzut moartea asta, cum putem s-o descriem? Răspunsul lui Platoșa: voi n-ați văzut multe, dar cum-necum le-ați descris pe toate. A dat din mână – bine, nu-i nevoie, am propus și eu așa. Geiger mi-a făcut semn pe furiș, și mi-am mușcat limba. Zarețki nu e un personaj lipsit de importanță pentru Platoșa, de la el a și început totul. Nu degeaba l-a desenat.

Când am obiectat, nu m-am gândit. Bun, dacă e să fiu cinstită, nu prea înțeleg de ce are nevoie în general Platoșa de descrierile noastre, dar, odată ce lui i se pare important acest lucru, întrebarea cade de la sine. Numai să se însănătoșească, și aș descrie în fiecare zi ceva pentru el – demonstrații, parcuri, nunți, omoruri.

Astăzi am aflat că peste câteva zile trebuie să zbor la München. Am aflat întâmplător, primind cu poșta rapidă un pachet de la un spital din München. L-am sunat imediat pe Geiger, care organizase totul. Mi-a explicat că nu a vorbit despre plecarea mea pentru că nu a vrut să ne agite înainte de vreme nici pe mine, nici pe Nastia.

Ne-a agitat, și încă cum. A rezultat că o să zbor singur. Geiger se luptă acum cu Ministerul Sănătății pentru clinica lui și trebuie să fie în fiecare zi acolo. O să vină și el la München, dar numai pentru o zi, la consultul decisiv. În ceea ce o privește pe Nastia, doctorii îi recomandă insistent să nu plece nicăieri. Spun că poate să se sfârșească prost. Ea, în ciuda recomandărilor, e hotărâtă să meargă, dar n-o s-o las.

Îmi e frică să merg singur. Nu arăt, dar chiar îmi e frică. Odată, când eram copil, m-au dus la spital cu o criză de apendicită. M-au speriat coridoarele albe, m-a speriat mirosul de medicamente, dar ce m-a dus cu adevărat la disperare a fost faptul că nu li s-a dat voie părinților mei în sala de operație. M-au dus cu targa, și am întors capul și m-am uitat înapoi la ei – o pereche amărâtă, care mi-a făcut cu mâna de undeva din fundul coridorului. M-au năpădit lacrimile de singur ce m-am pomenit, dar și mai mult de mila lor, o milă sfâșietoare, fiindcă știam că ei se simt și mai orfani decât mine. Nu mi-am dat voie să urlu cu voce tare, ca să nu-i fac să sufere și mai mult, dar așa îmi curgeau lacrimile, că s-au îngrijorat până și asistentele, care văzuseră atâtea.

Această imagine licărea în memoria mea ca o pată ștearsă, ca un felinar în ceață, dar acum mi-a apărut brusc în toată duritatea ei. Atunci, în copilărie, plecarea mea nu fusese încă o plecare, și mă întâlnisem din nou cu oamenii pe care îi iubeam. Unde o să mă ducă mersul pe coridor de data asta – numai Dumnezeu știe. Seara, când a venit la noi, Geiger a pomenit vorbind repede că probabil îmi vor „deschide scăfârlia“. „Scăfârlia“ și tonul degajat arătau că făcuse repetiție cu fraza.

1923. Martie.

Zarețki, un om care a ieșit din schimb la fabrica de mezeluri, se pregătește să plece acasă.

Cu un salam în pantaloni, trece cu bine de control. Salamul fiind atârnat cu o sfoară chiar lângă organele genitale, cel de la pază nu îl vede.

Organele genitale (asta se descoperă la morgă) Zarețki le are mici, de aceea salamul are destul loc.

Mai vârstnicul contemporan al lui Zarețki, Freud, ar fi considerat că acest caz de hoție nu are legătură cu stomacul. Cine știe, cu salamul în pantaloni, poate că victima chiar se simțea mai plină de încredere. Poate că îi creștea aprecierea de sine.

Oricum ar fi, să mergi cu un salam în pantaloni nu e comod. Salamul jenează când mergi. În fine, mai poate să se și desprindă. Să se rostogolească din pantaloni în văzul tuturor.

Cine duce în acest fel un salam riscă, și Zarețki înțelesese acest lucru.

După ce ajungea la o distanță destul de mare de fabrică, cobora de obicei spre râul Jdanovka. Își descheia pantalonii și dezlega salamul. Urca din nou pe chei – cu salamul în mână.

Un om cu un salam atrage întotdeauna atenția în Rusia, iar în anul 1923 cu atât mai mult.

Mai departe sunt posibile variante.

Că pe angajatul fabricii de mezeluri începuseră să îl urmărească. În ziua aceea fatală, poate că îl așteptau deja lângă râu. Stăteau după un copac – după, să zicem, o salcie plângătoare. Cum și-a scos Zarețki salamul, i l-au și înhățat.

Ce a fost mai departe? Aici intră în drepturi întâmplarea.

Zarețki o fi fost îmbrâncit, și s-o fi lovit cu tâmpla de o piatră ascuțită. Așa a presupus anchetatorul Treșnikov, care nu știa de salam. Sigur, aceleași persoane puteau să îl lovească ele cu piatra aceea pe Zarețki – erau, mă gândesc, niște mici filantropi.

Apare totuși o întrebare: ce nevoie aveau să-l omoare? Doar victima nu putea nici măcar să se plângă de pierderea obiectului furat.

Varianta a doua.

Râurile atrag elementele declasate. Acolo, pe maluri, bântuie mulți huligani de tot felul.

Unul dintre jdanovkiști îl zărește pe Zarețki. Galoșii cârnățarului lipăiesc prin zăpada udă – asta atrage atenția. Malul Jdanovkăi nu e unul pe care să te plimbi în martie. Un om atent înțelege că insul care lipăie prin zăpadă nu a coborât degeaba acolo.

Pregătit pentru orice evoluție a evenimentelor, observatorul îl urmărește neauzit pe Zarețki. Îl urmărește de după presupusa salcie. Încă nu știe *ce* anume are de gând Zarețki, dar vede deja în el o victimă.

Are miros și instinct de vânător. Ca să folosesc o expresie actuală, e o brută. Omoară fără să stea pe gânduri. Omoară pentru că e posibil să omoare. Vede manevrele cu salamul (e obișnuit să nu se mire), ia o piatră de jos și i-o lansează clientului în ceafă.

În timp ce îi urmărește agonia, mănâncă salamul. Dispare în amurg.

Geiger a scris despre moartea lui Zarețki, iar Platoșa l-a rugat să citească cu voce tare. Geiger, care a desființat cuvântul „nu" în relația cu soțul meu, a început să citească. Eu m-am uitat numai la Platoșa. A ascultat liniștit ciudata descriere comandată de el, și chiar mă gândeam că s-a potrivit, dar a reieșit că nu. Așa a și spus: nu se potrivește. Nu a explicat de ce. Lui Geiger, după cât mi s-a părut mie, i-a fost puțin necaz, *ceea ce*, dată fiind ciudata cerere a lui Platoșa, pare chiar cumva neașteptat. I-o fi fost necaz că, deși cererea a fost ciudată, el i-a îndeplinit-o. Și, poftim, n-a nimerit.

Geiger mi-a spus mie:

— Ei, atunci descrie dumneata această moarte. S-a întors spre Platoșa. Sau dumneata!

Platoșa a răspuns:

— Bine, am să încerc.

Eu am încuviințat din cap.

Am impresia că mai avem puțin până să dăm cu toții în sminteală de-a binelea.

Dar mai e ceva – mâine Platoșa zboară la München. Și nu mă ia cu el.

Geiger nu s-a descurcat cu un lucru care pare atât de simplu, cum e descrierea morții lui Zarețki. Rezultă că totuși nu e atât de simplu. Să vedem ce o să scrie Nastia. Ieri mi-a spus că nu lupt ca să mă însănătoșesc. Nu știu, poate că aici e de vină oboseala. E greu să ai vreme îndelungată un sentiment acut – orice sentiment. Mi se pare că obosești până și să te temi de moarte. În cele din urmă, la unii asta ia forma unei indiferențe, la alții – a unei împăcări.

Îmi pierd puterea, memoria, dar nu simt durere – și văd în asta că mi se arată milă. Că doar știu ce e aceea suferința. Ea e îngrozitoare nu prin faptul că îți este chinuit trupul, ci prin faptul că deja nu mai nădăjduiești să fii eliberat de durere: ești gata să te eliberezi de trup. Să mori. Nu mai ești în stare pur și simplu să te gândești la lucruri precum sensul vieții, iar singurul rost al morții îl vezi în eliberarea de suferință. Dar când boala e liniștită, ai posibilitatea să te gândești la toate și să te pregătești pentru orice. Și atunci toate lunile, sau chiar săptămânile ce-ți sunt lăsate devin o mică veșnicie, încetezi să le consideri un timp scurt. Încetezi să le compari cu durata medie de viață și cu alte prostii. Începi să înțelegi că pentru fiecare om există un plan. Și-atunci, ce durată medie...

Mâine – la München. Mari nădejdi nu îmi pun în această călătorie, dar într-un fel mă bucur de ea. Noi toți am obosit, avem nevoie să ne odihnim puțin unul de altul.

Astăzi l-am condus pe Innokenti la aeroport. Eu zbor la München peste o săptămână.

Cea de-a doua zi fără Platoşa. E pustiu. Acum pot să plâng cât poftesc – nu vede nimeni –, dar n-am lacrimi. Se vede că pentru lacrimi e nevoie de prezenţa cuiva, chiar atunci când consideri că nu observă nimic. M-am dus la slujba de seară – uite, acolo am plâns pe rupte. Bine că în semiîntuneric nu vede nimeni nimic.

Azi-dimineaţă Platoşa mi-a trimis un e-mail. Scrie că l-au primit bine şi că i-au arătat oraşul. În partea a doua a zilei l-au plimbat prin Parcul Englez. Parcul i-a plăcut cel mai mult, fiindcă i-a amintit de locuri din Siverskaia. După aceea, Platoşa descrie în detaliu pădurea din Siverskaia la sfârşit de toamnă. Aerul tăios, cu miros de putred, un pârâiaş printre copaci, ciori pe crengi. Acestor păsări, scrie el, le plac ramurile subţiri – aşa, ca să se legene. Eu n-am remarcat, dar cred că aşa şi e – câte bucurii au, dacă stai să te gândeşti, ciorile? E şi nostim, şi impresionant: Münchenul a încăput în cinci rânduri, restul e Siverskaia. În încheiere – întrebarea dacă am descris uciderea lui Zareţki. Am crezut că o să uite după toate problemele de-acum – n-a uitat. Trebuie să mă apuc, am promis. Nu-mi vine.

Mi-au arătat Münchenul. E un oraş frumos, dar inima îmi bate la fel ca şi până acum. Nu am fost niciodată în el, şi nu răspund pentru nimic aici – nici pentru mirosul plăcut al magazinelor lui, nici pentru vegetaţie, nici pentru maşinile frumoase. Toate astea au apărut şi s-au dezvoltat fără participarea mea – cu excepţia, poate, a Parcului Englez, care mi-a amintit de copilărie. Chiar în ziua când am sosit, m-am gândit că această venire e în sine, după cât se pare, zadarnică. E greu de explicat, dar exact această impresie am avut-o.

Iar pe urmă, prima întâlnire cu doctorul, profesorul Meier. Cel dintâi gând: neamţul meu e mai bun. La întrebarea

„*Wie geht es Ihnen?*“ [1] am răspuns „*Ich sterbe*“[2]. În răspunsul meu se reflectau și materialul trimis de Geiger, și felul cum mă simțeam în general, și, firește, Cehov – doctorul Meier având despre toate acestea o idee cât se poate de vagă. A mormăit un „*Noch nicht*“[3], iar după aceea am comunicat cu ajutorul unei traducătoare: germana mea din liceu se epuizase.

După o primă examinare, profesorul s-a adâncit pentru mult timp în hârtii. S-a scurs o jumătate de oră, poate chiar mai mult. Răsfoind istoricul bolii mele (pe care Geiger îl tradusese eroic în germană), doctorul își scuipa întruna degetul arătător și își molfăia buzele. Din când în când își scărpina nasul. Pe urmă a ridicat capul și a spus:

— Minuni să nu așteptați de la clinica noastră. Asta – ca să nu fie neînțelegeri. Dar vom face tot ce vom putea.

Am simțit că zâmbesc larg, arătându-mi toți dinții:

— Și eu care venisem după minuni...

— Minuni sunt în Rusia. Privirea lui Meier a devenit tristă. Acolo trăiți după legi ale miracolului, noi însă încercăm să trăim în concordanță cu realitatea. De altfel, încă nu se știe cum e mai bine.

— Dumnezeu de voiește, biruită e ordinea naturii – mi-am exprimat eu principala nădejde, dar traducătoarea nu a putut să traducă.

Ea m-a rugat să precizez ce am în vedere.

— Traduceți-i profesorului că are perfectă dreptate. Este de cugetat aici.

Mergeam pe coridorul clinicii și reflectam la faptul că, desigur, e mai bine ca lucrurile care se încadrează în limitele medicinei să le fie încredințate nemților. Dar cazul meu a părăsit de mult aceste limite. Așa încât, pentru ce mă aflu aici?

---

1. Cum vă simțiți? (în germană în original).
2. Mor (în germană în original).
3. Încă nu (în germană în original).

Innokenti tocmai mi-a comunicat că se întoarce la Piter.

A telefonat de la hotel, unde se dusese după lucruri. De acolo pleacă la aeroport.

A rugat să nu îi spun Nastiei că se întoarce. Încă nu știe dacă va reuși să-și ia bilet pentru cel mai apropiat zbor și nu vrea să o neliniștească. Dar principalul e că nu vrea ca ea să încerce să îi schimbe hotărârea. Ceea ce, dă de înțeles, se referă automat și la mine.

Nici nu am încercat. I-am spus numai că îl aștept la aeroport.

Nu a dat nici o explicație pentru hotărârea luată – și ce explicații ar fi putut fi? A spus numai că abia aici a înțeles.

Tot e bine că a înțeles cineva. Eu nu înțeleg nimic. Nici măcar nu știu dacă ar fi fost utilă intervenția medicilor din München.

Știu un singur lucru: i-am oferit această posibilitate. Iar el a ales.

Pentru prima dată după mai multe luni scriu de mână. Ceea ce e destul de complicat: mâna nu se mișcă cum trebuie. Geiger numește asta „probleme cu motorașul mic". Scriu de mână pentru că, după cât se vede, nu se poate folosi computerul în timpul aterizării avionului. Cuvântul *aterizare* e cam exagerat. Acum o jumătate de oră s-a anunțat că trenul de aterizare al avionului nu iese. Nu putem ateriza.

Scriu pentru că trebuie să am o ocupație. Unii se uită pe geam. Poate că nu s-ar uita, dar ni s-a spus să ridicăm storurile. În cazul unei aterizări de avarie, ochii nu trebuie să piardă timp cu acomodarea la lumina naturală. Unii plâng, așa că e mai bine să scriu. Hârtia, mă gândesc, e mai sigură decât computerul. Pentru ea, spre deosebire de computer, izbirea de sol nu e periculoasă. Ce-i drept, poate să ardă.

Ca să nu se întâmple acest lucru, avionul deversează combustibil. De două ori s-a auzit deja comanda să stăm cu capul apăsat de scaunul din față, și avionul a intrat pe direcția de aterizare. După ce a zburat pe deasupra pistei, a luat încet înălțime: trenul de aterizare nu a ieșit nici de data asta.

Stau lângă geam în unul dintre ultimele rânduri ale avionului. În dreapta mea e un neamț în vârstă cu o fâșie albă pe guler. Știu că acest lucru înseamnă că face parte din cler. Întreabă cu un accent german moderat:

— Câți zburăm noi acum, cam trei sute de oameni?

— Cel puțin, răspund.

E de înțeles unde merge cu gândul, dar nu vreau să-l urmez. Mă întorc spre geam. Sub aripă e Petersburgul, și nici urmă de tren de aterizare. Din când în când, cineva din echipaj se apropie de geam, dar vede același lucru ca și mine – liniile insulei Vasilievski, cupola de la Sf. Isaac și săgeata de la Petropavlovsk. Orașul acesta ales poate oferi în ultimul moment o asemenea frumusețe.

Din cabină iese comandantul navei și se adresează la microfon pasagerilor. Spune că defectarea trenului de aterizare este ceva obișnuit în aviație și că încă nu a murit nimeni din această cauză. Înfățișarea lui degajă calm. Din difuzoare se aud primele măsuri din *Anotimpurile* lui Ceaikovski. În același timp, pe culoarele paralele apar stewardesele. Nu mai zâmbesc ca la începutul zborului, dar nici nu se vede panică pe fețele lor. Comandantul (uniformă nou-nouță) străbate fără grabă salonul și dispare după paravanul din coada avionului. Vecinul meu se uită fascinat la prezentabilele frumuseți ruse care toarnă apă minerală în acordurile lui Ceaikovski. Pericolul potențează perceperea frumuseții.

În spate se aud plânsete înăbușite și plesneli scurte. Mă întorc. Printr-o fantă a paravanului văd cum, așezată pe un scaun rabatabil, plânge în hohote una dintre stewardese, iar căpitanul o plesnește peste obraji. Trecerea lui lipsită de grabă pe aici a avut un scop cât se poate de concret.

În rândul paralel vomită cineva.

Mâna abia mai face literele, care sunt tot mai mici și mai strâmbe – trebuie să mă odihnesc puțin. Da, e important: am promis să descriu uciderea lui Zarețki. Se pare că nu e prea mult timp până la aterizare.

Avionului dinspre München i s-a blocat trenul de aterizare. Tocmai s-a anunțat de la aeroport.

Mi-e frică.

Încerc să nu mă gândesc la nimic.

Am cu mine jurnalul – o să descriu pur și simplu ceea ce văd. Innokenti, cred, așa ar fi făcut.

Un singur lucru e bun: Nastia nu știe ce se întâmplă aici. Nu știe nici măcar că Innokenti a plecat din München.

Cei care așteaptă stau plânși. Nemișcarea aceea specială a celor care se pregătesc pentru o tragedie. Curentul întoarce celofanul buchetelor – încet-încet, florile devin de rău augur.

În sala de așteptare și afară se aliniază primele camere TV.

Îmi trece prin minte sinistrul gând că, într-un fel, pentru un om bolnav catastrofa... Gând sinistru prin nedreptatea lui.

În sala de așteptare își fac apariția psihologii. Îi reperează instantaneu pe cei care au nevoie de asistență – de fapt, nici nu trebuie să fii psiholog aici.

La mine nu vin. Eu scriu, și, ei știu, cineva care scrie se încadrează în norma psihică.

Pe un ecran imens apar imagini televizate din aeroport. Televiziunea e crudă. Fixează parcă neutru ceea ce se întâmplă – dar tocmai aici e cruzimea.

Existența s-a dedublat. Oamenii cu buchete sunt aici, și exact aceiași sunt pe ecran. Mă văd pe mine. Pe ecran, lângă mine, un psiholog o îmbrățișează pe cea pe care a luat-o sub tutelă, o mângâie pe spate. Ciudat, nu-i văzusem.

Mă întorc: așa e, stau în picioare. Cea luată sub tutelă plânge pierdută pe umărul psihologului. Încă nu este clar dacă e cazul de plâns: poate există încă șanse.

Avionul: *en face*. O construcție imensă, pe tot ecranul. Teatru de operă, palat de gheață, aquapark – numai aparat de zbor nu. Întruchipare a ideii de grandios.

Nu zboară – e suspendat. Pozează camerei, la marginea câmpului de zbor, în vibrațiile aerului topit.

Vine la aterizare. Coboară.

Trece pe deasupra pistei.

Vedem deja că trenul de aterizare nu a ieșit nici de data asta – nu ateriza! Nu ateriza...

Strigăt comun.

Avionul ia înălțime pentru următorul tur.

Dar eu am înțeles de mult că pe Zarețki l-a omorât Platoșa. Acum, când el e așa de departe, mi-e mai ușor să scriu despre asta. Bunica m-a derutat, bineînțeles, cu *am comandat* acela al ei – dar numai pentru scurt timp. Pur și simplu nu mi-am imaginat, nu știu de ce, cui i-a comandat. Mai exact, i-a spus. Când l-au arestat pe tatăl ei, străbunicul meu, ea i-a spus lui Platoșa să nu cumva să îl omoare pe Zarețki. Era greu să nu înțelegi această rugăminte. Cred că îi venise și lui singur acest gând, dar, după ce i s-a și spus, ce îi rămânea de făcut?

Omorul propriu-zis nu mi-l reprezint foarte bine. N-am să fantazez – e prea grav totul. Am vrut de multe ori să stau de vorbă cu Platoșa despre Zarețki, dar tot n-am îndrăznit. De vreme ce el nu vorbește despre asta, m-am gândit că nu trebuie s-o fac nici eu. Dar acum poate o să vorbesc. Că nu degeaba ni s-a adresat mie și lui Geiger în privința lui Zarețki – era o cerere pentru mai mult.

Da, apropo, Geiger... Ceva mă face să am impresia că și el a ghicit totul. Poate chiar înaintea mea. Dar – tace, tace.

Doamne, iartă-mă! I-am spus unui preot: eu m-am căit la spovedanie pentru că am omorât cândva un om, dar după aceea nu mi-a fost mai ușor. Însă preotul a răspuns: ai cerut iertare lui Dumnezeu, pe care nu l-ai omorât; poate trebuia să ceri iertare celui pe care l-ai omorât? Dumnezeul meu, dar ce pot eu să îi spun celui ucis, și o să mă audă el oare de-acolo? Și am venit acasă, am luat arma cu care am ucis și m-am dus la locul crimei. Ajuns acolo, am spus: iartă-mă, Nikolai, robul lui Dumnezeu, că te-am omorât cu statueta lui Themis într-o seară de martie a anului 1923. Poate că tu aștepți chiar de-atunci aceste cuvinte, iar eu nu le-am rostit nicicum – pur și simplu nu m-am gândit că se poate.

Pe urmă m-am dus la cimitir. Am luat-o cu mine pe Themis, și am vorbit din nou cu robul lui Dumnezeu Nikolai. Pentru Themis am cerut iertare separat – când am ucis, mi s-a părut că restabilesc dreptatea, deși – despre ce dreptate poate fi vorba aici? E numai nedreptate. Și de fapt la dreptate m-am gândit după aceea, inițial am ales-o pe Themis din cu totul alt motiv.

Degetele se poziționau ideal pe statuetă. Părea că, în mod ciudat, silueta fusese sculptată spre a fi cuprinsă cu palma – doar balanța era o piedică. Dar când balanța s-a rupt, palma se oprea firesc în brațul ridicat al lui Themis. Încât zeița de bronz a dreptății a devenit mâner, iar soclul de marmură – ciocan. Statueta, folosită înainte exclusiv în scopuri pașnice (în primul rând pentru nuci), s-a transformat dintr-odată într-o unealtă a răzbunării. În timp ce mergeam de-a lungul Jdanovkăi, pipăiam statueta pe care o aveam în sân, și era rece ca un topor.

Pe Zarețki l-am așteptat ascuns după o tufă. Nu după o salcie plângătoare, cum își imagina Geiger, ci după o tufă mare, pe care nici nu știu să o numesc. Am avut de așteptat mai mult decât presupusesem studiind deplasările lui Zarețki – probabil îl reținuse ceva. Pentru mine era tocmai bine – lumina amurgului scădea tot mai mult. Ce l-ar fi costat să nu vină atunci – de câte ori nu mi-a sfâșiat gândul ăsta conștiința! Dacă s-ar fi amânat, nu s-ar mai fi petrecut:

pentru prima dată poți să îți aduni puterile, dar pentru a doua e greu.

Dar nu s-a amânat. Zarețki a apărut – atât de neașteptat, că abia am avut timp să mă las jos în spatele tufei mele. Nu știu ce îl întârziase, dar fața lui era tristă. La fel de tristă cum l-am înfățișat eu nu demult în desen. Era un chip de om, nu de reptilă. Dacă i-ar fi rămas așa, poate totul ar fi decurs altfel în seara aceea de martie. Dar chipul lui omenesc s-a topit, s-a rarefiat ca o mască veche, și prin el s-au ivit vechile trăsături. A început să se descheie la pantaloni. M-am uitat în jur – nu era nimeni.

În timp ce ieșeam din ascunzătoarea mea, m-am gândit că acesta era chipul cu care îl denunțase pe tatăl Anastasiei. Asta mi-a dat putere. Venind aici, mă temusem că în momentul hotărâtor n-am să pot lovi. Că, în sensul propriu al cuvântului, mâna mea nu se va ridica. Nu a fost deloc așa. Am făcut câțiva pași în direcția lui și, simțindu-mi mâna perfect mulată pe statuetă, am lovit aproape fără să îmi iau avânt. S-a auzit un trosnet sec, mai mult de lemn. Zarețki a căzut fără să se întoarcă. Fără să mă vadă.

M-am aplecat peste el. Zăcea pe spate. Picioarele îi erau îndoite din genunchi și tresăreau abia perceptibil. Din pantalonii descheiați se ivea salamul. Învingându-mi repulsia, l-am desprins și l-am aruncat în Jdanovka. Plescăitul a făcut să se apropie de locul acela două rațe. S-au uitat cu părere de rău la cercurile care se dispersau. Și parcă m-am decuplat. M-am cățărat fără grabă și am luat-o încet pe chei, lăsându-l pe Zarețki în zăpada murdară, printre pietre.

M-am întors acasă. Am băut ceai cu Anastasia și am stat amândoi în fotolii în camera ei. Ticăia ceasul; noi tăceam. Pe fondul ticăitului taci în voie. A început să mi se pară că tot ce s-a întâmplat pe Jdanovka a fost un vis. Dar timpul trecea, iar Zarețki continua să nu fie. Și atunci am înțeles că nu a fost vis. Că fusese cea mai adevărată realitate. Viață. Iar mai exact – moarte.

— E ceva cu Zarețki, a spus Anastasia.
— O să apară! Vocea mi-era vioaie.
— Așa, deodată, nu-i?
Anastasia a zâmbit abia vizibil.
Dacă ar fi știut ea cât de mult speram eu că o să apară. De speriat, plin de sânge – numai să fi venit.
Dar n-a venit.

Pe câmp au început să apară mașinile de pompieri.
Se aliniază de-a lungul uneia dintre pistele de aterizare. Deci aceea va primi nenorocosul avion.
Cadru din elicopter: într-o parte a aeroportului se deplasează pe șosea o coloană de ambulanțe. La cinci sute de metri de ea – alta.
Brusc, mi-a trecut prin minte: ce denumire veche au – ambulanțe! S-a păstrat în mijlocul atâtor pierderi.

M-am hotărât să mă ocup de descrieri, dar, cine știe de ce, am deschis televizorul.
Unde – un reportaj în direct cu un avion de la München. Numai bine nu mi-a căzut: în el putea să fie și Platoșa. Pe ambele părți ale pistei de aterizare pompierii desfășoară furtunuri. M-am gândit: cât riscă oamenii ăștia! Vor trebui, poate, să stingă avionul în flăcări.
Mi-am amintit că Platoșa, când era mic, voia și el să se facă pompier. Încă de-atunci îl fermeca pericolul, încă de-atunci plângea gândindu-se la tragismul și măreția acestor oameni. La lupta dintre viață și moarte, în care moartea ia forma unei grinzi în flăcări sau a unui depozit de pulbere. Sau a unui avion care aterizează fără tren de aterizare.
Pe câmpul de zbor intră salvările. Din ele ies medici, sub paltoanele aruncate pe umeri – albul halatelor. Numai când văd albul ăsta mi se face rău, fiindcă aduce aminte de suferința trupească.

La TV vorbește un expert în aviație. Spune că s-a luat hotărârea să aterizeze „pe burtă", și, prin urmare, acum se pregătește pista. Pălăvrăgeala asta de pe ecran te scoate din sărite. Dacă ești așa deștept, explică de ce n-a ieșit trenul de aterizare, sau, și mai bine, fă tu ceva ca să iasă. Dacă nu poți – taci.

Tace.

E arătat avionul. A început deja să coboare.

Gros-plan cu pompierii. Se uită, fără să-și dezlipească privirea, în direcția din care trebuie să apară avionul. Pe fețe au reflexe de la luminile de avertizare. La o comandă, sunt ridicate gurile furtunurilor. Din ele începe să curgă spumă.

De ce arată toate astea?

Trăiesc cu această amintire, și ea va rămâne cu mine până la sfârșitul vieții. Pentru că sfârșitul poate veni în scurt timp, presupun că ea va rămâne și după moarte. Acolo se vor întâlni toate evenimentele și amintirile noastre despre ele. Dacă sufletul e veșnic, se va păstra, cred eu, și tot ce are tangență cu el – fapte, întâmplări, senzații. Fie și în altă formă, de film, poate în altă succesiune, dar se va păstra, fiindcă îmi amintesc inscripția de deasupra unor renumite porți[1]: *Domnul păstrează tot.*

Ating umărul vecinului meu:

— Ce credeți, când dau într-un seamăn, acest lucru trebuie să fie înainte de a-i cere iertare pentru asta? Aceasta este succesiunea evenimentelor?

În ochii lui se ivește o ușoară mirare.

— Dar cum altfel poate fi?

— Eu m-am gândit chiar acum: poate. Fiindcă adevărata căință este întoarcerea la starea dinaintea păcatului, un fel de biruire a timpului. Dar păcatul nu dispare, el rămâne ca

1. Palatul din Petersburg al contelui Nikolai Petrovici Șeremetiev (1751–1809), cunoscut ca ocrotitor al artelor și mecena, are deasupra porții blazonul familiei, cu deviza *Deus conservat omnia.*

un fost păcat, ca – nu credeți? – o ușurare, pentru că a fost căit. El există și în același timp e anihilat.

Interlocutorul meu își pune mâna peste a mea, care e pe brațul fotoliului, și o strânge cu putere. În ochi are lacrimi.

— Din cele ce ați spus, eu nu am înțeles nici un cuvânt. Dar mi se pare, nu știu de ce, că aveți dreptate.

Avionul intră la aterizare. Innokenti, prietene, fii tare!

— Ce tot scrieți acolo?

— Descriu obiecte, senzații. Oameni. Scriu în fiecare zi acum, cu speranța că le salvez de la uitare.

— Lumea Domnului e prea mare pentru a conta pe reușită aici.

— Știți, dacă fiecare va descrie părticica lui, cât de mică, din această lume... Deși, la drept vorbind, de ce mică? Se va găsi întotdeauna cineva cu o cuprindere destul de mare.

— De exemplu?

— De exemplu, un aviator.

Ce noroc că Platoșa nu e în avionul ăsta.

Să luăm statueta lui Themis. E greu de imaginat copilăria mea fără ea, ea i-a însoțit cele mai vii momente. Atunci când i-am rupt balanța, nu știam încă ce unealtă îmi pregăteam. Dar, după cum se vede, zburdălnicia mea de copil a fost parte a dramei care avea să se desfășoare după niște ani pe malul Jdanovkăi. Vreau să spun că nu există întâmplări importante și neimportante, și că totul este important, și că totul intră în operă – fie bun, fie rău.

Acest lucru îl înțelege un pictor care redă viața în cele mai mici detalii. Dar câte sunt cele pe care nu le poate reda!

Pictând un strat de flori într-un oraș sudic, nu poate transmite mireasma florilor într-o seară de iulie. Nici zăpușeala umedă de după ploaie, când mireasma aceea se împrăștie de poți s-o bei, n-o poate reda. Dar există o clipă miraculoasă în care tabloul începe să o răspândească. Pentru că adevărata artă este exprimarea inexprimabilului, a ceea ce, dacă lipsește, știrbește plenitudinea vieții. Aspirația spre plenitudinea exprimării e aspirația spre plenitudinea adevărului.

Există ceva care rămâne dincolo de limitele cuvintelor și ale culorilor. Tu știi că există, dar nu poți accede la acel ceva – acolo e abisul. Stai chiar acolo unde se izbesc talazurile de coastă și înțelegi că mai departe este de mers cumva altfel – nu este exclus, chiar așa, pe apă. Pentru că spunând, de pildă, „copilăria mea“, nu îi lămuresc viitoarei mele fiice absolut nimic. Ca să îi dau cât de cât o imagine a ei, va trebui să descriu mii de amănunte de tot felul, altfel ea nu va înțelege în ce a constat fericirea mea de-atunci.

Atunci, ce anume se cere descris? Păi, firește, tapetul de deasupra patului – îmi amintesc și-acum desenul lui cu flori. Seara, în minutul de dinaintea somnului, un deget îmi alunecă pe el. Zgomotul capacului oliței de noapte, pătrunzător, ca talgerele într-o orchestră. Dintre zgomote – la fiecare mișcare a mea – îmi mai amintesc unul: scârțâitul patului. Mâna îi mângâie barele reci și strălucitoare, se împletește cu ele dându-le căldura ei. Se lasă în jos, pipăie cutele cearșafului și se reazemă pe genunchiul bunicii care șade lângă pat. Privesc lustra și umbrele ei de păianjen. În mijlocul plafonului e lumină, iar în colțuri e întuneric. Pe dulap, iradiind dreptate, Themis își ține balanța. Bunica citește *Robinson Crusoe*.

Cuprins

La prețul de vânzare se adaugă 2%,
reprezentând valoarea timbrului literar.